Maroc

LE DON D'ANNA

CECILIA SAMARTIN

LE DON D'ANNA

traduit de l'anglais (États-Unis)
par Mélanie Carpe

ARCHIPOCHE

Ce livre a été publié sous le titre
Vigil par Washington Square Press,
New York, 2009.

www.archipoche.com

Si vous désirez recevoir notre catalogue
et être tenu au courant de nos publications,
envoyez vos nom et adresse, en citant
ce livre, aux Éditions Archipoche,
34, rue des Bourdonnais 75001 Paris.
Et, pour le Canada, à Édipresse Inc.,
945, avenue Beaumont,
Montréal, Québec H3N 1W3.

ISBN 978-2-35287-315-0

Copyright © Cecilia Samartin, 2009.
Copyright © L'Archipel, 2011, pour la traduction française.

À mes enfants spirituels,
Sarah, Matthew, Jack, Lucy,
Caroline, Catherine et Holden.

« Il arrive souvent que ceux qui passent leur temps à donner la lumière aux autres restent eux-mêmes dans les ténèbres. »

Mère Teresa

1

Aux premières lueurs de l'aurore, Anna guettait la voiture du Dr Farrell de la fenêtre du premier étage. Sous l'éclat orangé ensanglantant le ciel, les formes fantomatiques, qui évoquaient quelques instants plus tôt de sinistres créatures prêtes à bondir, se transformaient en d'inoffensifs buissons et arbres du jardin. Alors que tout s'imprégnait d'une douce lumière, Anna se prépara à accueillir dans son âme l'espoir mystique qui s'y insinuait à chaque lever de soleil. Ce matin, cependant, la sensation de froid avec laquelle elle s'était éveillée demeura. Au lieu de recevoir le présent d'un jour nouveau, elle se sentit spoliée de ce qui était devenu son bien le plus précieux : le temps.

Lorsque les phares du Dr Farrell lancèrent des éclairs à travers la grille, Anna se rua dans l'escalier pour atteindre la porte avant qu'il appuie sur la sonnette. Elle ne voulait pas entendre son timbre aux accents graves et mélancoliques résonner dans la maison de si bon matin, mais cette précaution ne suffit pas à faire taire la douleur au creux de son estomac. Pour étouffer l'angoisse, elle ne pouvait que se rappeler une énième fois les miracles accomplis par la médecine moderne. Les praticiens savaient ressouder des membres mutilés et transplanter des organes d'un corps à un autre.

Ils arrivaient même à guérir des cancers s'ils s'y atta-
quaient à temps. En considérant la situation sous cet
angle, il lui paraissait parfaitement raisonnable, voire
rationnel, de garder espoir. Peut-être la visite si matinale du Dr Farrell s'expliquait-elle par sa hâte de
l'informer d'un nouveau traitement qu'il souhaitait
commencer sans tarder. Mais lorsqu'elle ouvrit la porte,
à l'instant où le médecin levait le doigt vers le bouton
de la sonnette, et plongea son regard dans ses yeux
vaincus, puis vit la voûte de ses épaules et la courbe de
sa bouche, Anna sut que c'était la fin.

Quelques mois plus tôt à peine, cette révélation
aurait abasourdi tous ceux qui connaissaient son
bien-aimé. Adam avait toujours joui d'une santé et
d'une robustesse exceptionnelles, au point qu'Anna
l'avait secrètement cru doté d'une nature surhumaine
et immunisé contre les petits maux qui tourmentent
les simples mortels. Mais tout cela lui offrait une bien
piètre consolation face aux paroles du Dr Farrell.

Avec des hochements de tête silencieux, elle écouta
le médecin décoder les résultats des examens réalisés
à la suite des dernières séances de chimiothérapie. Adam
avait moins bien réagi au traitement qu'espéré et une
nouvelle tumeur était apparue à la base de sa colonne
vertébrale. Elle infiltrait déjà les os de ses hanches, ce
qui se traduirait bientôt par une perte de la mobilité des
jambes et des fonctions physiologiques essentielles.
Les yeux du Dr Farrell s'embuèrent derrière les épais
verres de ses lunettes lorsqu'il précisa à Anna que tous
les efforts devaient, à ce stade, être consacrés à assurer
le confort du malade et à apaiser ses souffrances.

— Les derniers jours sont toujours les plus difficiles
pour les soignants, vous devez aussi vous occuper
de vous, ajouta-t-il ensuite.

« Soignant », ce fut le mot qu'il utilisa pour parler d'elle, mais Anna ne s'en offensa pas, devinant qu'il recourait à son jargon professionnel pour garder contenance. Le Dr Farrell comptait parmi les plus anciens et plus chers amis d'Adam.

Elle vacilla, poussant le médecin à l'attraper par les épaules pour la remettre d'aplomb.

— Vous allez bien?

— Oui.

— Vous n'en avez pas l'air. Vous avez encore perdu du poids.

— Pas beaucoup, nuança-t-elle pour clore le sujet.

— Vous ne pouvez pas vous permettre de tomber malade maintenant, Anna. Lorsque je serai parti, je veux que vous preniez un peu de repos. On dirait que vous n'avez pas dormi depuis des jours.

Malgré ses quarante ans passés et les fils d'argent qui striaient sa courte chevelure brune, elle paraissait, à cet instant, aussi vulnérable qu'un enfant perdu.

— D'accord, acquiesça-t-elle à voix basse.

— Avez-vous parlé aux enfants ces derniers jours?

— J'ai eu Jessie au téléphone hier. Elle devrait arriver aujourd'hui.

— Et Teddy?

Elle baissa les yeux, incapable de dissimuler sa honte.

— Je vais l'appeler, reprit le médecin face à son silence. Je trouverai le temps dans la matinée.

Anna posa sur lui des prunelles de nouveau limpides et attentives.

— Dites-lui que son père a plus que jamais besoin de le voir.

— Je n'y manquerai pas, répondit-il avec un regard à sa montre. J'ai demandé à l'infirmière de passer dans l'après-midi et je reviendrai demain matin à la première heure. Je n'ai pas d'opération prévue, je pourrai rester plus longtemps, conclut-il, lui serrant les épaules avec une tendresse paternelle. Tout compte fait, avant de vous étendre, je veux que vous mangiez un peu.

Le cœur d'Anna se souleva à la seule pensée de la nourriture. Depuis qu'Adam avait cessé de s'alimenter, elle ne pouvait plus rien avaler, elle non plus ; et, lorsqu'il vomissait après la chimiothérapie, elle ressentait, elle aussi, le besoin de régurgiter. Après avoir promis au Dr Farrell de manger un morceau dès son départ, elle regarda sa voiture passer le portail puis rentra dans la maison.

Dans sa torpeur et son épuisement, il lui fallut rassembler toutes ses forces pour remonter l'escalier qu'elle avait dévalé quelques minutes plus tôt, lorsqu'elle croyait encore un espoir possible. À présent, elle craignait de glisser si elle ne se concentrait pas sur chaque marche. Malgré ses efforts, ses pieds se dérobèrent une ou deux fois et elle crut qu'elle n'arriverait jamais en haut. Chacun de ses pas lui rappelait tout ce qu'il y avait à faire, à préparer, à prévoir.

Sur le palier, elle promena son regard autour d'elle avec stupeur, comme si elle n'avait pas passé les vingt dernières années de sa vie dans cette maison. Si on lui avait demandé où elle se trouvait, ou ne serait-ce que son nom, elle n'aurait sans doute pas su répondre.

Agrippée à la rampe, elle scruta le long couloir qui ondulait devant ses yeux tel un interminable serpent. Bien que le choix de portes lui parût infini, elle réussit, sans trop savoir comment, à retrouver celle derrière laquelle somnolait Adam. Avec de menus gestes expérimentés, elle pénétra dans la pièce, ramenée à la raison par l'atmosphère lourde et confinée des chambres de malades.

Elle s'approcha du lit pour observer son bien-aimé. Ainsi niché entre des montagnes d'oreillers et de couvertures, il paraissait d'une petitesse et d'une fragilité étonnantes, et évoquait davantage un nouveau-né à l'aube de la vie qu'un homme à son crépuscule. Sûrement avaient-ils encore du temps devant eux, peut-être même plus que ne le pensait le Dr Farrell.

Animée par cette pensée réconfortante, elle lissa les draps. Après avoir réarrangé la collection de médicaments sur la table de nuit, elle passa une main caressante sur le front d'Adam, souriant à la vue du lent papillonnement de ses paupières, signe qu'il avait conscience de sa présence.

Elle s'assit sur une chaise à son chevet puis, croisant les mains sur les genoux, ferma les yeux. Ses lèvres se mirent alors à remuer en une prière silencieuse. La chaleur des rayons de soleil qui ruisselaient à travers la fenêtre dissipa un instant son angoisse, jusqu'à ce que les paroles du médecin lui reviennent à l'esprit. Sentant la douleur ressurgir au creux de son ventre, elle tenta de la museler par des psalmodies. En vain. Elle sombra alors dans un univers de désolation qu'elle ne connaissait que trop bien, en proie à un profond désespoir.

— Je ne veux pas être abandonnée de nouveau, murmura-t-elle. S'il vous plaît, je ne veux pas vivre sans lui.

Plus tard, elle se demanderait si elle n'avait pas rêvé cette voix qui lui porta conseil, peinant à percer à travers son angoisse : « Tu dois regarder en arrière, par où tu es passée, pour savoir où tu vas. »

— Quelle différence cela fait-il ? Le passé ne change rien au présent ni à l'avenir.

Elle attendit une réponse qui ne vint pas. Un silence de mort l'enveloppa de nouveau, lui dérobant peu à peu le souffle. Au bout d'un moment, elle rouvrit les yeux et s'efforça de s'éclaircir les idées et d'apaiser son cœur afin de se préparer à cette redoutable séparation, qu'elle croyait au-dessus de ses forces. Dans son extrême faiblesse, elle ne put toutefois pas résister à l'appel du passé. Soudain, elle se retrouva à affronter le misérable laps de temps qui lui était octroyé, forte d'une nouvelle conviction : peut être pourrait-elle le distendre jusqu'à ce qu'il s'effile ; peut-être pourrait-elle alors le tisser encore, fil après fil, pour envisager une nouvelle perception d'elle-même et de sa vie.

Son corps épousa la chaise et ses traits se détendirent.

— Que me reste-t-il d'autre que les souvenirs ? chuchota-t-elle.

Au son de sa voix, son bien-aimé tourna imperceptiblement la tête vers elle, mais elle n'était déjà plus là pour le remarquer.

*

— Tu poses trop de questions, *mija*, déclara *mamá*, abandonnant un instant sa couture pour m'observer d'un œil critique.

— Je veux juste savoir à quoi il ressemblait. Il était petit ou grand ? De quelle couleur étaient ses yeux ?

— Ton père n'est pas un homme qui mérite d'habiter les mémoires, répliqua-t-elle d'un ton brusque. Moins tu en sauras sur lui, mieux tu te porteras.

Malgré ce précepte, ma mère évoquait souvent mon père lorsque les contrariétés de la vie venaient à bout de sa résistance. Ainsi, lorsqu'un voleur nous ravit les quelques poules que nous élevions dans la cour, nous laissant sans viande ni œufs pendant plusieurs mois, elle se répandit en propos méprisants à son égard. De même, lorsqu'elle se broya le doigt en réparant le toit sous une pluie torrentielle, son nom jaillit de sa bouche, assorti d'un truculent cortège d'insultes à chaque coup de marteau, lui insufflant force et conviction tout en nous rappelant à toutes deux que nous ne nous laisserions pas abattre par son absence. Bien au contraire, dans de tels moments, je m'estimais heureuse de ne pas avoir dans les pattes un « ignoble ivrogne paresseux, incapable de trouver du travail le matin et le chemin de la maison le soir ».

Une fois calmée, ma mère assumait sa part de responsabilités tout en déplorant les innombrables défauts de mon père.

— J'ai été la reine des idiotes de croire que les mots doux et les caresses d'un homme pouvaient rendre moins pénibles les dures réalités de la vie.

Nous vivions dans un village sans électricité ni eau courante, en proie aux caprices de la rivière. Il n'était pas rare, à la saison des pluies, de voir des huttes emportées dans un torrent boueux et des enfants passer les semaines suivantes à ratisser les rives du cours d'eau fangeux à la recherche de vêtements et de poteries, qu'ils réussissaient parfois à échanger contre une poignée de piécettes. Dans notre monde, les « dures réalités » pullulaient autant que les moustiques lors des nuits chaudes et humides ; or il était ridicule d'imaginer une vie sans moustiques.

Ma mère ne représentait pas un cas isolé. De nombreuses femmes du village, abandonnées par leur mari, élevaient seules leurs enfants. Pour les autres, ce n'était qu'une question de temps.

— Tôt ou tard, ta tante Juana découvrira que Carlos ne se cache pas dans les collines pour échapper à la garde nationale, mais qu'il y a une autre femme, et toute une famille avec, remarqua un jour ma mère. Elle comprendra alors ce que j'ai compris à la minute où j'ai posé les yeux sur lui.

— Quoi, *mamá*?

— Que cette joyeuse fripouille ne changera jamais, répondit-elle avec un petit haussement d'épaules indifférent.

— Tu l'as vu avec l'autre femme?

— Non, mais il me suffit de voir le regard qu'il jette à toutes celles qui croisent son chemin. J'aimerais parfois ne pas voir tout ce que je vois. Mais quand bien même je serais aveugle, je le devinerais à son odeur, ajouta-t-elle, ses yeux sombres brûlant d'un feu intérieur.

Mamá avait prédit bien trop de calamités pour que je doute de ses paroles. Cette mystique pragmatique savait évaluer les situations auxquelles elle se trouvait confrontée et comprendre en quelques secondes ce que les autres mettaient des semaines, si ce n'était des mois, voire des années, à saisir. À la différence de la plupart des femmes ayant souffert, elle avait appris de ses erreurs et trouvé un moyen de transformer son tourment en sagesse, une vertu qu'elle ne cessait de mettre en pratique dans sa vie.

— Pourquoi tu ne veux pas dire bonjour au monsieur de la ville qui te sourit, *mamá*? Tu ne penses pas que ce serait bien d'épouser un homme riche et beau?

Ma mère étudia la question un bref instant.

— Il m'arrive de le penser, oui, convint-elle avant de s'interrompre, produisant avec sa langue le même caquet que lorsqu'elle chassait les poules de la maison.

Mais, pour tout te dire, j'ai bien assez de toi pour me donner du souci, conclut-elle avec un sourire taquin.

Autour de nous se jouait en continu un drame humain qui, tout en confirmant le regard clairvoyant que *mamá* portait sur l'humanité, nous offrait de sordides divertissements. Ainsi, un jour, en rentrant du marché, je vis notre voisine Dolores se jeter aux pieds de son mari. Tout le temps qu'il était resté caché dans les collines pour fuir la garde nationale, elle avait mis du beurre dans les épinards en faisant la cuisine et le ménage pour le citadin fortuné qui souriait à *mamá*. Nul ne l'ignorait au village, tout comme le fait que son mari était d'une jalousie telle qu'il lui suffisait d'imaginer sa femme chez un autre pour se mettre dans une rage folle.

Lorsque Dolores s'écroula en sanglots à ses pieds, désespérée, il fronça les sourcils, comme s'il devait tolérer qu'un chien se soulage sur ses chaussures. Je tremblai à l'idée qu'il ne lui envoie un coup de pied au visage, mais il lui ordonna de rentrer à la maison, ce qu'elle fit sur-le-champ, visiblement heureuse d'échapper à ses coups. Une fois seul, il saisit la machette qui pendait à sa ceinture et la lança contre un arbre voisin, puis recommença, encore et encore, atteignant chaque fois sa cible avec une précision inquiétante.

Mamá écouta mon récit passionné de la scène avec des hochements de tête.

— Tu crois qu'il va la tailler en pièces avec sa machette ? finis-je par demander, horrifiée.

— Non, répondit-elle. Elle perdra la vie à petit feu, pas tout d'un coup.

Je ne compris pas ce que ma mère entendait par là, jusqu'à ce que nous croisions Dolores au marché, quelques jours plus tard. D'impressionnantes teintes de pourpre et de bleu encerclaient ses yeux, si gonflés que c'était un miracle qu'elle voie les poivrons qu'elle jetait dans son panier, par ailleurs rempli de légumes et d'un poulet fraîchement tué. À croire que, après lui avoir donné une bonne correction, son mari l'avait autorisée à dépenser l'argent qu'elle avait gagné.

— Tu vois, chuchota *mamá*, satisfaite de la justesse de sa prédiction malgré sa compassion pour notre voisine. Si Dolores veut continuer à travailler pour cet homme riche, elle le paiera par des ecchymoses et des fractures. Et puis, un jour, quand il ne restera plus d'os à casser ou d'œil à pocher, son mari la tuera une fois pour toutes.

— C'est affreux, *mamá*. Il faut la prévenir, pour qu'elle s'échappe avant qu'il soit trop tard.

Ma mère secoua la tête.

— Ça ne servirait à rien, *mija*. Regarde-la. Aujourd'hui, elle est heureuse d'avoir son panier plein et son mari à la maison. C'est tout ce qui compte pour elle.

Ce n'était que lorsque le jour déclinait et que, étendues dans notre hamac, nous écoutions la rumeur nocturne, les courses précipitées et les cris de la faune de la jungle, que ma mère s'autorisait une ou deux pensées sentimentales totalement exemptes de sagesse pratique. Elle murmurait alors d'une voix rêveuse : « Imagine, *mija*. Imagine que nous voguons sur un petit bateau au milieu de l'océan, loin d'ici, que des millions d'étoiles scintillent au-dessus de notre tête et qu'autant de poissons aux couleurs de l'arc-en-ciel nagent sous nos pieds. » Ou encore : « Imagine, *mija*. Imagine que nous dormons dans une magnifique demeure avec d'immenses fenêtres en verre et du carrelage au sol,

et que nous nous réveillons, au matin, au doux grattement des cordes d'une guitare. »

Chaque nuit, ces jolies images coloraient mes rêves.
Grâce à elles, je n'avais aucun mal à trouver le sommeil, quelle que soit la quantité de « dures réalités » que
m'avait réservée la journée.

J'avais trouvé en mon cousin Carlitos mon com-
pagnon de jeux favori. Nous aimions par-dessus tout
nous amuser au bord de la rivière, où nous pouvions
sculpter la boue et créer toutes sortes d'objets. Il nous
arrivait, lorsque nous étions encore trop petits pour
connaître la pudeur et que les eaux de la rivière en
crue nous montaient jusqu'à la taille, de nous déshabiller et de nous enduire le corps de boue, couche après
couche, jusqu'à ce qu'il soit impossible de nous distinguer l'un de l'autre. Si d'aventure nous croisions une
connaissance, nous la défiions de deviner qui était le
garçon et qui la fille, puis sautions à l'eau avec des rires
hystériques pour nous décrotter et lui donner tort.

Je me demandais souvent ce qu'il adviendrait
lorsque Carlitos deviendrait un homme, s'il marcherait
sur les pas de son coureur de jupons de père ou des villageois qui rossaient leur femme. Il me semblait impossible qu'un garçon aussi gentil et adorable prenne ce
chemin, aussi finis-je par conclure que, si j'espérais me
marier un jour, je m'épargnerais bien des tourments
en le choisissant pour époux. Je soumis cette idée au
principal intéressé, qui la trouva bonne, comme je
m'y attendais. Un après-midi, après avoir joué au bord
de la rivière, nous nous présentâmes donc devant le
curé du village pour lui demander de nous unir sans
plus attendre.

— J'en serais très honoré, mais dans une dizaine
d'années, répondit-il.

— C'est trop long, contestai-je.

Carlitos exprima son accord en me prenant la main dans un geste très touchant. Le prêtre rit, puis nous considéra avec plus de sérieux.

— Vous êtes encore trop jeunes pour vous marier, mais je vais vous donner la bénédiction prénuptiale.

Il imposa alors les mains sur nos têtes mouchetées de boue et marmonna une courte prière. Il n'en fallait pas plus pour nous satisfaire et nous parcourûmes le village des jours durant en proclamant notre union, jusqu'à ce que nous nous lassions de ce jeu et passions à un autre.

Un seul homme avait gagné le respect de ma mère : Mgr Romero, archevêque de San Salvador. Il faut dire que tout le monde au village lui témoignait, plus que du respect, de la révérence. Lorsque la guerre civile éclata, nombre de ses pairs lui tournèrent le dos, mais jamais Mgr Romero ne se comporta de la sorte avec nous. Il condamna même ouvertement la violence qui sévissait dans les villages à travers tout le pays. À l'époque, les gens avaient plus besoin de boire ses paroles que de se nourrir et tous se rassemblaient autour du premier poste de radio pour écouter ses messages. *Mamá* m'expliquait que les propos de l'archevêque l'aidaient à prendre conscience que tout être humain, aussi pauvre fût-il, avait le droit de vivre dans la dignité et qu'il fallait pour cela se mobiliser.

Pour moi qui peinais déjà à saisir les brouilles entre hommes et femmes, cette discorde plus grave impliquant soldats, présidents et prêtres se révélait incompréhensible. Je n'avais pas vu les affrontements de mes propres yeux, mais j'avais entendu parler des massacres et noté la disparition d'un nombre croissant de jeunes hommes au village. Lorsque j'interrogeai *mamá* à ce sujet, elle m'expliqua que seuls les hommes combattaient dans les guerres, en raison de leur force physique et de leur bêtise.

Endossant l'habit d'apprentie mystique, je lui donnai à méditer ma petite contribution philosophique personnelle.

— Peut-être que c'est pour ça que les hommes sont parfois cruels envers les femmes, parce que ce sont eux qui doivent partir à la guerre.

Mamá leva les yeux de son ouvrage, les pupilles fixes tandis qu'elle tournait et retournait ma remarque dans son esprit. Un instant, je me crus presque douée de la même clairvoyance qu'elle, mais elle écarta ma vision d'une secousse de la tête.

— Tu as tout compris de travers, *mija*. C'est parce que les hommes sont cruels qu'il y a la guerre.

Puis elle retourna à sa couture.

Si *mamá* disait que la guerre faisait rage tout autour de nous, c'était forcément vrai. Néanmoins, la vie du village ne s'en voyait pas vraiment bouleversée : les adultes continuaient de travailler dans les caféières des environs, les enfants accomplissaient leurs tâches quotidiennes et allaient à l'école. Le soir, les femmes se mettaient aux fourneaux pendant que les quelques hommes encore présents se réunissaient sur la place pour boire. La plupart du temps, de somptueuses étoffes d'un pourpre ou d'un bleu éclatant brodées d'entrelacs d'or recouvraient la table au centre de notre petite hutte, qui se remplissait du chant rythmique de la machine à coudre de ma mère. En plus d'être philosophe, *mamá* était la meilleure couturière à des kilomètres à la ronde, si bien que tous les prêtres des paroisses alentour lui apportaient leurs habits à raccommoder.

Un seul geste rachetait mon père : avant de disparaître, il avait offert à ma mère une magnifique machine à coudre à pédale fixée sur un petit meuble en bois sculpté. J'étais fascinée par le lustre de l'engin noir que *mamá* astiquait régulièrement avec un tissu soyeux et j'aimais faire courir mes doigts le long des jolies fleurs ciselées qui décoraient les portes du petit placard au-dessous. Personne d'autre au village ne possédait de machine à coudre. *Mamá* soupçonnait d'ailleurs mon père de l'avoir volée, ce qui ne semblait toutefois pas l'inquiéter outre mesure, car jamais elle n'essaya de retrouver son éventuel propriétaire.

Quelle merveille de voir dans notre modeste hutte ces couleurs éblouissantes briller de leurs feux sacrés ! Pour moi, la sensation que procurait le contact de ces étoffes était comparable à celle que l'on devait éprouver en effleurant un ange. Je me sentais privilégiée d'entrevoir ainsi la gloire de Dieu dans son intimité, et très fière que l'on juge ma mère digne de repriser de telles splendeurs. J'adorais la regarder travailler à sa machine à coudre, observer la marche vaillante de l'aiguille, lui tenir le tissu quand elle me demandait de l'aide et apprendre à coudre à mon tour, quoique jamais avec sa précision ni sa finesse.

Assise sur sa chaise, le dos droit, le bout de sa longue queue-de-cheval noire balayant le sol de terre, *mamá* me confiait souvent son ambition de posséder une petite boutique.

— Les gens viendront de partout pour acheter les jolis habits que je coudrai, ou m'apporter des vêtements à repriser quand ils maigriront ou grossiront. Ils me paieront bien et j'économiserai assez d'argent pour acheter une maison rien que pour nous deux, avec l'eau courante, l'électricité et un toit de tuiles qui ne crépitera pas sous la pluie.

Lorsque ma mère me présentait son magnifique travail, je ne désespérais pas de voir un jour ces fabuleux rêves se réaliser.

— C'est ce que tu vois dans ton avenir, *mamá*? demandai-je une fois, avec l'espoir que ses pouvoirs de prédiction s'appliquent également dans ce domaine.

— Je ne peux pas voir mon avenir, répondit-elle avec tristesse. Si je le pouvais, je ne me serais jamais acoquinée avec ton père. Bien sûr, sans lui, je ne t'aurais pas eue, s'anima-t-elle, me gratifiant de l'un de ses rares sourires.

Lorsque *mamá* avait terminé son raccommodage, je l'aidais à plier les longues soutanes en prenant soin de serrer fort les coins entre mes doigts et de casser le tissu le long des coutures. La tâche se révélait difficile pour deux petits gabarits comme nous et il nous fallait grimper sur des chaises pour éviter que le tissu ne traîne par terre. Elle les plaçait ensuite dans le placard sous la machine, qu'elle réservait à ses plus beaux travaux. Elle savait que non seulement ils n'y prendraient pas la poussière, mais que mes cousins et moi n'irions pas y toucher, assurés que cette audace nous vaudrait une prompte punition.

Notre toit de tôle avait beau crépiter sous la pluie, je coulais dessous des jours heureux avec ma mère, ma tante Juana et mes quatre cousins. Nous menions, dans l'ensemble, une existence paisible mais, comme *mamá* l'avait prédit, *tía* Juana ne tarda pas à découvrir l'adultère de son mari. Elle le mit sur-le-champ à la porte, déclarant qu'elle ne voulait plus le voir et qu'elle ne le laisserait plus jamais poser la main sur elle, quand bien même il serait le dernier homme sur terre. *Tío* Carlos revenait néanmoins à la maison de temps à autre pour partager le hamac de *tía* Juana, jusqu'au moment où elle le chassait de nouveau.

Pour préserver une certaine intimité, nous pendions des couvertures au plafond entre les hamacs, mais cela ne m'empêchait pas d'entendre parfois des gémissements et des halètements du côté de la couche de *tía* Juana lorsque *tío* Carlos dormait avec elle. Par nuit de pleine lune, je jetais des coups d'œil furtifs par les interstices entre les couvertures et les apercevais, bras et jambes entremêlés comme dans une lutte.

— Dors, *mija*, me chuchota *mamá* lorsqu'elle me surprit en train de les épier. Tu veux que des cafards se glissent dans tes oreilles et ressortent par tes yeux?

— Non, *mamá*.

— Sache que c'est ce qui arrive aux gens qui espionnent les autres.

Je me recouchai, aussi inquiète au sujet de *tía* Juana que des blattes.

— J'ai peur qu'ils s'entretuent, cette fois, murmurai-je.

— Non, il ne la tuera pas. Ce que tu as vu, ce n'est rien de plus que ce qu'un homme et une femme font ensemble la nuit. Ce sont des affaires privées.

— Pourquoi ils font ça?

— C'est ainsi qu'ils font des bébés, et aussi ainsi qu'ils essaient d'oublier, ne serait-ce que pour quelques secondes, répondit-elle avec un gloussement cynique.

— Je ne comprends pas, *mamá*. Pourquoi ils veulent oublier?

— Assez de questions pour aujourd'hui, *mija*. Maintenant, dors.

Mais il était parfois impossible de dormir avec toute cette animation derrière les couvertures, sans parler des étranges sons qui me rappelaient les clapotements et les bruits de succion que Carlitos et moi produisions en jouant avec la boue près de la rivière. Puisque ces affaires entre hommes et femmes étaient si privées, j'estimais qu'ils auraient dû les conduire avec plus de discrétion. D'autant que si *tía* Juana venait à être prise de l'une de ses subites crises de rage et se mettait à reprocher à *tío* Carlos son autre famille avec force hurlements, personne n'arrivait à fermer l'œil, pas même Carlitos, pourtant si grand dormeur qu'une plaisanterie générale le disait capable de somnoler en plein tremblement de terre.

Tío Carlos n'était pas le genre d'homme à maîtriser une femme par les coups. À le voir baisser la tête et acquiescer en silence aux accusations de *tía* Juana, on aurait cru qu'il éprouvait une honte sincère. Ce qui ne l'empêchait pas de repartir dans les collines ou chez son autre femme pour n'en revenir que plusieurs semaines plus tard. Son laxisme à l'égard de ma tante le faisait passer aux yeux de beaucoup pour un être faible et méprisable. Lors des fêtes, les hommes du village l'invitaient rarement à se joindre à eux quand ils se retrouvaient pour boire de l'*aguardiente* à même le goulot de petites cruches qui passaient de main en main. Ses visites à la maison n'en comblaient pas moins de joie mes cousins et je dois admettre que, bien qu'il ne fût pas mon père, je ressentais en sa présence un mystérieux sentiment de complétude, l'impression que nous avions emprunté le rêve d'une autre vie pour le faire nôtre.

J'enviais secrètement mes cousins de connaître l'identité de leur père. En dépit de la virulence des critiques dont *mamá* et *tía* Juana couvraient *tío* Carlos après chacun de ses départs, il me manquait lorsque je rentrais l'après-midi et ne le trouvais pas assis à table ou assoupi dans le hamac tendu devant la hutte. Je me figurais alors qu'il était parti rejoindre mon père dans les profondeurs de la jungle montagneuse. Dans mon imagination, ils portaient tous les deux un fusil en bandoulière et combattaient côte à côte le mal qui frappait notre pays. Un jour, ils reviendraient au village en héros et se rachèteraient, eux et toute la gent masculine, si bien que même *mamá* serait obligée de les accueillir à bras ouverts. Bien entendu, ce n'étaient là que de beaux rêves, que je me gardais de partager avec elle.

Une nuit, alors que j'étais couchée dans mon hamac, *tía* Juana rentra à la maison essoufflée et secouée de sanglots si forts qu'elle parvenait à peine à formuler un mot. Sur le moment, je crus qu'elle avait vu *tío* Carlos en compagnie de son autre femme et de leurs enfants. Pendant ses crises de rage, elle menaçait souvent de les découper en morceaux avec la machette qu'elle ne quittait plus, dans ce but précis, s'ils avaient le malheur de croiser sa route. L'oreille tendue, je ne tardai toutefois pas à comprendre que son état ne tenait pas aux agissements de son mari, mais à la guerre. En temps normal, *mamá* et *tía* Juana parlaient toujours à voix basse lorsque nous dormions, mais leur effroi était trop grand, et notre hutte trop petite, pour que nous n'entendions pas ce qu'elles avaient à dire à cet instant.

D'une voix mal assurée, *tía* Juana raconta ce qu'elle avait appris à la radio pendant sa réunion d'étude biblique : Mgr Romero avait été abattu sur son autel juste après avoir prononcé son homélie. L'unique homme qui avait le courage de tenir tête au président, aux généraux et au monde entier, le seul qui condamnait en public le massacre des *campesinos* les plus pauvres, était mort. À présent, il ne restait plus personne pour nous défendre.

Un long silence suivit le récit de ma tante. Tremblante, je sortis de mon hamac pour jeter un regard entre les couvertures. Immobile sur une chaise, *mamá* fixait le vide comme si elle pouvait voir notre avenir au-delà des murs, de la jungle et des collines. *Tía* Juana posa la tête sur la table. Dans la hutte ne persista alors d'autre mouvement que l'oscillation de la flamme de la lampe à pétrole, qui créait d'affreux motifs d'ombre et de lumière, comme si les démons de l'enfer dansaient de joie à cette terrible nouvelle.

Le lendemain, quand *mamá* et moi nous retrouvâmes seules à la maison, elle vida le contenu de son petit meuble de couture aux charnières de cuivre puis m'ordonna d'y rentrer. J'obéis sans discuter, même si je ne comprenais pas la raison de cette étrange expérience. Le placard offrait très peu d'espace, mais, après que j'eus collé les genoux contre ma poitrine et baissé la tête, elle réussit à rabattre les portes sans trop de difficulté.

— Tu peux respirer ?
— Oui, mais je suis mal installée.
— Ce n'est pas grave tant que tu peux respirer.

Lorsque je lui demandai des explications, elle ne répondit pas, mais je décelai dans ses yeux la terreur et la résignation que j'y avais lues la nuit précédente.

La douleur du meurtre de l'archevêque fut apaisée par l'arrivée d'un nouveau curé de village venu de

San Salvador. Auteur lui aussi de propos audacieux, il permit à tout le monde d'oublier un moment la peur et de croire à la possibilité d'une vie meilleure pour ceux qui ne capitulaient pas.

— La mobilisation pacifique est un droit! déclarait-il.

Et tous les villageois d'applaudir.

— La politique ne devrait jamais prévaloir sur la vie humaine! clamait-il en écrasant son poing sur la chaire.

Et tous d'exprimer leur approbation à grands cris.

Comme les autres prêtres, le père Lucas apportait souvent ses travaux de couture à *mamá*. Malgré le sourire qu'il m'adressait toujours, cet homme m'intimidait et je n'osais pas le regarder longtemps dans les yeux, de peur qu'il ne voie l'imperfection de mon âme dans ses plus horribles détails. Il s'entretenait longuement avec *mamá* et *tía* Juana et, avec leur aide, organisa dans la communauté des réunions qui se prolongeaient parfois des heures après que mes cousins et moi nous étions couchés. Ma mère et ma tante en revenaient toujours pleines d'entrain, mais j'aurais voulu que ces rassemblements cessent, ou du moins que *mamá* reste avec moi à la maison. Le jour où je lui demandai de ne plus s'y rendre, elle me jeta un regard mauvais.

— Il faut se montrer courageuse, *mija*. C'est le seul moyen de survivre à cette guerre qui nous entoure.

Toutes ces paroles de bravoure, d'organisation et d'ordre nouveau ne résonnaient guère à mes oreilles. Je savais que je ne serais jamais aussi valeureuse que ma mère. Peureuse, je n'aimais pas entendre ces récits de mort et de martyre, des histoires qui n'éveillaient dans mon cœur rien d'autre que de la terreur. Pour la première fois de ma vie, j'éprouvai des difficultés à m'endormir. Si je rêvais la nuit, ce n'était plus que d'évasion:

je courais sur des kilomètres dans la jungle bleu-vert qui tapissait les montagnes autour du village, filant à travers l'obscurité, au-delà de la peur et de l'obligation de courage, de résistance et de vigilance, là où seuls règnent le calme et la paix.

Une nuit, un hurlement sinistre me tira de mon sommeil. Nous entendions souvent des chiens errants après le crépuscule, ou des coyotes qui s'appelaient des montagnes, mais ce cri ne ressemblait à rien de ce que je connaissais. Les animaux semblaient avancer vers nous à travers la forêt tropicale. Je me redressai dans mon hamac, l'oreille tendue, et vis que *mamá* était elle aussi à l'écoute de ce bruit mystérieux.

— Rendors-toi, *mija*, ce ne sont que les chiens, me chuchota-t-elle pour ne pas déranger le reste de la famille. Ils doivent être affamés.

J'obéis, mais je me réveillai à plusieurs reprises dans la nuit. Chaque fois que je me tournai vers ma mère, ses yeux scrutaient l'obscurité.

Le lendemain, avant le lever du soleil, une grande agitation s'empara du village. Arrivée à l'aube, une troupe de soldats de la garde nationale exigea que tous les habitants se rassemblent sur la place, menaçant d'abattre sur-le-champ les récalcitrants. Mes cousins se mirent à courir dans tous les sens en pleurnichant pendant que *tía* Juana s'affairait et aboyait ses ordres. Alors qu'il s'habillait, Carlitos me donna un coup à l'épaule pour me sortir de mon hamac, mais, bien trop effrayée pour bouger, j'attendis les instructions de ma propre mère.

Après avoir réuni sa progéniture, *tía* Juana se diri- gea vers la porte. Au moment de sortir, elle se retourna vers *mamá*, qui ne faisait pas mine de l'imiter.

— Pour une fois, obéis, Maria. Ne fais pas l'imbécile !

Je m'apprêtais à me lever et à leur emboîter le pas lorsque *mamá* posa la main sur mon épaule et, sans un mot, me guida vers le coin de la pièce où se trouvait son petit meuble de couture, vidé de son contenu. Un tremblement de peur me gagna à la vue des somptueux habits cléricaux traînant sur le sol en terre.

— Imagine, *mija*. Imagine que nous sommes des oiseaux et que nous avons trouvé un endroit où nous reposer. Tu seras ici en sécurité jusqu'à ce que je revienne te chercher.

Lorsque je plongeai les yeux dans ceux de ma mère, le vacarme extérieur s'assourdit, jusqu'à disparaître totalement, et je n'entendis plus que sa douce voix apaisant mes peurs. J'entrai dans le placard qu'elle tenait ouvert puis m'y accroupis, ramenant les genoux sur ma poitrine. Au moment où elle refermait les portes, je tendis la main pour l'arrêter.

— *Mamá*, j'ai peur de rester toute seule. Je veux être avec toi et les autres. Enfin, surtout avec toi.

— Je serai toujours avec toi, *mija*. Maintenant, tu dois te tenir tranquille. Quoi que tu entendes, tu ne dois pas quitter ton petit nid tant que je ne viens pas te chercher.

— Quand est-ce que ce sera ?

— Bientôt. Très bientôt.

Après avoir rabattu les portes en bois, elle jeta les soutanes sur la machine à coudre. Je l'entendis ensuite s'éloigner à pas précipités en direction de la place du village.

J'ignore combien de temps j'attendis. Peut-être une heure, peut-être deux. Le dos endolori, je ressentis bientôt l'irrépressible besoin d'étirer mes jambes et de tendre le cou, mais pas un seul instant je n'envisageai de sortir de ma cachette. Je devais patienter jusqu'au retour de *mamá*, comme elle me l'avait ordonné. Tôt ou tard, elle viendrait me chercher, j'en avais la certitude.

Dans le meuble recouvert par les riches étoffes, seule une vague rumeur me parvenait de l'extérieur. Deux ou trois coups de feu retentirent, puis plus rien. Peut-être les soldats étaient-ils partis et serais-je bientôt délivrée. Je m'étais presque convaincue de ce scénario lorsque je sentis le sol vibrer. Quelqu'un approchait, mais je ne reconnus pas le pas agile et leste de *mamá*. Ce martèlement, c'était la foulée pesante d'un militaire en colère.

Soudain, la fragile porte en bois de notre hutte s'ouvrit sous l'effet d'un coup de pied si violent qu'elle s'écrasa contre le mur, faisant tressauter le toit de tôle. Plusieurs objets tombèrent de l'étagère et se brisèrent sur le sol. Combien de fois mon cousin Carlitos en avait-il fait autant ? Et combien de fois sa brusquerie lui avait-elle valu une fessée de *tía* Juana ?

Je fermai les yeux et retins ma respiration dans un effort pour réprimer mon tremblement. Je m'imaginai alors toute petite : je n'étais plus un oisillon attendant le retour de sa maman, mais un œuf incapable de respirer, de bouger ou de produire le moindre son. À travers ma coquille, j'entendis le souffle rauque de l'intrus et ses grognements à mesure qu'il arrachait les couvertures du plafond une par une. Par la porte entraient les rires et les quolibets des soldats, semblables à ceux d'ivrognes lapidant un chien errant avec des acclamations à chaque fois que la pierre atteignait sa cible, tandis que la pauvre bête s'éloignait, gémissante et claudicante, pour mourir dans la solitude. Jamais je ne comprendrais ce que ces hommes trouvaient de si amusant à la souffrance et à la mort. Tout à coup, une certitude filtra des replis les plus sombres de mon âme et je perçus les murmures poignants des femmes et des enfants, de ma mère, de ma tante et de mes cousins, qui pleuraient, haletaient et suppliaient pour avoir la vie sauve. Je les vis agenouillés sur la terre baignée de sang, les yeux tournés vers le ciel ou fixés droit devant. Des détonations s'égrenèrent dans l'air et ils s'effondrèrent les uns sur les autres, jusqu'à ce qu'il ne reste plus personne à genoux. J'entendis alors le hurlement du vent soufflant sur un paysage aride et froid, sans arbre, ni montagne, ni vallée. De la blessure de mon cœur jaillit une rivière, dont le flot sanglant emporta tout ce que j'avais jamais connu, espéré ou cru.

Le militaire renversa à coups de pied les chaises et l'unique table de notre logis, arracha les hamacs des murs et balaya le contenu des étagères, envoyant se fracasser sur le sol mon monde et tout ce qui l'habitait, écrasant de ses bottes les débris de ma vie. Cependant, pas une fois il ne posa la main sur la machine à coudre et son meuble, calés dans un coin, sous les somptueuses étoffes de pourpre et d'or.

Lorsqu'il passa à la hutte suivante, un silence amer m'enveloppa.

Je ne sais combien de temps je demeurai dans l'obscurité, les genoux collés contre ma poitrine, et la tête appuyée sur eux. Peut-être des jours, peut-être seulement quelques heures. Je ne me souviens que de l'engourdissement de mes bras et de mes jambes, de ma respiration laborieuse, courte et superficielle. Chaque fois que je songeais à quitter ma cachette, je me remémorais les paroles de ma mère. Quoi qu'il se passe, je devais patienter jusqu'à son retour.

— Quand est-ce que tu reviens, *mamá*? murmurai-je. Qu'est-ce que je dois faire? Où es-tu? Pourquoi n'es-tu pas ici, avec moi?

Je l'entendais alors me répondre : « Tu dois te montrer patiente, *mija*. Et souviens-toi que je serai toujours avec toi. Toujours. »

Dans le lointain, je perçus des pas qui approchaient, puis un son familier. D'abord incapable d'y reconnaître une voix humaine tant mes sens étaient altérés, je finis par identifier le timbre d'un homme, qui appelait et cherchait. C'était le père Lucas, ce cher père Lucas! Parti à San Salvador pour quelques jours, il rentrait à présent au village. *Mamá* n'entendait sûrement pas que je me cache aussi du père Lucas.

— Il y a quelqu'un? héla-t-il encore dans une plainte chevrotante. Si vous m'entendez, répondez!

Je ne demandais qu'à me manifester, à bondir hors de ma cachette les deux bras tendus, mais je n'étais plus qu'une masse de chair et d'os comprimée et paralysée. Je n'arrivais même pas à déterminer si mes yeux étaient ouverts ou fermés. Je ne sais comment, je réussis à remuer mon gros orteil et à le rapprocher tout doucement du bord du meuble. Ce mouvement libéra ma cheville, avec laquelle je pus produire un faible tapotement, progressivement plus intense et régulier, à défaut de pouvoir prononcer un mot. La gorge sèche, je ne parvins qu'à émettre un couinement à peine digne d'un chicotement de souris en réponse à l'appel désespéré du prêtre. J'entendis alors le bruissement miraculeux des soutanes glissant de la machine à coudre, et les portes de bois s'ouvrirent lentement sur le père Lucas.

— Anna, c'est toi?

Dans l'impossibilité de bouger et de parler, je lui répondis en pensées : « Père Lucas, j'attends *mamá*. Elle m'a dit de l'attendre quoi qu'il arrive, mais je crois que je ne pourrai pas tenir plus longtemps. »

— Douce mère ! s'exclama-t-il.

Il m'attrapa pour me délivrer du petit placard, comme s'il mettait au monde un nourrisson hideux et déformé, puis me serra contre sa poitrine et, une main plaquée sur mes yeux, me sortit de la maison. Par les interstices entre ses doigts, j'entrevis les cadavres ensanglantés qui gisaient dans tout le village, éparpillés comme du linge qu'une violente tempête aurait arraché de sa corde. Un enfant avec une seule tennis blanche était étendu sur le dos, les mains ligotées derrière le dos et le ventre entaillé. Ses intestins se répandaient sur le sol comme une masse visqueuse de gros vers rose et bleu. Je sus tout de suite qu'il s'agissait de Manolo car il était le seul à posséder une paire de tennis blanches au village, un privilège qui faisait bien des envieux. Je serrai fort les paupières et me cramponnai au père Lucas. Je ne voulais plus voir les horreurs derrière ses doigts, mais ce pied tordu chaussé d'une tennis blanche hanterait ma mémoire pour le restant de mes jours.

Le prêtre parcourut la route jusqu'à l'église avec des marmonnements inintelligibles de dément, puis remonta l'allée centrale de l'édifice pour me déposer devant l'autel et s'agenouiller à côté de moi. Secoué de tremblements, les mâchoires crispées, il posa ses mains tachées de sang sur son front puis sur le mien à plusieurs reprises, jusqu'à ce que nous ayons le visage couvert de sang et de crasse. Les larmes qui ruisselaient de ses yeux dessinaient des traînées sur ses joues et sa gorge avant d'imbiber les bords de son col souillé de sang.

— Ta mère m'a dit que, s'il arrivait quoi que ce soit, je devais te chercher sous les habits de l'église. J'ignorais ce qu'elle entendait par là. Je lui ai dit de ne pas s'inquiéter, que rien n'arriverait. Comment ai-je pu être aussi naïf, Anna ? Comment ai-je pu autant me tromper ?

Se détournant pour faire face à l'autel, il pleura et pria des heures durant tandis que je gisais, tel un fœtus, sur le sol de l'église.

2

Anna consulta la pendule sur la table de nuit d'un regard voilé, surprise de constater qu'il était presque 8 heures. Elle était restée immobile sur sa chaise pendant plus de deux heures. Lorsqu'elle se leva pour se pencher sur le visage de son bien-aimé, un violent élancement remonta sa colonne vertébrale, mais elle oublia la douleur à la seconde où elle s'aperçut que le repos d'Adam était troublé. De minuscules crevasses se formaient autour de ses yeux et de sa bouche et chacune de ses inspirations lui sciait les côtes. L'effet des antalgiques qu'elle lui avait donnés quelques heures plus tôt se dissipait, à l'évidence. Dès qu'il ouvrirait les yeux et serait assez conscient, elle lui en administrerait une nouvelle dose. Elle attrapa les comprimés dans la forêt de flacons qui envahissait la table de nuit et vérifia les étiquettes. Elle avait beau veiller à bien ordonner les médicaments, elle contrôlait toujours, au cas où.

Elle sortit les cachets un par un et les garda au creux de sa main. Elle rêvait d'échanger un ou deux précieux mots avec lui avant qu'il succombe à leur effet soporifique.

Elle repensa au pronostic du Dr Farrell. Il lui semblait que leur conversation remontait à tellement plus de deux heures que les paroles du médecin revêtaient une étrange irréalité. Peter était indiscutablement un excellent praticien, et un merveilleux ami, mais ce ne serait pas la première fois qu'il se trompait. Et puis, attendre ainsi la mort n'inciterait-il pas celle-ci à se présenter plus tôt que nécessaire?

Anna sentit une masse familière peser derrière ses yeux et lui brouiller la vue. De sa main libre, elle se mit à se frictionner la tempe dans un vain effort pour juguler sa migraine. Au fil des années, elle avait appris à apprivoiser ses maux de tête en assimilant la douleur à une luxuriante plante grimpante dont les vrilles proliféraient en elle, la purgeant de ses complaisances et lui rappelant que nul n'échappe à la souffrance. Aussi loin que l'on fuie, aussi fort que l'on regimbe, on y est condamné.

Tandis que la migraine rassemblait ses forces pour l'assaut final, elle se demanda pourquoi le Seigneur jugeait bon d'emporter une fois de plus l'être le plus cher à ses yeux. Bien sûr, elle mesurait tout l'égoïsme de cette question, mais comment rester indifférente face au mystère de ce choix divin? Elle observa le spectacle offert par la silhouette émaciée étendue dans le lit, son torse et ses membres chétifs, autrefois si vigoureux, son visage hâve, puis ses yeux, qui semblaient s'enliser dans son crâne. Se pouvait-il que cet homme fût celui avec qui elle avait ri et pleuré toutes ces années? Celui qui la soulevait au-dessus de sa tête comme une poupée de chiffon? Elle peinait à le croire.

Elle sourit en le voyant ouvrir les yeux, toujours aussi émerveillée par ses sombres iris cristallins, qu'il ne lui avait plus été donné d'admirer depuis plusieurs heures. Tout fatigués et éteints qu'ils étaient, ils ne manquaient jamais d'instiller en elle un inexplicable espoir.

Elle devina qu'il voulait parler, mais il lui fallait du temps pour rassembler ses idées et trouver l'énergie. La main serrée en un poing volontaire, elle espéra de tout son cœur que ses forces ne le trahissent pas. Il leur restait encore tant à se dire. Lorsqu'il s'humecta les lèvres, elle manqua faire tomber les cachets qu'elle tenait dans sa paume pour attraper un verre d'eau. Elle crut, tant sa main tremblait, qu'elle allait le renverser avant de lui donner une chance de se désaltérer.

— Anna, murmura-t-il. Je suis content que tu sois encore là.

— Bien sûr que je suis là, lui sourit-elle. Où voudrais-tu que je sois?

Il ferma les paupières.

— J'ai rêvé que tu m'avais quitté.

— Je ne te quitterai jamais.

— Dans mon rêve, tu dansais et grimpais aux arbres.

Anna lui prit la main pour la porter à ses lèvres.

— C'est ici que je veux être, pas en train de danser ou de grimper aux arbres.

Lorsqu'il rouvrit les yeux, ils lui apparurent sous un autre jour, comme si un ciel gris s'y reflétait.

— Je voudrais danser et grimper aux arbres avec toi, et...

Il prit une respiration profonde et laborieuse, mais ne réussit pas à aller au bout de sa pensée.

— Je sais, mon amour, je sais, dit-elle en posant sa main contre sa joue. L'avion de Jessie arrive ce matin, ajouta-t-elle d'une voix qu'elle voulait enjouée. Et Teddy va venir lui aussi, j'en suis certaine.

Il hocha la tête et inspira douloureusement, s'efforçant de résister à la torture qui menaçait de s'emparer de lui d'une seconde à l'autre. Anna savait que, si elle ne lui donnait pas tout de suite ses médicaments, il faudrait peut-être des heures pour ramener ses souffrances à un niveau tolérable.

Après lui avoir montré les comprimés dans sa paume, elle les déposa un par un sur sa langue. Adam enfonça la tête dans son oreiller et s'endormit presque sur-le-champ. Hypnotisée par le gonflement et l'affaissement de sa poitrine, elle attendit que son souffle devienne régulier puis, une fois certaine qu'il goûtait un repos paisible et indolore, s'adossa à sa chaise et se détendit un peu. Alors que la paix la gagnait à son tour, elle résolut de faire le nécessaire pour qu'Adam puisse revoir son fils, le prendre dans ses bras, l'embrasser et lui donner la mesure de son amour.

Cette pensée ancrée dans son esprit, elle se leva et gagna la fenêtre, étonnée de ne presque plus sentir sa migraine. Ses yeux se perdirent sur l'étendue du jardin en contrebas. Elle le trouvait chaque jour différent. Le vert des arbres et de la pelouse prenait une nuance plus claire ou plus foncée en fonction de la qualité de la lumière projetée sur les feuilles, les roses s'épanouissaient avec de nouveaux visages réjouis, les azalées frémissaient sous la promesse du printemps.

Avec un froncement de sourcils, elle songea au rêve d'Adam. Peut-être aurait-elle dû lui répondre qu'elle voulait elle aussi grimper aux arbres et danser avec lui. Oui, c'était ce qu'elle aurait dû dire. Elle devait garder les idées claires et se concentrer sur ces instants trop fugitifs. Malgré tout, elle fut incapable d'interrompre le flot d'images et de sons qui l'assaillit. Elle ne demandait qu'à les étouffer et à les chasser de son esprit, mais passé et présent s'entrechoquaient dans sa tête comme autant d'épingles qui, jetées pêle-mêle dans un tiroir, piquaient sans pitié les doigts dès qu'on essayait d'en attraper une.

*

Le massacre ne me laissa ni morte ni vivante. Les semaines qui suivirent, j'errai dans des limbes gris dénués de pensées et de sentiments, de sons et de couleurs, dérivant entre conscience et inconscience. Je me rendais néanmoins compte que je marchais, bougeais, respirais, introduisais de la nourriture dans ma bouche, éliminais les déchets de mon corps, me grattais le nez et toussais, de temps à autre. De moi n'avait survécu que ma nature la plus primitive, celle qui résiste aux maux les plus terribles des hommes, et je craignais que le reste, tout ce qui touchait à l'âme, ne se fût endormi à jamais.

Avant de reprendre la route pour San Salvador, le père Lucas m'avait déposée dans un orphelinat de fortune accueillant des enfants de tout âge dont les familles avaient, comme la mienne, été massacrées par les escadrons de la mort. Les derniers arrivants flottaient sans but ni direction entre les huttes et la cour, tels des fantômes vagabonds. Nous demeurions parfois assis au même endroit pendant des heures sans que rien ne pût nous faire bouger, pas même les pluies torrentielles. Si nous avions basculé la tête en arrière et ouvert la bouche, nous serions sûrement morts noyés. Des enfants assez grands pour manger seuls devaient être nourris à la cuillère, voire de force, car la faim ne suffisait pas à les animer. Cette torpeur se prolongea pendant plusieurs semaines. Avec le temps, certains sortirent doucement de ce glacial hiver et le sang dégela dans leurs veines. D'autres ne se rétablirent jamais.

Le retour à la vie se révéla, dans une certaine mesure, plus douloureux. En retrouvant le contrôle de mes pensées, je me mis à songer à ma mère, à *tía* Juana et à mes cousins. À leur souvenir, une douleur si atroce s'emparait de tout mon corps que j'avais l'impression qu'on m'arrachait les membres et qu'on m'écorchait vive. Je gémissais et geignais pendant des heures, jusqu'à être trop épuisée pour ne serait-ce que respirer. Ne restait alors que la question vaine et déchirante que je me poserais des milliers de fois à chaque seconde de mon existence, si bien qu'elle finirait par constituer l'essence même de mon être : « Pourquoi ? » Pourquoi ma mère et tous les membres de ma famille étaient-ils morts ? Pourquoi tous les hommes, les femmes et les enfants de mon village avaient-ils été sauvagement assassinés ? Et, plus difficile à appréhender encore, pourquoi avais-je survécu ? Je ne cessais de me demander quel coup du sort avait mené à la disparition de mes proches, pourquoi Dieu me les avait enlevés, mais aucune réponse ne venait apaiser mes souffrances. « Je suis toute seule, maintenant ; je suis toute seule, maintenant... », marmonnais-je des heures durant, non pas parce que j'acceptais cette idée, mais parce que sa réalité me parlait. Je m'imaginais hantée pour le restant de mes jours par le sentiment que j'éprouvais lorsque, ouvrant les yeux au beau milieu de la nuit, j'écoutais les bruits nocturnes et regardais le clair de lune par les interstices de notre hutte alors que tout le reste de la famille dormait.

Comme moi, les autres pensionnaires venaient de villages modestes et étaient accoutumés à un confort rudimentaire, mais, même pour des enfants pauvres, les conditions de vie à l'orphelinat requéraient une résistance remarquable. Si les plus chanceux se partageaient un hamac à trois ou quatre en fonction de leur taille, la plupart dormaient à même le sol, au milieu de la vermine.

Je m'estimais heureuse de m'être vu attribuer un hamac avec deux autres filles. L'une d'elles dormait à poings fermés, mais l'autre ne trouvait généralement le sommeil qu'après avoir versé toutes les larmes de son corps en appelant ses parents à grands cris. Nous pleurions tous mais, contrairement aux autres, qui cédaient à la fatigue au bout d'une ou deux heures, Teresita sanglotait jusqu'à ce que l'aurore filtre dans les brèches du mur. Même si elle était plus âgée que moi, je lui fredonnais les berceuses que me chantait *mamá*, parfois jusqu'au petit matin. Bien qu'épuisée par les veilles de Teresita, je ressentais toujours une profonde reconnaissance lorsqu'elle posait son visage barbouillé de larmes sur mon épaule et m'implorait d'entonner un nouvel air. Par ce geste, elle me rappelait que, malgré nos pertes inestimables, nous restions des êtres humains capables d'offrir du réconfort.

À l'orphelinat, la nourriture était une denrée rare et il arrivait souvent que des bagarres éclatent autour des misérables portions de haricots et de tortillas de maïs qui nous étaient distribuées. Plus portés à la colère qu'aux larmes, les garçons étaient les principaux fauteurs de troubles. Si l'un d'eux avait le malheur de regarder l'autre avec la moindre étincelle d'agressivité dans les yeux, ou l'audace de s'octroyer le plus gros épi de maïs, il le payait tôt ou tard d'un passage à tabac à l'abri des regards adultes.

Les prêtres et les religieuses passaient leur temps à mettre fin aux disputes, à confectionner des tortillas, à déblayer les excréments des latrines et à nous mener en troupeau entre les quelques huttes qui composaient l'orphelinat, comme pour nous donner une illusion de liberté. En réalité, nous n'étions pas autorisés à nous éloigner de plus de quelques centaines de mètres des dortoirs, une limite derrière laquelle nous guettait une mort certaine. Personne, pas même les garçons les plus durs, n'osait désobéir.

Lorsque le calme régnait alentour, je me postais souvent aux confins de l'enceinte pour contempler la jungle bleu-vert dont l'immensité recouvrait les collines à perte de vue, à la fois majestueuse et menaçante. Dans ces moments, il m'arrivait de déceler la voix de ma mère au passage du vent qui s'engouffrait dans les vallées, balayant la cime des arbres : « N'aie pas peur, *mija*. Tu ne me vois pas, mais moi je te vois. » Je retenais alors ma respiration pour sentir son étreinte dans la chaleur du soleil et, l'espace d'un instant magique, je percevais en moi sa force, jusqu'à ce qu'une expiration me l'enlève de nouveau.

Les vilaines plaques marron découpées sur de nombreux versants de la montagne par l'exploitation intensive du bois n'étaient pas visibles de l'orphelinat, et je peinais à imaginer, au cœur des ténèbres mystérieuses et paisibles de la forêt tropicale, des rebelles et des gardes nationaux se battant à coups de fusil et se découpant à coups de machette. Je me demandais ce que les créatures de la jungle, que ce soient les oiseaux perchés dans les arbres ou les serpents rampant sur le sol, pensaient de cette guerre qui venait corrompre leur univers. Étaient-ils aussi effrayés que nous ? Réussissaient-ils à trouver un lieu sûr et dérobé où se cacher en attendant la fin des hostilités ? Je l'espérais et priais pour que tous, y compris le serpent à sonnette qui me terrorisait depuis toujours, trouvent un nid où patienter en paix.

Lorsque les grondements des combats atteignaient l'orphelinat, je me réfugiais dans le recoin le plus sombre d'une hutte et cessais d'être une petite fille pour devenir un coléoptère brun, à mes yeux la créature terrestre qui courait le moins de danger. Comme j'aurais aimé pouvoir détaler sous les pieds des meurtriers sans être vue.

— J'aimerais être aussi courageuse que toi, *mamá*, mais je ne suis qu'une peureuse, murmurais-je. Pardonne-moi, *mamá*. Pardonne-moi.

Alors, le doux silence de sa voix m'emplissait de paix et je trouvais la force de sortir de ma cachette.

La plupart des prêtres et des religieuses responsables de l'orphelinat n'étaient pas habitués aux dures réalités de la vie au Salvador, si bien que certains me paraissaient encore plus brisés que nous. Beaucoup d'entre eux avaient quitté un bel intérieur citadin à l'étranger pour la noble cause consistant à nous sauver de nous-mêmes, et sans doute ne s'attendaient-ils pas à ce que l'héroïsme soit tant dénué de charme, les obligeant à déféquer à quelques mètres seulement de l'endroit où ils dormaient et à trier les vers dans leur assiette.

Parmi les sœurs et les pères qui passaient d'une besogne à l'autre d'un pas traînant, la tête basse, je remarquai une religieuse moins maussade. Sœur Josepha se déplaçait d'une démarche sautillante, mangeait les asticots avec le même plaisir que celui des enfants et sifflotait souvent, même lors des corvées les plus désagréables. Originaire des États-Unis, elle parlait espagnol avec un accent à couper au couteau qui nous arrachait à tous des gloussements. Cependant, plutôt que de se fâcher et de nous accuser d'irrespect, comme ses pairs, sœur Josepha se joignait à notre hilarité. Rire faisait du bien. Lorsque ce fragment d'humanité latente se réveillait en moi, je me sentais habitée d'un regain d'énergie.

Chaque fois que sœur Josepha écorchait un mot, je me faisais un devoir de la corriger. Je la reprenais parfois si souvent qu'elle finissait par catapulter ses mains sur ses hanches et me considérer d'un air sérieux.

— Anna, tu fais un excellent professeur, mais tu ne crois pas que ton élève mérite un peu de repos? *Un poco de descanso, no?*

Sœur Josepha était une petite femme corpulente, avec une tête d'autant plus ronde qu'elle portait une guimpe du lever au coucher. J'aimais voir ses boucles châtaines dépasser du tissu blanc. Ainsi découpé, son visage ressemblait à une épaisse *pupusa*, ces galettes farcies au bord roussi que *mamá* confectionnait parfois. Je faisais tout ce qui était en mon pouvoir pour rester auprès de la jeune religieuse, je ne comprenais d'ailleurs pas que les autres enfants ne soient pas eux aussi pendus à ses basques. Ne percevaient-ils pas les vertus curatives, la chaleur et l'espérance qui émanaient d'elle? Sœur Josepha était la seule d'entre nous à être vraiment en vie, à respirer profondément alors que nous suffoquions tous.

Quelle que soit la tâche qu'elle accomplissait, qu'elle balaie le sol des huttes, remue la marmite sur le feu de camp ou déblaie la crotte fraîche des latrines, sœur Josepha pouvait être certaine, en jetant un coup d'œil sur son flanc droit, de m'y trouver, debout, attendant simplement qu'elle remarque ma présence. Il ne fallait toutefois pas se fier à mon apparente passivité. Je surveillais d'un œil possessif son coude droit, prête à me battre avec autant d'acharnement que certains garçons pour la nourriture si quelqu'un s'avisait de me dérober ma place auprès d'elle. Quand elle ne me demandait pas de l'aider, je me contentais de la regarder. Même quand je ne faisais rien, je ne me sentais jamais désœuvrée à son côté.

Compagnes de tous les instants, nous avions tout le loisir de bavarder. Un jour, je lui demandai donc ce qui l'avait poussée à entrer dans les ordres, et si son choix s'expliquait par la certitude que la vie avec un homme ne lui apporterait que du chagrin. Ma remarque amena un sourire perplexe sur son joli visage rond.

— Bien sûr que non ! répondit-elle. Crois-le ou non, j'ai été amoureuse autrefois. Mais quand Dieu m'a parlé et m'a ordonné de le suivre, je n'avais d'autre choix que de l'écouter et de lui obéir.

— Dieu vous a parlé ? m'exclamai-je, intriguée. Avec vos oreilles toutes couvertes, ça n'a pas dû être facile de l'entendre.

— Non, bécasse, gloussa-t-elle. Quand Dieu te parle, tu ne l'entends pas avec les oreilles, expliqua-t-elle en pointant un doigt sur le côté de sa tête. Tu l'entends avec le cœur.

— C'est comme sentir avec les yeux et goûter avec le nez, alors ?

À mon grand plaisir, elle laissa de nouveau échapper ce rire qui me donnait l'impression que tous les anges du ciel me souriaient.

— Un peu, oui, répondit-elle en me tirant gentiment le lobe.

Aucun de nous ne s'étonna d'apprendre que sœur Josepha avait été professeur aux États-Unis, car il lui suffisait d'ouvrir la bouche pour que nous abandonnions tous nos activités afin de lui prêter oreille. Après nos besognes quotidiennes, nous nous rassemblions souvent autour d'elle pour l'écouter nous parler de la guerre. À mesure que les pièces du puzzle s'assemblaient dans mon esprit, ma vision de la situation s'éclaircissait.

— La guerre qui tue votre peuple et ravage votre pays n'est pas vraiment votre guerre, nous expliqua-t-elle. C'est celle de l'Union soviétique et de mon pays.

Cette idée fut d'abord difficile à saisir pour nous qui n'avions jamais vu que des Salvadoriens en armes, et jamais des soldats de ces lointains pays. Sœur Josepha nous précisa alors que les Américains et les Russes ne combattaient pas directement, mais entraînaient et appuyaient les troupes ennemies : la garde nationale pour les États-Unis, les rebelles pour l'Union soviétique et ses alliés communistes.

— C'est comme un match de foot! remarqua un enfant. Vous voulez que votre pays gagne, sœur Josepha?

— Il n'y a pas de gagnant dans ce genre de match, répondit-elle tristement.

— Mon père a été tué par les gardes nationaux parce qu'ils croyaient qu'il était communiste, intervint un autre garçon. Quand je serai grand, je tuerai tous les militaires pour que les communistes gagnent la guerre.

Il brandit en l'air un poing furieux, qu'il ne réussit cependant qu'à maintenir quelques secondes avant d'éclater en sanglots. Sœur Josepha courut le prendre dans ses bras et le serra longuement contre elle.

— Le pardon et la compréhension, voilà la réponse, mon enfant, répéta-t-elle jusqu'à ce que ses pleurs se tarissent et qu'il retrouve son calme.

Sœur Josepha n'ôtait son voile et sa guimpe que le soir, au moment de se coucher. Elle pendait alors avec soin le tissu blanc rigide à un crochet près de son hamac, puis brossait la poussière qui s'y était accumulée tout au long de la journée avec un mouchoir qu'elle gardait coincé dans sa manche. Je la sentais gênée d'exhiber devant nous ses courts cheveux châtains qui ressemblaient à de minuscules escargots collés à son crâne mais, les religieuses et les prêtres partageant les huttes des enfants, elle n'avait guère le choix. Jamais sœur Josepha ne s'étendait dans son hamac dans la journée, pourtant, un après-midi, elle s'excusa en invoquant une indisposition. Moi qui ne la quittais pas d'une semelle, j'étais bien placée pour savoir qu'elle se sentait mal depuis plusieurs jours. Elle avait en effet passé un temps inhabituel derrière les arbres qui dissimulaient la fosse d'aisances. Bien que je ne l'y aie jamais suivie par respect pour son intimité, je l'avais attendue à assez courte distance pour distinguer les borborygmes de son estomac dérangé, qui me paraissaient, comme tout ce qui émanait d'elle, étrangement sacrés.

Lorsqu'elle disparut dans la hutte, je montai la garde devant la porte, faisant déguerpir les enfants qui tentaient d'entrer en leur expliquant que sœur Josepha était malade et se reposait. Bientôt saisie d'inquiétude, je rejoignis la religieuse pour vérifier son état, très vite rassurée par son léger ronflement. Repérant sa guimpe et son voile pendus à leur crochet, je sentis soudain le besoin irrépressible de m'en emparer. Sans y réfléchir à deux fois, je me dirigeai sur la pointe des pieds vers le petit miroir à l'extrémité de la hutte et passai la guimpe, comme j'avais vu sœur Josepha le faire en d'innombrables occasions, avant de coiffer le voile par-dessus, laissant le tissu flotter sur mes épaules. Je demeurai un long moment devant mon reflet, fascinée par le caractère angélique de mon visage, d'habitude si quelconque et ordinaire. Je considérai la grande tristesse qui habitait mes yeux et le trait résolu de ma bouche. Sous cette couronne, ma banale détresse s'élevait en souffrance sacrée. En un instant, j'avais grimpé plusieurs barreaux de l'échelle menant au ciel et creusé la distance entre moi et la misère de mon espèce. Aucun doute ne subsista dans mon esprit : à travers ce miroir, c'était la Providence qui me faisait signe.

Je sentis une main se poser sur mon épaule et le reflet de sœur Josepha apparut au côté du mien. Captivée par ma vision, je ne l'avais pas entendue se lever et traverser la hutte.

— Anna, tu es… tu es belle, remarqua-t-elle, le visage illuminé.

Mes yeux se remplirent de larmes, autant de honte d'avoir été surprise avec le précieux voile de sœur Josepha que de stupéfaction à ses paroles. Personne ne m'avait jamais parlé ainsi.

— Je veux être comme vous, déclarai-je en ôtant la coiffe pour la lui rendre. Je veux être professeur et devenir la fiancée du Christ, et de personne d'autre.

— Dieu soit loué ! s'exclama-t-elle en m'enlaçant.

À la suite de ma révélation, les liens qui m'unissaient à sœur Josepha se resserrèrent, au point qu'elle m'autorisa à partager son hamac la nuit. Après avoir chanté mes berceuses à Teresita, j'allais donc me pelotonner à côté d'elle en veillant à ne pas la déranger. Lorsqu'elle ne dormait pas encore, elle passait parfois son bras autour de moi, comme le faisait ma mère.

— À la fin de la guerre, nous serons tous libérés de ce malheur. Prions pour une résolution rapide du conflit, Anna.

— Oui, ma sœur, prions.

— Et tu ne dois pas culpabiliser d'avoir survécu quand tant d'autres ont péri. Ce genre de décision repose entre les mains de Dieu, pas entre celles des hommes.

Comme Teresita avec mes berceuses, j'accueillais ses mots avec reconnaissance. Je ne saurais jamais avec certitude pourquoi Dieu m'avait laissé la vie, mais mon ignorance et ma soumission au mystère de ma survie avaient façonné une servante du Seigneur pleine de bonne volonté et m'avaient permis de comprendre que mon existence ne m'appartenait pas.

Après plusieurs nuits passées à discuter avec sœur Josepha, je pris conscience qu'elle souffrait de ne pas pouvoir mettre fin à la guerre. Cette chère sœur Josepha! J'aurais voulu prendre sa jolie tête de *pupusa* entre mes mains pour lui dire de ne plus se tracasser pour cette tâche impossible, qui, comme compter les étoiles du ciel par une nuit sans lune, ne la conduirait qu'à perdre le sommeil.

— J'aimerais partir d'ici et aller dans votre pays, lui confiai-je un soir pour changer de sujet. Imaginez que nous sommes des oiseaux et que nous survolons la mer, les montagnes et les vallées.

— Je suis surprise que tu veuilles connaître les États-Unis après tout ce que je vous ai raconté.

— Je ne comprends pas tout ce que vous nous apprenez sur la politique, ma sœur, mais je suis sûre que c'est un pays merveilleux.

— Pourquoi?

— Parce que le pays d'où vous venez est forcément merveilleux.

Elle déposa un baiser sur le sommet de mon crâne.

— Un jour, je t'y emmènerai.

Une nuit où j'avais rejoint sœur Josepha dans son hamac, je fus réveillée par des cris aussi glaçants que familiers. Ne nourrissant cette fois aucun doute sur leur source, je me tournai vers la religieuse pour la secouer. Comme moi la première fois, elle pensa qu'il s'agissait de l'appel de chiens sauvages ou de coyotes, rien d'alarmant en soi. Mais alors que nous tendions l'oreille, les hurlements s'amplifièrent, provoquant chez moi d'irrépressibles tremblements et gémissements de peur.

— Quand bien même ce seraient des soldats de la garde nationale, ils ne viendront pas nous inquiéter ici, tenta-t-elle de me raisonner.

Malgré ses paroles rassurantes, je serrais déjà les poings sur ma tête. Toute la terreur que j'avais refoulée lorsque je me cachais dans le petit meuble de couture se manifesta subitement.

— Ils vont nous tuer, ma sœur! m'écriai-je.

— Silence, tu vas affoler tout le monde.

— Mais ils vont nous tuer, répétai-je plus bas. Il faut se cacher.

Sœur Josepha demeura immobile, plongée dans ses pensées. J'espérais plus que tout qu'elle écoutait la voix de Dieu dans son cœur. Tout à coup, elle se redressa et, balançant ses jambes par terre, attrapa sa guimpe et son voile. En un rien de temps, elle fut vêtue de la tête aux pieds, en train de lacer ses chaussures. Les hurlements s'étaient alors tant rapprochés que j'étais certaine que les militaires ne se trouvaient plus qu'à une centaine de mètres de l'orphelinat.

— Si ce sont des soldats, comme tu le crois, je leur expliquerai qu'il n'y a pas de guérilleros ici, seulement des enfants, résolut-elle. Et s'ils ont faim, je leur donnerai à manger.

Il était naïf de croire que des paroles sensées et une assiette de nourriture pourraient jamais combattre le démon qui possédait ces hommes. Assoiffés de sang, ils ne regagneraient pas l'enfer qui les avait engendrés avant de s'en être gorgés. Je percevais déjà le martèlement de leurs bottes sur la route, le choc métallique et le cliquetis de leurs armes, leurs ricanements et leurs railleries.

— Vous ne les entendez pas? demandai-je, secouée de tremblements.

— Essaie de te calmer, Anna. Je veux que tu m'attendes ici pendant que je…

Sans la laisser terminer sa phrase, je l'attrapai par la manche pour la traîner vers la porte qui donnait sur l'arrière de l'orphelinat, où se trouvait la fosse d'aisances. Je me dirigeai ensuite d'un pas décidé vers la jungle, mais sœur Josepha reprit le contrôle et me ramena derrière les arbres masquant les latrines, insistant pour que nous restions là en dépit de l'odeur nauséabonde.

— Quand tu auras vu qu'il n'y a rien à craindre, nous rentrerons, dit-elle sévèrement. J'espère seulement que nous n'avons pas réveillé les autres enfants.

De notre cachette, nous pouvions compter une dizaine de soldats. Certains se reposaient sur leur fusil pendant que d'autres urinaient dans le puits avec des gloussements et des bourrades amusées. Énervé de voir sa botte éclaboussée, l'un d'eux projeta d'un coup de pied de la boue sur le responsable, qui riposta par un crachat, déclenchant un grand éclat de rire de leurs compagnons. Sans les fusils et les uniformes, ils auraient pu passer pour des écoliers jouant parmi les caféiers en rentrant de l'école. Si leur mère les y avait pris, un tel comportement leur aurait valu une fessée.

Un prêtre émergea alors d'une hutte pour s'adresser à eux. À ses cheveux gris qui miroitaient au clair de lune, nous reconnûmes le responsable de l'orphelinat, le père Anselmo. La distance nous empêchait d'entendre ses paroles, mais nous sûmes qu'il avait gagné l'attention des hommes à la façon dont ils cessèrent de s'appuyer sur leur fusil et se rassemblèrent autour de lui, comme nous le faisions autour de sœur Josepha.

Tout en continuant de parler, le père Anselmo leva les mains dans une supplication désespérée. Soudain, le militaire dans son dos brandit la crosse de son fusil et l'abattit brutalement sur son crâne. Sœur Josepha suffoqua en voyant le prêtre s'écrouler à plat ventre sur le sol boueux et son agresseur écraser sa semelle sur son dos. Les bras et les jambes du vieil homme battirent l'air dans de pitoyables efforts, m'évoquant un malheureux lézard empalé qui tarde à périr et se tortille encore longtemps après que son tortionnaire a perdu tout intérêt pour lui. Lorsque je croisais un de ces pauvres reptiles sur mon chemin, je me dépêchais de l'achever avec une grosse pierre. Dans mon dos, sœur Josepha passa ses bras autour de moi.

Quelques gardes nationaux s'éloignèrent avec nonchalance pour s'échanger des cigarettes, distrayant un instant l'agresseur du père Anselmo, qui parvint alors à se cambrer dans une tentative pour se relever. Lorsqu'il s'en aperçut, le soldat l'écrasa de nouveau de son pied, puis lui assena plusieurs coups de crosse sur la tête. Après avoir appelé ses compagnons, il pointa son arme sur la tempe du prêtre et appuya sur la détente, mettant aussitôt fin au frétillement.

Sœur Josepha sursauta en entendant ce coup de feu fatal, m'étreignant avec une telle force que je sentis les battements frénétiques de son cœur contre mon omoplate. Alors qu'elle se mettait à marmotter des prières affolées, un autre soldat apparut avec sœur Roberta. Cette jeune religieuse blonde et menue, qui dormait dans la hutte à côté de la nôtre, se montrait si discrète que je me demandais souvent si elle n'avait pas aussi fait vœu de silence. Avec rudesse, le garde national la tira par le bras jusqu'à ses compagnons, avant d'arracher d'un geste brutal sa modeste robe, qui se déchira comme du papier, et de lui ôter ses sous-vêtements. Nue au milieu des militaires, sœur Roberta tenta de se couvrir la poitrine et l'entrejambe des mains, mais le soldat se servit du canon de son fusil pour lui écarter les bras à grands coups, lui arrachant des gémissements. Malgré la distance, je vis les cuisses pâles de la religieuse se mettre à trembler.

Au moment où les gardes baissèrent leur pantalon avec des acclamations de joie, sœur Josepha laissa échapper un cri perçant d'horreur. Elle m'attrapa aussitôt par le bras pour m'éloigner, mais l'un des hommes eut le temps de jeter un regard vers notre cachette. Jamais je n'oublierais ses yeux, deux plaies sanglantes qui refuseraient de cicatriser de mon vivant.

Nous nous enfonçâmes à toutes jambes dans l'obscurité de la jungle. Je savais qu'ils étaient à nos trousses ; l'un d'eux nous avait vues et les autres avaient sûrement entendu le cri de sœur Josepha, ils ne prendraient pas le risque de laisser survivre des témoins de leurs exactions. Ils étaient plus forts, plus rapides et connaissaient la forêt par cœur. Ils ne devaient plus être qu'à quelques pas, tout près de nous rattraper pour nous violenter sauvagement et nous abattre comme des chiens. Je les entendais se frayer un chemin à travers les branches derrière nous, j'en étais certaine. Pourtant, je me sentais étrangement fortifiée. Sourde aux cris des enfants, aux coups de feu, aux ricanements et à tous les bruits terrifiants de la guerre, je n'entendais plus que le hurlement des tréfonds de mon âme tandis que mes bras et mes jambes s'agitaient de spasmes pour me conduire à travers les sous-bois. Je voulais fuir à tout prix, rien d'autre n'importait. Les murmures denses de la jungle et la présence de la nature, qui s'épaississait autour de nous, offraient une meilleure protection que je ne l'aurais imaginé. La forêt ne m'effrayait plus et j'acceptais de bon cœur tout ce qu'elle me réservait, y compris la mort, préférant de loin quitter ce bas monde par la morsure fatale d'un crotale plutôt que par la torture à laquelle je venais d'assister.

Lors de cette course dans le ventre de la nature, ralentie par les racines et les branches basses, le voile et la guimpe de sœur Josepha s'accrochèrent tant de fois à la végétation qu'elle n'eut d'autre choix que de les sacrifier à la jungle, notre sauveuse. Nous courûmes ainsi toute la nuit, jusqu'à ce que la délicate lumière argentée de l'aube pointe à travers les arbres. Alors sœur Josepha s'arrêta et s'écroula à genoux. Haletante, elle me tira au sol à côté d'elle pour que nous priions ensemble pour le père Anselmo, sœur Roberta et toutes les âmes qui avaient péri. Affligée de voir cette brave sœur Josepha verser des larmes inconsolables, comme si elle avait perdu foi en l'humanité, et peut-être même en Dieu, je jetai mes bras autour de son cou et me cramponnai à elle. Je ne parvins toutefois pas à pleurer, emplie d'une exultation qui échappait à ma compréhension. Le cœur et les poumons gonflés d'une puissance formidable, je me sentais capable de courir cent kilomètres à travers la jungle sans m'arrêter une seule fois pour reprendre mon souffle. J'avais une fois de plus échappé aux chiens hurlants et, avec ma très chère sœur Josepha auprès de moi, je n'étais plus seule.

3

Anna tressauta en entendant le claquement distant d'une portière de voiture et fixa son regard sur la partie la plus éloignée du jardin. Elle aurait juré discerner un mouvement juste derrière les lauriers, à la hauteur du virage que formait l'allée avant la grille. Elle se rappela qu'elle avait oublié de refermer le portail après le passage du Dr Farrell et s'apprêtait à descendre quand elle aperçut une petite bonne femme potelée vêtue d'une robe et coiffée d'un voile sombre en train de remonter l'allée en direction de la maison. Bien que les graviers rendent sa démarche titubante, elle parvenait à se maintenir en équilibre à l'aide d'une canne et progressait lentement mais sûrement.

Lorsque la silhouette émergea de l'ombre des arbres, Anna reconnut sur-le-champ le visage rond de sœur Josepha, malgré la tension inhabituelle qu'y inscrivait la concentration requise par ce périple sur un sol irrégulier. Cette vision lui coupa le souffle et lui envoya une subite décharge d'énergie. Après s'être assurée qu'Adam dormait encore, elle se précipita au rez-de-chaussée et franchit la porte d'entrée avec l'exubérance d'un enfant. D'un pas léger et leste, elle courut sur les graviers en agitant la main.

— Attendez, sœur Josepha! cria-t-elle. Attendez, je viens vous aider.

Quand elle la rejoignit, la religieuse souriait, les yeux plissés derrière ses lunettes carrées. Anna l'étreignit avec tant d'ardeur que la vieille femme en perdit sa canne. Elle gloussa, à l'évidence enchantée par cet accueil enthousiaste.

— Anna, ma fille! dit-elle en redressant ses lunettes, délogées par l'embrassade. Je suis si heureuse de te voir!

— Et moi de vous voir, ma sœur, répondit Anna, essoufflée par sa course, en se baissant pour ramasser la canne. C'est un miracle que vous arriviez maintenant, je pensais justement à vous lorsque je vous ai aperçue, précisa-t-elle en pointant la fenêtre du doigt. Je... j'étais dans mes souvenirs...

— N'as-tu donc pas reçu ma lettre? demanda sœur Josepha, sourcils froncés, en reprenant sa canne.

— Si, mais j'ai tant de choses en tête que j'avais oublié que vous arriviez aujourd'hui.

Anna remarqua la petite valise de la religieuse, calée contre le portail par le chauffeur de taxi. Elle la porterait à l'intérieur dès qu'elle aurait installé son invitée dans sa chambre. Pour l'heure, elle désirait plus que tout passer quelques minutes avec elle.

Avec un hochement de tête plein de compassion, sœur Josepha prit le bras d'Anna et se laissa guider vers la maison.

— En ces temps difficiles, tu dois te reposer sur ta foi, Anna. C'est en elle que tu trouveras le plus grand réconfort.

— J'essaie, mais vous savez que j'ai toujours été lâche.

— Qu'est-ce que c'est que ces histoires? riposta la religieuse d'une voix sèche. Tu as survécu à ce que peu d'entre nous peuvent imaginer. Bonté divine! Quand je songe à la façon dont tu t'en es sortie quand je t'ai amenée ici, je suis épatée. Tu avais toutes les raisons du monde de te réfugier dans la colère et la peur, mais tu as su t'acclimater sans que demeure dans ton cœur la moindre trace d'amertume. Tu crois qu'une lâche aurait réussi cet exploit? acheva-t-elle en souriant.

— Mais vous avez toujours été auprès de moi, répondit Anna en lui tapotant la main avec tendresse. Sans vous, je n'aurais pas survécu et je ne serais pas là aujourd'hui.

La vieille dame secoua la tête, puis s'arrêta pour reprendre son souffle et lever des yeux admiratifs sur la grande demeure qui se dressait devant elle.

— Dieu nous a accordé sa protection à toutes les deux et il continue de veiller sur nous, observa-t-elle avant de reprendre sa lente marche pour gravir les marches du perron.

— Vous savez, je me dis parfois qu'il me punit pour mes péchés, qu'il m'en veut parce que je n'en ai pas assez fait, déclara Anna d'une voix tremblante lorsqu'elles firent une nouvelle pause.

Elle interpréta le silence de sa compagne comme un assentiment. En réalité, sœur Josepha estimait d'un œil soucieux le long chemin qu'elles avaient parcouru et la distance qu'il leur restait afin de déterminer le temps de repos supplémentaire qu'elle devait s'accorder avant de se remettre en marche. Avec un soupir, elle se tourna vers le masque d'appréhension qui s'était posé sur le visage d'Anna.

— Je suppose que certains ne partagent pas mon avis, mais je crois que c'est nous qui nous punissons, pas Dieu. Tu sais, la voie qu'Il a choisie pour toi n'est peut-être pas aussi claire que tu le penses, ajouta-t-elle en agrippant le bras de sa protégée pour poursuivre l'ascension jusqu'à la porte d'entrée. Tu ne dois pas oublier que Sa volonté passe outre à tes peurs et tes doutes.

— Ma sœur, si je pouvais connaître cette voie, j'y foncerais.

— Je te suggère de ne foncer nulle part pour le moment, ma fille, répondit-elle, sceptique.

Une fois dans la maison, elles allèrent à la cuisine, où Anna prépara du thé et fit griller plusieurs tranches de pain, qu'elle tartina ensuite généreusement de beurre et de confiture. Après que sœur Josepha eut récité un bref bénédicité, elles avalèrent leur petit-déjeuner en silence tandis que la lumière matinale s'intensifiait. Le simple fait de voir la religieuse en face d'elle apportait à Anna un immense réconfort. Sa présence remplissait sa maison et son cœur d'une tranquillité qui lui offrait un répit dans son tourment, et lui permit de manger une tranche de pain garnie de confiture. Comme dans son enfance, elle se sentait capable de survivre à tout ce que la vie lui réservait tant que sœur Josepha demeurait auprès d'elle.

— Je voudrais le voir maintenant, si ça ne te gêne pas, dit la religieuse lorsqu'elles eurent terminé leur petit-déjeuner.

— Pas du tout, mais ses médicaments ont un effet soporifique, il sera probablement trop assoupi pour pouvoir vous parler.

— Nous n'avons pas nécessairement besoin de parler.

Anna conduisit donc son invitée à l'étage. À peine arrivée dans la chambre d'Adam, la vieille dame prit place sur l'unique chaise de la pièce. Une fois installée, elle chercha son rosaire dans sa manche et l'entortilla autour de ses doigts dodus avec ses gestes habituels. Anna s'agenouilla à côté d'elle, tête baissée. Elle n'avait pas récité le chapelet depuis des années mais, alors qu'elle articulait les paroles du *Notre Père* et du *Je vous salue Marie* et écoutait sœur Josepha égrener les saints mystères, il lui sembla ne s'être jamais séparée du rosaire qu'elle gardait elle aussi dans sa manche, autrefois.

*

Après avoir erré une journée et une nuit entières dans la forêt, nous ralliâmes une route de terre utilisée pour l'acheminement des travailleurs entre les villages et les caféières. Deux ou trois heures après, nous embarquions à l'arrière d'un camion vers une plantation voisine, dont le généreux propriétaire nous mit dans un bus à destination de San Salvador le jour même.

Sœur Josepha consacra les semaines suivantes à tenter de me faire sortir du pays. À l'époque, l'ampleur des massacres facilitait l'obtention de l'asile politique aux États-Unis, mais les démarches juridiques et administratives indispensables pour y ramener un orphelin lui compliquaient grandement la tâche.

Au cours de notre séjour dans la capitale salvadorienne, que sœur Josepha passa à remplir d'innombrables formulaires et à rencontrer des fonctionnaires des deux pays, jamais je ne songeai à un autre destin que celui de religieuse américaine. Ma vocation ne faisait aucun doute à mes yeux, même si elle ne s'était pas manifestée par des susurrements célestes au fond de mon cœur ni par d'enivrantes visions angéliques d'extase divine. Dans mon cas, la main de Dieu m'avait saisie par les épaules et plantée sur le chemin de la vie religieuse ; or je n'entendais pas contester un message aussi clair.

Le jour arriva enfin d'embarquer à bord d'un avion à destination des États-Unis. Persuadée que l'appareil risquait à chaque instant de tomber du ciel, je priai pendant tout le vol, les yeux fermés et la tête enfouie dans le creux de l'épaule de sœur Josepha. Je savais, avant d'atterrir, que ma vie allait changer du tout au tout, mais je n'étais pas préparée à un tel contraste. Bien sûr, j'avais entendu dire qu'il suffisait de claquer des doigts pour avoir l'eau courante et l'électricité aux États-Unis, mais quelle ne fut pas ma stupéfaction lorsque j'en fis personnellement l'expérience ! Au Salvador, seuls les riches propriétaires de plantations et les cols blancs de la ville pouvaient s'offrir ce luxe à portée de tous les Américains.

La première fois que je fis ma toilette entre quatre murs, je ne pus m'empêcher de me demander ce que ma mère aurait pensé en me voyant me laver sous un jet intarissable d'eau chaude. Sans doute aurait-elle déploré tout ce gaspillage. L'eau sale du bain, que nous utilisions au Salvador pour arroser le petit potager derrière notre hutte, disparaissait à jamais dans des canalisations, dans ce pays. De même, je pensais souvent à Carlitos au moment d'appuyer sur les interrupteurs. Comme il aurait aimé illuminer une pièce plongée dans la pénombre d'une chiquenaude magique ! Je l'imaginais, les yeux écarquillés d'émerveillement, en train de chatouiller le bouton électrique pour faire clignoter une ampoule, avec des éclats de rire, jusqu'à ce que *tía* Juana l'arrête d'une claque sur la tempe.

La vitesse à laquelle je m'accoutumai à ces commodités m'ébahit encore plus que le confort qu'elles offraient. Quelques semaines seulement après mon arrivée, j'en étais presque venue à me demander comment j'avais pu vivre sans électricité ni eau courante. Songer que ma famille ne connaîtrait jamais ces merveilles me fendait le cœur et jamais je ne pourrais voir l'eau jaillir d'un robinet sans une pensée pour ceux que j'avais perdus au Salvador.

À notre arrivée en Californie, son État d'origine, sœur Josepha m'inscrivit dans une école de Los Angeles proche de son couvent. Pour peu de temps, toutefois, car elle m'annonça bientôt que sa congrégation l'affectait dans un autre État et que, en son absence, je vivrais et poursuivrais mes études à l'école carmélite pour filles, où elle avait elle-même suivi sa scolarité. Bien que profondément attristée par son départ, je fis du couvent ma nouvelle demeure. Dans mon esprit, m'en éloigner aurait équivalu à désobéir à ma mère lorsqu'elle m'avait ordonné de me glisser dans le petit meuble de couture. Je n'y songeai donc pas une seule seconde et m'adonnai à l'apprentissage de l'anglais et aux études afin de me préparer pour la prochaine étape de ma vie. Rythmées par les leçons et les prières, mes premières années aux États-Unis filèrent à la vitesse de l'éclair.

De temps à autre, les sœurs autorisaient leurs pensionnaires à rendre visite à des amies le week-end, des sorties qui me permirent de découvrir des tranches de vie à l'extérieur des murs protecteurs de l'école. J'avais beau m'intéresser au monde bruyant et haut en couleur dans lequel vivaient mes camarades, jamais je n'imaginai trouver un jour ma place dans cette pagaille informe et compliquée qui semblait tourbillonner dans tous les sens. C'était un univers peuplé de griefs contre les parents, de potins sur les copines et d'une dévotion perpétuelle à la beauté, avec une attention toute particulière à la taille de certaines parties du corps et aux coiffures. Sans oublier, bien que notre école ne fût pas mixte, une fascination omniprésente pour le sexe opposé.

Mes camarades tentaient bien de me faire participer à leurs conversations mais, en dépit de mes efforts pour suivre, je ne me sentais jamais à l'aise. J'affichais l'hésitation de celui qui se voit proposer un plat exotique inconnu. Il y goûte une ou deux fois, par politesse, mais il n'ira certainement pas s'en servir généreusement s'il le trouve peu appétissant. Ces discussions ne me nourrissaient pas. Elles n'étaient qu'aventures pour mon palais, rien de plus.

Je rôdais donc à la périphérie, assez avertie pour savoir que mon rôle consistait à écouter et à m'appliquer à absorber les saveurs de cet autre monde. Les bavardages et préoccupations de mes camarades ne m'en paraissaient pas moins ridicules. Ces filles possédaient une maison sûre et confortable ainsi qu'une famille, qu'elles retrouvaient à table pour rire et raconter leur vie, comme moi autrefois, alors pourquoi allaient-elles se tracasser avec des histoires de garçons et de tenues vestimentaires?

Je me demandais parfois si j'attraperais un jour cet étrange mais ô combien merveilleux virus qui, en dépit de leurs soupirs dramatiques, semblait les rendre heureuses. Avec le temps, je me résignai à avoir acquis une mystérieuse immunité. Chaque fois que je rentrais au couvent au terme d'une de ces sorties, un tel soulagement m'envahissait que je fondais parfois en pleurs intarissables. J'interprétais ces larmes comme l'expression de la joie qu'éprouvait mon âme à retrouver le lieu auquel elle appartenait. L'environnement serein de la communauté carmélite m'était indispensable, au même titre que sa paisible prévisibilité et la présence permanente de Dieu. Jamais le Très-Haut ne me décevrait, sœur Josepha me l'avait toujours dit. Entre les murs du couvent, je n'entendais pas les hurlements ou les rires impies de la garde nationale, pas plus que les appels au secours désespérés et les gémissements déchirants des mères suppliant le Seigneur de sauver leurs enfants. Ici, je n'avais nul besoin d'invoquer le Tout-Puissant puisqu'il imprégnait ce lieu, au même titre que la lueur vacillante des bougies et le parfum de l'encens.

Le couvent abritait désormais ma nouvelle famille, ma sainte famille. L'idée d'être un jour appelée « sœur » me remplissait de ravissement. Moi qui n'avais jamais été la sœur de quiconque, je voyais en ce mot le plus beau du vocabulaire humain. Dire que je deviendrais bientôt la sœur de femmes du monde entier, de tous les horizons : des Noires, des Blanches, des Asiatiques et des Hispaniques. Certaines venaient même d'Inde ! Je rêvais de devenir un membre de cette communauté internationale qui révérait et honorait tous les individus sans distinction. Quand ces nobles dames revêtaient leurs habits, elles ne formaient plus qu'un seul être aux yeux du Seigneur, ce qui n'empêchait pas leur visage de briller d'un nouvel éclat qui le distinguait plus que jamais des autres.

Pendant toutes mes années de collège et de lycée, sœur Josepha et moi échangeâmes une correspondance assidue. Les quelques nouvelles que je recevais de l'évolution de la situation au Salvador me venaient d'elle, car les religieuses nous décourageaient de regarder la télévision, y compris les informations. Sœur Josepha m'apprit ainsi que, après avoir démenti pendant des années les massacres dans les villages, le gouvernement salvadorien et les États-Unis reconnaissaient enfin une violation des droits de l'homme. En dépit des enquêtes en cours, le conflit entre l'Arena, soutenue par les États-Unis, et les rebelles du FMLN continuait à faire d'innocentes victimes. Au lever du soleil, mes premières prières allaient donc aux familles qui s'efforçaient de survivre au milieu de la misère et de la guerre, et je dédiais tous les matins ma vie et chacun de mes souffles à ceux qui avaient péri.

À l'exception de l'année où elle fut contrainte de garder le lit à la suite d'une opération du genou, sœur Josepha me rendait presque toujours visite durant la période de Noël. L'ordre l'avait envoyée dans une école catholique du Nouveau-Mexique, où elle menait une vie heureuse en enseignant les sciences sociales. Elle nourrissait toutefois l'ambition profonde d'ouvrir un jour un établissement réservé aux orphelins de la réserve indienne. Elle m'encourageait à l'y rejoindre à la fin de mes études religieuses et universitaires, et je priais pour que les carmélites accueillent cette idée avec autant d'enthousiasme que moi. Je nous imaginais souvent, sœur Josepha et moi, travaillant côte à côte dans notre uniforme religieux, car je serais alors une servante de Dieu consacrée. Ces projets me procuraient une joie telle que je m'interdisais d'y penser le soir afin d'éviter d'être tenue éveillée pendant des heures par la hâte de les inscrire dans la réalité.

Juste après l'obtention de mon diplôme d'études secondaires, j'écrivis à sœur Josepha une lettre débordante de bonheur pour lui annoncer que j'allais bientôt devenir postulante à l'ordre des Carmélites de la Sainte Famille et embrasser de tout mon cœur les vœux de chasteté, de pauvreté et d'obéissance, comme je le lui avais promis tant d'années plus tôt. Une semaine plus tard, je reçus d'elle une magnifique carte représentant une jeune femme à voile blanc agenouillée devant une éblouissante croix en or, dont l'éclat projetait une délicate lueur sur son visage. Sœur Josepha avait même pris la peine de chercher le portrait d'une novice au teint foncé, comme moi. Cette fois, elle ne me donnait aucune nouvelle de mon pays, mais m'écrivait qu'elle me considérait comme sa fille spirituelle et me réserverait toujours une place dans ses prières. J'avais déjà pris connaissance de l'échec des pourparlers de paix entre le gouvernement salvadorien et les rebelles du FMLN. Malgré tout, je conservais l'espoir que Dieu accorde un jour à ma patrie la paix que j'avais trouvée dans ma vie, car il me semblait que la douloureuse laideur de mon passé avait enfin été éclipsée par la beauté de la notion, quoique encore vague, de paradis terrestre. Sûrement cette vision finirait-elle par se clarifier et s'affirmer avec le temps, et mon quotidien se remplirait-il de la seule splendeur de Dieu. Alors, enfin, les maux de la politique et la cruauté de l'homme seraient engloutis dans la paix et la majesté insondables du Seigneur. En attendant ce jour, je priais pour la fin des hostilités, avec laquelle j'espérais voir s'éteindre ma culpabilité d'avoir échappé aux horreurs de la guerre.

Durant les deux premières années de ma formation religieuse, je pris en douceur et sans effort le rythme structuré de la vie au couvent. À 5 heures, les premiers tintements de cloche pour la prière me trouvaient déjà les yeux grands ouverts, prête à bondir du lit pour absorber une nouvelle dose de béatitude, vivre une nouvelle étape sur le chemin de la guérison et creuser la distance avec le passé.

Mes supérieures semblaient aussi satisfaites de moi que je l'étais d'elles. J'avais vécu si longtemps au milieu des religieuses que je savais mieux que quiconque marcher comme si je flottais sur un nuage et garder la modestie des yeux, prenant grand soin de n'agresser personne de mon regard pénétrant lors d'une rencontre fortuite dans le couloir ou l'escalier.

J'étais au comble de la joie le jour où je pus enfin troquer le voile léger de postulante pour la lourde étoffe blanche des véritables novices. Je vouais à ma nouvelle coiffe une véritable adoration et prenais grand plaisir à sentir ses pans peser sur mes épaules. Lorsque je la quittais, le soir, et que j'observais dans le miroir ma tête nue, ma figure oblongue et quelconque et mes yeux sombres, j'avais l'impression de voir une inconnue. Peut-être n'était-ce là que le visage de mon âme en détresse, privée de la force de Dieu pour la guider. Quoi qu'il en soit, je m'arrangeais pour que ces rencontres soient aussi brèves que possible.

Au fil du temps, je compris que j'étais née pour la vie religieuse. Lorsque j'étais plongée dans mes prières, mes pensées se tournaient souvent vers ma mère et je voyais alors ses yeux remplis de sagesse se poser sur moi, éclairés par la satisfaction de savoir que j'avais su éviter les écueils de la vie contre lesquels elle m'avait mise en garde. Peut-être Dieu s'était-il exprimé à travers elle. Peut-être était-ce le chemin qu'elle m'indiquait depuis le début. Ainsi agenouillée pendant d'interminables heures dans la confortable quiétude du sanctuaire, le rosaire enroulé autour de mes doigts, je parvenais à une nouvelle lecture de mon existence. Sans le drame de mon passé, je n'aurais jamais connu sœur Josepha, je ne serais jamais venue aux États-Unis et je n'aurais jamais reçu une aussi bonne éducation. Sans doute ma mère aurait-elle été heureuse de ce développement.

— J'espère que tu peux me voir, *mamá*, murmurais-je. J'espère que mettre ma vie au service de Dieu, la lui dévouer, compense tout ce que tu as souffert et perdu.

Les novices des première et seconde années exécutaient à tour de rôle les différentes corvées au couvent : le ménage, la lessive et la cuisine. Ma première affectation me mena en cuisine, ce qui n'était pas pour me déplaire. S'il fallait se lever une heure plus tôt que de coutume, c'était également l'occasion de converser avec les autres sœurs en préparant les repas. J'aimais la rumeur de ces lieux, le tintement des assiettes, le bruit du jet de l'eau dans l'évier, l'odeur du bacon dans la poêle, du pain dans le four et du café brûlant. Toute cette agitation me rappelait la vie au village, des souvenirs qui me réchauffaient l'âme maintenant qu'elle avait suffisamment cicatrisé pour les supporter.

Le petit-déjeuner, qui s'ouvrait et se terminait par une prière, se déroulait dans le plus grand silence. Le déjeuner et le dîner suivaient en général le même schéma, mais il arrivait que le dîner soit accompagné de musique spirituelle diffusée par des haut-parleurs, ou encore d'une lecture édifiante donnée par une sœur ou un prêtre de visite.

Les journées s'écoulaient à un rythme paisible et prévisible du lever au coucher, avec de rares interruptions, formant un flux continu de tranquillité qui m'étonnait autant que le simple geste de tourner un robinet.

J'entendais souvent dans le lointain la plainte d'une ambulance ou la sirène d'une voiture de police, des hurlements qui n'étaient plus que chuchotements lorsqu'ils parvenaient dans notre univers reclus. À dire vrai, ces rappels discrets du chaos qui régnait dans le monde extérieur, au-delà des murs du couvent, ne nous inquiétaient guère et troublaient bien moins notre paix que les aboiements de la chienne de sœur Olivia, Muffin. Pour une raison que j'ignore, ce caniche nain de la couleur du beurre clarifié ne grognait ni contre les écureuils ni contre les chats, mais uniquement contre les hommes qui pénétraient dans le couvent, refusant de cesser son raffut tant que les intrus n'étaient pas sortis. Avec les autres novices, nous remarquions parfois avec amusement que sœur Olivia avait dressé sa petite chienne dans la crainte du sexe fort.

Dès que nous entendions Muffin japper, nous savions qu'un homme se trouvait dans l'enceinte. Le mercredi après-midi, nous présumions qu'il s'agissait des jardiniers mais, le reste du temps, nous nous interrompions dans nos tâches pour nous interroger sur l'identité du nouveau venu et la durée de sa visite. La semaine où des séminaristes franciscains s'installèrent au couvent pour leur retraite annuelle, Muffin fut tant bouleversée par cette invasion masculine qu'elle exaspéra même les religieuses les plus patientes et termina enfermée dans la cellule de sœur Olivia.

Par la fenêtre de la cuisine, je pouvais voir les séminaristes entrer en file dans la chapelle pendant que j'épluchais les pommes de terre et les carottes que nous leur servions au déjeuner. Comme moi, ils avaient entre dix-huit et vingt-quatre ans. Certains étaient petits et trapus, d'autres grands, avec des épaules larges et musclées d'ouvriers agricoles. Leur pas rapide évoquait plus celui de soldats que de prêtres et je me demandais si l'éducation pourrait tempérer cette énergie si masculine et irréligieuse, et combien d'entre eux se laisseraient dompter.

— Excuse-moi, ma sœur, mais si tu continues à peler cette pomme de terre, il ne restera plus rien, remarqua un après-midi une de mes jeunes collègues en cuisine.

Je m'arrêtai pour baisser les yeux sur le légume, rétréci à la taille de mon pouce. Rougissante, je repris ma tâche en m'interdisant de relever la tête, ne fût-ce que pour jeter un coup d'œil furtif par la fenêtre.

À l'approche de ma seconde année de noviciat, je fus libérée de mes fonctions à la cuisine et affectée au ménage. Je ne vis cependant aucun inconvénient à me voir assigner cette corvée bien moins agréable, dans la mesure où je reçus également la mission de m'occuper des enfants de l'école maternelle Sainte-Marie. Jamais je n'aurais songé prendre autant de plaisir à ce travail. L'énergie espiègle et innocente des tout-petits me contaminait tant que je riais à longueur de journée. Lorsque les mères de mes jeunes élèves se présentaient en fin d'après-midi, je racontais à chacune les exploits de son enfant, soulignant son intelligence et ses traits de personnalité spécifiques.

— Vous avez un don, ma sœur, remarquaient-elles. On dirait que vous connaissez nos enfants mieux que nous.

Je rougissais à leurs compliments, d'autant que notre éducation au couvent nous encourageait à l'humilité.

— Une mère connaît toujours mieux son enfant, répondais-je en baissant la tête.

— Mais mon fils se tient beaucoup mieux avec vous qu'avec moi, insistait l'une. Quand vous lui parlez, il vous écoute vraiment.

— Quel est votre secret, ma sœur? intervenait une autre. Révélez-le-nous que nous l'essayions à la maison.

— Je n'ai pas de secret.

Ce qu'elles trouvaient si mystérieux me paraissait d'une simplicité extraordinaire : j'aimais jouer avec les enfants et ils aimaient jouer avec moi. S'ils transgressaient une règle ou se comportaient mal avec un camarade ou un adulte, je les rappelais à l'ordre en douceur. À l'inverse, je n'oubliais jamais de les féliciter pour leur bonne conduite. Ce n'était pas plus sorcier.

— S'il vous plaît, ma sœur, aidez-nous ! demanda un jour une maman. Vous devez bien avoir des conseils pour que nos enfants obéissent.

— Je ne saurais vraiment pas quoi vous conseiller, répondis-je, mal à l'aise dans ce rôle d'expert.

— Oh, vous devez bien avoir une petite astuce à nous donner, s'obstinèrent-elles en chœur, se rassemblant autour de moi.

Je me creusai la tête pour trouver une suggestion.

— Je crois aux vertus de la douceur, déclarai-je au bout d'un instant.

Leurs yeux se troublèrent sous l'effet de l'étonnement, comme si elles ne comprenaient pas le sens de mes mots.

— Je crois voir où vous voulez en venir, même si je serais bien incapable de l'expliquer, remarqua l'une au bout d'un moment.

— Vous pensez que cette approche douce fonctionnerait aussi avec nos maris ? demanda une autre.

— Il ne faut pas rêver, Paula, répondit sa voisine avec un sourire suffisant. Ton mari est sûrement d'un caractère moins facile que ton fils.

Et toutes de partir d'un éclat de rire.

Il en allait ainsi presque tous les après-midi. À l'heure de la sortie, je me retrouvais encerclée de jeunes mamans sur le parking de l'école, à les écouter parler de leur vie et de leurs problèmes. Je fus surprise de constater combien ces femmes modernes ressemblaient aux villageoises simples de mon enfance. Elles rencontraient d'ailleurs les mêmes difficultés avec les hommes. Quelques-unes allèrent jusqu'à me confier en privé les liaisons de leur mari. Lorsqu'elles me demandèrent mon avis sur la question, je n'y réfléchis pas à deux fois.

— Les hommes naissent avec un pied sur le chemin de la corruption, déclarai-je. Essayer de les changer est encore plus difficile que d'essayer de les supporter.

Ma déclaration grave ne fut ponctuée d'aucun sourire de leur part.

— Quelle est la solution, dans ce cas? demanda l'une.

Il me sembla alors que la voix de ma mère s'était logée dans ma gorge et que sa nature mystique avait pris possession de moi.

— L'acceptation. L'acceptation ou la retraite.

Ce fut bientôt mon tour de servir le repas des jardiniers, qui déjeunaient dans une salle attenante à la cuisine réservée aux visiteurs laïques. La plupart des novices rechignaient à effectuer ce travail au contact des « garçons » – c'est ainsi que les appelaient les sœurs, bien que plusieurs d'entre eux aient la cinquantaine bien tassée – car, malgré leurs efforts pour modérer leurs manières brusques en notre présence, ils n'en restaient pas moins agités et bruyants, voire revêches. Je prenais, pour ma part, un secret plaisir à les côtoyer. Pour commencer, j'étais l'une des rares à pouvoir discuter avec eux en espagnol puisque les autres religieuses hispanophones, beaucoup plus âgées, échappaient aux basses besognes. Je trouvais toutefois dans ce travail plus que le bonheur de parler ma langue maternelle. En réalité, j'étais intriguée par l'appétit animal avec lequel ces hommes dévoraient leur repas. Ce comportement me rappelait mon oncle qui, à son retour des collines après une longue absence, se concentrait tant sur chaque bouchée de nourriture qu'il ne pouvait prononcer un mot avant d'avoir vidé son assiette.

J'étais captivée par leurs avant-bras musclés, la saleté sous leurs ongles, leurs vêtements grossiers et leurs lourdes chaussures montantes. Il se dégageait de leur corps une odeur terreuse et épicée que je trouvais enivrante et presque aussi mystérieuse que celle de l'encens qui brûlait près de l'autel. Lorsqu'ils riaient à gorge déployée, sans retenue, en tapant des mains sur la table et en s'affalant sur leur chaise, ils me rappelaient mes jeunes élèves à l'école maternelle. Je me surprenais souvent à sourire devant cette joie, même si je n'avais pas la moindre idée de ce qui l'avait déclenchée.

L'un des plus jeunes m'adressait régulièrement un sourire assorti d'un clin d'œil lorsque je le servais.

— Ma sœur, vous êtes bien trop jeune et jolie pour être nonne, eut-il l'audace de me dire un jour.

— Je suis peut-être jeune, répondis-je en déposant un plat de spaghettis au centre de la table, mais je ne suis pas jolie.

— Oh, mais si vous l'êtes. Hein, Julio, qu'elle est jolie ? insista-t-il en se tournant vers son voisin de droite.

Rougissant, ce dernier lui assena un vigoureux coup de coude dans les côtes.

— Je vous prie d'excuser mon frère, ma sœur. Il manque de plomb dans la cervelle.

Plus tard, alors que je débarrassais les assiettes sales et que Julio avait quitté la pièce, le jeune jardinier m'aborda.

— Si vous n'étiez pas nonne, je vous emmènerais danser. Vous êtes déjà allée danser?

Aussi choquée que charmée par cette idée, je manquai laisser tomber ma pile de vaisselle. Tout ridicule qu'était ce jeune homme, une chose était sûre, il n'avait pas froid aux yeux. Je n'étais certes pas officiellement religieuse, mais il l'ignorait.

— Je crois… Je crois que vous devriez écouter votre frère.

Sur ce, je tournai les talons et regagnai la cuisine, poursuivie par son rire. Mon cœur battait encore la chamade lorsque je plongeai mes mains dans l'eau chaude et savonneuse. Malgré moi, je me mis à imaginer ce que ce serait de sortir avec ce jeune homme. Il y avait, derrière les murs du couvent, la folie et la violence, mais aussi la danse et les bals, où des hommes élégants escortaient des femmes en tenue somptueuse à travers le dangereux labyrinthe du monde extérieur. Il y avait de la musique qui faisait perdre la tête et oublier les saintes obligations, ainsi que le plaisir érotique de l'amour physique. Je me remémorai le spectacle de ma tante et de mon oncle, leurs membres entremêlés, leurs corps entrelacés comme les nœuds d'un hamac. Cette expérience de l'amour valait-elle la peine de sacrifier sa tranquillité? Il m'arrivait de me poser la question, parfois même pendant mes prières.

J'avais honte de prendre plaisir à l'attention que me portait le jeune jardinier. Une fois relevée du service des « garçons », le simple vrombissement des souffleurs dans le jardin dirigeait mes pensées vers lui. J'imaginais alors mon doigt glisser sur l'épaisse veine qui courait de l'intérieur de son poignet à son coude. La nuit, avant de m'endormir dans ma cellule, je cherchais parfois cette ligne sur mon bras en songeant à ce jeune homme qui désirait m'emmener danser.

Un après-midi, la mère supérieure m'invita à la suivre dans son bureau. Je venais de déposer ma demande officielle pour prononcer mes premiers vœux temporaires, je présumai donc qu'elle souhaitait m'en entretenir, comme le voulait l'usage. Après cette étape, je devrais attendre deux ans supplémentaires avant de renouveler ma requête, ce qui, à vingt et un ans, me semblait interminable. Pendant cette période, je serais toutefois autorisée à porter l'habit marron foncé et noir des professes perpétuelles, même si je conserverais mon voile blanc. Je rêvais d'envoyer à sœur Josepha une photographie de moi dans cette nouvelle tenue.

Au fil des ans, j'avais eu avec sœur Pauline de nombreuses conversations édifiantes, j'accueillis donc avec joie cette occasion d'apprendre un peu plus de sa sagesse. Comme à son habitude, elle joignit ses mains devant elle et s'inclina vers son bureau tout en me scrutant à travers les verres de ses lunettes rectangulaires. Elle me sonda pendant une éternité avec ce regard singulier qui me donnait toujours l'impression qu'elle voyait en moi, sans bouger un seul muscle, le visage figé en un masque inquisiteur et encadré par son voile noir, qui tombait sur ses épaules en un drapé autoritaire. Si cet examen pouvait se révéler fort troublant pour celles qui ne connaissaient pas sœur Pauline, je m'y étais prêtée assez souvent pour savoir que sa position de mère supérieure la dispensait d'observer le devoir de modestie des yeux.

— Assieds-toi, ma sœur, dit-elle enfin d'une voix douce en pointant l'index sur la chaise en face d'elle.

J'obéis, consciente du tremblement qui s'était emparé de mes genoux et de la peur intuitive qui couvait, telle une tempête, au creux de mon estomac. Cette frayeur réveillée par les épisodes de mon enfance était restée endormie pendant des années, mais elle n'en avait pas pour autant perdu sa puissance. Le souffle court, je serrai fort les mains l'une contre l'autre, certaine que cette conversation se distinguerait de celles qui l'avaient précédée.

La mère supérieure baissa la tête avant de poser à nouveau sur moi un regard ferme et résolu.

— J'ai beaucoup réfléchi à la question et beaucoup prié, et j'en suis venue à la conclusion qu'il serait préférable pour toi de quitter le couvent pendant un certain temps.

Ses mots me frappèrent en plein ventre, me suffoquant. Comment pouvait-elle me demander d'agir contre ce que me dictait mon âme?

— Mais je… je ne… je ne comprends pas.

Avec un soupir, elle ferma les yeux, comme pour écouter une voix en son for intérieur. Lorsque la mère supérieure puisait ses mots dans ce siège de la connaissance intime, une lumière pure rayonnait de sa bouche. Nul ne pouvait alors contester son pouvoir, tiré de la contemplation et de la sagesse. Je rassemblai donc mes forces pour m'y soumettre.

— Anna, nous passons cette vie à nous préparer à la mort, au moment où nous nous trouverons face à face avec le Créateur. Cependant, nous ne devons pas confondre la vie ici-bas avec l'éternité de l'au-delà.

Elle marqua une pause, mais entreprit aussitôt de s'expliquer en lisant la confusion sur mes traits.

— Je décèle quelque chose dans ton comportement, une curiosité, une envie qui te distrait et t'empêche de te concentrer sur notre bien-aimé Sauveur.

La respiration laborieuse, je glissai vers le bord de
ma chaise pour poser mes mains sur le bureau.

— Ma sœur, pardonnez-moi, mais je ne comprends
pas ce que vous entendez par là. Avec tout le respect que je vous dois, rien d'autre ne m'importe que
la volonté de Dieu. Je ne demande qu'à Le servir avec
humilité et obéissance.

Je parlai d'une voix désespérée alors que j'aurais
dû réagir avec sérénité, mais il m'était impossible de
garder mon calme.

— La curiosité n'est pas une mauvaise chose,
remarqua la mère supérieure. Pour pouvoir trouver les
réponses dont tu as besoin, tu dois te poser des questions. Or je ne crois pas que tu l'aies fait.

Je sentis chaque muscle de mon corps se raidir.

— Mais je n'ai pas de questions, je veux simplement
vivre ici, avec vous et les autres. Vous êtes ma famille.

La mère supérieure m'étudia de nouveau, tentant
de peser ma motivation. Elle laissa alors échapper un
soupir vaincu.

— Ma chère Anna, tu n'étais qu'une enfant quand
tu es arrivée chez nous, tu avais besoin d'une maison.
À l'inverse des autres novices, tu n'as jamais vécu en
dehors de la communauté, or je crois que c'est peut-
être là tout le problème.

J'aurais voulu accueillir ses propos comme la tirade
indigne d'attention d'une mère poule, mais je ne pouvais les nier en bloc. Je devais reconnaître que je m'étais
toujours considérée comme un oisillon aux ailes bri-
sées porté par le hasard auprès d'une belle volée, dont
les membres l'avaient accueilli comme l'un des leurs.

Mes blessures avaient cicatrisé dans la tranquillité de ce monde mais, aujourd'hui qu'on me chassait du nid, je refusais de voler de mes propres ailes. Je n'avais nulle part où aller.

— Ma sœur, je ne peux pas quitter le couvent.

Sentant des larmes me monter aux yeux, je m'empressai de les essuyer avec ma manche.

— Où vais-je aller ? Que vais-je faire ?

L'expression de sœur Pauline s'adoucit un peu. Elle ne se laissait d'ordinaire guère attendrir par les pleurs, mais elle savait que je n'étais pas de celles qui répandaient des larmes par pure candeur. Elle tira un mouchoir en papier d'une boîte sur son bureau et me le tendit.

— Je mesure le défi que cela représente pour toi, mais j'ai l'intime conviction que tu dois le relever. Et si la volonté de Dieu est que tu t'engages dans la vie religieuse, t'éloigner du couvent quelque temps ne modifiera pas la route qu'Il a tracée pour toi. Au contraire, tu n'en tiendras que mieux le cap et tu pourras suivre ta voie sans que rien ne t'encombre l'esprit.

Je savais qu'il était aussi inutile que peu judicieux de discuter avec la mère supérieure d'une question si fondamentale. Si je désirais que les carmélites m'acceptent de nouveau au sein de leur communauté, je devais non seulement faire preuve de dévotion, mais également d'obéissance. J'inclinai la tête avec un reniflement.

— Je ferai ce que vous me demandez, ma sœur.

— Très bien, reprit-elle d'une voix plus légère. Comme je te l'ai dit plus tôt, tu occupes mes pensées et mes prières depuis un moment déjà. Or, pas plus tard qu'hier, j'ai appris qu'une famille bien connue de notre paroisse recherche une gouvernante.

— Une gouvernante ?

— Oui. Étant donné ton talent manifeste avec les enfants, je crois que c'est pour toi un poste idéal.

Mon appréhension s'apaisa un peu à ces mots. Je ne me lassais pas des compliments sur mes dons d'éducatrice. Je me ressaisis toutefois en prenant subitement conscience que ma fierté inconvenante n'échappait pas à ma supérieure, et lui causait même du souci. Peut-être m'avait-elle complimentée dans le seul but de me mettre à l'épreuve.

— Merci, ma sœur, répondis-je en baissant les yeux pour paraître le moins arrogante possible.

— M. et Mme Trevis cherchent quelqu'un à qui ils puissent confier sans inquiétude leur petit garçon. Leur gouvernante actuelle a dû partir au Mexique pour une urgence familiale, et Mme Trevis attend un autre enfant, ils tiennent donc à trouver une remplaçante le plus tôt possible, naturellement. Ce ne devrait pas être pour plus de six mois. Largement assez pour réfléchir, tu ne crois pas?

— Si, ma sœur.

— Je dois te dire que les Trevis ne sont pas n'importe qui.

La mère supérieure s'appliqua alors à retracer l'illustre destinée de cette famille fortunée, soulignant les généreuses donations qu'elle avait faites au couvent, à l'église et à des organisations d'intérêt général. Je dois confesser que je ne l'écoutai que d'une oreille. Tandis qu'elle parlait, je tentai de comprendre pourquoi mon existence tranquille se trouvait chamboulée en quelques minutes seulement, pourquoi tous les changements dans ma vie survenaient avec tant de brutalité. Autant le reconnaître, je m'apitoyai sur mon sort.

— Tu m'écoutes, ma sœur? demanda la mère supérieure.

— Excusez-moi, je crois que je me sens un peu dépassée par les événements.

— Bien entendu, convint-elle avec un hochement de tête compréhensif. Je te relève de tes fonctions à l'école maternelle cet après-midi afin que tu puisses te reposer et commencer à t'organiser.

J'aurais de loin préféré passer le restant de l'après-midi auprès des enfants, mais je me contentai de baisser la tête en marmottant des paroles de gratitude, puis me traînai jusqu'à ma cellule en pleurant dans ma manche pour me cacher du regard des autres religieuses. Si elles m'avaient demandé la cause de mon tourment, je n'aurais pas trouvé les mots pour leur expliquer que ma vie allait, une fois de plus, être bouleversée contre mon gré.

*

Lorsque sœur Josepha et Anna eurent fini de prier, la vieille femme rassembla avec soin son rosaire et le glissa dans la poche de sa manche. Le cliquetis des perles emplit Anna de nostalgie. Il lui semblait que les prières avaient arrêté le temps, ou tout au moins l'avaient ralenti, et que le monde reprenait désormais sa course infernale.

Les deux femmes quittèrent la chambre du patient et rejoignirent le couloir inondé de soleil. Sœur Josepha marqua une pause devant une fenêtre pour admirer la vue sur le jardin, plissant les yeux le temps de s'accoutumer à l'éblouissante lumière extérieure.

— Quel bel endroit, quelle paix ! Nous devrions prendre le temps de sortir dans le jardin aujourd'hui, Anna.

— J'en serais très heureuse, mais laissez-moi vous montrer votre chambre pour que vous puissiez vous reposer un peu. J'espère que vous resterez plus longtemps que les autres fois.

— Je resterai tant que tu auras besoin de moi.

Soulagée par cette réponse, Anna conduisit la religieuse jusqu'à la pièce qu'elle avait elle-même occupée des années durant.

— Quel luxe! s'exclama cette dernière en entrant. Combien de cellules peut contenir cette chambre? Neuf? Dix?

— Oui, plus ou moins, répondit Anna avec un sourire gêné.

La vieille dame souffrait d'une fatigue évidente et la bienséance aurait voulu qu'elle la laisse tranquille, mais Anna demeura immobile, son sens des convenances impuissant face à son inquiétude.

— Je me demande ce que vous me conseilleriez…, murmura-t-elle.

— Que dis-tu, Anna? Je suis désolée, mon ouïe n'est plus ce qu'elle était.

Anna s'adossa contre le mur, le visage déformé par une intolérable souffrance qui la faisait paraître plus que ses quarante-deux ans.

— Ma sœur, que conseilleriez-vous à quelqu'un qui doit choisir entre la vérité et l'amour?

Les sourcils de sœur Josepha se froncèrent.

— J'ai peur de ne pas vraiment comprendre ta question, ma fille. Il va falloir être un peu plus explicite.

Anna s'appliqua à trouver les mots pour exprimer le fouillis de pensées et de sentiments qui la tourmentaient. Elle hésita, craignant d'avoir commis une erreur en soulevant la question, mais l'avis de sœur Josepha lui importait trop pour qu'elle renonce.

— Eh bien, si le seul moyen que vous ayez de prouver votre amour le plus profond pour quelqu'un était de lui mentir, que feriez-vous?

La religieuse s'assit sur le bord du lit avec un soupir et posa sa canne à côté d'elle.

— Ma fille, aurais-tu des ennuis? demanda-t-elle, pinçant ses lèvres nerveusement.

Anna secoua la tête, soudain faible.

— J'ai une décision difficile à prendre, mais c'est un peu compliqué à expliquer en détail maintenant.

— Je vois…

Sœur Josepha palpa la poignée recourbée de sa canne avant de prendre une profonde inspiration.

— Eh bien, tu sais aussi bien que moi que, en temps normal, l'amour ne peut s'épanouir dans le mensonge. Mais j'imagine que tu te trouves face à des circonstances exceptionnelles, n'est-ce pas?

Anna hocha la tête.

— Dans ce cas, tu dois garder à l'esprit que rien n'est impossible avec Dieu.

— Merci, ma sœur, répondit Anna avec un soulagement palpable.

— Mais fais bien attention, ajouta la religieuse. Si tu envisages de mentir, alors tu es peut-être ta première dupe.

— Oui, murmura Anna. Je sais que je dois faire attention.

— Tu sais, quand tu as quitté l'ordre, il y a tant d'années, quelque chose me disait que tu n'y retournerais pas, remarqua sœur Josepha avec un sourire plein de tendresse. Mais j'ai toujours su que tu finirais par trouver ta voie. C'est encore le cas aujourd'hui, ma fille. Lorsque la vie nous mène au-delà du chemin que nous avions imaginé, il faut y voir une renaissance.

Anna considéra la vieille femme d'un air dubitatif.

— J'espère que vous avez raison.

Sœur Josepha joignit les mains et baissa la tête un moment avant de la relever, les yeux brillants.

— Je sais qu'il n'a jamais été aisé pour toi de quitter la famille Trevis, mais peut-être le moment est-il enfin venu de partir avec moi au Nouveau-Mexique.

— Vous savez que j'ai toujours rêvé de travailler avec vous, répondit Anna, s'autorisant un élan d'enthousiasme à cette pensée. Oui, peut-être que vous avez raison. Je vais y réfléchir et prier.

— Tes prières seront exaucées, j'en suis sûre.

La religieuse avait répondu d'une voix si joyeuse qu'Anna ne put, en dépit de tout, réprimer un sourire.

4

Anna sortit pour ramasser la valise que sœur Josepha avait abandonnée contre la grille, sans doute rebutée par la difficulté d'évoluer sur le gravier avec sa canne dans une main et le bagage dans l'autre. En traversant le jardin, elle se laissa pénétrer par l'éclat pur du matin et le doux chœur des oiseaux annonçant une journée radieuse. Déjà haut dans le ciel, le soleil s'était niché dans les branches à la cime du chêne, tel un hibou lumineux observant ses faits et gestes. Encore une heure et il flotterait au-dessus du camélia, mais elle n'avait pas l'intention de s'attarder. Adam allait se réveiller d'un instant à l'autre et elle tenait à se trouver à son chevet lorsqu'il ouvrirait les yeux. L'idée intolérable qu'il puisse se retrouver seul au sortir du sommeil la poussa à hâter le pas.

Après avoir déposé le sac de sœur Josepha près de la porte de sa chambre, elle alla tout droit au chevet de son bien-aimé. Un soleil aveuglant se déversait dans la pièce par la fenêtre ouverte. Alors qu'elle tirait le rideau, Anna fut saisie par son reflet dans le miroir. Elle s'avança avec précaution, comme si elle abordait un fantôme, mais l'illusion s'évanouit aussi vite qu'elle était apparue. Ce visage maigre, encadré d'argent, aux orbites cernées de noir, était bien trop vieux pour être celui de sa mère, une femme vive dotée d'yeux de lynx et d'une force à la hauteur de ses réflexes aiguisés. Anna se plaisait à penser que, si la mort ne l'avait pas fauchée si tôt, sa mère aurait occupé ses vieux jours à confectionner des robes pour les vendre dans sa boutique, dont elle aurait décoré la vitrine de ses plus jolies créations et balayé le perron plusieurs fois par jour en saluant les passants de la main. Peut-être était-ce son paradis à elle, après tout.

Elle se détourna de son reflet. Plus que décrépite, elle paraissait négligée. Elle n'avait pas quitté le chevet d'Adam des deux derniers jours, ne serait-ce que pour se doucher. Après avoir contrôlé qu'il dormait encore, elle alla donc faire une toilette rapide. Revenant munie d'une cuvette d'eau chaude et d'un carré-éponge, elle entreprit de laver son bien-aimé avec des gestes tendres tandis qu'il errait dans un demi-sommeil, puis le saupoudra de talc et lui passa un pyjama propre. Il coopéra en silence à un rituel qui, le connaissant, ne pouvait que l'outrager, mais l'offense serait plus terrible encore si quelqu'un d'autre s'en chargeait. À la fin de l'opération, il soupira, mais il semblait malgré tout plus confortable et alerte, comme d'ordinaire après la toilette.

Il posa sur elle des yeux reconnaissants et lumineux lorsqu'elle passa le peigne dans ses cheveux, émerveillée par la beauté des fils d'argent qui brillaient entre les mèches foncées.

— Je suis invité à une réception, dis-moi? demanda-t-il d'une voix rauque.

— Et pourquoi pas? badina Anna en réponse à son sourire espiègle. Quand j'aurai fini de te coiffer, j'irai me brosser les cheveux pour t'accompagner.

Il secoua tristement la tête.

— J'ai bien peur de devoir me rendre seul à cette petite fête-là.

En la voyant se figer, il leva vers elle une main pleine de compassion, mais manqua de force pour atteindre son but. Elle s'assit à côté de lui sur le lit et prit sa main pour la presser contre sa joue.

— Pardonne-moi, murmura-t-il. Il m'arrive de dire des idioties. À force, tu vas finir par me fuir, j'en ai peur.

— Jamais je ne te quitterai, je le promets.

— Tu as pourtant failli, à un moment.

Anna se leva et recommença à le peigner.

— C'était la situation que je voulais fuir, pas toi.

— Parce que tu avais peur de ce qui pourrait arriver entre nous.

— Oui.

Soudain, les épaules d'Adam s'agitèrent de secousses. Anna paniqua. Le Dr Farrell l'avait avertie que les patients aussi affaiblis qu'Adam risquaient à tout moment de succomber à une crise cardiaque. Cependant, en posant les yeux sur son visage, elle s'aperçut avec stupéfaction qu'il riait. C'était à peine s'il en trouvait l'énergie, mais la maladie ne suffisait pas à étouffer son hilarité.

— Qu'y a-t-il de si drôle? demanda-t-elle, forçant un sourire malgré son envie de pleurer.

— Toi! Quand je pense à la façon dont tu me regardais toujours, avec tes grands yeux ronds. Tu as encore peur de moi? s'enquit-il, reprenant soudain une expression grave.

— Non, murmura-t-elle. Tu sais bien que non.

Satisfait de cette réponse, il reposa la tête sur son oreiller et ferma les yeux. Petit à petit, sa respiration reprit un rythme régulier et les muscles de son visage se relâchèrent.

— Tant que tu es avec moi, je n'ai pas peur, précisa-t-elle un ton au-dessus, sans toutefois savoir s'il l'avait entendue.

Elle demeura assise sur le lit le temps de s'assurer qu'il n'était pas simplement pris d'une brève somnolence. Une fois certaine qu'il dormait profondément, elle remonta les couvertures sur ses épaules et s'assit sur sa chaise pour attendre son réveil.

*

Les cloches sonnaient la messe du matin lorsque je quittai le couvent en taxi. Assise bien sagement sur la banquette arrière, je croisai mon propre regard dans le rétroviseur avec un pincement au cœur, frappée par le visage sombre de garçon prépubère qui s'y reflétait. Je me reconnaissais à peine sans mon voile. Avec lui, je me sentais emplie de sagesse et de sérénité, même s'il me restait manifestement des progrès à faire dans ces deux vertus. Je songeai à la souplesse avec laquelle j'avais appris à me couler dans les corridors du couvent, à imprimer à chacun de mes mouvements lenteur et mesure afin de donner l'impression, quand je saisissais un ustensile de cuisine ou un livre, que l'objet était mû par le Saint-Esprit plutôt que par ma main.

De ces six mois, je n'espérais rien d'autre que de les voir filer à la même vitesse que mon postulat. À leur terme, je me présenterais devant la mère supérieure grandie et plus investie que jamais dans mes vœux de chasteté, d'obéissance et de pauvreté. La sainteté irradierait de moi telle une lumière brillant de l'intérieur. Peut-être léviterais-je devant ses yeux à l'heure de lui exprimer mon amour pour notre Seigneur, ou serais-je bénie par les stigmates du Christ, que je lui montrerais avec des prunelles assombries par un chagrin éternel. Voilà qui devrait la convaincre.

La vision de ma tête nue dans le rétroviseur me rappela sœur Josepha lors de notre fuite désespérée à travers la jungle. Comme cette nuit-là, je sentis des frissons parcourir mon corps et de la sueur ruisseler sur mes flancs sans réussir à trouver un apaisement dans les pensées religieuses.

Nous roulions depuis une dizaine ou une quinzaine de minutes lorsque mon esprit se porta sur la nouvelle vie qui m'attendait au sein de la famille Trevis. J'avais rangé dans ma petite valise les produits de toilette indispensables, des sous-vêtements, une robe à smocks bleue dont je portais la réplique, deux corsages blancs, une chemise de nuit et un pull-over bleu marine. À voix basse, je répétai les quelques phrases avec lesquelles la mère supérieure m'avait dit de me présenter.

— Vous m'avez parlé, ma sœur? demanda le chauffeur de taxi avec un regard interrogateur dans le rétroviseur.

— Non, pardon, m'excusai-je, embarrassée d'avoir été surprise en train de soliloquer.

— Vous venez d'où?

J'accueillis avec bonheur cette question, qui me tirait de mes préoccupations.

— Du Salvador.

— Ah, *salvadoreña*! s'exclama-t-il en passant à l'espagnol. J'ai des voisins qui viennent du Salvador. Ils s'estiment heureux de s'en être sortis. Il paraît que c'est de pire en pire là-bas.

— Les gens souffrent encore, convins-je d'une voix triste.

— Et il n'y a pas que les massacres! D'après ce que j'ai entendu, ils rasent aussi la forêt sur les montagnes. Quand il pleut, les rivières ne sont plus que des torrents de boue, remarqua-t-il avec un coup d'œil compatissant. Je vous souhaite de tout cœur de ne pas avoir de famille là-bas.

Évoquer le Salvador me remplissait toujours de culpabilité. Je connaissais des immigrants qui ne manquaient pas une occasion de parler de leur pays d'origine et de se replonger dans le passé, mais je réagissais différemment. Je répondis donc évasivement avant de changer de sujet.

— Et vous, d'où venez-vous?

— De Merida, répondit-il en relevant le menton, exhibant dans le rétroviseur un sourire trouble pailleté de dents en or.

— Il paraît que c'est très beau.

— Très pauvre aussi, nuança-t-il avec une secousse de la tête.

— Vous y avez encore de la famille?

Son visage s'éclaira.

— Oui. Ma mère et mon père sont encore là-bas, mais ils sont très vieux, et j'ai cinq sœurs et trois frères, tous parents à leur tour. En fait, j'ai tant de neveux et nièces que j'en ai perdu le compte. Je crois qu'ils sont une trentaine en tout.

— Seigneur! Tous à Merida?

— Oui, répondit-il en posant sa main droite sur son cœur. Je suis le seul pionnier de la famille.

Il passa le restant du voyage à dresser la liste des péchés commis par ses frères et sœurs, parmi lesquels le vol, l'extorsion et la fornication, avec des adultères en veux-tu en voilà.

— Je n'en suis pas certain, mais je ne serais pas surpris d'apprendre que mon frère a tué un homme, poursuivit-il. Ils ne me le disent pas parce qu'ils savent que ça va me rendre furieux. Je suis le seul qui ne soit pas complètement perdu, ma sœur. Vous savez, je ne rate jamais la messe du dimanche, affirma-t-il avec un regard sérieux.

— Je suis certaine que Dieu vous récompensera.

— J'espère qu'Il vous écoute, conclut-il avec un hochement de tête joyeux.

Comme me l'avait indiqué la mère supérieure, les Trevis ne vivaient pas loin du couvent. Le taxi ne tarda donc pas à ralentir dans une rue bordée d'arbres puis à s'arrêter devant une grille en fer forgé aux ornements délicats, semblable à celles des entrées de cimetières et d'églises. La voiture bifurqua dans l'allée et une majestueuse demeure apparut bientôt devant nos yeux, arrachant un sifflement admiratif au chauffeur.

En approchant, nous découvrîmes qu'elle était bâtie dans un style espagnol qui me rappelait l'architecture sophistiquée des grandes haciendas du Salvador. Flanquée d'élégantes arcades, elle était couronnée d'un beau toit de tuiles qui reflétait la douce lueur d'un soleil encore jeune.

Tout autour de nous, le jardin disparaissait sous une explosion de couleurs. Des fleurs de toutes sortes scintillaient sous la rosée matinale et les arbres se dressaient telles des sentinelles nous saluant à notre passage. L'ensemble était entretenu avec méticulosité, comme le prouvaient les parterres soignés et la pelouse, aussi impeccable qu'une moquette verte. Quoique bien plus luxueux et recherché, cet environnement ne contrastait pas trop avec celui du couvent. Ce magnifique sanctuaire offrait sans le moindre doute un cadre idéal pour oublier la laideur du monde extérieur. Rassurée par ce constat, je parvins à respirer avec plus de facilité.

La course ayant été payée à l'avance, je remerciai le chauffeur pour ses excellents services puis, ma petite valise à la main, le regardai redescendre l'allée de gravier blanc et franchir le portail avec l'impression de voir partir un ami. Un frisson me traversa lorsque je pris conscience du souffle de la brise sur ma tête nue et mes oreilles découvertes. Je me sentais toute petite au moment de me retourner pour me diriger vers la maison, produisant à chacun de mes pas un crissement sonore. Bien que la mère supérieure eût prévenu la famille Trevis de mon arrivée de bon matin, je craignais de réveiller les habitants de cette imposante bâtisse. Si, à 8 heures, les sœurs vaquaient à leurs occupations depuis plusieurs heures déjà, je savais qu'il n'en allait pas ainsi partout et soupçonnais les personnes fortunées de s'accorder de longues grasses matinées, parfois même jusqu'au déjeuner.

Tout au long du chemin, je m'efforçai de me tenir bien droite au cas où quelqu'un m'observerait de l'une des nombreuses fenêtres. « Ne pensez jamais que vous êtes à l'abri des regards, disait toujours la mère supérieure aux novices. Vous ne l'êtes pas. Si ce ne sont les humains, les anges et les saints qui peuplent le ciel jettent, de temps à autre, un œil sur nous. » C'est donc attentive à mon maintien et concentrée sur mon discours de présentation que j'approchai de la porte d'entrée, les nerfs à vif.

Au moment d'appuyer sur la sonnette, je m'interrompis pour observer les ciselures raffinées de la porte, d'une telle splendeur que je n'aurais pas été étonnée d'apprendre qu'elle ouvrait sur le paradis. Mes doigts glissèrent du bouton pour aller courir sur ses reliefs et ses sillons comme sur un mystérieux instrument. Je reculai ensuite de plusieurs pas pour distinguer ses motifs, découvrant deux magnifiques paons à la queue déployée en éventail. La femelle, plus petite et sobre, était protégée par l'imposant mâle, dont les plumes splendides les auréolaient tous les deux. Je n'avais jamais rien vu d'aussi beau et j'aurais pu admirer pendant des heures l'art du ciseleur si je ne m'étais sentie obligée d'annoncer ma présence. Je m'approchai donc de nouveau de la porte et, après avoir redressé les épaules, appuyai sur le bouton de la sonnette.

Tandis qu'un carillon mélancolique retentissait à travers la maison, je me préparai à attendre plusieurs minutes avant d'obtenir une réponse. Si besoin, je patienterais jusqu'à midi, assise sur le perron, mais il ne fallait pas compter sur moi pour sonner de nouveau et risquer de paraître impertinente. À ma grande surprise, la porte s'entrebâilla sur une petite bonne femme rougeaude aux cheveux gris et aux yeux d'un bleu éclatant. Elle portait une robe en velours bleu marine ornée d'un col de dentelle sous un tablier blanc, avec des tennis et des chaussettes blanches.

— Anna, je présume ? demanda-t-elle jovialement.

— Oui, la mère supérieure m'envoie, répondis-je, oubliant complètement les mots que j'avais répétés.

— Moi, c'est Millie, m'informa-t-elle avec un sourire cordial. Je suis la réceptionniste officielle mais, quand je ne suis pas dans le hall, vous me trouverez généralement dans la cuisine, poursuivit-elle en ouvrant grand la porte pour me laisser passer. Je vous en prie, entrez donc. Sapristi ! s'exclama-t-elle en portant un regard inquiet sur ma petite valise. Vous n'avez rien d'autre ?

— Non, mais je n'ai pas besoin de plus.

Un sourire resplendissant s'étala sur son visage.

— Très bien. Si vous voulez bien me suivre.

Elle me guida à l'intérieur de la maison en me confiant l'impatience avec laquelle ma venue était attendue et son bonheur que le couvent eût trouvé quelqu'un. Cet accueil me détendit un peu et je me mis à observer autour de moi, admirant les portraits de femmes et d'hommes probablement disparus depuis des lustres et les meubles sombres dont la masse menaçante se dressait dans les recoins. Cette maison m'évoquait une église, une impression confortée par la présence de plusieurs vitraux. Ceux-ci n'arboraient toutefois pas les couleurs traditionnelles des verrières religieuses, mais des tons plus délicats, si bien qu'ils incarnaient à mes yeux la fenêtre céleste par excellence, baignée de lumière plus que de couleur. Des flèches de teintes sourdes éclairaient de toutes parts l'intérieur blanchi à la chaux. Au cours de notre progression dans le couloir, les cheveux gris de Millie passèrent du bleu au jaune, puis s'embrasèrent d'orangé avant de revenir à leur gris d'origine.

— Je ne m'attendais pas à voir quelqu'un d'aussi jeune, commenta-t-elle en m'adressant un regard par-dessus son épaule. Flor doit avoir le double de votre âge. C'est la gouvernante qui occupait le poste.

J'hésitai quant à la réaction à adopter. Considérait-elle mon âge comme un atout ou un handicap?

— Je suis plus âgée qu'on ne le pense, répliquai-je, décidant que la maturité ne pouvait qu'être considérée comme un avantage chez une gouvernante. Je fais plus jeune parce que je suis petite.

— Ah bon? Dommage que l'astuce ne fonctionne plus pour moi! gloussa-t-elle avant de s'immobiliser pour me faire face, sa bonne humeur chassée par une pensée moins joyeuse. Vous pensez savoir vous y prendre avec un enfant vraiment très opiniâtre?

— J'ai un véritable don avec les enfants, répondis-je, aussitôt gênée de m'encenser avec autant d'assurance. Enfin, c'est ce que les gens pensent, rectifiai-je.

— Le temps nous le dira, répondit-elle avec un haussement d'épaules désinvolte avant de reprendre sa marche dans le couloir. Je vais d'abord vous conduire à votre chambre, après quoi je vous accompagnerai auprès de M. et Mme Trevis. Teddy doit être dans les parages. Il se réveille très tôt. En fait, il m'arrive de croire que cet enfant ne dort jamais, ajouta-t-elle d'une voix exaspérée.

— Teddy?

— Theodore, le petit garçon dont vous aurez la charge, précisa-t-elle. Tout le monde l'appelle Teddy.

Tandis que nous poursuivions notre traversée de la maison, je tentai de mémoriser l'agencement des pièces. Si je voulais pouvoir conduire mon troupeau, aussi réduit fût-il, dans une surface de cette étendue, j'avais tout intérêt à savoir m'y retrouver.

Dans le sillage de Millie, je parcourus plusieurs salons de réception, tous élégamment meublés d'armoires et de bahuts colossaux. Impressionnée par le nombre de pièces équipées d'une cheminée, je ne pus m'empêcher d'imaginer le nuage noir qui planerait au-dessus de la maison si l'on allumait un feu dans chacune d'entre elles en même temps. Nous continuâmes notre marche sur des tapis dont le lustre s'était terni sous des années de piétinement et dont l'usure laissait, par endroits, apparaître la trame. Des jouets étaient éparpillés çà et là, attestant de la souveraineté de Teddy sur cet immense et fascinant terrain de jeu.

— La famille Trevis vit ici depuis longtemps?

— Depuis que le monde est monde, répondit Millie en faisant virevolter ses mains. La maison a été construite par Nathaniel Trevis au milieu de prairies et d'orangeraies. C'est le trisaïeul de M. Trevis, nous venons de passer devant son portrait. Le vieillard avec la barbe blanche et la pipe.

— Je crois que je m'en souviens, oui, répondis-je, quoique guère convaincue.

— C'était un homme très religieux et très généreux envers l'Église. Il a fait fortune dans l'industrie du chemin de fer et en jouant un peu aux courses. Malheureusement, ses fils et petits-fils ont plus hérité de son amour pour les chevaux que de sa piété. D'innombrables hectares ont été cédés au fil du temps pour rembourser les dettes de jeu et Dieu sait quoi d'autre.

Nous passâmes devant une pièce qui se différenciait des autres en cela qu'elle contenait assez de divans et de fauteuils pour accueillir au moins une trentaine de personnes. Dans un coin, près d'une rangée d'imposantes fenêtres cintrées, resplendissait un majestueux piano à queue. Le couvent possédait deux épinettes, mais je n'avais jamais vu de piano de concert auparavant. Je m'émerveillai devant la taille de l'instrument, le poli de son bois noir et l'aura magique qui s'en dégageait. C'est à peine si je n'entendais pas l'écho de notes venues du passé en le contemplant.

— Ce piano est une merveille, commenta Millie. C'est un Steinway de plus de cent ans, fabriqué par Henry Steinway en personne. Je suis sûre qu'il vaut une petite fortune.

— Il y a un pianiste dans la famille?

— Plus maintenant.

Malgré la promptitude avec laquelle elle se détourna, j'eus le temps de déceler une ombre de regret dans ses yeux.

— Qui sait? Teddy voudra peut-être prendre des leçons un jour, suggérai-je d'une voix pleine d'espoir.

— Oui, qui sait…

Visiblement impatiente de poursuivre, Millie me conduisit jusqu'à une étroite cage d'escalier à l'arrière de la maison.

— Nous aurions pu emprunter l'escalier principal, mais celui de service est plus rapide.

— Votre chambre se trouve aussi à l'étage?

— Autrefois, mais, quand mon arthrite s'est déclarée, je n'ai pas eu le choix, j'ai dû déménager au rez-de-chaussée. Je dors près de la cuisine, maintenant.

Tandis que nous montions, Millie m'annonça que mes quartiers se situeraient près de la chambre d'enfant. Celle-ci, autrefois adjacente à la chambre parentale, avait été réaménagée dans l'aile est à l'approche du terme de la grossesse de Mme Trevis.

— Teddy a pris l'habitude d'escalader son lit au milieu de la nuit pour se glisser dans celui de ses parents, m'expliqua-t-elle. Avec ce chahut, Mme Trevis n'arrivait pas à dormir.

Après le premier étage, l'escalier continuait, mais ses marches en bois, bien que semblables à celles que nous venions de grimper, n'avaient été ni nettoyées ni encaustiquées depuis des années. Quant aux murs qui le flanquaient, ils étaient tachés d'une crasse immémoriale, parsemée d'une multitude de petites empreintes de mains.

— Il n'y a rien de bien intéressant là-haut, déclara Millie avec un geste dédaigneux en me voyant hésiter et fouiller l'obscurité d'un œil curieux. Juste un bric-à-brac et des vieux meubles. J'ai l'intention de faire nettoyer et fermer cet étage depuis des lustres, mais je n'en trouve jamais le temps.

— C'est un grenier?

— Pas vraiment, répondit-elle, mal à l'aise. L'une des pièces fait office de débarras, mais la majorité de l'étage abritait des chambres de bonne il y a bien longtemps. C'est là-haut que je logeais autrefois, m'apprit-elle en accentuant sa déclaration d'une inclinaison de tête. Mais les temps ont changé. Aujourd'hui, une société d'entretien passe deux fois par semaine et je suis la seule employée à demeure. Bien sûr, vous êtes là maintenant, ajouta-t-elle en retrouvant le sourire. Vous ne pouvez pas imaginer comme je suis contente.

Alors que nous parcourions le couloir en direction de ma chambre, je ralentis pour admirer la vue sur la cour, bordée d'une gracieuse colonnade et de nuées de fleurs. En son centre reposait une piscine miroitante, dont le fond se composait d'une mosaïque colorée représentant les deux paons de la porte d'entrée. Sous les courants légers qui parcouraient la surface de l'eau, les deux superbes oiseaux semblaient agiter leurs plumes dans notre direction.

— Il y a quelques années, ce patio a été présenté dans le magazine *House and Garden*, m'informa Millie en suivant mon regard émerveillé. Quelle histoire, je vous assure! Ces photographes qui grouillaient partout! Sans oublier les paysagistes et les journalistes. À les voir, vous auriez cru qu'ils avaient déniché le jardin d'Éden! Ce n'est qu'une cour avec une piscine, après tout.

— Mais c'est si beau! remarquai-je, hypnotisée par le scintillement des plumes bleu-vert sous l'eau.

À cet instant, une silhouette féminine émergea du portique en kimono noir et mules, les cheveux tirés en un chignon bas. Après avoir dégagé ses épaules, elle laissa glisser sa robe de chambre en soie à ses pieds, révélant un maillot de bain de grossesse noir. Jamais je n'aurais cru qu'une femme puisse avoir autant de grâce avec un ventre aussi rond. Tout était dans la longueur et la proportion de ses membres, la courbe exquise de ses épaules et de sa gorge. D'un coup de pied, elle ôta ses pantoufles puis s'avança vers le bassin, au bord duquel elle leva les bras et, pliant légèrement les genoux, plongea sans produire une seule éclaboussure.

— Mme Trevis sait pourtant qu'elle ne devrait pas se dépenser autant, marmotta Millie avec un hochement désapprobateur de la tête.

Nous la regardâmes glisser sur toute la longueur de la piscine, puis rebrousser chemin sans une pause. Lorsqu'elle atteignit l'extrémité où elle avait pied, elle s'arrêta un bref instant pour dégager ses cheveux de ses yeux, puis reprit ses longueurs. Ses bras et ses jambes remuaient dans l'eau avec une telle aisance qu'elle semblait tirée par une corde invisible d'un bout à l'autre du bassin. Elle donnait l'impression de pouvoir, si le cœur lui en disait, nager indéfiniment sans se fatiguer.

— Je suis sûre que vous pourrez utiliser la piscine quand vous le voudrez, déclara Millie avec bienveillance.

Je détachai à grand-peine mes yeux de Mme Trevis.

— Merci, mais je… je ne sais pas nager.

— Ça alors! Je croyais que tous les jeunes gens savaient nager, maintenant. Même moi, je sais! Bien sûr, je ne voudrais pour rien au monde m'exhiber en maillot de bain à mon âge, ajouta-t-elle en me donnant une petite tape complice sur l'épaule.

En passant, nous jetâmes un regard à l'intérieur de la chambre d'enfant pour voir si Teddy s'y trouvait, mais nous ne vîmes rien d'autre que des jouets et des vêtements disséminés sur le sol et le mobilier. Dans un coin se dressait une construction Lego complexe ; dans l'autre, un dinosaure en peluche recrachait une colonie d'animaux de la ferme.

— Le petit monstre est bel et bien debout, constata Millie.

À entendre l'intonation nerveuse dans sa voix, je la soupçonnai d'avoir écopé de la garde de Teddy au départ de l'ancienne gouvernante. Dans ces circonstances, il n'était guère étonnant qu'elle se réjouît plus que quiconque de mon arrivée.

— Il doit être en bas avec son père, le petit chéri, gloussa-t-elle.

Incroyablement spacieux, mes quartiers offraient une vue sur le jardin est par une grande fenêtre et possédaient un lit double couvert d'un jeté en dentelle jaune, une armoire ancienne et une salle de bains privative. Jamais je n'avais vu, et encore moins occupé, une chambre aussi vaste et luxueuse. Elle semblait conçue pour un hôte de sang royal, pas pour une jeune fille habituée aux huttes au sol en terre ou aux minuscules cellules de couvent. Je fus si confondue par ce spectacle que je n'osai pas y déposer ma valise.

— J'espère que vous serez confortablement installée ici, déclara Millie.

— C'est très joli, mais je n'ai pas besoin de tant d'espace, et encore moins de ma propre salle de bains. Vous avez sans doute une pièce plus petite ? Ou je pourrais peut-être installer un lit dans un coin de la chambre de Teddy ?

Millie attrapa mon petit bagage avec un sourire et le balança sur le lit.

— Vous vous y ferez, décréta-t-elle en consultant sa montre. En revanche, il faudra que vous déballiez vos

affaires plus tard. M. Trevis s'est attardé à la maison
ce matin pour vous rencontrer avant de partir travailler. Mme Trevis vous rejoindra dès qu'elle aura fini
sa baignade.

Je suivis Millie dans l'escalier principal, qu'elle descendit clopin-clopant en se plaignant de son arthrite,
qui affichait une préférence pour sa main et son genou
droits, preuve incontestable de la cruauté des maladies
pour une droitière comme elle. Au pied des marches,
nous prîmes la première à gauche pour emprunter un
couloir qui m'était encore inconnu. Un interminable
tapis brun roussi courait sur toute sa longueur, sous
des murs couverts d'un lambris en bois sombre qui lui
conférait une atmosphère singulièrement lugubre.

— M. Trevis manque parfois de patience, chuchota
Millie en se tournant vers moi. Je vous conseille donc
de répondre simplement et clairement à ses questions,
sans en rajouter. C'est un esprit brillant, il n'aime pas
perdre son temps.

— Merci, Millie, je tâcherai de m'en souvenir.

Elle reprit son chemin, plus anxieuse à chaque pas
malgré ses bavardages qui semblaient l'apaiser un peu.

— M. Trevis père était un très grand chirurgien
cardiologue, mais ni Adam ni son frère, Darwin, ne se
sont intéressés à la médecine. Je crois que les longues
journées de travail de leur père les en ont dissuadés,
ou peut-être est-ce le côté macabre du métier… Ce ne
doit pas être très agréable d'ouvrir des gens à longueur
de journée, même si c'est pour la bonne cause. Moi,
c'est tout juste si je peux démembrer un poulet sans
être écœurée. Bref, Adam, M. Trevis pour vous, s'est
fait une réputation dans la finance. Quant à son frère…
je crains qu'il n'ait réussi qu'à se faire une réputation
auprès des femmes, sourit-elle malgré sa nervosité.

Oh, il est très intelligent, mais aussi bien trop beau. Il est du genre à se disperser, j'en ai peur.

Elle discourut ainsi jusqu'à s'immobiliser devant une porte légèrement entrebâillée, dont le bois épais étouffa les trois coups qu'elle y frappa. Je la suivis dans une pièce sombre et caverneuse, aux murs couverts d'étagères du sol au plafond. Une faible lumière filtrait par la fenêtre du fond, révélant une vaste collection de livres. Plus que les ouvrages, ce fut l'invasion de reproductions anatomiques qui attira mon attention, une multitude de torses disséqués et dépouillés selon diverses méthodes, qui exhibaient leurs viscères dans tous les recoins de la pièce. Des plaques et des schémas médicaux de tailles et de couleurs variables couvraient chaque centimètre carré de mur libre.

Assis dos à nous, un homme était plongé dans un livre. La largeur de ses épaules et l'épaisseur de son cou témoignaient d'une constitution massive. Une angoisse subite s'empara de moi : je ne m'étais jamais retrouvée en tête à tête avec un homme, hormis pour la confession. Je paniquais déjà à l'idée que Millie parte avant l'arrivée de Mme Trevis lorsque, les yeux toujours rivés à son ouvrage, M. Trevis pivota sur son fauteuil, révélant des traits anguleux sévères et une épaisse tignasse châtaine qui semblait ne pas avoir vu de peigne depuis un moment. Je n'arrivais pas à concevoir qu'un homme à l'allure aussi grossière soit marié à la femme raffinée que j'avais aperçue au bord de la piscine. Il semblait plus taillé pour travailler dans une carrière, creuser des tranchées ou abattre des arbres que pour cet univers d'élégance. Le corps parcouru d'un frisson, je priai pour que notre rencontre soit brève.

Millie s'éclaircit la gorge.

— Excusez-moi, monsieur Trevis, mais la nouvelle gouvernante est là.

— Merci, Millie, dit-il en lui accordant à peine un regard.

À mon grand désespoir, la domestique disparut sans rien de plus qu'un sourire encourageant, qui ne contribua guère à me rassurer.

— Asseyez-vous, je vous prie, dit M. Trevis avec un vague geste de la main, sans détacher les yeux de son livre.

Je pris place dans le fauteuil le plus proche et patientai le temps qu'il finisse sa lecture, croisant puis décroisant les chevilles, lissant ma jupe, vérifiant d'un coup d'œil satisfait l'état de mes cuticules. Enfin, il marqua avec soin sa page et leva la tête pour me considérer avec des yeux sombres dont le feu couvait comme des charbons ardents dans une grotte. Il ne faisait toutefois aucun doute que ses pensées étaient ailleurs et qu'il renâclait à m'accorder son attention. Avec un sourire courtois, j'attendis qu'il entame la conversation, ce qu'il ne semblait pas disposé à faire dans l'immédiat. Il finit tout de même par sortir de sa rêverie d'une secousse, légèrement agacé.

— Excusez-moi, comment vous appelez-vous déjà?

— Anna, monsieur, répondis-je avec un hochement de tête civil.

— Bien, Anna. Mme Trevis va nous rejoindre d'ici peu. En attendant… en attendant…

Il chercha ses mots, me dévisageant avec un peu plus d'intensité chaque fois qu'il posait les yeux sur moi.

— Excusez-moi, qu'est-ce qui vous amène? finit-il par demander avec une irritation croissante.

— Je suis ici pour m'occuper de votre fils.

— Ah oui, Millie cherchait quelqu'un. Comment avez-vous appris l'existence de cette place?

— La mère supérieure m'en a parlé il y a quelques jours, expliquai-je, heureuse de réussir à formuler une phrase cohérente malgré la cadence effrénée de mon cœur.

Une lueur d'intérêt troubla son expression jusque-là impassible.

— La mère supérieure? Millie ne m'a pas dit qu'on nous envoyait une religieuse.

— En fait, je ne suis pas encore officiellement religieuse. Je suis toujours en formation.

Il sourit d'un air suffisant, visiblement amusé par ma réponse.

— En formation… Vous parlez de vous comme d'une amibe.

Il m'étudia un moment, comme si j'étais la bestiole qu'il venait d'évoquer, puis se leva, son corps émergeant du fauteuil tel un arbre colossal surgissant de terre.

— Votre mère supérieure vous a-t-elle précisé qu'il s'agissait d'un travail temporaire? me questionna-t-il en me regardant de toute sa hauteur. Notre gouvernante, Flor, devrait revenir dans quelques mois.

— Oui, et cela me convient parfaitement.

Il contourna son bureau pour s'installer dans le fauteuil juste en face de moi.

— Vraiment? Pourquoi donc?

Je secouai la tête, troublée par sa proximité. Il me paraissait encore plus massif que derrière son bureau.

— Eh bien, je… je souhaite poursuivre mon noviciat. Je compte prononcer mes vœux dans six mois.

— Je vois, répondit-il avec un regard en direction de son bureau, sans doute impatient d'en finir avec cet échange terre à terre pour retourner à sa lecture. Et vous êtes de…?

— Je suis née au Salvador, mais je vis aux États-Unis depuis plus de dix ans.

— Dites-moi, Anna, reprit-il en me dévisageant. Qu'est-ce qui pousse une jeune femme du Salvador à entrer en religion, de nos jours?

Sur le coup, un grand vide s'empara de mon esprit, mais je réussis à invoquer la réponse qui m'était toujours apparue comme la bonne.

— C'est une vocation. J'ai été appelée.

— Tiens donc! Appelée par qui?

— Par Dieu.

Il sembla intrigué, ou peut-être cherchait-il simplement à passer le temps en attendant son épouse.

— Dans ce cas, que faites-vous ici?

— La mère supérieure a pensé que ce serait pour moi une expérience enrichissante.

— Vous voulez dire que vous avez eu le rare privilège d'entendre de vos propres oreilles le Maître de l'Univers et que vous écoutez la voix d'un simple mortel?

Je cherchai une réponse appropriée tout en soutenant le redoutable regard de cet homme étrange dont rien ne semblait pouvoir satisfaire la curiosité et l'intellect. Tout à coup, les muscles de mon visage se mirent à frémir. Sur le point de fondre en larmes, je parvins toutefois à recouvrer mon calme.

— Je… je crois… que Dieu s'exprime par la voix des responsables… parfois… pas toujours…, marmottai-je, découragée.

Apparemment déçu par cette réplique sans éclat, il se carra dans son fauteuil et croisa une jambe sur l'autre. Une fois de plus, je me laissai décontenancer

109

par sa taille et la puissance latente de chacun de ses mouvements. S'il l'avait voulu, il aurait pu, d'une seule main et sans effort, me tordre le cou, comme j'avais souvent vu ma mère le faire aux poulets.

— Votre Dieu a-t-il mentionné Teddy? demanda-t-il.

— Non.

— Alors permettez-moi de vous éclairer en son nom, déclara-t-il avec condescendance. Teddy est un enfant difficile. Il réclamera votre attention à chaque minute de la journée, et même parfois la nuit puisqu'il souffre de cauchemars. Ces derniers jours n'ont pas été de tout repos pour Millie. Quant à ma femme, elle ne sait plus où donner de la tête.

— Je suis sûre que Teddy et moi allons très bien nous entendre.

— J'espère que vous ne vous trompez pas.

Il se pencha pour attraper quelque chose sur son bureau, renversant au passage un modèle réduit de torse écartelé, fendu de la base de la gorge au pelvis, la peau et les os repliés sur le côté pour révéler un amas repoussant d'organes charnus, de veines et d'intestins. Je frissonnai à la vue de ce spectacle.

— Mon père était chirurgien, m'informa-t-il. Ce qui explique tout l'attirail médical que vous voyez dans cette pièce.

Je hochai la tête avec un sourire poli, incapable de détacher le regard de l'immonde sculpture devant moi. L'image du pied tordu chaussé d'une tennis blanche s'imposa à mon esprit et je revis les intestins rose et bleu se répandre sur la terre. Je fermai les yeux.

— La fascination et le dégoût vont de pair, n'est-ce pas? commenta M. Trevis, m'obligeant à rouvrir les paupières. Lorsque j'étais enfant, mon père m'a autorisé à assister à une greffe du cœur. Ça vaut le détour si on arrive à faire abstraction de la puanteur. Je m'en souviens comme si c'était hier. En fait, avec le temps, je suis venu à y voir un combat entre la vie et la mort. De ce que je me souviens, c'est une lutte répugnante.

Il s'inclina vers moi, coudes posés sur ses cuisses, pour me considérer avec une expression solennelle. Je fus frappée par la longueur de ses doigts, joints dans un geste de prière et couverts d'un fin duvet brun sur les phalanges. Malgré la frayeur qu'il instillait en moi, je n'arrivais pas à détourner les yeux de lui.

— Il est bien plus facile de méditer sur les mystères de la vie et de la mort à genoux dans votre sanctuaire bien propret, en humant le doux parfum de l'encens et en vous perdant dans la beauté du chœur. C'est un Dieu antiseptique que vous vénérez, Anna. Je me trompe?

Je le dévisageai, abasourdie. Je n'avais qu'un seul souhait: que cet entretien arrive à sa conclusion. Mes prières furent entendues, car la porte s'ouvrit brusquement sur un petit garçon qui déboula comme un fou dans la pièce en criant à tue-tête.

— Papa! Papa!

Se jetant sur l'immense corps de M. Trevis, il escalada tant bien que mal ses genoux. Le père se raidit sous l'étreinte de son fils avant de lui tapoter le dos d'un geste maladroit, manifestement embarrassé de m'avoir pour témoin de cette scène de tendresse. Malgré tout, je décelai dans ses yeux une véritable adoration. Je ne pouvais qu'admirer l'aptitude de ce petit garçon à aimer avec tant de courage et d'abandon cet homme intimidant.

Se rendant soudain compte qu'ils n'étaient pas seuls, Teddy se retourna pour m'observer, me fixant un long moment avec ses énormes yeux chocolat. Il fronça ensuite les sourcils et, avant que son père puisse l'arrêter d'un mot ou d'un geste, bondit vers le bureau pour saisir un petit presse-papiers, qu'il jeta sur moi de toutes ses forces. Trop lourd pour son bras d'enfant, l'objet atterrit à plusieurs dizaines de centimètres de sa cible.

— Teddy! s'exclama M. Trevis en l'attrapant par les épaules. Anna est venue pour s'occuper de toi, tu dois la traiter avec respect.

Teddy secoua la tête avec violence et serra les paupières, masquant un instant la lueur de malice qui s'était tapie dans ses pupilles.

— Teddy aime pas Nana.

— Teddy! aboya son père. Tu vas présenter tes excuses à Anna tout de suite.

Ignorant tout bonnement l'ordre de son père, le garçonnet réussit, à force de contorsions, à se dégager de son étreinte. Il galopa alors vers la porte avec l'exubérance qu'il avait affichée à son entrée et, s'arrêtant net à mi-chemin, s'approcha pour me défier du regard. Un instinct me souffla pourtant que cet enfant nourrissait plus d'intérêt pour le monde qui l'entourait que pour la possibilité de le plier et de le déformer selon sa volonté.

— Nana est caca! lança-t-il lorsqu'il se trouva à portée de main, avant de partir d'un éclat de rire.

M. Trevis se dressa sur ses pieds, passant soudain de grand à gigantesque.

— Teddy, je t'interdis de manquer ainsi de respect envers Anna! Si tu ne t'excuses pas tout de suite, je vais te donner une fessée et t'envoyer dans ta chambre.

Il fit un pas menaçant en direction de son fils, lui bloquant le passage.

— Non, papa! Non! brailla Teddy, pris de sanglots assourdissants.

Puis il détala à travers le bureau comme un écureuil hystérique, entraînant à sa suite son père, pénalisé par sa stature. Chaque fois que ce dernier était sur le point de l'attraper, le garçonnet déguerpissait pour se retrouver hors d'atteinte. Alors que le visage de M. Trevis prenait une teinte rouge de mauvais augure, Teddy s'amusait comme un petit fou avec des cris stridents. À une ou deux reprises, il passa assez près de moi pour me permettre de mettre fin à la course-poursuite, mais je jugeai plus sage de m'abstenir, me contentant de ranger mes pieds sous mon fauteuil pour éviter les chutes.

Par bonheur, la porte s'ouvrit sur la femme que j'avais vue dans la piscine.

— Maman! Maman! hurla Teddy en se précipitant vers elle. Papa fait mal à Teddy! Papa tue Teddy!

Mme Trevis enlaça son fils et jeta un regard mauvais à son mari.

— Adam, que se passe-t-il? Il tremble vraiment.

— Penses-tu! rétorqua M. Trevis. Cet enfant ne craint même pas Dieu. Et il doit des excuses à Anna.

Mme Trevis tourna sa tête merveilleusement sculptée dans ma direction avec un vague sourire. Sous ses cheveux encore humides, sa peau claire irradiait telle de la porcelaine à la lueur d'une bougie. Ses traits conservaient la perfection délicate de ceux d'une enfant sans rien lui enlever d'un charme indéniablement adulte.

— Qu'a fait Teddy? demanda-t-elle.

Je m'apprêtais à répondre lorsque je compris que sa question ne s'adressait pas à moi, mais à son fils. Ce dernier se couvrit le visage des mains et enfouit sa tête sous le ventre protubérant de sa mère, qui avisa le presse-papiers par terre.

— Teddy a jeté quelque chose sur la nouvelle gouvernante ?

Le petit garçon hocha la tête avec zèle, pressant plus fort ses mains sur ses yeux.

— Combien de fois papa et maman ont répété à Teddy de ne pas jeter d'objets sur les gens ? Maman et papa sont très tristes maintenant, déclara-t-elle avec une petite moue, sans toutefois obtenir de réaction chez son fils. Est-ce que Teddy demande pardon ? ajouta-t-elle d'une voix douce.

L'enfant hocha de nouveau la tête contre son ventre.

— Voilà, tu vois, dit-elle en se tournant vers son mari. Il regrette ce qu'il a fait, il demande pardon.

Las et découragé, M. Trevis alla s'asseoir derrière son bureau.

— Restons-en là pour l'instant, Lillian, répondit-il avec un mouvement de tête vers moi. Anna attend.

Mme Trevis m'étudia de la tête aux pieds de ses yeux bleu-gris. Sous l'inspection de ce regard éthéré, digne de la Madone en personne, je ne sus plus où me mettre.

— Vous semblez bien trop jeune pour le poste. Avez-vous au moins dix-huit ans ?

— Bien sûr, répondis-je, soucieuse de la satisfaire. Je vais avoir vingt-deux ans dans quelques mois.

Elle pencha la tête pour un examen plus approfondi.

— Êtes-vous certaine de pouvoir vous occuper de Teddy ? Comme vous avez pu le constater, il déborde d'énergie.

— Je n'en doute pas un seul instant, madame Trevis. Je travaille avec des tout-petits depuis un moment déjà, et leurs mères s'accordaient à dire que j'étais la meilleure enseignante de l'école, déclarai-je, surprise de ma subite disposition à me lancer des fleurs.

— Pardonnez-moi de me montrer aussi directe, Anna, je sais que mon mari va se mettre en colère contre moi à cause de ce que je m'apprête à vous demander, mais...

Après avoir lancé à M. Trevis un regard assorti d'un sourire d'une douceur renversante, elle reporta son attention sur moi, le visage grave. Il m'était impossible d'imaginer quiconque se fâcher contre une créature aussi angélique.

— Anna, êtes-vous prête à protéger mon fils au péril de votre vie? me demanda-t-elle alors.

Même Teddy, qui avait jusque-là gardé sa figure cachée, leva la tête pour voir comment je m'en tirais.

— Lillian, je t'en prie! intervint M. Trevis avec un froncement de sourcils. Est-ce vraiment nécessaire?

— Chéri! rétorqua Mme Trevis d'une voix suffoquée. S'il arrivait quelque chose à mon Teddy, je ne pourrais plus vivre, ni donner naissance à l'enfant que je porte en moi.

À ces mots, Teddy jeta les bras autour d'elle dans une étreinte passionnée. Elle dégagea d'une main caressante les fins cheveux qui lui couvraient le front.

— Je comprends, répondis-je, promenant mon regard du visage imperturbable de M. Trevis à celui de son épouse, dont les traits composaient l'image même de la douleur et du sacrifice maternels. Vous souhaitez savoir comment je réagirais en cas d'urgence?

— Oui, tout à fait, répondit-elle en adressant à son mari un regard triomphant.

Je me redressai dans mon fauteuil.

— Je m'engage solennellement à faire tout ce qu'une mère ferait pour qu'aucun malheur n'arrive à Teddy quand il sera sous ma garde, même si je dois pour cela risquer ma propre vie.

Cela dit, je jetai un coup d'œil à M. Trevis qui, toujours de marbre, retourna à ses livres, comme écœuré par la scène qui se jouait devant lui.

Une main au creux de ses reins et l'autre serrée autour de celle de son fils, Lillian Trevis me gratifia d'un hochement de tête royal.

— Très bien, Anna. J'ai l'immense plaisir de vous accueillir dans notre maison.

Je passai mes premières journées chez les Trevis à suivre Teddy à la trace. Tandis qu'il trottinait comme un petit rongeur en délire lâché dans un garde-manger, je m'efforçais de l'intéresser à des jeux à thème. Jamais je ne m'étais livrée à une tâche aussi éprouvante et je ne cessais de m'étonner d'être plus épuisée en veillant sur un seul enfant que sur une classe de vingt élèves. À dire vrai, tout curieux et actif que se révélait Teddy, mon état de fatigue tenait plus à la taille de son terrain de jeu. Grand de plusieurs hectares, celui-ci comprenait trois bâtiments : la maison principale, le pavillon des invités et le garage. À cela venaient s'ajouter plusieurs fontaines et une multitude de pièces remplies d'une infinité d'endroits où se cacher. Cache-cache était d'ailleurs le jeu préféré de Teddy. Je passais mon temps à dénicher ses jouets dans ses recoins favoris, sous les chaises, derrière les meubles ou dans les placards des couloirs, quand ils n'étaient pas fourrés sous les coussins des fauteuils ou pendus aux lustres. Cet enfant prenait un plaisir particulier à lancer ses jouets les plus légers à des hauteurs inaccessibles, comme s'il s'agissait de satellites lui permettant d'élargir son champ d'exploration.

L'unique instruction précise que je reçus de Mme Trevis consistait à tenir Teddy éloigné de la piscine, notamment pendant ses baignades matinales, lors desquelles la clôture de sécurité restait ouverte. Piqué dans sa curiosité par le magnifique bassin, Teddy insistait souvent pour que nous nous attardions alentour afin de l'admirer.

— Teddy nage dans la piscine, disait-il en pointant son doigt sur l'eau.

— Maman dit que tu apprendras bientôt à nager, alors tu iras dans la piscine.

— Non! rétorquait-il en tapant du pied. Teddy nage tout de suite. Tout de suite!

Je devais alors déployer des efforts considérables pour décrocher ses doigts potelés du grillage et détourner son attention de l'eau.

Les repas, que nous prenions généralement dans la cuisine, se déroulaient dans le plus grand chaos. Tenant en horreur sa chaise haute, Teddy préférait de beaucoup s'asseoir sur les chaises pivotantes autour de la table. Il fallait alors lui faire avaler quelques bouchées tandis qu'il tournoyait comme une toupie, une méthode toujours plus pratique que les courses-poursuites à travers la maison auxquelles se prêtait Millie, assiette à la main, avant mon arrivée. Lorsqu'elle passait par là au beau milieu d'un repas, la cuisinière secouait la tête avec consternation, peu impressionnée par les progrès que je croyais réaliser.

Au bout de quelques jours, je réussis tout de même à persuader Teddy de manger dans sa chaise d'enfant. Pour ce faire, j'inventai l'histoire d'un petit lézard qui se transformait en gigantesque dinosaure en avalant sa chaise haute. Épatée par ce bond en avant, Millie accepta de surveiller le garçonnet une poignée de minutes, le temps pour moi d'aller mettre un peu d'ordre dans sa chambre. Je regagnais la cuisine quand j'aperçus un drôle de singe roux en peluche accroché à la clôture de la piscine. Le deuxième passe-temps favori de Teddy, après cache-cache, consistait à catapulter ses jouets dans le bassin, l'unique endroit de sa gigantesque cour de récréation dont l'accès lui était refusé. J'allai donc libérer la créature de son perchoir et, la coinçant sous mon bras, rejoignis la maison pour trouver Millie avachie sur une chaise, des morceaux de macaronis et de fromage dans les cheveux et une cuillère impuissante à la main. Lorsque le petit garçon me vit, un sourire fendit son visage et il tendit les bras, labourant l'air de ses doigts.

— Elmo ! s'écria-t-il. Nana trouver Elmo !

Je lui apportai le singe, qu'il écrasa contre son cœur, lui couvrant le bout du nez de baisers, avant de le brandir devant moi.

— Fais bisou à Elmo. Elmo veut bisou.

Je lançai un regard à Millie, qui semblait ne plus savoir à quel saint se vouer. Je ne pouvais qu'imaginer combien de fois elle avait dû embrasser Elmo depuis le départ de Flor.

— Merci pour votre aide, Millie, je vais prendre la relève, lançai-je en faisant claquer une bise sur le nez de la peluche. Bonjour, Elmo. Je suis contente de t'avoir retrouvé. Tiens, si on s'asseyait pour regarder Teddy terminer son repas.

Teddy saisit alors le singe à pleines mains et le lança à travers la cuisine, poussant des cris perçants de joie quand la peluche percuta le mur.

— Elmo vole ! Elmo vole !

Il prit alors son assiette creuse et la jeta avec le même enthousiasme. Plus pesante qu'Elmo, celle-ci alla atterrir aux pieds de Millie, éclaboussant ses chaussures et le sol de macaronis et de fromage.

— Je crois qu'il est temps pour moi d'aller faire la sieste, déclara la cuisinière d'un air réprobateur avant de prendre congé.

Au cours de ma deuxième semaine chez les Trevis, je décrétai que l'heure était venue de dompter Teddy. Il me semblait qu'il avait connu jusque-là trop de stimuli, trop de liberté, et pas assez de structures. Je commençai par réduire la taille de son aire de jeu tout en la rendant plus intéressante. Teddy était pareil à une petite étincelle qui dansait et ricochait contre les murs, les meubles et les arbres, tentant de s'enflammer mais manquant de l'intensité ou de la chaleur nécessaires pour produire un feu durable. Il ne ralentissait que lorsque le sommeil le gagnait, ce n'était d'ailleurs que dans ces moments que je sentais le lien entre nous se resserrer. Au début, je m'étendais près de lui chaque fois que l'envie lui prenait de se coucher, que ce soit à l'intérieur de la maison ou dans le jardin. Je me trouvais ridicule, ainsi allongée sur le sol de la salle à manger ou de l'un des nombreux salons de réception, mais personne n'y prêtait vraiment attention. Si Millie venait à nous croiser sur le chemin de la cuisine, elle nous enjambait ou nous contournait sans un mot.

Lors de ces pauses, Teddy aimait plonger ses yeux dans les miens et serrer sa petite main autour de deux de mes doigts en suçant son pouce. Il répondait alors à mes questions d'un mouvement de tête, n'extirpant son doigt de sa bouche que lorsqu'un sujet le passionnait vraiment.

— Teddy a sommeil ? demandais-je.

Et lui d'acquiescer en silence.

— Et si nous montions pour que tu te couches dans ton petit lit douillet?

Il partait alors d'une secousse furieuse de la tête.

— Si tu es sage et fais ta sieste dans ton lit, nous irons à la chasse aux insectes dans le jardin.

Il fermait alors les paupières, mais je devinais, à la prise de sa main autour de mes doigts, qu'il pesait ma proposition.

— Et ensuite, je te lirai ton histoire préférée…

Soudain, son pouce jaillissait de sa bouche.

— Trois histoires. Teddy veut trois histoires.

— D'accord, Teddy aura trois histoires.

Alors, seulement, il m'autorisait à le porter jusqu'à sa chambre.

Le quotidien de M. et Mme Trevis demeurait pour moi un mystère. Je n'identifiais dans leur emploi du temps qu'une seule constante : M. Trevis partait pour le travail avant 8 heures chaque matin, après quoi Lillian Trevis descendait pour sa baignade. Elle apparaissait alors sur le bord de la piscine en peignoir et mules et savourait plusieurs longueurs lentes et langoureuses, glissant sans effort à la surface de l'eau. Elle émergeait ensuite telle une sirène, secouait ses longs cheveux auburn et rentrait à la maison enveloppée dans son peignoir. Je ne la voyais généralement plus avant 14 ou 15 heures et j'aurais été bien incapable de dire à quoi elle occupait le restant de sa journée.

M. Trevis n'était pas souvent à la maison mais, lorsqu'il y était, il passait le plus clair de son temps à travailler, parfois jusqu'à une heure avancée de la nuit. Je le savais car la fenêtre de son bureau donnait sur la cour, comme celle du couloir juste devant ma chambre. Lorsque j'allais réconforter Teddy après un cauchemar, je distinguais souvent une faible lumière dans la pièce. À force, je finis par me demander si les « esprits brillants », selon l'expression employée par Millie, dormaient ne fût-ce que quelques heures par nuit.

Je prenais soin de rester hors du chemin du maître de maison mais, lorsque mes précautions ne suffisaient pas à l'éviter, je pouvais compter sur lui pour ne pas remarquer ma présence. La plupart du temps, il me frôlait en marmonnant pour lui-même d'un air préoccupé.

Pour ma part, je me montrais toujours respectueuse et cordiale, comme la mère supérieure l'aurait attendu de moi.

— Bonjour, monsieur Trevis. Comment allez-vous aujourd'hui? demandais-je. N'est-ce pas une magnifique journée? ajoutais-je parfois.

En général, il répondait par un grognement. À croire que je n'étais pas digne d'un ou deux mots articulés.

Si Teddy m'accompagnait, il lâchait ma main et courait aussi vite que ses petites jambes le lui permettaient pour bondir dans les bras forts de son père, toujours prêts à l'accueillir. M. Trevis semblait néanmoins mal à l'aise face à ces démonstrations d'affection, en particulier si Teddy était d'humeur à lui couvrir le visage d'une rafale de baisers. Cet enfant affichait autant d'acharnement et d'agressivité dans son amour que dans son indocilité, si bien que son père mettait parfois fin à ces échanges avec brutalité. Lorsque Teddy venait chercher refuge auprès de moi, en larmes, après avoir été réprimandé pour sa brusquerie ou son impolitesse, je le prenais dans mes bras et le réconfortais de mon mieux, l'encourageant à se montrer plus doux et lui assurant que son papa l'aimait de tout son cœur.

M. et Mme Trevis mangeaient où l'envie leur en prenait. Je les entrevoyais parfois attablés dans la véranda attenante à la cuisine; d'autres fois, ils se faisaient apporter le repas dans la salle à manger, ou bien dans leur chambre, habitude ô combien étrange à mes yeux! Millie se plaignait de devoir assurer un service d'étage au pied levé et me débauchait souvent pour l'aider à monter le plateau au premier. Dieu merci, elle me le reprenait toujours des mains au moment de pénétrer dans la chambre, car je ne tenais surtout pas à voir ce qu'il se passait derrière cette porte. Et s'ils se prélassaient tous les deux à moitié, voire complètement, nus? Si je me retrouvais face à une scène intime m'obligeant à détourner le regard sur-le-champ?

Un soir que, accroupis dans la cour, Teddy et moi cherchions des armadilles vulgaires, ces petits cloportes qui se roulent en boule en cas de danger, je surpris une conversation par la fenêtre ouverte de la véranda.

— Je n'en peux plus, Adam, déclara Mme Trevis. Tu quittes cette maison tous les jours, mais, moi, j'ai l'impression d'y être prisonnière. Je ne supporte pas d'être cloîtrée comme ça, à attendre. Je ne fais que cela, attendre!

— Tu vas accoucher dans quelques semaines, après tout reviendra à la normale, tu verras.

Sa voix, d'ordinaire bourrue, véhiculait une chaleur et une tendresse méconnaissables. Ils gardèrent tous les deux le silence un instant.

— Tu sais ce qui me remonterait le moral? reprit-elle. Une réception! Oh, s'il te plaît, Adam, ça fait si longtemps que nous n'avons pas organisé de fête.

— C'est beaucoup de travail pour toi, Lillian. Pourquoi ne pas partir quelques jours, plutôt?

— Mais j'adore les réceptions ! Et puis, après la naissance du bébé, il faudra des mois avant que je m'en sente le courage. Sans compter qu'Anna s'en sort très bien avec Teddy, il ne posera aucun problème.

— Eh bien…

— S'il te plaît, Adam, ça me ferait tellement de bien.

Je sursautai soudain sous l'assaut de Teddy, qui jeta ses bras autour de mon cou et colla sa joue contre la mienne de toutes ses forces.

— Qu'y a-t-il, Teddy ? lui demandai-je en gloussant.

Après m'avoir libérée, il ouvrit son petit poing, révélant trois billes noires. Puis il inspecta mes mains l'une après l'autre pour découvrir que je revenais bredouille de notre chasse. Il choisit alors une de ses proies et me la donna.

— Il faut en prendre bien soin, Nana, me chuchota-t-il à l'oreille. La bêbête t'aime beaucoup.

Plus tard dans la soirée, après avoir couché Teddy, je pris un thé avec Millie dans la cuisine.

— Flor n'a jamais réussi à endormir Teddy aussi facilement, remarqua-t-elle en grignotant l'un de ses cookies au citron faits maison. En réalité, je ne l'ai jamais vu aussi docile. Vous lui avez jeté un sort ? demanda-t-elle avec un grand sourire.

— Teddy est un gentil garçon. Il manquait juste de structures et d'encadrement.

— Une chose est sûre, la maison est beaucoup plus calme et agréable à vivre depuis votre arrivée.

— Merci, Millie, répondis-je, ravie.

Elle poussa l'assiette de petits gâteaux vers moi.

— On dirait qu'une réception se prépare, reprit-elle.

— Oui, j'ai cru l'entendre dire.

— Je dois vous prévenir qu'il va y avoir des bouleversements pendant quelque temps. D'ailleurs,

« réception » n'est vraiment pas le mot qui convient, continua-t-elle avec un rictus désapprobateur. « Show » serait plus approprié, et Lillian sera le clou du spectacle.

Elle attendit ma réaction à son commentaire, mais, ne sachant où elle voulait en venir, je me contentai de prendre un autre biscuit au citron.

— Vous savez, ils se sont justement rencontrés à une réception dans cette maison.

— Qui?

— Adam et Lillian, bien sûr! Elle est restée scotchée à lui toute la soirée et l'a piégé comme ce genre de femme sait si bien le faire.

— Je suis sûre que Mme Lillian n'a jamais eu à déployer beaucoup d'efforts pour que les hommes la remarquent.

Millie voûta les épaules et me fit signe d'approcher.

— Ce que je veux dire, c'est que sa grossesse n'était pas un accident, murmura-t-elle avec un regard par-dessus son épaule. C'est la vérité, je le jure devant Dieu. J'ai compté les mois, j'arrive à peine à sept.

Je me détournai des yeux écarquillés de Millie, soudain gênée de cancaner ainsi.

— Si c'est vrai, M. Trevis a fait ce qu'il fallait.

— Si vous voulez mon avis, il a surtout fait une grosse bêtise et une belle imprudence. Qui sait s'il est le père? Il aurait dû l'envoyer au couvent le plus proche et laisser les sœurs s'occuper d'elle et du bébé en attendant d'en avoir la certitude. Vous auriez pris soin d'elle, là-bas. Pas vrai, Anna?

Entendre Millie évoquer le couvent et les religieuses provoqua en moi une drôle d'impression. Je ne les avais quittées que depuis trois semaines, mais je m'étais tant concentrée sur mon travail avec Teddy et mon adaptation à mon nouvel environnement que je n'y avais guère pensé. C'était comme si ma vie là-bas appartenait à une autre, constat qui me perturba quelque peu. Je considérai Millie, qui attendait une réponse de ma part.

— Bien sûr que nous aurions pris soin de Mme Lillian et du bébé, mais tous les enfants ont besoin d'une famille.

Avec un ricanement, elle enfourna un cookie au citron.

— Vous parlez d'une famille! s'exclama-t-elle, la bouche pleine.

Une fois qu'une certaine régularité fut introduite dans le quotidien de Teddy et qu'il dormit à heure fixe l'après-midi, je jouis de plus de temps et d'énergie pour me familiariser avec mon nouveau cadre. J'aimais plus que tout m'asseoir dans le jardin de devant, au bord de la fontaine, un endroit moussu et paisible où la brume se transformait, sous les rayons du soleil, en prismes lumineux et colorés qui rafraîchissaient l'atmosphère. J'avais l'impression de flotter en suspension dans une bulle de tranquillité propice à la prière et à la méditation, sans crainte d'être dérangée.

Malgré ma nette préférence pour le jardin, je décidai un jour d'utiliser mon temps libre pour explorer l'intérieur de l'élégante demeure. Lors de mes parties de cache-cache avec Teddy, je m'étais trouvée à plusieurs reprises incapable de le dénicher et je ressentais une certaine appréhension à l'idée de le chercher dans des endroits inconnus. Quand je restais bredouille trop longtemps, le petit garçon déboulait de l'escalier, les mains sur les hanches et la mine renfrognée.

— Nana pas trouver Teddy! râlait-il.

Pour lui, le jeu perdait tout son intérêt dès lors que je ne le découvrais pas.

— Je t'ai pourtant cherché partout, répondais-je. Où étais-tu passé?

— En haut, indiquait-il en pointant son doigt sur le plafond.

— Dans les chambres?

— Non, très haut, corrigeait-il avec une pointe de dédain dans la voix.

Je devinais que « très haut » désignait, dans son langage, le dernier étage. Si Millie m'avait informée que je n'aurais jamais à y monter, elle ne m'en avait toutefois pas interdit l'accès. Or, puisque Teddy se cachait à cet étage, j'estimais que je ferais bien de l'explorer dès que l'occasion m'en serait donnée. Ce jour-là, le calme régnait dans la maison. M. Trevis était parti au travail, comme d'habitude, et j'avais entendu Mme Trevis dire à Millie qu'elle passerait l'après-midi au salon de coiffure et de manucure. Quant à Teddy, il faisait la sieste, à l'instar de la cuisinière, qui s'était retirée dans sa chambre après le déjeuner.

Je gravis lentement l'escalier de service plongé dans la pénombre, pour laisser à mes yeux le temps de s'habituer à l'obscurité, plus dense à chaque marche. Des toiles d'araignées se déployaient sur les carreaux et les murs de l'étage, telles des dentelles crasseuses et déchirées. Malgré le temps radieux, la taille des fenêtres, bien plus réduite qu'aux autres niveaux, maintenait les lieux dans une fraîche pénombre. J'avançai à pas hésitants dans le couloir imprégné d'une lourde odeur de renfermé en me demandant comment Teddy pouvait se cacher dans cet endroit qui donnait la chair de poule. Il en trouvait pourtant le courage, je n'en eus plus aucun doute quand j'aperçus une patte roux vif par une porte ouverte. Je me dirigeai vers Elmo, longeant plusieurs petites pièces dont les meubles étaient recouverts de draps assombris par de multiples couches de poussière. Je frissonnai en songeant que Teddy s'était peut-être caché sous ces housses, sans doute très appréciées des veuves noires, et résolus de demander à Millie de verrouiller ces pièces dans les meilleurs délais.

La cuisinière m'avait dit avoir habité cet étage, autrefois, lorsqu'elle avait à peu près mon âge et que la maison grouillait de domestiques. Je me figurais sans peine une armée de bonnes s'affairant avec enthousiasme, tabliers et coiffes impeccables, pour exécuter leurs corvées. Au mur était suspendu le même appareil vieillot que près de l'office, composé d'une minuscule clochette et d'un bouton de verre représentant chaque pièce de la maison, afin que les domestiques sachent où étaient requis leurs services. J'imaginais mal Millie accourir au tintement d'une cloche, hormis pour balancer sa chaussure sur le mécanisme.

Je saisis Elmo par sa patte rousse, m'attendant à le trouver dans une pièce identique à celles que je venais de passer. Au lieu de cela, je découvris un vaste débarras. Dans la lumière blafarde, je distinguai plusieurs piles de livres, ainsi que des coffres et des cartons de toutes formes et tailles. Des peintures à l'huile étaient alignées contre le mur, au côté de deux mannequins de corpulences très inégales, jaunis par le temps. Au fond de la pièce, une étagère abritait une collection de coupes en argent ternies par les ans et de petits bustes blancs, pour certains renversés. Elmo serré contre mon cœur, je m'approchai pour m'emparer d'une statuette, que j'époussetai avec la patte déjà sale du singe en peluche, révélant l'inscription « Adam Montgomery Trevis ».

J'examinai de plus près le contenu des planches en bois, constatant que les bustes portaient tous cette gravure tandis que les coupes affichaient le nom de « Darwin Bartholomew Trevis ».

Soudain, le plancher du couloir grinça derrière moi. Je me retournai. Une femme m'observait depuis l'embrasure de la porte, mais les ombres m'empêchaient de discerner son visage. La gorge serrée, je scrutai sa silhouette.

— Je me disais bien que j'avais entendu du bruit ici, remarqua-t-elle.

— Juste ciel, Millie ! Vous m'avez fait une belle frayeur ! m'exclamai-je avant de partir d'un rire nerveux, dont j'espérais que les grelots dissiperaient ma peur. Teddy vient parfois se cacher ici, expliquai-je en lui présentant Elmo pour preuve. J'ai pensé qu'il valait mieux que je monte voir ce qu'il pouvait bien fabriquer à l'étage. Pour tout vous dire, je crois que ce serait plus sûr de condamner ces pièces, vous ne croyez pas ?

— Ce serait plus sûr pour tout le monde, convint Millie d'une voix distante.

Son regard se posa sur la statuette que je tenais toujours à la main.

— Je vois que vous avez trouvé les trophées, constata-t-elle avec mélancolie.

— Ce sont des trophées ? Je me demandais…

— Darwin n'était pas mauvais en football américain. Quant à Adam, c'était un incroyable musicien, un virtuose, vraiment. Il a remporté presque tous les concours de piano auxquels il s'est présenté. Il était bien parti pour devenir concertiste, mais ça fait maintenant des années qu'il n'a plus touché à un piano.

Je fus abasourdie d'apprendre qu'un homme aussi rustre et austère que M. Trevis témoignait quelque intérêt pour la musique, et il me fallut une poignée de secondes pour digérer la révélation de Millie.

— Pourquoi ne joue-t-il plus?

Les yeux d'un bleu éclatant de la cuisinière s'embrumèrent.

— Après l'accident, il a totalement décroché. Je ne crois pas qu'il ait mis un pied dans le salon de musique depuis.

— L'accident? répétai-je en replaçant avec précaution la statuette sur l'étagère.

Millie s'interrompit à deux reprises avant de réussir à s'expliquer. Elle entortillait anxieusement ses mains dans son tablier.

— Les garçons étaient au lycée, à l'époque. Toute la famille était en chemin pour un récital qu'Adam devait donner ce soir-là. Bien entendu, les Trevis avaient un chauffeur en ce temps-là, un chauffeur hors pair, même, mais il pleuvait des trombes d'eau, les routes étaient glissantes. Ça s'est produit à une intersection, à quelques pâtés de maisons d'ici : un camion a grillé la priorité et les a heurtés de plein fouet. Selon la police, le chauffeur n'aurait jamais pu éviter la collision sous une telle averse.

Les mains de Millie s'immobilisèrent.

— Adam et Darwin ont survécu, mais M. et Mme Trevis sont morts sur le coup.

— Et le chauffeur?

— Aussi, répondit-elle en baissant la tête. Après ça, la plupart du personnel a été congédiée.

— Quelle tragédie! Et vous travailliez ici, à l'époque?

— Oui, mais vous ne m'auriez pas reconnue! J'avais les cheveux couleur cuivre et une taille digne de ce nom, aussi incroyable que ça puisse paraître!

Elle me fit signe de la suivre dans le couloir jusqu'à l'une des pièces plus exiguës.

— C'était ma chambre, m'annonça-t-elle avec fierté. La fenêtre offre une vue imprenable sur le garage, rit-elle avant de laisser échapper un soupir en contemplant le spectacle derrière les vitres. C'est d'ici que j'ai posé pour la première fois les yeux sur lui. Je pouvais le voir aller et venir tous les jours. C'était un homme plein d'entrain, et tellement beau! Qu'est-ce qu'il était drôle! Il s'appelait Michael, mais tout le monde l'appelait Mick. Mick et Millie, ça sonne bien, vous ne trouvez pas? remarqua-t-elle avec un sourire attendri. Nous étions inséparables. Il me disait toujours que nous étions comme les deux paons de la porte et du fond de la piscine. Mick et Millie, Millie et Mick…

Tout en savourant la mélodie de ces mots, elle me prit par le bras et me conduisit dans le couloir.

— Où est-il, à présent?

— Il est parti, soupira-t-elle. C'était le chauffeur qui a laissé la vie dans l'accident avec M. et Mme Trevis. C'était aussi mon mari.

5

Lorsqu'elle rouvrit les paupières, Anna surprit son bien-aimé en train de l'observer avec des yeux ensommeillés. Elle n'aurait su dire avec certitude combien de temps s'était écoulé, mais elle présuma, à la luminosité de la pièce, que midi approchait.

— Tu rêvais, remarqua-t-il dans un murmure rauque.

— J'étais dans mes souvenirs.

Elle se pencha pour dégager une mèche de cheveux de son front d'un geste caressant. En sentant un léger voile de transpiration sur sa peau, elle posa la main sur la sienne, qu'elle trouva trop chaude.

— Quels souvenirs?

— Des tas de souvenirs.

Elle se demanda si elle devait prendre sa température, mais se rappela subitement l'heure.

— Je vais aller préparer à manger. Il est presque midi et tu n'as rien avalé au petit-déjeuner.

Il déglutit avec peine.

— Avant, dis-moi à quoi tu pensais.

Elle rapprocha sa chaise du lit.

— Je me rappelais mon premier jour ici.

Il fouilla sa mémoire, le regard soudain vitreux.

— Tu te souviens de la façon dont Teddy m'a accueillie?

Adam ferma les yeux, le front plissé. Un petit sourire vint alors chatouiller les commissures de ses lèvres.

— Une chance pour toi qu'il visait aussi mal.

Elle laissa échapper un petit rire.

— Il a su se rattraper avec des câlins, par la suite.

— C'était un garçon tellement difficile! remarquat-il avec un regain d'énergie. Nous pouvons nous estimer heureux que tu n'aies pas pris tes jambes à ton cou à la première occasion.

— Il n'était pas aussi terrible que ça, répondit-elle avec un accent attendri.

Adam était si maigre qu'elle vit les muscles autour de ses orbites et de sa bouche se tendre et frémir. Des larmes pointèrent dans ses yeux et glissèrent sur ses joues.

— Je dois le voir, déclara-t-il.

— Tu vas le voir.

— Même s'il doit ne jamais me pardonner…

— Il viendra, insista-t-elle d'une voix douce. Je le sais, tu vas pouvoir lui parler.

Le voyant momentanément apaisé par ses mots, Anna dirigea la conversation sur l'arrivée de sœur Josepha, précisant que la religieuse paraissait en pleine forme, même si elle devait désormais s'aider d'une canne pour marcher. Adam l'écouta avec des yeux brillants et attentifs, mais elle savait qu'il pensait encore à Teddy.

Elle descendit ensuite à la cuisine pour préparer le déjeuner. Tandis que le potage réchauffait dans la casserole, ses yeux fixaient la section de l'allée visible de la fenêtre. Elle priait pour voir le jeune homme la remonter en voiture puis grimper quatre à quatre les marches de l'escalier afin de se réconcilier avec son père et ainsi lui éviter de prendre la décision la plus difficile de sa vie.

Son souhait ne s'était pas réalisé lorsqu'elle regagna la chambre, chargée d'un plateau sur lequel reposait un bol fumant. Adam était parvenu à rehausser le lit à l'aide de la télécommande, ce qu'elle interpréta comme un signe d'amélioration de son état. Après avoir soufflé sur une cuillerée de soupe, elle la porta à ses lèvres. Il ouvrit docilement la bouche et avala le liquide chaud.

— À ton tour, murmura-t-il.

Anna se servit une demi-cuillerée, juste pour lui faire plaisir, puis lui présenta de nouveau le potage.

Lorsque, après seulement quelques cuillerées, il en eut assez, elle prépara ses médicaments du déjeuner et les lui tendit. Il secoua la tête, lèvres pincées.

— Qu'y a-t-il? demanda-t-elle.

La bouche toujours fermée, il écarquilla les yeux.

— Tu ne veux pas prendre tes cachets?

Il balança la tête de gauche à droite.

— Adam, tu sais bien que tu dois les prendre.

— Pas tant que tu n'as pas mangé davantage.

Sur le point de protester, elle se ravisa et, reposant les pilules, entreprit de finir le potage.

— C'est moi qui suis censée prendre soin de toi, pas le contraire, se plaignit-elle entre deux cuillerées.

Lorsqu'elle eut terminé, elle lui présenta le bol vide. Satisfait, il accepta d'avaler ses médicaments et, quelques instants plus tard, replongea dans le sommeil. L'estomac d'Anna la brûlait, mais l'envie de vomir passerait. Elle avait mangé la soupe bien trop vite, il lui fallait juste respirer profondément et se donner le temps de digérer. Étendant les jambes devant elle, elle se concentra sur le mouvement régulier de la poitrine de son bien-aimé et le tressautement convulsif de son sourcil gauche. En un instant, la sensation disparut. Dans quelques minutes, elle irait voir sœur Josepha, mais, pour l'heure, elle ne demandait qu'à rester là, à se remémorer le moment où tout avait changé. Cette fois, le bouleversement n'était pas survenu dans sa situation extérieure, mais dans le royaume intérieur de son cœur.

*

Je ne tardai pas à donner tout son sens à la mise en garde de Millie. Un beau jour, une spécialiste de l'organisation événementielle débarqua de bon matin, porte-bloc à pince et serviette à la main, pour rencontrer Lillian Trevis. Teddy et moi jouions dans la cour lorsque les deux femmes s'y installèrent pour discuter des préparatifs pour la réception. Ayant toutes les peines du monde à empêcher Teddy de leur jeter des kumquats et d'éclater de rire dès que l'un des projectiles atteignait sa cible, je finis par battre en retraite dans la maison. Nous croisâmes alors Millie, qui regagnait sa chambre pour sa sieste du matin. Elle s'accordait deux ou trois temps de repos dans la journée, faute de quoi elle devenait très irritable. À l'inverse, elle se montrait toujours particulièrement aimable, voire joviale, au sortir de ses sommes. Ce matin-là, elle ne déploya guère d'efforts pour cacher sa désapprobation concernant toute cette affaire de réception.

— Quel cirque! s'exclama-t-elle. Et quel gâchis de temps et d'argent!

— Il y aura beaucoup d'invités? demandai-je, intriguée par tout ce qui entourait l'événement.

— Dieu seul le sait, répondit-elle en agitant une main au-dessus de sa tête. Mais, nombreux ou pas, vous pouvez être sûre qu'ils boiront plus que ne l'autorise la décence. Si mes souvenirs sont bons, quelques-uns ont terminé dans la piscine la dernière fois, ajouta-t-elle en reprenant le chemin de sa chambre avec un branlement de tête mécontent. Ne comptez pas sur moi le jour de la fête, ni le reste de la semaine d'ailleurs, je me ferai invisible! aboya-t-elle avant de s'éclipser.

La matinée était déjà avancée quand je vis Lillian flâner dans le patio et faire le tour de la piscine, en grande discussion avec la consultante, qui l'écoutait avec des hochements de tête enthousiastes tout en griffonnant des notes sur son bloc.

— Et la clôture autour de la piscine, qu'en pensez-vous? demanda la maîtresse de maison.

— Je crains qu'elle ne doive disparaître, répondit l'autre. Dans le cas contraire, il faudra envisager de tenir la réception ailleurs…

— Oh, non, je suis sûre que nous trouverons une solution.

Dès lors, chaque jour fut consacré aux préparatifs de la fête, prévue deux semaines plus tard. Des paysagistes supplémentaires furent embauchés, des ouvriers vinrent réparer les carreaux décollés au fond de la piscine et remplacer les dalles cassées ou manquantes autour. Une semaine avant le grand jour, du nouveau mobilier de patio fut livré pour remplacer l'ancien. Des changements furent également apportés à l'intérieur de la maison, une tâche pour laquelle Lillian Trevis engagea une autre spécialiste, chargée, cette fois, de l'aider à réorganiser les meubles. Les deux femmes passaient un temps incalculable plantées au milieu d'une pièce, à y promener le regard dans un profond silence seulement brisé par un ou deux mots, jusqu'au moment où la décoratrice s'animait pour décaler une chaise de quelques dizaines de centimètres sur la gauche, reculer légèrement une table ou remplacer un tableau par un autre. Elles reprenaient alors leur examen silencieux pour juger de l'effet du nouvel agencement.

Fascinée par le processus, je m'arrangeais pour ne jamais être loin dès qu'il était question des préparatifs. Un après-midi, alors que je jouais aux Lego avec Teddy dans la cour, je me laissai distraire à l'approche de Lillian et de sa consultante. Je les écoutais s'entretenir des décorations dans les arbres quand Teddy, qui babillait au sujet des insectes qu'il transporterait dans son camion en Lego, me posa une question. Ma réponse se faisant attendre, il plaqua ses deux mains sur mes joues et me força à pivoter la tête vers lui. Son nez collé au mien, il me fixa alors avec ses grands yeux marron, inquiet de me voir perdre mon intérêt pour son univers au profit du monde des adultes.

— Joue avec moi, Nana, m'implora-t-il, un réel accent de terreur dans la voix.

Je lui pris les mains et déposai un petit baiser sur ses paumes à l'odeur de beurre de cacahuète, son en-cas préféré, qu'il aimait manger avec les doigts.

— Et si nous construisions un camion gigantesque? lui proposai-je.

— Oh, oui! s'écria-t-il.

Ravi de m'avoir retrouvée, il me remercia en me serrant avec enthousiasme dans ses bras et en collant de toutes ses forces sa joue contre la mienne.

Je n'avais jamais entendu M. et Mme Trevis se disputer, mais, un soir où je dînais dans la cuisine avec Teddy et Millie, cette dernière leva la main pour m'imposer le silence et inclina la tête vers la porte de la véranda, à l'écoute.

— Nous reposerons la clôture dès que les invités seront partis! déclara Lillian d'une voix stridente.

Son mari répondit dans un murmure inaudible.

— Mais l'organisatrice dit qu'il faut la retirer, insista-t-elle, un ton au-dessus.

Un autre marmonnement suivit.

— Non, je ne me calmerai pas et je ne baisserai pas la voix! répliqua-t-elle. Je fais tout mon possible pour offrir à nos amis une soirée inoubliable, mais il faut croire que tu t'en moques complètement!

La réponse de M. Trevis ne fut pas plus perceptible que les autres, mais son épouse semblait toujours aussi agitée lorsqu'elle reprit la parole.

— Va au diable, Adam! Je vais accoucher dans quelques semaines, je ne demande qu'un peu de compréhension, mais c'est déjà trop, hein? Bien sûr que si, parce que tu es sans doute l'homme le plus têtu et le plus barbant que j'aie jamais connu!

Sa tirade s'acheva sur une toux larmoyante et des bruits de pas précipités dans le couloir. Millie et moi étions si captivées par cet échange houleux que nous n'avions pas remarqué que Teddy écoutait, lui aussi. En entendant sa mère sangloter, il bondit de son tabouret et partit à sa poursuite.

— Maman pleure pas! cria-t-il. Maman! Teddy fait bisou.

Je m'élançai sur ses talons, mais, le temps que je le rattrape, sa mère l'avait déjà hissé dans ses bras et l'étreignait en gémissant pendant qu'il lui caressait les cheveux de ses petites mains potelées. Après les avoir observés un instant sans savoir que faire, je décidai de ne pas interrompre ce moment de tendresse. Je regagnais donc la cuisine lorsque j'aperçus M. Trevis en train de regarder fixement, par la fenêtre, le lieu de la future réception, les yeux remplis d'une rage froide qui m'effraya. À l'exception de son doigt, qui battait un rythme angoissé sur la table, il observait une immobilité parfaite, si absorbé dans ses pensées qu'il ne semblait pas avoir remarqué ma présence. Dans l'espoir de passer inaperçue, je poursuivis mon chemin d'un pas léger, presque sur la pointe des pieds.

— Je sais que vous êtes là, Anna, dit-il sans prendre la peine de tourner la tête. Comme je sais que vous nous écoutiez de l'autre côté de la porte. Je suis certain que nos disputes triviales sont très divertissantes pour la noble créature de Dieu que vous êtes. Déconcertantes, certes, mais non moins divertissantes.

Il pivota pour me jeter un regard glacial. Dans ses yeux couvait une accusation virulente. J'aurais voulu fuir, mais je ne réussis qu'à murmurer d'une voix faible :

— Je n'écoutais pas, mais il était impossible de ne pas entendre.

Il me dévisagea un moment, puis s'adossa à sa chaise avec une lente inclinaison de tête.

— Vous devez être drôlement soulagée d'avoir choisi une vie sans complications sentimentales de la sorte. Vous avez sûrement compris depuis longtemps que l'amour enveloppe le cœur de telle manière que sa tendre étreinte peut se transformer, en un instant, en une strangulation mortelle. Vous savez avec quelle bêtise les imbéciles s'adonnent sans répit à ce cycle infini de jouissance et de torture, jusqu'au jour où ils se réveillent pour découvrir que leur vie n'est rien d'autre qu'une tentative désespérée d'apaiser la cause de leur tourment, déclarat-il en me fixant, une lueur d'optimisme fugace dans les yeux. Mais vous, vous êtes bien trop sensée pour vous prêter à des jeux aussi ridicules, c'est pourquoi vous avez choisi une voie différente. Je me trompe ?

À cet instant, je me sentais tout sauf sensée. Je ne voyais pas ce qui le poussait à tenir ce discours, ni la réponse qu'il attendait de moi. Je n'arrivais à me concentrer sur rien d'autre que sur ses immenses mains serrées en deux poings puissants et sur la fine veine qui palpitait au centre de son front.

— Je ne... je n'y ai pas beaucoup réfléchi, finis-je par balbutier.

Il se redressa sur sa chaise et plissa les yeux, comme s'il n'en revenait pas.

— Vous n'y avez pas beaucoup réfléchi? répéta-t-il d'un ton moqueur. Alors vous êtes sans aucun doute plus imbécile que moi.

Sur ce, il se leva avec un soupir d'impatience et quitta la pièce en direction de son bureau. Je demeurai figée, dans un état second dont je ne sortis qu'en entendant la voix de Teddy qui m'appelait du premier étage.

Les jours suivants, je tentai de ne voir dans cet échange avec M. Trevis qu'une conversation insignifiante. En vain. Je ne m'étais jamais sentie aussi mal à l'aise de toute ma vie. Dans un effort pour atténuer mon humiliation, je me repassai notre discussion en boucle, tâchant de trouver des répliques prouvant que je n'étais pas l'imbécile qu'il croyait. Plusieurs reparties opportunes me vinrent à l'esprit et je caressai même l'idée de lui répéter les leçons de ma mère sur les hommes, mais je dus finir par admettre qu'une défense aussi fragile n'aurait fait qu'accentuer son impression. La vérité, c'est que j'avais toujours évité de penser à l'amour par peur de découvrir où cette réflexion me mènerait. Je ne tenais pas à voir s'ouvrir devant moi cet horizon clos depuis longtemps..

Le grand jour arriva enfin. Pendant une bonne partie de la matinée, les branches des arbres servirent de perchoir à des ouvriers qui y suspendaient des lampions de couleur. Devant ce spectacle, Teddy et moi nous imaginâmes en excursion au beau milieu de la forêt amazonienne.

— Regarde, Nana, des singes! riait-il à gorge déployée en montrant du doigt les feuillages. Des singes!

Au grand déplaisir de son épouse, M. Trevis ne bouscula pas son emploi du temps pour l'occasion. Comme de coutume, il partit à 8 heures, son porte-documents à la main et sa veste jetée par-dessus son épaule, sans accorder la moindre attention aux hommes juchés au-dessus de sa tête.

Fidèle à sa parole, Millie se terra dans sa chambre. Je la croisai toutefois par hasard dans la cuisine, le regard vitreux et les traits défaits, comme si elle avait pleuré des heures dans la solitude. Lorsque je m'alarmai de sa petite mine, elle secoua la tête d'un air malheureux.

— Prévenez-moi juste quand tout ça sera fini.

Galvanisée, Lillian Trevis se pavanait dans la maison, jouant les inspecteurs des travaux finis et donnant des ordres par-ci, par-là. Une fois les lanternes accrochées, les ouvriers drapèrent un voile transparent sur la cime des arbres pour créer une voûte céleste fantastique. Je ne me souvenais que trop bien du soupir admiratif de Lillian lorsque la consultante lui avait expliqué que cet artifice donnerait, à la tombée de la nuit, l'illusion d'étoiles scintillant à travers une fine brume nuageuse.

Quand le matériel fut livré, aux environs de midi, la maîtresse de maison ordonna aux ouvriers de retirer la clôture autour de la piscine avant que les tables et les chaises soient disposées avec beaucoup d'art dans le patio. L'espace s'en trouva nettement agrandi, au bonheur de Teddy qui se mit à décrire des cercles en courant avant de piquer vers le bassin, au comble de l'excitation. Intervenant juste à temps pour l'empêcher de tremper son pied dans l'eau, je l'attrapai par les épaules et sévis.

— Teddy ne doit jamais approcher de la piscine sans Nana, papa ou maman, tu as compris?

Surpris par l'intensité de ma réaction, il me considéra avec des yeux brouillés. Son petit pied continuait cependant à se tendre vers la surface de l'eau, comme s'il cherchait à me mettre à l'épreuve.

— Non! dis-je en lui secouant les épaules. Teddy fait le vilain, il donne beaucoup de chagrin à Nana.

Comme lui, je pris un regard triste et éploré, y ajoutant une petite moue. Il m'observa avec une certaine fascination et, oubliant un instant sa polissonnerie, jeta ses bras autour de mon cou et frotta sa joue contre la mienne.

— Teddy s'excuse. Teddy donne pas de chagrin à Nana.

Je passai les bras autour de lui et me relevai sans relâcher mon étreinte tandis qu'il serrait ses jambes autour de ma taille. Nous regagnâmes ainsi la cuisine pour déjeuner. Teddy mangea un sandwich au beurre de cacahuète accompagné d'une demi-banane, et insista pour que j'adopte le même menu. Je me pliai à son caprice, convaincue que davantage de permissions en début de journée l'aiderait à digérer les inévitables interdictions auxquelles il se heurterait à l'arrivée des invités, Lillian Trevis ne souhaitant pas qu'il assiste à la réception.

— Je ne veux prendre aucun risque en l'absence de la barrière de sécurité, m'avait-elle prévenue. Ce sera assez compliqué comme ça de calmer Adam lorsqu'il verra qu'elle a été retirée.

Lorsque les invités arriveraient, aux environs de 18 h 30, Teddy aurait déjà dîné et pris son bain. Sa mère m'avait demandé de descendre avec lui vers 19 heures pour qu'il souhaite bonne nuit à tout le monde, après quoi nous remonterions pour poursuivre notre routine quotidienne. J'attendais avec impatience le moment où, le petit garçon endormi, je pourrais profiter du spectacle par la fenêtre.

Avant la sieste, je mis un point d'honneur à proposer à Teddy un jeu turbulent dans le jardin de derrière. Après avoir bien couru entre les arbres, nous rentrâmes riants et haletants, mais surtout épuisés. Dès que Teddy ferma les paupières, j'allai m'étendre dans ma chambre, où je m'assoupis. Je me réveillai environ une heure plus tard et me postai aussitôt à la fenêtre du couloir pour observer les progrès réalisés dans les préparatifs. Les tables avaient été couvertes de nappes turquoise et blanches et parsemées de coquillages et de galets moirés, comme si une vague magique avait déferlé sur elles, abandonnant dans son ressac les trésors resplendissants de l'océan. Une petite estrade avait été érigée pour l'orchestre au fond de la cour, à l'opposé du bar, que deux hommes étaient en train de monter. Arrivés avant la sieste de Teddy, les traiteurs avaient déjà colonisé la cuisine. À l'heure du déjeuner, Millie avait déambulé entre eux comme un fantôme, sans regarder personne ni prononcer un mot, le temps de se confectionner un sandwich à emporter dans sa chambre. Elle n'avait même pas répondu au salut cordial de Teddy.

— Millie est toc toc, avait-il remarqué en me prenant la main, à la recherche de réconfort.

— Je crois qu'elle ne se sent pas très bien.

— Elle se sent mieux demain, et elle joue avec nous.

— Peut-être, oui.

Je m'apprêtais à aller jeter un coup d'œil à Teddy lorsque Lillian Trevis émergea du portique. Elle portait une sublime robe en mousseline saumon qui ondoyait en cascade autour de ses chevilles et donnait l'impression qu'elle descendait tout droit des nuages. Ses cheveux étaient tirés en arrière en un élégant nœud, révélant de longues boucles d'oreilles chatoyantes en diamant. Elle était d'une telle beauté que je ne doutais pas un instant que son mari oublierait au premier regard tous les efforts et les dépenses occasionnés par cette réception.

Elle se promena d'un pas nonchalant autour de la piscine pour examiner les tables une par une, replaçant une fourchette par-ci, une fleur par-là. Quand tout fut en ordre, elle leva les yeux vers le filet et les lampions dans les arbres avec un froncement de sourcils peu convaincu. Puis elle pivota pour embrasser du regard la piscine, son expression adoucie par un plaisir évident. À la surface de l'eau flottaient une myriade de feuilles de nénuphar artificielles peintes d'argent et d'or et couronnées chacune d'une bougie votive qui serait allumée au crépuscule. Elle jeta un regard à sa montre, m'invitant inconsciemment à en faire autant. Bientôt 16 heures. La cour s'était vidée, les traiteurs s'affairaient dans la cuisine et le reste du personnel ne se présenterait pas avant une bonne heure. Quant à M. Trevis, il devait arriver d'une minute à l'autre, comme il le lui avait promis.

Alors que je m'apprêtais à me mettre en action, j'entendis la voix haut perchée de Teddy. Elle ne provenait pas de sa chambre, où je le croyais endormi, mais d'en bas.

— Maman! s'écria-t-il en voyant sa mère de l'autre côté de la piscine. Y'a des singes dans les arbres, maman! Des singes! s'enthousiasma-t-il en montrant du doigt les lanternes avant de s'élancer au trot vers elle.

— Teddy! Qu'est-ce que tu fais dehors? Rentre à la maison avec Anna.

Elle me chercha du regard, ignorant que j'étais collée à la fenêtre du premier, d'où j'adjurais intérieurement son fils de s'arrêter dans sa course, les yeux rivés sur lui. Sourd à mes prières, le petit garçon poursuivit sa galopade à travers ce nouveau terrain de jeu avec des cris aigus d'émerveillement. Il bouscula deux ou trois chaises, qui cognèrent contre les tables dans un cliquetis de verres à pied.

Sa mère posa ses mains sur ses hanches.

— Anna, où êtes-vous, pour l'amour de Dieu? gronda-t-elle.

Je m'écartai à grand-peine de la fenêtre. M'en éloigner signifiait aussi quitter Teddy des yeux, ce que je ne pouvais me résoudre à faire. En contrebas, le petit garçon continuait de courir comme un fou entre les tables, s'approchant dangereusement de la piscine. Tout à coup, il repéra un dégagement devant lui et accéléra, se lançant à toutes jambes vers sa mère.

— Non, Teddy! Stop! hurla-t-elle.

Trop tard. Il prit son élan pour sauter sur une feuille de nénuphar et disparut sous la surface de l'eau. Lillian demeura pétrifiée au bord du bassin, le visage vide d'expression. Tout se figea, hormis le flottement de sa robe autour de ses chevilles.

— Attrapez-le ! hurlai-je. Attrapez-le !

Mais mes appels n'atteignirent ni la conscience de Lillian, comme frappée de stupeur, ni les oreilles des traiteurs, occupés dans la cuisine. Comprenant que la première était en état de choc, je me précipitai dans le couloir pour me ruer dans l'escalier, que je dégringolai en trébuchant.

— Teddy ! Teddy ! criai-je tout du long. Nana arrive ! Tiens bon, Teddy !

Plus je criais, plus je courais vite, aiguillonnée par la terrible image de mon pauvre petit Teddy coulant à pic en suffoquant.

Je me frayai un chemin entre les tables et les chaises, renversant plusieurs d'entre elles sur mon passage, vaguement consciente de bruits de verre brisé. Du coin de l'œil, j'aperçus Lillian Trevis dans la pose que je lui avais vue par la fenêtre, figée, les yeux fixés sur le bassin, comme hypnotisée par une vision d'horreur. Sautant plus ou moins là où Teddy avait disparu, je sentis l'eau déferler sur ma tête et sombrai. Je battis alors des bras et des jambes, fouillant désespérément des yeux l'eau nébuleuse à la recherche de la chemise rouge de Teddy, que je finis par repérer au fond du bassin. Par la grâce de Dieu, je réussis à m'approcher suffisamment pour l'empoigner par le bras. D'une poussée des jambes, je me propulsai ensuite de toutes mes forces vers la surface. Dès que nous émergeâmes, Lillian reprit vie et attrapa son fils par une épaule pour le sortir de l'eau et l'étendre sur les dalles. Ma mission accomplie, la raison me revint, tel un plomb accroché à mon cou. Malgré mes battements de bras frénétiques, je ne parvins plus à garder la tête hors de l'eau et coulai dans le fond du bassin, le cœur battant, les poumons près d'exploser. Un drôle de bourdonnement m'enveloppa, comme si j'entendais mon âme s'échapper de mon corps.

« C'est donc cela, la mort », songeai-je. Une paix indescriptible s'empara de moi tandis que je dérivais vers les merveilleux oiseaux qui avaient élu domicile au fond de la piscine. Leurs ailes bleu-vert miroitantes m'invitaient à me nicher dans leur étreinte et à vivre à jamais dans leur doux monde aquatique.

Je pris vaguement conscience d'un plongeon lointain, à l'autre bout de l'univers. Soudain, une force étrangère m'encercla la taille et me tira avec une puissance extraordinaire vers la surface. « Cette créature n'est pas humaine, pensai-je, dans un paisible cocon duveteux. Je suis déjà morte et cet ange m'emmène vers le ciel, où m'accueilleront ses pairs, les saints, Jésus en personne et même *mamá*. » L'ange m'étreignit avec tant de chaleur et de désir que je réussis à respirer sous l'eau. Son esprit circula en moi et je perçus l'exquise tendresse de son âme. Alors nous volâmes comme un seul être loin de ce bas monde.

Je fus déposée sur une surface rugueuse, mais l'ange s'attarda en moi. Je le sentais sur mon visage, ma gorge, mes lèvres.

— Elle va bien, elle respire, annonça une voix. *A priori*, elle n'a pas avalé d'eau.

J'ouvris les yeux pour voir M. Trevis s'ébrouer au-dessus de moi comme un gigantesque chien. Ses vêtements mouillés collaient à son corps, accentuant sa carrure et sa taille. Je me redressai, chassant l'eau de mes yeux avec des clignements tandis qu'il écartait des siens ses cheveux pour mieux distinguer la scène de l'autre côté de la piscine, où était prostrée sa femme, Teddy sur ses genoux. Tout content, le petit garçon jouait avec les boucles d'oreilles de sa mère, qui se balançaient au-dessus de lui. Chaque fois qu'elle détachait le regard de son fils pour croiser celui, furieux, de son mari, Lillian Trevis semblait se ratatiner sur elle-même.

— Pas la peine de me dévisager, Adam. Je sais ce que tu vas dire, alors vas-y, dis-le! lança-t-elle d'une voix chevrotante malgré ses efforts pour paraître forte.

Lorsque M. Trevis prit la parole, chaque mot semblait lui coûter des efforts surhumains. Je compris alors qu'il était encore essoufflé par mon sauvetage.

— Nous étions d'accord pour que la clôture reste en place, déclara-t-il, haletant.

— Non! C'est ce que tu voulais, mais nous ne nous sommes jamais accordés sur quoi que ce soit, rétorqua-t-elle en rejetant la tête en arrière avec une fierté arrogante.

M. Trevis continua à fusiller sa femme du regard tandis que je tremblais comme un asticot, assise à ses pieds. Certaine d'avoir ma part de responsabilité dans l'incident, j'espérais me faire oublier de lui, mais il se força à détacher les yeux d'elle pour me considérer.

— Et vous, vous ne savez pas nager, n'est-ce pas? remarqua-t-il avec une déception manifeste.

— Non, je… je suis désolée.

— Comment vous sentez-vous?

Je me sentais vidée et sonnée, mais je ne tenais surtout pas à paraître faible devant lui.

— Bien, mentis-je.

— Dans ce cas, suivez-moi, m'ordonna-t-il en tendant la main pour m'aider à me remettre sur pied.

Il promena pendant quelques secondes le regard sur la cour, puis rejoignit à grands pas l'estrade érigée quelques heures plus tôt pour farfouiller autour et en dessous. Trouvant enfin ce qu'il cherchait, il me confia une poignée de piquets en métal et se chargea de porter le reste.

— Qu'est-ce que tu fais, Adam? intervint sa femme, glacée d'horreur.

Sans un mot, M. Trevis se mit à replanter les petits pieux autour de la piscine et m'enjoignit d'en faire autant. Après l'avoir regardé opérer, je l'imitai de mon mieux.

— Adam, je te l'interdis! s'écria Lillian.

Ignorant son injonction, son mari continua d'échelonner les piquets.

— Anna, lâchez ça! me commanda-t-elle.

Je cessai ma tâche sur-le-champ, mais M. Trevis termina sa section à toute vitesse et me retira les pieux des mains pour achever ce qu'il avait entrepris. Il alla ensuite chercher le treillis métallique et le fixa à ses supports.

— Tu vas gâcher ma réception! gémit son épouse.

— Anna, j'aurais besoin que vous teniez le grillage pendant que je l'attache, m'expliqua-t-il d'une voix calme en me montrant où saisir la clôture.

J'obéis, malgré la confusion que provoquaient en moi les sanglots hystériques de Lillian. Teddy tapota gentiment la tête de sa mère, déconcerté par les événements, incapable d'expliquer pourquoi tout le monde se mettait dans des états pareils pour une folle baignade avec sa camarade de jeux favorite.

— Ne touchez pas ce grillage, Anna! Je vous l'interdis! me signifia Lillian lorsqu'elle retrouva son souffle.

Je lâchai aussitôt le treillis.

— Anna, tenez-le! me somma son mari avec encore plus de fermeté.

Je ramassai la clôture.

— Anna, vous m'avez entendue? insista Lillian avec un cri aigu.

M. Trevis se redressa, les deux mains sur les hanches.

— J'en ai ma claque de toi, Lillian! s'exclama-t-il, bouillant de rage. Notre fils a failli se noyer, et toi, tu t'inquiètes pour ta réception? À croire qu'elle compte plus que la sécurité de ton enfant.

— Tu sais bien que c'est faux! riposta-t-elle en croisant les bras.

— Alors tais-toi et laisse-nous finir.

Elle grogna, maussade. Toujours sur ses genoux, Teddy la regardait avec de grands yeux ronds. Au bout d'un moment, elle se leva avec difficulté et attrapa avec brusquerie la main de son fils.

— Comment oses-tu me manquer de respect? Je ne suis pas ta domestique, Adam, je suis ta femme! déclama-t-elle avant de partir au pas de course.

— Maman, pleure pas s'il te plaît, la supplia Teddy, qu'elle traînait dans son sillage. Pleure pas.

Alors que nous terminions de fixer la clôture, seuls quelques mots furent échangés entre M. Trevis et moi et j'évitai de le regarder tandis qu'il se concentrait sur sa tâche d'un air morne. Celle-ci achevée, il passa en revue son travail avec une apparente satisfaction.

— Ce n'est pas une petite clôture de rien du tout qui va gâcher une réception, vous ne croyez pas, Anna? me demanda-t-il d'un ton nettement plus léger.

Je poussai un soupir de soulagement, heureuse que sa colère se fût apaisée.

— Si, monsieur, mais Mme Lillian est très contrariée, je ne crois pas qu'elle soit encore d'humeur à recevoir.

À l'évocation de son épouse, il se raidit de nouveau, me faisant regretter de l'avoir mentionnée.

— Vous la sous-estimez, soupira-t-il. Lillian n'est pas du genre à se laisser abattre aussi facilement, quand elle le veut.

— Dans ce cas, je ferais bien d'aller chercher Teddy pour qu'elle puisse finir de se préparer, dis-je, impatiente de quitter les lieux du crime de crainte que ne survienne une nouvelle explosion.

Je m'étais déjà éloignée de plusieurs pas lorsque M. Trevis m'appela d'une voix douce. Lorsque je me retournai, il me fixait avec une expression que je ne lui connaissais pas. Cette fois, je ne décelai en lui ni colère, ni indifférence, ni désapprobation, seulement de la tendresse, de la gratitude et quelque chose d'autre. De l'admiration ? Je n'en savais trop rien, mais, pour la première fois, il me sembla qu'il me considérait, plus que comme une enfant, une religieuse ou une gouvernante, comme une femme.

— Vous avez risqué votre vie pour mon fils, déclara-t-il. Je ne l'oublierai pas.

En le regardant dans les yeux, je fus traversée d'un puissant frisson, que j'interprétai comme l'expression d'un certain respect mêlé de crainte. Plus mal à l'aise que jamais, je hochai la tête et quittai la cour d'un pas pressé pour me mettre en quête de Teddy. Je trouvai Lillian Trevis allongée sur une méridienne dans la véranda, les yeux humides de larmes et la robe mouillée là où elle avait tenu son fils. En me voyant entrer, elle me regarda avec adoration et me tendit sa fine main manucurée.

— Anna…

Je m'assis à côté d'elle et la laissai me prendre la main, qu'elle posa contre sa joue, secouée de sanglots.

— Adam a raison. Vous avez sauvé mon Teddy chéri alors que je restais plantée là, à le regarder se noyer, remarqua-t-elle lorsqu'elle eut retrouvé son calme.

— Vous étiez sous le choc, madame Lillian, lui expliquai-je, me souvenant des enfants de l'orphelinat qui ne se remettaient pas des horreurs de la guerre. J'ai déjà vu cette réaction chez d'autres.

— Mais si vous n'aviez pas été là, mon Teddy chéri aurait pu se noyer.

— N'y pensez plus, madame Lillian. Teddy est sain et sauf et vos invités vont arriver d'une minute à l'autre. Tout est beau et vous êtes plus ravissante que jamais.

— C'est Dieu qui vous a envoyée, conclut-elle. Il vous a envoyée pour veiller sur nous.

Teddy s'endormit presque aussitôt après son repas et un bain chaud. Tandis que je dînais seule dans ma chambre, un agréable fredonnement emplit mes oreilles et un fourmillement s'empara de tout mon corps, me donnant l'impression de flotter. Je repensai aux péripéties de l'après-midi. J'aurais juré que mon cœur s'était dilaté au point de mesurer plus de cent fois sa taille d'origine et que je n'étais plus la même, en quelque sorte rachetée par mon acte.

En pyjama et pieds nus, je quittai ma chambre pour observer la piscine et la cour par la fenêtre du couloir. Le soleil commençait à se coucher et de minuscules lumières scintillaient dans les branches des arbres, formant une voûte étoilée. Les invités fourmillaient dans la rumeur joyeuse créée par les cliquetis des verres, les rires et le bourdonnement des conversations plaisantes. J'avais l'impression d'être un ange regardant du ciel les mortels batifoler dans le jardin d'Éden. De l'autre côté du dais stellaire, Lillian Trevis tourbillonnait dans la foule comme une danseuse pleine de grâce, le pied remarquablement léger au regard de son gros ventre, ravissant ses invités à chacun de ses tours. Avec quelle rapidité elle s'était remise de ses émotions! En la voyant, personne ne pouvait deviner qu'un profond abattement s'était emparé d'elle une heure plus tôt. M. Trevis ne s'était pas trompé.

Mes yeux fouillèrent le patio à sa recherche. En vain. Debout à la fenêtre, je perdis la notion du temps. Le dîner fut servi puis desservi, le dessert apporté. J'écoutai l'orchestre jouer des airs entraînants pendant que les invités dansaient autour de la piscine au bord de laquelle Lillian s'était pétrifiée seulement quelques heures auparavant. J'aurais reconnu sans mal sa posture légèrement voûtée et son épaisse chevelure ondulée. Même à cette distance, j'aurais repéré son expression sombre et maussade. Quand la réception toucha à sa fin, j'étais sûre qu'il n'y avait fait aucune apparition.

Je pris une profonde inspiration et sentis un frisson de satisfaction me parcourir en l'imaginant en train de lire seul dans son bureau. Je revis sa silhouette me surplomber après qu'il m'eut sortie de l'eau, ses larges épaules, l'éclat intense qui avait traversé son regard quand il avait posé les yeux sur moi. Plongée dans ces pensées, je me laissai doucement glisser contre le mur jusqu'au sol et, assise dans le noir, contemplai les motifs de lumière changeants sur la paroi d'en face. Les invités s'éclipsèrent un à un, puis toutes les lumières s'éteignirent et les ombres prirent possession des lieux tandis que des ténèbres silencieuses m'enveloppaient. Je me retrouvai alors dans mon hamac, bercée par ma mère : « Imagine, *mija*. Imagine que, demain, nous nous réveillons au doux grattement des cordes d'une guitare… »

— Nana ! Nana !

Les cris de Teddy me sortirent de ma rêverie. Je bondis sur mes pieds et courus jusqu'à sa chambre, où il m'attendait, bras tendus. Je serrai aussitôt contre moi son petit corps tremblant.

— Ce n'était qu'un cauchemar. Je suis là, je ne laisserai jamais rien de mal t'arriver, murmurai-je en prenant soin de parler avec calme malgré la peur que j'éprouvais moi aussi.

— Il y a un monstre, expliqua Teddy en ravalant des sanglots. Le monstre mange Teddy.

— Il n'y a pas de monstre, le rassurai-je en caressant ses cheveux humides de transpiration.

— Le monstre mange Nana aussi, ajouta-t-il d'une voix un peu plus assurée. Je déteste le monstre ! Je tue le monstre pour pas qu'il te mange.

Il se détacha de moi et me regarda dans les yeux pour vérifier que son courage m'avait tranquillisée.

— Je n'ai plus peur alors, répondis-je en le recouchant.

Veillant à son chevet, je le rendormis avec une berceuse que ma mère me fredonnait souvent.

Duerme, niñito, no llores, chiquito.
Vendrán angelitos con las sombras de la noche.
Rayitos de luna, rayitos de plata,
Alumbran a mi niño que está en la cuna.

Dors, mon enfant, ne pleure pas, mon petit.
Des anges viendront avec les ombres du soir.
Les rais de la lune, fils d'argent,
Éclairent mon enfant endormi.

6

Anna se leva pour scruter le visage de son bien-aimé. Pas un seul frémissement n'avait parcouru son corps, mais sa respiration était entrecoupée de spasmes saccadés qui semblaient remonter des profondeurs de sa poitrine. Même si cela ne paraissait pas le gêner, elle nota tout de même dans un coin de son esprit d'en parler à l'infirmière lors de sa visite, dans l'après-midi. Des bruits s'élevèrent du rez-de-chaussée. Sans doute sœur Josepha était-elle descendue pour déjeuner. La religieuse n'aimait pas faire l'objet d'attentions excessives et était plus que capable de se débrouiller seule, mais Anna avait laissé un tel désordre dans la cuisine qu'elle risquait de ne pas s'y retrouver.

Elle regarda Adam inhaler et exhaler plusieurs fois avant de l'abandonner à contrecœur pour rejoindre l'étage inférieur. En entrant dans la cuisine, elle fut surprise d'y trouver Jessie à la place de sœur Josepha. Les mains dans l'eau savonneuse jusqu'aux coudes, elle faisait la vaisselle avec des reniflements bruyants.

— Jessie! Je ne t'ai pas entendue arriver!

Jessie se tourna vers elle avec des yeux bouffis et rougis qui évoquèrent la fillette qu'elle avait été. À présent jeune fille, elle étudiait à l'étranger et fréquentait un garçon « différent des autres », selon ses termes,

155

peut-être même « le bon ». Anna songea avec ébahissement à la possibilité que Jessie devienne bientôt épouse et mère.

Pour l'heure, elle avait beau mesurer près d'une tête de plus qu'Anna, elle s'effondra dans ses bras en sanglotant.

— Oh, Nana! J'ai tellement peur. Je ne crois pas que j'aurai la force de monter voir papa.

— Je sais que c'est dur. Il dort maintenant, mais il sera très heureux de te voir à son réveil.

Elle la fit asseoir à la table de la cuisine et la regarda s'essuyer les yeux avec une serviette.

— Quand j'ai parlé à Peter, il y a quelques jours, il m'a dit que l'état de papa empirait. Je ne sais pas à quoi m'attendre. Tu crois… tu crois qu'il va me reconnaître? s'inquiéta-t-elle, les lèvres tremblantes.

— Bien sûr que oui. Il se porte un peu mieux qu'hier, aujourd'hui, et il vous a réclamés, toi et Teddy.

— Comment c'est possible, Nana? Papa a toujours été en excellente santé, et il était si solide… Je le croyais éternel.

Anna pinça les lèvres. Elle ne souhaitait pas parler de la mort de son bien-aimé de manière si ouverte alors qu'elle n'était pas convaincue que l'issue soit aussi imminente que l'annonçaient Peter et les autres médecins.

— S'il te plaît, Nana, monte avec moi, la supplia Jessie en lui agrippant le bras. Je n'y arriverai pas toute seule.

— Je vais venir, répondit-elle en lui tapotant le bras. Et tu vas voir que son état n'est pas aussi grave que tu le penses.

Fortifiées par ces mots, elles quittèrent ensemble la cuisine et empruntèrent l'escalier.

— Tu as des nouvelles de Teddy? demanda Anna, qui menait la marche, juste avant d'atteindre le palier supérieur.

— Oui, répondit Jessie d'une petite voix.

— Tu crois qu'il…?

— Il dit qu'il ne viendra pas, l'interrompit-elle abruptement. C'est ce que tu allais me demander, non?

Anna hocha la tête, les yeux fixés droit devant elle. Au moment de s'engager dans le couloir, elle se retourna vers la jeune fille.

— Quand ton père te le demandera, car je sais qu'il le fera, je veux que tu lui dises que Teddy viendra bientôt.

— Mais c'est faux! Il m'a dit qu'il ne viendrait pas, Nana. Tu m'as entendue, non?

— Je te demande de me faire confiance, Jessie.

— Je te fais plus confiance qu'à quiconque, mais je ne veux pas mentir à papa. Surtout pas maintenant.

Elles suivirent le couloir bras dessus, bras dessous sans échanger un mot, jusqu'au moment où Anna posa la main sur la poignée de la porte de la chambre d'Adam.

— Teddy viendra, affirma-t-elle avec conviction.

Elle entra ensuite dans la pièce sombre avec Jessie. Tremblante d'émotion, celle-ci approcha d'un pas prudent le chevet de son père pour étudier son visage et son corps desséchés. Elle posa ensuite doucement sa main sur la sienne et sentit, les yeux remplis de larmes, le faible battement de son pouls sous ses doigts. Après lui avoir avancé l'unique chaise, Anna recula vers la fenêtre, heureuse de bénéficier de ce laps de temps pendant lequel une minute pouvait durer un mois et une heure une année, si tel était son désir, ce jusqu'au réveil de son bien-aimé, qui la ramènerait dans le présent.

Un après-midi, après avoir couché Teddy pour sa sieste, je passais par la véranda pour me rendre à la cuisine lorsque j'y aperçus Lillian Trevis. Deux semaines la séparaient du terme de sa grossesse et elle s'efforçait de trouver une position confortable sur la méridienne tout en feuilletant un magazine.

— Adam m'en veut encore, remarqua-t-elle sans lever la tête de sa lecture. Il ne s'est pas remis de l'incident de la piscine.

Elle ferma sa revue avec un froncement de sourcils, avant d'ajouter :

— Il en veut toujours à quelqu'un. Si ce n'est pas à moi, c'est à quelqu'un d'autre. Je n'ai jamais vu un homme aussi insatisfait.

Depuis la réception, plusieurs jours auparavant, une indubitable distance s'était creusée entre M. et Mme Trevis. Celle-ci se faisait à présent servir la plupart des dîners dans la chambre conjugale tandis que lui mangeait seul dans son bureau. Convaincue que la situation ne s'améliorait pas lorsqu'il montait se coucher, je me demandais comment un homme et une femme pouvaient partager le même lit dans des circonstances aussi pénibles.

— Je suis sûre que ça lui passera avec l'arrivée du bébé, répondis-je d'une voix que je voulais optimiste.

Posant sur moi de grands yeux mélancoliques, elle me signifia, d'un imperceptible mouvement du poignet, de fermer la porte donnant sur la cuisine.

— Vous savez cette manie qu'a Millie de toujours rôder, avec ses oreilles grandes ouvertes, se justifia-t-elle lorsque je m'assis à côté d'elle. Vous avez un peu de temps pour parler?

— Teddy ne devrait pas se réveiller avant une vingtaine de minutes.

Les yeux soudain remplis de larmes, elle couvrit son visage de ses mains.

— Oh, Anna! J'ai parfois l'impression d'être la pire épouse et la pire mère au monde. J'en ai par-dessus la tête d'être enceinte! Je meurs d'impatience d'avoir ce maudit bébé pour retrouver ma vie, sans parler de ma silhouette. Vous croyez que c'est horrible de ma part de penser ça?

— Les femmes enceintes que je croisais à l'école ressentaient la même chose en fin de grossesse. Vous devriez vous montrer moins dure envers vous-même.

— Mais je devrais penser à ma petite fille, m'enflammer pour la décoration de sa chambre et toutes les petites robes que je vais pouvoir lui acheter. Pour tout vous dire, rien de tout ça ne m'importe à présent. Rien du tout! conclut-elle avec une moue effrontée, laissant tomber ses bras le long de son corps avec un profond soupir. Je trouve à peine l'énergie de relever la tête, ces jours-ci. Mais il faut que je me force à marcher un peu chaque jour, c'est ce que le docteur a dit. Vous voulez bien venir avec moi, Anna?

Après que je l'eus aidée à se mettre debout, nous remontâmes le sentier du jardin bras dessus, bras dessous. Par ce beau jour d'été chaud et ensoleillé, je jugeai plus prudent de nous diriger vers un coin d'ombre.

— J'ai remarqué que vous et Millie deveniez bonnes amies, remarqua-t-elle.

— C'est une femme très gentille.

— Ne la laissez pas vous monter contre moi, Anna.

— Bien sûr que non, répondis-je avec un petit rire.

— Vous savez que c'est une ivrogne, non?

— Eh bien… non… je ne vois pas de quoi vous voulez parler.

— Vous pouvez me croire, insista Lillian avec un hochement de tête entendu. Chaque fois qu'elle dit s'absenter pour un petit somme, elle ne va pas s'étendre, mais lever le coude. Sauf erreur de ma part, notre Millie a un faible pour le whisky. Adam est au courant, mais il refuse que je la congédie.

Je ne voulais pas croire que Millie était alcoolique, mais je devais admettre que cette dépendance aurait expliqué ses sautes d'humeur et l'étrange regard vide avec lequel elle revenait de ses siestes.

— Je suis surprise que M. Trevis le tolère, finis-je par déclarer.

— En temps normal, il se montrerait moins indulgent, mais je suis certaine que Millie vous a raconté l'accident en long, en large et en travers, déclara-t-elle en me jetant un coup d'œil. Telle que je la connais, elle a dû tout vous débiter avant même que vous ayez posé votre valise.

— C'est une histoire très triste, répondis-je. Millie devait beaucoup aimer son mari. Il faut croire que son absence la peine encore.

Tandis que nous empruntions le sentier menant vers l'endroit le plus ombragé du jardin, Lillian s'appuya plus lourdement sur mon bras.

— Adam m'a raconté qu'ils étaient jeunes mariés quand c'est arrivé. Millie attendait un enfant, mais elle l'a perdu juste après, sans doute à cause du choc… ou peut-être du whisky. Toujours est-il qu'elle profite depuis de la pitié d'Adam. Elle peut boire à s'en abrutir, passer son temps de travail à « faire la sieste », tout! Tant qu'elle ne brûle pas la maison, elle sait qu'elle aura toujours sa place ici.

— Je ne m'en suis pas rendu compte, marmonnai-je.

— C'est pourquoi je ne supporterais pas qu'elle se mette en travers de notre amitié. Je me sens si proche de vous, Anna. J'ai l'impression de vous connaître depuis toujours.

— Vous n'avez pas de souci à vous faire là-dessus, madame Lillian, la rassurai-je, touchée.

Elle n'avait encore jamais assimilé nos rapports à de l'amitié, mais force était de constater qu'elle avait changé d'attitude à mon égard depuis la réception. Une chaleur sincère irradiait de ses yeux lorsqu'elle me parlait et elle ne perdait pas une occasion de se confier à moi, y compris pour me relater des histoires embarrassantes. Ainsi m'avait-elle raconté, quelques jours plus tôt, avoir mouillé son lit dans la nuit, lorsque le bébé avait exercé une pression sur sa vessie.

Nous sortîmes de l'ombre des arbres pour rejoindre la roseraie, l'un de mes endroits préférés. Les fleurs venaient d'éclore et leur parfum délicat flottait autour de nous, chassant tous les soucis. Malgré cela, une intuition me soufflait que les pensées de Lillian lui pesaient toujours autant.

— Tous ceux qui connaissaient Adam avant l'accident disent que c'était un pianiste extraordinaire, reprit-elle après plusieurs minutes de silence. Mais j'ai beau le supplier, il refuse de jouer une seule note. Vous ne trouvez pas que ce serait merveilleux pour Teddy d'entendre son père jouer du piano?

— En effet, mais j'imagine que cela réveillerait trop de souvenirs douloureux.

Lillian me tira le bras d'un air exaspéré.

— Oh, la vie continue, Anna. Ça fait longtemps que j'ai appris que le mieux était d'oublier le passé et d'avancer. Je ne cesse de le répéter à Adam, mais il ne m'écoute plus, soupira-t-elle en s'arrêtant pour s'accorder un peu de repos. Vous avez déjà été amoureuse, Anna?

Cette question inattendue me décontenança, même si je commençais à m'habituer aux vagabondages auxquels se prêtait parfois l'esprit de Lillian. Pour suivre ses pensées et ses humeurs, il fallait être disposé à papillonner et à flâner avec elle, sans quoi l'on risquait de se laisser distancer.

— Moi? Oh, non! répondis-je avec un petit rire. Je ne connais rien à l'amour.

— Si vous l'êtes un jour, vous le saurez. Votre cœur s'emballera à la seule pensée de l'être que vous aimez et vous ne pourrez vous concentrer sur rien d'autre que sur lui. Vous voudrez être près de lui, lui parler, le toucher, l'aimer à chaque seconde de votre vie, dit-elle avant d'observer un instant de silence. J'ai toujours espéré que ce serait ce que je ressentirais pour l'homme que j'épouserais, mais ça n'a jamais été le cas avec Adam.

Cette révélation m'abasourdit. Je n'imaginais pas Lillian Trevis se contenter de moins que la perfection.

— Quand Adam veut quelque chose ou quelqu'un, il s'acharne jusqu'à ce qu'il l'obtienne, déclara-t-elle en me redonnant le bras pour reprendre notre promenade. Il est impossible de lui échapper. Je me suis retrouvée impuissante face à lui, même si je dois reconnaître que je n'avais, et n'ai à ce jour, jamais ressenti une telle dévotion de la part d'un homme. Bien sûr, ça ne fait que me rendre la vie plus difficile ces temps-ci où c'est à peine si j'existe à ses yeux.

— Oh non, madame Lillian, je suis sûre que vous vous trompez. M. Trevis vous aime encore énormément.

— Comment pouvez-vous en être si sûre?

— Je le vois à la façon dont il vous regarde. C'est comme si tout l'amour enfoui dans son cœur inondait son âme et déferlait par ses yeux.

— Bonté divine, Anna! rit-elle. Vous en savez peut-être plus que vous ne le croyez sur l'amour.

Au cours de cette promenade, je pris conscience des liens plus qu'amicaux, familiaux, qui m'attachaient aux Trevis. Au fil des jours et des semaines, des souvenirs de mon autre vie et de mon autre famille s'étaient insinués dans mon esprit, me submergeant souvent de tant d'émotions et d'images que je me réveillais en pleine nuit complètement désorientée. J'aurais alors pu jurer que, la seconde précédente, je me balançais tranquillement dans mon hamac au côté de ma mère endormie, enveloppée par l'odeur de la jungle et bercée par les ronflements de mon cousin Carlitos.

Lorsque, enfant, je cherchais du réconfort auprès de sœur Josepha, elle me disait que seul le temps pouvait guérir les blessures du cœur. Plus celles-ci étaient profondes, plus il fallait se montrer patient, mais elles se révélaient parfois si graves que le temps ne suffisait jamais à les soigner et que seul l'amour infini du Seigneur pouvait y passer un peu de baume. Il fallait croire que mon cœur avait, avec le passage des années et l'aide de Dieu, suffisamment cicatrisé pour que la mémoire me revienne sans rouvrir sa plaie.

Quelques nuits plus tard, j'entendis un coup affolé à la porte de ma chambre. Je me redressai d'un bond sur mon matelas, prise d'inquiétude pour Teddy. Et s'il lui était arrivé quelque chose? Mon pouls s'accéléra quand la voix de M. Trevis se fit entendre dans le couloir.

— Anna! appela-t-il avant d'ouvrir la porte. Anna, réveillez-vous!

Je remontai les couvertures jusqu'à mon menton en me demandant ce qui pouvait l'amener dans ma chambre au beau milieu de la nuit. Dans la faible lumière, je vis qu'il portait un jean et une chemise, dont il n'avait pas rentré les pans dans sa ceinture.

— Lillian a besoin de vous.

— Que se passe-t-il? m'enquis-je en veillant à bien tirer ma chemise de nuit sur mes cuisses avant de sortir du lit.

— Descendez le plus vite possible, se contenta-t-il de répondre brutalement, le regard fuyant.

— Je vais prévenir Millie, si jamais Teddy se réveillait.

— C'est déjà fait. Dépêchez-vous! Lillian accouche très vite.

J'enfilai à la hâte des vêtements et me ruai au rez-de-chaussée, où Lillian m'attendait devant la porte de derrière. La douleur tordait son visage, d'une pâleur inhabituelle. Lorsque je lui pris la main, elle serra la mienne de toutes ses forces, menaçant de me briser les os.

— C'est pire que jamais, haleta-t-elle à la fin de sa contraction. C'est vrai qu'on oublie la douleur, je ne me souviens pas d'avoir autant souffert.

— Je suis certaine que tout ira mieux dès que vous arriverez à l'hôpital, la rassurai-je.

Prise de tremblements, je tâchai de me calmer pour ne pas augmenter son angoisse.

— Dieu merci, vous êtes là, dit-elle en posant sa tête sur mon épaule. Je me sens tellement sereine auprès de vous.

M. Trevis avança enfin la voiture devant la porte. Tandis qu'il aidait Lillian à s'installer sur le siège du passager, je montai à toute vitesse sur la banquette arrière. Quelques secondes plus tard, nous franchissions le portail. Je ne m'étais jamais trouvée à bord d'un véhicule aussi rapide de toute ma vie. Dans la profondeur de la nuit, j'avais l'impression d'être un astronaute traversant l'infini de l'espace. Lillian poussait des gémissements entrecoupés de cris dès qu'une nouvelle contraction la prenait. Quant à moi, je ne pouvais que prier de tout mon cœur pour que nous arrivions à temps.

Par bonheur, mes supplications furent entendues. Une équipe médicale attendait devant l'entrée de l'hôpital avec un fauteuil roulant, où Lillian fut assise avant d'être conduite jusqu'à la maternité. M. Trevis suivit avec des yeux brillants et des joues empourprées qui me rappelaient Teddy lorsqu'il faisait un mauvais rêve.

Dans la salle de travail, un médecin examina Lillian, qui poussait toujours des cris d'agonie. Je ne comprenais pas qu'on n'apaise pas ses souffrances. Dans mon village, les femmes en couches hurlaient comme si on les écorchait vives mais, dans un hôpital moderne, je m'attendais à plus de confort. Retenant mon souffle, je gardai sa main dans la mienne et m'évertuai à rester détendue et encourageante.

M. Trevis prit son autre main et posa une compresse fraîche sur son front. Malgré ses efforts pour garder son sang-froid, une lueur de mépris grandissait dans ses yeux alors qu'il suivait les allées et venues de l'infirmière et des autres soignants dans la pièce.

Lorsque la première voulut prendre la tension de sa femme pour la troisième fois, il ne put se contenir plus longtemps.

— Vous ne pouvez pas lui donner quelque chose pour calmer la douleur? C'est de pis en pis.

— C'est trop tard, monsieur Trevis, rétorqua-t-elle d'un ton cassant. On ne peut plus rien donner à un stade trop avancé du travail, c'est mauvais pour le bébé.

Le visage de M. Trevis rougit à vue d'œil.

— Vous devez bien pouvoir faire quelque chose pour elle. Où est son médecin? Il devrait déjà être ici depuis longtemps!

— Je vais voir ce que je peux faire, déclara l'infirmière avant de quitter la pièce.

Lillian poussa un nouveau hurlement déchirant, qui nous fit sursauter. En la voyant se contorsionner, en proie à d'atroces douleurs, j'eus la certitude qu'elle ne survivrait pas à cet accouchement. Le visage de M. Trevis avait viré du cramoisi au blanc, mais il demeura à son chevet. Dans mon village, les hommes allaient s'enivrer sur la place publique avec leurs compères pendant que leur femme enfantait. Il fallait parfois plus de temps au jeune papa pour se remettre de sa cuite qu'il n'en fallait à son épouse pour sortir de couches.

Les oreilles remplies des lamentations de Lillian, je me perdis dans le sillon qui courait du front de M. Trevis à sa lèvre supérieure, où se formait une minuscule flaque de transpiration. Ces affres, je les avais déjà connues. Dans une autre vie, à une autre époque. Comme je fermais les yeux, les cris de Lillian se mêlèrent à ceux de *tía* Juana, qui résonnaient jusque sur les berges de la rivière, nous poussant, Carlitos et moi, à lever la tête de notre jeu. Certain que rien ne serait exigé de lui pour l'arrivée de son petit frère ou de sa petite sœur dans ce monde, mon cousin retourna sans perdre de temps à son tas de cailloux, mais les plaintes de *tía* Juana m'avaient trop effrayée pour que j'en fasse autant. Laissant tomber par terre les pierres que je tenais dans les mains, je restai aux aguets en espérant que mes craintes ne se réaliseraient pas. Peut-être ma tante avait-elle simplement découvert qu'un chien avait déféqué devant la porte. Après tout, un jour qu'elle avait marché dans une crotte, elle avait poussé de tels beuglements que j'avais cru qu'on l'avait poignardée en plein cœur.

Lorsqu'un nouveau hurlement s'éleva, je sus que *tía* Juana avait commencé le travail. À l'appel de *mamá*, je regagnai notre hutte en courant sans adresser un mot à Carlitos et, juste au moment de disparaître derrière la porte, me retournai vers lui. En le voyant m'observer avec des yeux écarquillés d'étonnement et de peur, je me sentis privilégiée et étrangement importante d'être invitée à découvrir ce mystérieux univers féminin. Je ne m'attendais pas le moins du monde à l'horreur que m'inspirerait cette initiation radicale.

À peine mes yeux s'étaient-ils accoutumés à l'obscurité de la hutte qu'ils se posèrent sur ma tante. Allongée sur une couverture à même le sol, dévêtue jusqu'à la taille et les jambes écartées, elle se tortillait, entourée de la plus âgée des sages-femmes du village, de *mamá* et de deux voisines, toutes à genoux.

— Anna, apporte-moi la couverture qui est sur la table, m'ordonna ma mère sans lever les yeux.

Elle plaça la pièce de laine que je lui tendis sous la tête d'une *tía* Juana au visage blême et dégoulinant de sueur. Ses yeux roulaient dans leur orbite et elle serrait les mâchoires si fort que ses dents grinçaient. Au bruit qu'elles produisaient, j'étais certaine qu'elles finiraient par se déchausser et que ma tante ne tarderait pas à les cracher une par une.

Les femmes échangeaient des paroles à voix basse tandis que *tía* Juana gémissait et geignait, cambrant parfois le dos, agitée de tremblements des pieds à la tête. Peu de temps auparavant, *mamá* m'avait expliqué que les femmes enfantaient dans la douleur par la volonté de Dieu, qui s'assurait ainsi qu'elles voueraient à leur progéniture un amour encore plus fort. Je ne comprenais pas le rapport, mais *mamá* n'avait pas su me donner d'explication plus claire. En revanche, elle avait décrété que, puisque j'étais depuis peu réglée, j'assisterais à l'accouchement de *tía* Juana, une expérience qui m'offrirait un aperçu de la responsabilité et de la souffrance dont était synonyme un enfant dans la vie d'une femme.

À cet effet, *mamá* me commanda de m'asseoir aux pieds de *tía* Juana, un poste d'observation d'où je voyais parfaitement le sillon suintant entre les jambes de ma tante. À chacun de ses cris et de ses spasmes, il s'élargissait et s'humidifiait, jusqu'à libérer un épais filet de sang et d'eau. Sans prévenir, ma tante expulsa alors des selles aqueuses qui emplirent notre petite hutte d'une odeur si nauséabonde que je manquai m'évanouir. *Mamá* nettoya les excréments avec un torchon qu'elle me lança.

— Ne laisse pas les chiens le voler, je n'en ai presque plus.

Ignorant ce que j'étais supposée faire de ce bout de tissu puant, je m'en débarrassai juste devant la porte. Si les chiens s'avisaient de l'emporter, je déchirerais volontiers ma propre couverture pour fabriquer des chiffons. Tout pour ne pas avoir à m'approcher de cette chose écœurante ! Lorsque je regagnai ma place, la tête me tournait et mon estomac faisait des nœuds. Une force invisible et impitoyable écartelait ma tante, étirant la fente entre ses jambes, qui mesurait à présent dix fois la taille que je lui avais vue quelques instants plus tôt. Incapable de supporter ce spectacle répugnant, j'en détachai mes yeux malgré l'instinct qui me poussait à regarder. J'entendis alors un étrange gargouillis monter des profondeurs de la gorge de *tía* Juana, comme si elle se noyait. Quand je me retournai, la sage-femme séparait les replis de chair déchirée entre ses jambes, révélant une masse sanguinolente de cheveux et de pus coagulé qui m'évoqua un animal en décomposition. *Tía* Juana pleura, gémit, se contorsionna et poussa, encore et encore, alors que les deux voisines lui tenaient les jambes et que *mamá* appuyait sur son énorme ventre. La sage-femme plongea alors ses doigts ensanglantés dans son entrejambe, sourde à ses hurlements désespérés et à ses supplications. Soudain, une puissante giclée de fluide jaillit de ma tante comme d'une fontaine, me couvrant de sang et d'une substance épaisse et fétide. Ce fut plus fort que moi : avec un beuglement plus sonore que ceux de *tía* Juana, je fuis la hutte à toutes jambes pour rejoindre la rivière et plongeai dans ses eaux boueuses. Carlitos, qui œuvrait toujours à ses constructions de pierre, me considéra avec une expression mêlant choc et curiosité, mais il se garda bien de me demander ce qu'il s'était passé. Sans doute était-il trop effrayé de l'entendre, ce dont je lui sus gré, car jamais je n'aurais trouvé les mots pour le lui décrire.

Lorsque je rentrai, plus tard dans l'après-midi, le calme régnait dans la hutte. Le nouveau-né dormait sagement dans un hamac au côté de *tía* Juana et *mamá* travaillait à sa machine à coudre. Au long regard qu'elle me lança, je sus que je l'avais déçue.

— Je m'excuse de m'être sauvée, *mamá*, murmurai-je pour ne pas réveiller ma tante et son bébé.

Elle retourna à sa couture avec un hochement de tête.

— Assister à la naissance d'un enfant te donnera de la force pour quand viendra ton tour. C'est aussi un moyen de te rappeler d'attendre le bon moment.

Je répondis d'une secousse catégorique de la tête.

— Ce n'est plus la peine parce que je viens de décider de ne jamais avoir d'enfant.

Les sourcils de *mamá* se froncèrent au-dessus de son nez.

— Vraiment ? Pourquoi ?

Bien que surprise qu'elle me pose une question dont la réponse était l'évidence même, je lui exposai mon point de vue.

— Parce que je ne veux pas crier de douleur, saigner entre les jambes et sentir mon corps se fissurer quand il sortira.

Mamá mit son ouvrage de côté.

— Que feras-tu si tu tombes amoureuse d'un homme qui veut des enfants ? Que lui diras-tu ?

Je croisai les bras.

— Je lui dirai que, s'il m'aime vraiment, il devra se contenter de moi.

À cette réponse, *mamá* laissa échapper un éclat de rire, troublant dans son sommeil *tía* Juana, qui remua avec des marmonnements.

— Si tu trouves un jour cet homme, jette-toi à son cou et ne le lâche plus, chuchota-t-elle. Bien sûr, tu découvriras que tu rêves et que l'homme dans tes bras est ta couverture, ajouta-t-elle avec un geste dédaigneux de la main avant de reprendre son travail. Un tel homme n'existe pas, *mija*.

Je me demandai si *mamá* avait raison en voyant la ride sur le visage de M. Trevis se creuser au moment où sa femme accentua la pression sur sa main, et par la même occasion sur la mienne. Malgré mes efforts, je ne pus réprimer une grimace de douleur. De retour avec l'obstétricien, l'infirmière observait M. Trevis avec grand intérêt pendant que le médecin disparaissait par intervalles sous le dais formé par le drap tendu au-dessus des genoux écartés de Lillian. Jugeant qu'il n'y avait plus aucun risque pour le bébé, il lui avait administré un anesthésique pour apaiser la douleur, mais il n'en demeurait pas moins évident que ce petit homme barbu ne se laissait pas aisément attendrir par le supplice de ses accouchées. En fait, il paraissait presque s'ennuyer tandis qu'il plongeait et replongeait entre les jambes de sa patiente.

— Le crâne se présente. Vous voulez le voir? proposa-t-il à M. Trevis.

Celui-ci refusa d'un mouvement de tête.

— Et vous? me demanda-t-il en pivotant vers moi.

Horrifiée à la pensée de regarder entre les cuisses de Mme Trevis, je m'apprêtais à décliner l'invitation quand un fracas retentit dans la salle. Relevant la tête, je remarquai que son mari ne se tenait plus à côté d'elle.

— Celle-là, je la voyais venir, remarqua l'infirmière en secouant la tête. Ils paraissent toujours plus résistants qu'ils ne le sont vraiment.

Sur ce constat, elle alla prendre soin de M. Trevis, qui gisait sur le dos, les yeux fermés, comme s'il avait subitement décidé de piquer un petit somme. Dépouillé de sa rudesse défensive, il semblait aussi vulnérable qu'un enfant et je me pris à envier l'infirmière qui s'agenouillait auprès de lui pour lui glisser un oreiller sous la tête. Elle extirpa ensuite de sa poche un petit tube, qu'elle lui promena sous le nez. Reprenant presque instantanément conscience, M. Trevis cligna des yeux avec perplexité, comme Teddy lorsqu'il se réveillait en sursaut.

Lillian, qui sortait d'une violente contraction, éclata de rire en comprenant ce qui venait de se produire.

— Oh, Adam, ce que tu es drôle! Tu t'es évanoui! Vous ne le trouvez pas à mourir de rire, Anna?

À la vérité, je ne savais que faire ni que dire. Je voyais bien, au regard blessé de M. Trevis, qu'il se sentait humilié et ne demandait qu'à se remettre sur pied.

— Vous pouvez m'aider à me relever? demanda-t-il à l'infirmière.

— Je ne sais pas, gloussa-t-elle. Vous êtes plutôt costaud, on ne peut pas se permettre de vous laisser vous écrouler partout. Pour notre sécurité à tous, je crois que vous feriez mieux de ne pas bouger pendant un moment.

— S'il vous plaît, insista-t-il avec un regard implorant.

Parvenant à me libérer de l'étreinte de Lillian, je me mis à genoux auprès de son époux, qui passa un bras sur mes épaules et l'autre sur celles de l'infirmière. Il se révéla plus lourd que je ne l'imaginais, et son torse massif pesa impitoyablement contre moi, mais, à deux, nous réussîmes à le hisser dans un fauteuil, où il nous concéda un faible sourire de gratitude.

Quelques minutes plus tard, Jessica venait au monde. Lorsque le médecin la sortit de dessous le drap pour la donner à admirer à ses parents, je restai muette de stupeur face à cette petite créature qui gigotait. J'aidai ensuite l'infirmière à compter ses minuscules doigts et orteils, attendrie par les jolies fossettes sur ses joues rondes et ébahie par la puissance des vagissements que produisait cet être minuscule.

À distance respectueuse, M. Trevis contemplait sa fille comme s'il se trouvait face au Tout-Puissant.

— Elle est si belle, murmura-t-il.

Au moment où l'infirmière souleva Jessica devant nous, je ne pus détacher mes prunelles du visage de M. Trevis, subjuguée par l'amour qui irradiait de ses yeux, tel le soleil émergeant de la ligne d'horizon.

*

Adam se tourna vers sa fille avec un frémissement de paupières.

— Qui est là?

— C'est moi, papa, répondit tout bas Jessica, ravalant ses larmes.

— Qui? demanda-t-il, les yeux encore fermés.

— Jessie, ta fille, l'informa-t-elle d'une voix plus ferme.

Il ouvrit les paupières, le visage éclairé par un sourire lumineux. Sa peau livide se teinta d'un éclat de pêche et tout son corps sembla reprendre des forces.

— Jessie, susurra-t-il. Depuis quand es-tu là?

— Pas longtemps.

En le voyant tenter de se redresser péniblement, Anna accourut pour l'aider, s'exilant de nouveau dès qu'il eut trouvé une position confortable.

— Tu es si… belle, remarqua-t-il.

Laissant échapper un rire pâle, Jessie passa ses doigts dans ses cheveux ébouriffés pour les ramener en arrière.

— Si tu le dis…

Adam toussa puis s'étrangla. Revenant à son chevet, Anna porta à ses lèvres un verre d'eau, dont il but une petite gorgée avant de reporter son attention sur sa fille.

— Alors, parle-moi de… Comment s'appelle-t-il, déjà?

Jessie rit, mais cette fois avec le plaisir qu'elle manifestait toujours quand son père la taquinait.

— Allons, papa, tu connais son nom.

— Non, je le jure, insista-t-il, s'assurant d'un regard la complicité d'Anna. J'oublie tout en ce moment, pas vrai, Anna?

— Pas tout, mais c'est vrai que tu oublies certains détails, répondit-elle avec un sourire malicieux, stupéfaite par la subite transformation qu'elle observait chez lui.

— Il s'appelle Jacob, papa, dit Jessie en roulant des yeux.

— Jacob Papa, répéta Adam avec une mine déconcertée. Quel drôle de nom…

— Non, juste Jacob, papa, rectifia Jessie en lui donnant un petit coup mutin sur le bras. Enfin, Jacob, juste Jacob.

— Jacob Juste ou Juste Jacob? demanda Adam, avec un air encore plus perplexe.

Jessie gloussa en se couvrant le visage des mains, comme lorsqu'elle avait trois ans.

— Oh, papa! s'exclama-t-elle en balançant la tête de gauche à droite.

Bien que ravi de voir chez sa fille la réaction qu'il attendait, Adam ne garda pas longtemps le sourire.

— Teddy l'a rencontré?

— Pas encore, répondit-elle, dégrisée à l'évocation de son frère. Personne, en fait.

Les muscles du visage d'Adam se relâchèrent imperceptiblement.

— Tu as parlé à ton frère, récemment?

— Pas plus tard qu'hier, mais tu connais Teddy, il n'aime pas beaucoup le téléphone.

Adam ferma les yeux et renfonça sa tête dans son oreiller. L'exubérance qui l'animait quelques instants plus tôt se dissipait au fil des secondes. Jessie jeta un regard à Anna, qui l'encouragea d'un hochement de tête.

— Mais il avait l'air d'aller bien. Et… et il m'a dit qu'il allait venir te voir.

Adam rouvrit les paupières. Dans ses yeux pointait, à travers la fatigue, une étincelle d'espoir.

— Vraiment?

— Oui.

Il prit une profonde inspiration et, la cage thoracique gonflée, releva la tête pour regarder sa fille.

— Et ce cours de comptabilité, alors?

— Pitié, ne ramène pas ça sur le tapis! Je suis à deux doigts d'arrêter, déclara-t-elle en brandissant son index et son majeur.

— La comptabilité, c'est simple comme bonjour.

— Pour toi, peut-être, mais pour moi…

Satisfaite de voir que tout se passait bien, Anna s'éclipsa pour aller se préparer une tasse de thé. Dans le couloir, elle se ravisa, décidant de s'y attarder pour s'abreuver du son joyeux de la conversation d'Adam et de Jessie, infiniment plus apaisant qu'une boisson chaude. Ses yeux se posèrent sur le tableau pendu devant elle. Toute de blanc vêtue, Lillian y posait, ses deux enfants nichés à ses pieds. Si charmant que fût ce portrait, il lui semblait que le peintre n'avait pas réussi à saisir la véritable essence de Lillian Trevis. Choisissant de la représenter sous les traits d'une respectable matrone, il avait échoué à voir au-delà des lignes angéliques de son visage, de son teint parfait, de son port gracieux. Lillian était une vraie dame, cela ne faisait aucun doute, mais une dame gouvernée par des motivations complexes et des désirs primaires qu'Anna ne comprendrait jamais totalement.

*

Si Lillian était déjà, pendant sa grossesse, une femme délicieuse, elle le devint davantage encore quelques mois après son accouchement. Elle papillonnait entre ses diverses occupations avec la légèreté d'une fée et il n'était pas rare que les enfants et moi interrompions nos jeux pour la regarder traverser notre monde avec des virevoltes. En dehors de ces apparitions éphémères, elle demeurait la plupart du temps invisible, tellement investie dans sa résurrection à la vie sociale qu'elle ne trouvait même plus le temps pour ses baignades matinales.

Néanmoins, le jour de la rentrée de Teddy, elle bloqua toute la matinée dans son agenda pour le déposer à l'école maternelle. Tout sourires à leur départ, mère et fils revinrent moins d'une heure plus tard, dissous dans un torrent de larmes. En entendant Lillian parler à Millie d'une voix éplorée, je sortis Jessie du bain et l'emmitouflai dans une serviette pour descendre avec elle voir quel drame se jouait au rez-de-chaussée.

Si Teddy semblait calme, il en allait autrement de sa mère.

— Oh, Anna! s'exclama-t-elle, éperdue, en me voyant apparaître dans l'escalier. Je ne peux pas, c'est au-dessus de mes forces.

— Qu'est-il arrivé? demandai-je en notant l'expression penaude de Teddy.

— Teddy n'arrêtait pas de pleurer. Et puis, rien que de l'imaginer tout seul là-bas, au milieu de ces enfants inconnus, pendant trois longues heures… Non, c'était trop dur!

— Mais tous les enfants pleurent le premier jour. Certains parents aussi, d'ailleurs. Et tout le monde finit par se faire une raison.

— C'est ce que je lui ai dit, intervint Millie en secouant la tête. Ce ne sont pas quelques larmes qui doivent faire la loi. C'est parfaitement normal qu'il pleure.

Lillian jeta à la cuisinière un regard plein de mépris, puis retroussa les lèvres en une moue touchante.

— Vous trouvez ça normal, vous, tous ces parents et ces enfants qui se noient dans leur chagrin? Quel bien peut sortir de tout ce malheur?

Jessie commençant à me glisser des bras, je la remontai sur ma hanche et changeai de jambe d'appui.

— Teddy doit aller à l'école maternelle, déclarai-je. Sinon il sera en retard sur les autres enfants à son entrée en primaire.

Lillian étudia ma remarque en caressant les cheveux de son fils. Au bout d'un moment, elle s'agenouilla devant lui pour le regarder dans les yeux.

— Teddy, tu as vu combien maman était triste aujourd'hui, n'est-ce pas, mon ange?

Le petit garçon opina du chef, tordant ses petits doigts avec nervosité.

— Et tu ne veux pas que maman soit encore triste, si? Il secoua la tête.

— Dans ce cas, que dirais-tu d'aller à l'école avec Anna demain?

Il branla de nouveau de la tête, la lèvre inférieure saillante.

— Teddy aime pas l'école. Teddy reste à la maison avec Nana et bébé.

— Mais Teddy est un grand garçon maintenant, répondit avec douceur Lillian. Et Teddy doit aller à l'école pour devenir intelligent et gagner beaucoup d'argent, comme papa.

Le petit garçon lui lança un regard mauvais, puis tapa du pied pour faire bonne mesure, mais Lillian avait gagné. Elle leva les yeux vers moi.

— Ça ne vous dérange pas, Anna ?

— Et, d'après vous, qui vous conduira tous les matins à l'école, vous et Teddy ? lança Millie lorsque nous nous retrouvâmes seules dans la cuisine. Bibi ! conclut-elle avec un hochement de tête raide. Et vous croyez que maman chérie pourra veiller sur sa petite dernière pendant que nous accompagnerons son fils à l'école ? Bien sûr que non ! Comment pourrait-elle s'occuper d'un enfant et se faire coiffer en même temps ?

— Ne vous inquiétez pas, Millie. J'installerai Jessie dans son siège auto, elle dormira pendant tout le trajet, vous verrez.

— Oh, je ne suis pas inquiète. « Écœurée » serait plus le mot.

— Puisque nous nous organisons, ça vous ennuierait de faire la sieste après le retour de Teddy ? ajoutai-je d'un ton dégagé. C'est juste que… je ne voudrais pas prendre le risque d'arriver en retard si vous ne vous réveillez pas. Je ne tiens pas à le faire attendre.

Millie réfléchit un moment avant de fuir mon regard.

— D'accord, je la ferai plus tard, mais vous devriez envisager d'apprendre à conduire, suggéra-t-elle en reportant sur moi des yeux pétillants. À moins que les religieuses n'aient pas le droit de prendre le volant…

Le lendemain matin, je laissai Millie et Jessie dans la voiture le temps d'accompagner Teddy jusqu'à sa salle de classe. Pendant le trajet, je lui avais occupé l'esprit en lui parlant d'une visite au zoo que nous prévoyions au cours du week-end et, bien que d'humeur très morose, il s'était jusque-là bien tenu. Mais il refusa de faire un pas de plus dès l'instant où il aperçut la porte de sa classe.

— Teddy va pas à l'école, grogna-t-il, son petit visage dur comme la pierre.

— Tu en es pourtant capable, Teddy.

Je passai devant lui sans m'arrêter. Lorsque je me retournai, quelques foulées plus loin, il n'avait pas bougé et me foudroyait du regard avec son air le plus rebelle.

— Qu'est-ce que je vais dire à Mme Crandall?

— Que Teddy dit non! hurla-t-il.

— Mme Crandall va être triste.

— Non! cria-t-il d'une voix perçante en croisant les bras sur sa poitrine avec détermination.

— Bien, soupirai-je avec un haussement d'épaules. Dans ce cas, Jessie va prendre ta place, et ce sera elle la grande. Quand papa rentrera du travail, ce soir, nous lui raconterons la journée d'école de sa grande fille.

Je rebroussai chemin pour faire mine d'aller chercher sa sœur dans la voiture, mais je n'avais pas parcouru trois mètres qu'il me rattrapait à toutes jambes avec de grands cris et tentait de me faire revenir en sens inverse.

— Non, Nana! Non! Teddy est un grand garçon. Teddy est un grand, pas Jessie!

— Dans ce cas, qui va à l'école? Teddy ou Jessie?

— Teddy, répondit-il avec des lèvres tremblantes.

S'il vagit comme une otarie blessée lorsque je l'abandonnai entre les mains de Mme Crandall, il pleurnichait à peine au bout d'une semaine, et me quittait même avec un au revoir incertain de la main, comme s'il s'était résigné à l'indifférente cruauté du monde. Après deux semaines de classe, il avait tellement hâte de retrouver ses camarades qu'il prenait à peine le temps de me retourner mon salut lorsque je le déposais le matin.

— Ton frère est un grand garçon maintenant, remarquai-je à l'adresse de Jessie alors que nous regardions Teddy à travers la vitre de la voiture. Tiens, fais-lui coucou, lui suggérai-je comme ce dernier nous jetait un dernier regard.

La petite fille me dévisagea avec un sourire sans dents lorsque je soulevai sa petite main potelée pour l'agiter dans l'air. Bientôt, elle sut dire au revoir à son frère toute seule. Quant à moi, je commençai, sur l'insistance de Millie, les leçons de conduite avant la fin du premier mois d'école.

Depuis sa venue au monde, Jessie respirait la santé. J'aimais regarder au fond de ses yeux brillants et l'imaginer adulte. Dotée d'une grande force physique, elle sut très vite tenir sa tête droite et observer ce qui se passait autour d'elle. Elle fixait avec une patience infinie les branches qui se balançaient derrière la fenêtre de sa chambre, les préférant de loin au mobile des animaux du zoo pendu au-dessus de son lit.

Malgré sa résistance, elle développa, à six mois, une toux dont elle n'arriva pas à se débarrasser. Elle perdit tant de poids que ses cuisses potelées s'étirèrent en deux échasses grêles. Nous apprîmes bientôt qu'elle avait contracté une infection pulmonaire. Le pédiatre, chez qui Lillian l'emmenait presque toutes les semaines, lui prescrivit des antibiotiques à lui administrer plusieurs fois par jour à l'aide d'un compte-gouttes et du lait maternisé spécial. Je suivais religieusement les recommandations du médecin et passais les heures de sommeil de Jessie à prier pour sa guérison devant la médaille de sainte Bernadette que j'avais déposée près de son petit lit.

Deux ou trois semaines après le début de son traitement, Jessie semblait se porter beaucoup mieux. Pourtant, un après-midi, j'entendis des sanglots en passant devant la chambre de M. et Mme Trevis. Par l'entrebâillement de la porte, j'aperçus Lillian assise devant sa coiffeuse, la tête baissée et les épaules agitées de soubresauts. Mon cœur se glaça. Elle venait de rentrer de chez le pédiatre avec Jessie. Peut-être m'étais-je trompée sur l'état de santé de la petite fille. Peut-être souffrait-elle d'une maladie plus grave que nous ne le croyions. Soudain, je me souvins des nombreux petits cercueils en bois que j'avais vus au Salvador. Dans mon village, la mort visitait si souvent les enfants que j'en étais arrivée à me demander si l'enfance n'était pas une maladie en soi. Avec des tremblements terrifiés, j'imaginai le visage angélique de la petite Jessie reposant dans le bois grossièrement taillé et son petit corps entouré de sa couverture rose en dentelle.

Poussant doucement la porte, je m'approchai de Lillian. Une odeur entêtante provenait de l'autre bout de la pièce, où l'un de ses onéreux flacons de parfum avait été fracassé contre le mur.

— Madame Lillian, risquai-je d'une voix hésitante. Qu'y a-t-il, madame Lillian?

Levant vers moi des yeux gonflés de larmes, elle se força à se redresser. Elle balança alors la tête de droite à gauche avec désespoir, puis posa un regard vide sur son reflet dans le miroir avant de considérer ses mains. Je m'accroupis à côté d'elle.

— Je viens de la chambre de Jessie, elle dort paisiblement.

Elle branla du chef en silence.

— Que vous a dit le docteur, aujourd'hui? Est-ce… Est-ce une mauvaise nouvelle?

À cette question, elle tourna vers moi des yeux écarquillés de surprise, qu'elle rebaissa aussitôt en me détrompant d'un mouvement de tête.

— Qu'y a-t-il, alors, madame Lillian? Pourquoi vous mettez-vous dans un tel état?

Sans un mot, elle écarta les cheveux sur ses tempes, ses yeux vitreux remplis d'une résignation grave. J'examinai le cuir chevelu pâle entre ses mèches cuivrées sans savoir ce que j'étais supposée y voir.

— Excusez-moi, je ne comprends pas, madame Lillian.

Elle laissa retomber ses mains avec un regard mauvais.

— Pour l'amour de Dieu, Anna! C'est là, juste sous votre nez, exposé au monde entier! Quatre affreux cheveux blancs! s'exclama-t-elle en séparant de nouveau ses mèches. Vous les voyez maintenant?

Je m'approchai et, les yeux plissés, repérai enfin les cheveux incriminés.

— Maintenant, oui, marmottai-je.

Ses épaules s'affaissèrent.

— Je me fais vieille, Anna. Tout à coup, c'est comme si j'avais tout perdu.

Je contemplai son ravissant visage brouillé de larmes, à court de mots.

— Pourquoi dites-vous ça, madame Lillian? finis-je par remarquer.

— Parce que c'est la vérité! repartit-elle en cherchant confirmation dans l'image que lui renvoyait le miroir. À l'apparition des cheveux gris, les joues commencent à se flétrir et tomber et les rides s'installent. Je dois m'attendre à perdre mes dents d'un jour à l'autre, maintenant. Mais ce n'est pas grave, je demanderai à Millie de broyer mes aliments comme elle le fait pour Jessie, je suis sûre qu'elle n'y verra pas d'inconvénient.

Je ris à cette pensée.

— Madame Lillian, vous êtes encore très jeune.

Elle roula des yeux.

— C'est facile à dire pour vous qui avez cinq ans de moins! Les femmes plus jeunes adorent dire aux plus âgées qu'elles ne sont pas vieilles. C'est comme une femme maigre qui dit à une femme forte qu'elle n'est pas si grosse alors qu'elle rêve de la traiter de vache immonde!

Je secouai la tête avec perplexité.

— Madame Lillian, vous avez déjà entendu parler de la bonification de la beauté?

Elle me fit signe que non avec une petite moue.

— Ma mère disait que certaines femmes naissent avec une telle beauté que le passage du temps n'altère pas leur charme mais, au contraire, l'épure. Vous avez la chance d'appartenir à cette catégorie, madame Lillian.

— Vous le pensez vraiment? demanda-t-elle en me considérant avec des reniflements.

— Depuis la minute où je vous ai vue. Mais vous devez faire attention, une beauté aussi parfaite peut se révéler dangereuse.

S'efforçant de réprimer le sourire qui lui chatouillait le coin des lèvres, elle se redressa et releva le menton. Face à son reflet, son chagrin se dissipa tant et si bien que ses yeux finirent par lancer des éclairs de coquetterie. Elle fit alors bouffer ses cheveux et se poudra. Satisfaite du résultat, elle se farda et s'appliqua un peu de rouge sur les lèvres. À la voir ainsi, personne n'aurait deviné qu'elle était, seulement quelques minutes plus tôt, secouée de sanglots hystériques.

— Je vais me teindre les cheveux, annonça-t-elle avec fierté. Je ne me laisserai pas devenir une vieille bonne femme au teint cireux sans réagir, dit-elle en tournant vers moi un visage qui illustrait à merveille ses propos. Je vais vivre dangereusement, Anna.

À compter de ce jour, je compris que les humeurs de Lillian étaient aussi éphémères qu'un orage d'été. D'abord inquiète lorsque je me trouvais confrontée à ces changements, j'appris à prendre la température et sus bientôt prévoir la tempête comme un météorologiste confirmé. Je développai même un certain talent pour faire tourner le vent après avoir découvert que la vanité de Lillian constituait sa principale source de satisfaction comme de souffrance.

M. et Mme Trevis reçurent de nombreux visiteurs après la naissance de Jessie. Si la plupart d'entre eux venaient sous prétexte d'admirer le bébé, je les soupçonnais d'être tout aussi curieux de voir Lillian dans sa pétulance post-partum. En présence d'invités, je me faisais discrète et utilisais l'escalier de service pour me déplacer entre la cuisine et l'étage. Si nécessaire, Lillian me donnait ses instructions sur la tenue de Jessie et le moment auquel la descendre pour son apparition en public, mais mes services n'étaient généralement pas requis au-delà de l'heure du coucher de la fillette.

Un soir, alors que les enfants dormaient, une petite faim me poussa à m'aventurer au rez-de-chaussée en pyjama aux environs de 21 heures. Comme à mon habitude, je me dirigeai sans un bruit vers la cuisine par l'entrée de service, les oreilles flattées par les accords de musique qui flottaient depuis la cour. Je passais devant les toilettes pour regagner ma chambre, sandwich à la main, lorsque je surpris, dans le miroir, le reflet d'un homme debout devant la cuvette. Son visage étrangement familier accrocha mon regard, qu'il croisa avant que j'aie le temps de le détourner.

Il sourit et, de la pointe du pied, ouvrit la porte des cabinets en grand, me bloquant le passage. Après avoir refermé sa braguette, il se plaça nez à nez avec moi. Ses épais cheveux ondulés étaient presque aussi noirs que son pantalon et sa chemise soyeuse au col déboutonné. Il m'étudia de la tête aux pieds avec des yeux ambrés pétillant de malice.

Terriblement confuse, j'aurais voulu abandonner mon sandwich et disparaître, mais je n'arrivais pas à détacher les yeux de lui. J'aurais juré avoir déjà vu cet homme.

— Tiens, tiens, on jetait un petit coup d'œil à la dérobée, hein ? lança-t-il d'un ton taquin.

— Je… je… m'excuse, balbutiai-je. Je ne me suis pas rendu compte.

— Vous n'avez jamais vu un homme se soulager ? insista-t-il en croisant les bras sur sa poitrine. Vous espériez peut-être en voir davantage…

À court de repartie, je demeurai muette et immobile, mon en-cas à la main. Un autre homme apparut alors dans le couloir. Les cheveux roux clair, il portait d'épaisses lunettes, derrière lesquelles ses yeux se rétrécirent en un plissement curieux tandis qu'il approchait. Mon interlocuteur jeta son bras autour de ses épaules.

— Peter! Figure-toi que j'ai pris cette demoiselle en flagrant délit de voyeurisme! Elle a beau être plutôt mignonne et aimer rôder en pyjama, elle n'en reste pas moins une voyeuse! Je te conseille de bien verrouiller la porte des toilettes derrière toi.

— Si tu ne cherchais pas toujours les ennuis, tu aurais peut-être moins le chic pour les trouver, répliqua l'autre en roulant des yeux avant de se tourner vers moi. Et vous, jeune demoiselle, vous êtes…

— Anna.

— Ah, la jeune femme qui s'occupe de Teddy et du bébé.

— Oui, répondis-je, heureuse d'être connue pour autre chose que mes tendances au voyeurisme.

L'homme aux cheveux bruns écarquilla les yeux dans une démonstration exagérée de respect et d'admiration.

— Vous êtes la fameuse Anna? L'héroïne qui a sauvé mon neveu adoré de la noyade!

Ce ne fut qu'alors que je compris à qui j'avais affaire.

— Et vous devez être le frère cadet de M. Trevis, Darwin.

— Je constate que ma réputation m'a précédé, dit-il en inclinant la tête. Je suis en effet Darwin Trevis, le petit frère diablement beau dont vous avez tant entendu parler. Et permettez-moi de vous présenter le Dr Peter Farrell, qui compense son manque de séduction par ses ambitions professionnelles. Je vous assure que si vous deviez un jour vous débarrasser de votre appendice ou de votre vésicule biliaire, Peter est l'homme de la situation. Idem si vous ressentez le besoin d'en avoir de plus gros, ajouta-t-il en plaçant ses deux mains en coupe sur sa poitrine.

Le Dr Farrell secoua la tête avant de considérer son acolyte avec un désarroi étudié.

— Pas vraiment, en fait, mais je n'en demeure pas
moins à votre service, Anna. Maintenant, si vous voulez
bien m'excuser…

Au moment où il refermait la porte des toilettes derrière lui, des petits bruits de pas précipités nous par-
vinrent de l'escalier. L'instant d'après, Teddy débeula
dans le couloir. Ses yeux s'illuminèrent à la vue de son
oncle, vers lequel il s'élança, bras tendus.

— Tonton Dawin, tonton Dawin! T'es venu voir
Teddy! s'écria-t-il.

Darwin le souleva et le fit tournoyer au-dessus de sa
tête, lui arrachant des exclamations de joie.

— Comment va mon petit Superman préféré?

Il regardait son neveu avec une telle tendresse que
j'oubliai un instant la contrariété qu'il m'avait causée
quelques minutes plus tôt.

— Tu peux me faire tourner encore, s'il te plaît?
le supplia Teddy en plaquant ses mains sur ses joues.
S'il te plaît!

— Je peux faire mieux que ça!

Darwin le porta à bout de bras et parcourut le couloir au trot dans les deux sens pendant que le petit
garçon prenait la pose de Superman en plein vol.

— Superman a été sage avec Anna? demanda-t-il
ensuite.

Teddy lui écrasa les joues avec un froncement
de sourcils.

— Nana! Elle s'appelle Nana!

— C'est comme ça qu'il m'appelle, expliquai-je
avec un haussement d'épaules. J'ai essayé de le corriger, mais c'est peine perdue.

Darwin laissa échapper un petit rire tandis que
Teddy continuait à lui malaxer le visage.

— Très bien, comme tu voudras. Nana.

Le petit garçon rejeta la tête en arrière avec des éclats de rire.

— Dis-le encore, tonton Dawin. T'es drôle, on dirait un poisson!

— Il est très tard, Teddy, nous devrions remonter maintenant, intervins-je, la main toujours serrée autour de mon sandwich, qui commençait à s'émietter.

— Non, Nana! Non! pleurnicha-t-il en se cramponnant au cou de son oncle.

— C'est une manière de se comporter quand on est Superman? demanda Darwin avec une moue taquine.

Teddy lâcha prise et son oncle le reposa par terre. Le petit garçon attrapa alors la main que je lui tendais avec une expression revêche.

— Bonne nuit, monsieur, dis-je tandis que nous nous éloignions dans le couloir. C'est un plaisir d'avoir fait votre connaissance.

— Bonne nuit, Nana. Bonne nuit, Superman.

— Bonne nuit, tonton Dawin.

Nous nous trouvions déjà au milieu de l'escalier lorsque Darwin me rappela, d'une voix suffisamment forte pour être entendu du Dr Farrell, toujours aux toilettes.

— Je vous saurais gré de ne pas ébruiter la taille prodigieuse de mon anatomie. Je ne tiens pas à voir davantage de femmes frapper à ma porte.

Je ne répondis pas, mais son ricanement dérangeant nous suivit jusqu'à l'étage, où il se communiqua à Teddy.

— Il est drôle, tonton Dawin, remarqua-t-il alors que je le bordais.

— Oui, répondis-je. Hilarant!

Lorsque j'appris à Millie que j'avais rencontré le frère cadet de M. Trevis, elle ne se fit pas prier pour me raconter sa vie dans les moindres détails. Lorsqu'elle parlait de lui, ses yeux brillaient du même émerveillement que celui que j'avais décelé dans le regard de Teddy la veille. Elle m'expliqua que Darwin était un footballeur américain très doué au lycée, ce qui lui aurait permis d'obtenir une bourse pour n'importe quelle université s'il n'avait pas été obligé de mettre fin à sa carrière sportive après l'accident de voiture, dont il était ressorti avec de graves problèmes de dos.

— Il en a été très affecté, précisa-t-elle. Il en a voulu à son frère pendant des années. Il lui reprochait de l'avoir sorti de la voiture. Vous ne pouvez pas imaginer combien de fois il m'a dit qu'il aurait préféré y rester. Oh, il a fini par s'en remettre, mais ce satané vice du jeu, qui court dans les veines de la famille depuis des générations, l'a pris et ne l'a plus lâché. En quelques années, il est parvenu à dilapider une bonne partie de son héritage. Il en est arrivé à essayer de convaincre Adam de céder la propriété. Ils ont eu de terribles disputes à ce sujet, mais Adam a refusé de vendre la moindre parcelle de terre ou le moindre meuble. Il a préféré racheter la part de son frère. Darwin est parti plus ou moins au moment où Lillian a pointé le bout de son nez pour essayer de se glisser dans le cœur et le portefeuille d'Adam, soupira la cuisinière. Depuis, il va et vient. Quand il a les poches pleines, on ne le voit plus et on n'entend plus parler de lui pendant des mois. En général, il part pour l'Europe. Il trouve que les femmes y sont moins farouches. Oh, il me manque tellement quand il n'est pas là !

Darwin débarqua à l'improviste quelques jours plus tard, alors que j'aidais Millie à laver la vaisselle du dîner.

— Comment va la femme la plus ravissante du monde? lança-t-il, nous faisant sursauter toutes les deux.

À sa vue, Millie gloussa de joie et posa ses mains couvertes de mousse sur ses hanches avant de répondre d'un ton guindé:

— Mme Lillian est à l'étage.

— Vous savez très bien que je ne parle pas de Lillian.

Ce disant, il l'étreignit avec une tendresse manifeste, sans se soucier qu'elle essuie ses mains savonneuses sur sa veste onéreuse. Lorsqu'il la relâcha, la petite bonne femme était rouge de plaisir.

— Et comment allez-vous ce soir, Anna? s'enquit-il avec un petit hochement de tête respectueux. Vous prenez toujours bien soin de mon neveu adoré?

— Oui, monsieur, ainsi que de Jessie.

— Je suis venu voir Adam. Savez-vous s'il est là? demanda-t-il en reportant son attention sur Millie.

— Dans le bureau, comme d'habitude, l'informa-t-elle avec un geste en direction de cette pièce. Surtout, repassez par ici avant de partir, j'aurai des cookies à peine sortis du four pour vous.

Il se frotta les mains d'un air goulu.

— Aux flocons d'avoine?

— Évidemment!

Darwin s'éloigna en lui promettant de revenir. Dès qu'il eut quitté la pièce, le sourire de la cuisinière retomba. Elle branla du chef avec consternation.

— C'est toujours un plaisir de le voir, mais je ne peux pas m'empêcher de me faire du souci chaque fois qu'il revient dans les parages. J'ai toujours peur qu'il ait des problèmes d'argent, ou de femmes, ou bien les deux, m'expliqua-t-elle en continuant d'agiter la tête sous le poids d'un incommensurable regret. Combien de fois lui ai-je conseillé de se trouver une femme bien et de se poser, mais ce garçon considère la gent féminine comme un gigantesque paquet de chewing-gums. Il en prend un, le mâchouille un moment puis le jette dès qu'il commence à perdre sa saveur pour en enfourner un autre, et ainsi de suite. Il est tellement beau et charmant que ses réserves ne semblent jamais s'épuiser. La seule femme dont il ne se lasse pas est celle de son frère, remarqua-t-elle avec une moue de mécontentement. Ce n'est pas bien, la façon dont elle taquine et aguiche ce pauvre garçon.

— Vous parlez de Mme Lillian?

— Qui d'autre? répliqua-t-elle en rejetant brutalement la tête en arrière.

Je me détournai, prise du besoin subit de défendre Lillian.

— Peut-être éprouve-t-elle seulement de la pitié pour M. Darwin?

— Et pourquoi donc?

— Parce qu'il a dû arrêter le football après l'accident et qu'il a des problèmes d'argent ainsi que de femmes.

Millie me considéra avec désolation, comme si elle rougissait de mon ignorance.

— Je ne doute pas un instant de votre don avec les enfants, Anna, mais, pour ce qui est des adultes, vous avez beaucoup de progrès à faire.

Millie m'annonça bientôt que Darwin avait commandé un portrait de Lillian Trevis et des enfants dans l'intention d'en faire la surprise à son frère à l'occasion de son trente-cinquième anniversaire. Le hasard voulait qu'il connût le peintre idéal pour réaliser cette œuvre.

Un après-midi particulièrement maussade, la cuisinière vint me trouver dans la salle de jeux, où je lisais une histoire à Teddy pendant la sieste de Jessie. Avec une arabesque de la main, elle exécuta une courbette digne d'un serviteur royal.

— L'artiste est arrivé et la présence du prince et de la princesse est requise dans le grand salon, annonça-t-elle avec toutes les peines du monde pour articuler.

— Tout de suite?

— Le génie n'attend pas, dit-elle en se retirant, laissant dans son sillage une odeur âcre de whisky.

J'espérais que Teddy n'avait pas remarqué le comportement étrange de Millie. Depuis peu, il l'observait avec un intérêt accru, comme s'il avait compris que quelque chose ne tournait pas rond. Vif comme il était, il ne tarderait pas à découvrir de quoi il retournait.

Nous trouvâmes le peintre devant la plus grande fenêtre de la salle de réception, penché sur son matériel dispersé tout autour de lui. Certaine que Jessie ferait un modèle très bougon si je la réveillais en pleine sieste, j'avais préféré descendre seule avec Teddy. À peine entré, celui-ci se précipita sur les peintures multicolores sans imaginer un seul instant que ces « jouets » puissent être destinés à un autre que lui. J'intervins à temps pour l'empêcher d'ouvrir un tube, mes réflexes aiguisés par le souvenir de ses exploits de la semaine précédente, lorsqu'il lui avait suffi de disparaître quelques minutes dans le salon de musique avec une boîte de crayons de couleur pour couvrir un mur de fresques d'insectes souriants.

— Teddy, ce n'est pas pour toi, l'arrêtai-je avec douceur. C'est pour le monsieur, pour qu'il peigne.

Teddy posa ses mains sur mes joues avec une petite moue.

— Moi aussi je veux peindre pour toi, Nana, avança-t-il, espérant me faire changer d'avis.

L'artiste s'éclaircit la gorge pour attirer mon attention, puis sourit, révélant une rangée de dents blanches d'une régularité impeccable. Sa peau possédait la même perfection, sous des cheveux d'une teinte dorée éclatante. La nature l'avait doté d'une beauté douce et radieuse peu commune chez les hommes, malgré l'indéniable masculinité de son corps musclé aux admirables proportions. Teddy et moi le dévisageâmes un moment, fascinés par son apparence onirique.

— Quel bel enfant! s'exclama-t-il avant de poser sur moi des yeux perspicaces. Et vous devez être Lillian?

Bien que son sourire eût conservé sa bienveillance, il échoua à masquer sa déception.

— Oh, non, pas du tout, le détrompai-je en rougissant. Je suis la gouvernante. Je m'appelle Anna.

— Nana! corrigea Teddy, fidèle à lui-même.

Il apparut très vite que Jerome avait l'habitude de travailler avec les enfants. Saisissant toute l'importance de capter l'attention de ses jeunes modèles avant d'exiger d'eux de rester assis, il avait inclus dans son attirail de la peinture et des pinceaux qui leur étaient spécialement réservés. Il se fit un plaisir de discuter avec Teddy des différentes couleurs qu'il envisageait d'utiliser et répondit à toutes ses questions, y compris les moins compréhensibles. Radieux et piqué dans sa curiosité, Teddy dialogua avec ce visiteur captivant tandis que, assise dans un coin, j'attendais l'arrivée et les instructions de Lillian.

Celle-ci fit justement son entrée quelques instants plus tard. Vêtue d'une robe blanche ajustée, elle offrait un spectacle qui me renvoya au matin de notre première rencontre. Je m'étais tant habituée à sa beauté saisissante qu'il m'arrivait de ne plus la remarquer si je ne me trouvais pas en présence de quelqu'un qui la découvrait pour la première fois. Jerome caressa du regard son corps élancé avant de s'arrêter sur son visage, ébloui, voire un peu agacé qu'elle dût partager la vedette avec les enfants sur sa toile.

Lillian lui offrit sa main avec un sourire, flattée par l'admiration qu'elle lisait dans ses yeux, sa beauté accentuée par le rose qui lui était monté aux joues. Tandis que Teddy donnait ses premiers coups de pinceau, elle discuta avec le peintre de la mise en œuvre du projet. J'appris avec soulagement que les enfants ne devraient jamais poser plus de quelques minutes d'affilée, Jerome étant capable de réaliser d'excellents portraits à partir de photographies et d'un travail d'observation dans leur environnement naturel.

— Je peux commencer quelques esquisses aujourd'hui, si vous le désirez, proposa-t-il.

— Ce serait merveilleux, accepta Lillian avec animation. Jessie est-elle réveillée? me demanda-t-elle en se tournant vers moi pour la première fois depuis son arrivée.

— Je ne sais pas, je vais aller voir, dis-je en me levant.

— Teddy, sois gentil, va voir avec Anna, ordonna-t-elle à son fils.

Ce dernier fronça les sourcils, contrarié de devoir interrompre son œuvre, mais abandonna aussitôt son pinceau en avisant le masque grave de sa mère. Nous n'avions fait que quelques pas dans le couloir lorsque je dus m'arrêter pour relacer une de ses chaussures de tennis.

— Une pensée idiote m'a traversé l'esprit, entendis-je dire Lillian derrière la porte fermée. Je suis presque trop gênée pour vous la révéler.

— Raison de plus pour le faire, répondit Jerome avec une familiarité badine qui aurait pu prêter à croire qu'ils se connaissaient déjà.

— Peignez-vous aussi des nus?

La question fut suivie d'un moment de silence, que le peintre rompit bientôt d'une voix voilée.

— Je peins ce que me commandent mes clients.

Jerome venait chez les Trevis deux fois par semaine : le mardi matin et le jeudi après-midi. Le mardi, pour les besoins du portrait, je parais les enfants de leurs plus beaux habits blancs : un pantalon et une chemise à col boutonné pour Teddy; une belle robe brodée pour Jessie, dont je prenais plaisir à coiffer les boucles carotte en belles anglaises. Le jeudi, en revanche, ils ne participaient pas à la séance de pose. Persuadée que ce créneau était réservé au nu, je mettais un point d'honneur à les tenir éloignés du grand salon converti en atelier ce jour-là. Je n'avais pas répété à Millie la conversation que j'avais surprise car il me semblait malvenu de partager un secret dont je n'aurais pas dû avoir connaissance. En tout état de cause, la cuisinière n'avait pas besoin de moi pour ravitailler son arsenal de griefs contre Lillian. Dès que Jerome passait le seuil de la maison, elle le lorgnait d'un œil suspicieux, les bras croisés sur la poitrine.

Les séances du jeudi commençaient aux environs de midi et duraient deux ou trois heures, de façon que le peintre parte toujours bien avant le retour de M. Trevis. Comme nous l'avait expliqué Lillian, elle ne souhaitait pas prendre le risque de gâcher la surprise de Darwin pour son époux.

Durant ce créneau horaire, je ne pouvais m'approcher de la porte fermée du grand salon sans frissonner à l'idée que Mme Trevis pose nue devant un étranger. Je ne m'étais jamais dénudée devant un homme, hormis Carlitos, lorsque nous jouions à nous couvrir de boue, mais il n'était alors qu'un petit garçon. Au couvent, les sœurs insistaient pour que nous observions une décence absolue. Nous nous douchions donc toujours en privé et nous habillions de la tête aux pieds avant de sortir de la salle de bains. Nous prenions même soin de laver nous-mêmes nos sous-vêtements afin que nulles autres mains humaines que les nôtres ne touchent le tissu qui entrait en contact avec les parties les plus intimes de notre corps.

Les visites de Jerome avaient débuté depuis trois semaines lorsque, un jeudi après-midi où j'avais laissé les enfants dans la cour avec Millie le temps d'aller chercher le ballon de Teddy, j'entendis un grand fracas en passant devant le salon. Je jetai un coup d'œil timide par la porte entrouverte, découvrant la pièce vide et la toile de l'artiste tombée de son chevalet. J'hésitais à aller la ramasser quand je reconnus le déclic de la serrure de l'entrée, suivi des pas familiers de M. Trevis dans le couloir. Malgré mon agitation, je réussis à fermer la porte avant qu'il apparaisse au coin du corridor.

— Vous êtes de retour très tôt aujourd'hui, monsieur Trevis, remarquai-je de ma voix la plus désinvolte.

— Je dois parler à Lillian. Elle est à la maison ?

— Oui… il me semble…, balbutiai-je.

— Où puis-je la trouver ?

— Je ne sais pas exactement, répondis-je en me posant la même question. Je peux aller la chercher, si vous le désirez.

— Je vous en serais reconnaissant, accepta-t-il avec un profond soupir. Dites-lui que je l'attends dans le bureau.

Dès qu'il disparut, je courus d'un côté, puis de l'autre, incapable de décider par où commencer mes recherches, mon incertitude aggravée par les battements frénétiques de mon cœur. Je ressentais une terrible angoisse à l'idée que M. Trevis découvre, non pas sa surprise d'anniversaire, mais son épouse en train de poser nue pour un bel artiste aux cheveux d'or. Je ne doutais pas un instant que cette seconde possibilité aboutirait à un drame familial.

M'efforçant de reprendre mes esprits, je me lançai dans une fouille méthodique de la maison, commençant par le rez-de-chaussée et inspectant les pièces les unes après les autres, y compris le salon de musique et la buanderie, où je savais mes chances considérablement réduites. Je passai ensuite au premier étage, où je procédai de façon identique, trouvant même la hardiesse d'ouvrir la porte de la chambre conjugale des Trevis après avoir frappé sans obtenir de réponse.

— Madame Lillian, M. Trevis est revenu plus tôt ! appelai-je. Hou hou ! Madame Lillian, votre mari est là !

Après avoir terminé mon tour du premier étage, bredouille, je me dirigeai à contrecœur vers le niveau supérieur.

À la suite de ma première, et dernière, visite dans les anciens quartiers des domestiques, j'avais expressément interdit à Teddy de s'en approcher lors de nos parties de cache-cache, le menaçant de ne plus jouer avec lui s'il me désobéissait. Ma décision s'expliquait par un souci de sécurité autant que de confort d'esprit et je répugnais à retourner dans cet endroit déplaisant.

Je grimpai l'escalier de service d'un bon pas, m'appliquant à ignorer l'odeur de moisi et les draperies de toiles d'araignées qui m'effleuraient le visage et les bras. Ma gorge se serra et un frisson remonta ma colonne vertébrale quand je débouchai sur le palier. Mon instinct me soufflait que je n'étais pas seule.

— Il y a quelqu'un? murmurai-je.

Manquant m'étrangler, je retombai dans le mutisme auquel me condamnaient invariablement mes accès d'angoisse et de peur, priant en silence pour que mes craintes, quelles qu'elles soient, ne se concrétisent pas.

Après avoir progressé sur quelques mètres, je remarquai une porte légèrement entrebâillée au bout du couloir. Je m'immobilisai, l'oreille tendue. J'aurais juré avoir entendu un bruit, mais peut-être n'était-ce que la course précipitée des cafards et des souris sous le plancher. Je fis un autre pas, cette fois sûre et certaine de ne pas me tromper. La voix de ma mère chuchotait à mon oreille : « Ce qu'un homme et une femme font ensemble est privé, tu ne devrais pas regarder. »

Sourde à cet avertissement, je lançai un regard furtif par la porte entrouverte. Lillian était étendue sur un divan, nue, les jambes sagement croisées et les mains sous la tête, comme si elle prenait le soleil. Également dévêtu, Jerome était couché auprès d'elle, sa musculature bronzée donnant au corps pâle de Lillian un air enfantin. Il lui caressait lascivement l'intérieur de la cuisse comme s'il flattait un animal domestique et remontait lentement vers son entrejambe, guidé par ses murmures de plaisir.

Ne sachant que faire, je poussai la porte, qui pivota doucement sur ses gonds. En m'apercevant, Lillian écarquilla les yeux et Jerome bondit, ses lèvres arrondies en un cri que je n'entendis pas. Seul résonnait dans mes oreilles un bourdonnement qui s'était immiscé dans mon crâne comme un corps étranger. Figée sur le seuil de la pièce, je demeurai paralysée et muette, comme si la maison menaçait de s'effondrer autour de nous si je m'avisais de bouger un seul muscle. Impuissante, je ne pouvais que fixer les yeux éthérés et surpris de Lillian dans l'espoir d'y voir la marche à suivre, mais, aussi pétrifiée que moi, elle me dévisageait comme une créature susceptible de la dévorer d'une bouchée.

Je rompis enfin l'envoûtement profane que nous exercions l'une sur l'autre.

— Madame Lillian, votre mari vient de rentrer. Il vous attend dans le bureau.

Les muscles de la gorge délicate de Lillian se contractèrent. Elle déglutit péniblement, s'efforçant de rester calme et concentrée pour affronter cette crise absurde.

— Anna, écoutez-moi, commença-t-elle d'une voix presque apaisante. Adam ne doit en aucun cas trouver Jerome dans la maison. Descendez lui dire que je ne me sens pas bien et que je le retrouverai dans quelques minutes.

— Oui, madame Lillian, murmurai-je.

Jerome se leva sans un mot, visiblement plus déçu qu'alarmé, et rejoignit à grandes enjambées le tas que formaient ses vêtements sur le sol, son pénis en semi-érection ballottant légèrement à chacun de ses pas. Malgré moi, je constatai que ses poils pubiens étaient châtain foncé, et non de la couleur dorée de sa chevelure. Lorsqu'il enfila son pantalon, sa fermeture Éclair pinça la peau flasque de son aine, lui arrachant un grognement. Bien qu'en état de choc, je ne pus m'empêcher de me demander pourquoi il ne portait pas de sous-vêtement.

Quittant à son tour le sofa, Lillian enfila son peignoir d'un seul mouvement.

— Anna, vous devez occuper Adam le temps que Jerome quitte la maison, vous comprenez?

Je hochai la tête, mais il m'était impossible de décoller les pieds du sol. Elle durcit alors le ton.

— Anna ! Maintenant ! Il n'y a pas de temps à perdre.

Reprenant subitement vie, je dévalai les deux volées de marches, vaguement consciente du martèlement des pieds de Jerome derrière moi. Je passai sans m'arrêter devant le grand salon et filai directement à la cuisine, où je marquai une pause pour reprendre mon souffle. À en juger par le vacarme dans l'atelier improvisé, l'artiste rangeait déjà son matériel, mais je savais qu'il lui faudrait plusieurs minutes pour tout rassembler. Tremblant de tout mon corps, j'allai m'asperger le visage d'eau fraîche à l'évier, puis, plus ou moins calmée, me dirigeai vers le bureau. M. Trevis y feuilletait des documents, assis à sa table de travail. À mon entrée, il ne réussit pas à dissimuler sa déception de me voir plutôt que sa femme.

— Je commençais à penser que vous m'aviez oublié.

— Je suis désolée, je… je…

— Qu'y a-t-il ? s'enquit-il en se hissant hors de son fauteuil. Ce sont les enfants ?

— Non, ils vont bien.

— Alors, vous avez trouvé Lillian ?

— Oui, mais elle… elle ne se sent pas bien.

Un linceul d'inquiétude enveloppa son regard.

— De quoi souffre-t-elle ? Elle semblait aller bien ce matin.

— Elle… elle est indisposée, avançai-je sans savoir par quel miracle les mots s'étaient glissés dans ma bouche.

— Je vois, répondit-il en détournant le regard avec gêne. Mais ce que j'ai à lui dire ne peut pas attendre. Elle est en haut ?

— Je... je n'en suis pas sûre, bégayai-je.

— Vous venez pourtant de la voir, non?

— C'est vrai, mais elle n'est peut-être plus là où elle était, me justifiai-je, nerveuse.

Il se leva et contourna son bureau.

— Et où était-elle exactement?

Je dévisageai la masse qui se dressait devant moi, l'esprit complètement vidé.

— Anna, qu'avez-vous, nom d'un chien? Vous avez l'air très étrange.

— Je ne sais pas.

— Vous ne savez pas? Qu'est-ce que c'est que cette histoire?

— Je... je crois... je crois que je ne me sens pas très bien.

— Vous aussi? s'exclama-t-il, incrédule. Très bien, je vais aller chercher Lillian moi-même, elle pourra peut-être me dire quel mystérieux mal sévit dans cette maison.

Il rejoignit la porte et s'apprêtait à l'ouvrir quand j'entendis les pas précipités de Jerome remonter le couloir en direction de l'entrée et les claquements de son chevalet heurtant les murs. À court d'idées, je poussai un petit cri étouffé et m'effondrai par terre. M. Trevis se précipita vers moi.

— Anna? appela-t-il en tapotant mes joues. Anna, vous m'entendez?

Comme je ne réagissais pas, il glissa ses mains sous moi et me porta sur le canapé. Sa proximité instillait en moi chaleur et vie, comme si une rivière s'était soudain infiltrée dans mon âme. J'aurais tant voulu qu'il place sa tête sur mon épaule et se repose avec moi en attendant que le danger passe. Mais il ne me toucha plus.

Lorsque je rouvris les yeux, il m'observait avec une inquiétude évidente.

— Vous êtes toute pâle. Avez-vous mangé aujourd'hui?

Au son de sa voix profonde à quelques centimètres de mon oreille, je sentis une grande faiblesse et un immense bien-être s'emparer de moi.

— Un peu au petit-déjeuner, murmurai-je.

— Vous n'avez pas déjeuné?

Je secouai la tête. Je ne souhaitais rien d'autre que le voir rester à genoux près de moi, sentir sa respiration, le savoir préoccupé par mon état de santé. Tout à coup, une bienheureuse complétude semblait avoir rempli ma vie.

— Vous devriez manger davantage, Anna, vous êtes bien trop maigre.

— Oui.

Je plongeai mes yeux dans ses siens, si proches que je distinguais le contraste entre le noir de ses pupilles et le marron profond de ses iris. Je n'avais encore jamais remarqué la beauté de ces yeux si brillants et sombres, si expressifs.

Avant qu'il puisse ajouter un mot, la porte du bureau s'ouvrit toute grande et Lillian entra en peignoir, les cheveux enroulés dans une serviette, comme si elle sortait de la douche.

— Que se passe-t-il? s'enquit-elle, alertée de me voir étendue sur le sofa, son mari à genoux devant moi.

— J'allais venir te chercher quand elle a eu un malaise, expliqua M. Trevis.

— Je me suis sentie mal, madame Lillian, intervins-je en refoulant du mieux possible mes émotions. Tout est devenu noir.

Lillian hocha la tête sans un mot.

— Je vais demander à Peter de passer vous examiner, déclara M. Trevis.

— Je suis sûre que ce n'est pas nécessaire, le rassurai-je en me redressant. Je me sentirai mieux dès que j'aurai quelque chose dans l'estomac. Et puis j'ai déjà laissé trop longtemps les enfants aux bons soins de Millie.

Me jetant un regard rempli de reconnaissance, Lillian prit son mari par la main pour le conduire avec obligeance vers la porte.

— Laissons Anna se reposer un peu. Tu voulais me parler?

Le soir, après avoir couché les enfants, je me préparais une tasse de thé lorsqu'une Millie chancelante entra dans la cuisine en quête d'un petit en-cas. Je reconnus dans son haleine les effluves alcoolisés du whisky, toujours plus intenses en fin de journée.

— Vous vous sentez mieux? demanda-t-elle en avançant d'un pas oblique.

— Oui, beaucoup mieux.

Elle ouvrit le réfrigérateur et, après y avoir farfouillé un moment, jeta sur le plan de travail du jambon et du fromage, avec lesquels elle entreprit de se confectionner un sandwich.

— Vous avez à peine mangé au dîner. Je vous fais un sandwich?

— Avec plaisir, Millie. Merci, c'est très gentil.

Elle se mit à tartiner de beurre et de moutarde quatre tranches de pain en fredonnant un petit air joyeux.

— C'est amusant, remarqua-t-elle au bout d'un moment, sans s'arrêter dans sa tâche. Après le retour d'Adam, cet après-midi, j'ai vu le peintre, Jerome, courir à sa voiture comme s'il était poursuivi par une meute de chiens sauvages, raconta-t-elle avec un petit sourire de travers qui lui donnait un air idiot. J'aurais juré que sa chemise était à l'envers. C'est drôle, vous ne trouvez pas ?

Elle posa sur moi de grands yeux innocents, face auxquels je me contentai de siroter mon thé en silence.

— Et cette dispute qu'ils ont eue pendant que vous vous reposiez dans le bureau ! Vous avez entendu un peu ? reprit-elle en coupant les sandwichs en deux.

Je secouai la tête, heureuse de mon ignorance.

— Eh bien, je n'ai pas tout compris, parce que Lillian était encore plus hystérique que d'habitude, mais c'était en rapport avec la surprise d'anniversaire de Darwin pour son frère. Il aurait commandé le portrait mais oublié de le payer, expliqua-t-elle en poussant le sandwich qui m'était destiné sur le plan de travail. Si vous voulez mon avis, la facture a dû être adressée par erreur au bureau d'Adam, et maintenant la surprise est gâchée, poursuivit-elle avec un claquement de langue. Ou peut-être que Lillian, dans sa grande pitié pour Darwin, lui a dit d'envoyer la note à son mari. Vous croyez que c'est ça ?

— Je ne sais pas, répondis-je en jouant avec mon sandwich.

— Cette femme est sacrément altruiste ! Qui l'eût cru ? Une sainte vit parmi nous ! s'enthousiasma-t-elle avant de jeter un regard interrogateur à mon pain intact. Qu'y a-t-il, Anna ? J'ai eu la main lourde sur la moutarde ?

— Non, je n'ai pas faim, tout compte fait.

— Vous êtes encore un peu pâle. Vous savez, cet endroit commence peut-être à nuire à votre santé.

— J'ai simplement besoin de repos, je suis sûre que je me sentirai mieux demain.

— C'est ça, demain, surenchérit Millie avec un caquètement jovial, projetant quelques miettes de pain à moitié mâché sur le plan de travail. Un nouveau jour d'harmonie et de félicité familiales! Allez donc écrire tout ça aux sœurs, Anna. Racontez-leur le quotidien de la gentille famille qui vous emploie. Et passez-leur le bonjour de ma part, vous voulez?

Je n'avais jamais tant aspiré à la paix et à la sérénité du couvent. Si j'avais seulement pu me pelotonner dans ma petite cellule et dormir d'un sommeil paisible jusqu'à ce que les cloches me réveillent pour la prière du matin, alors tout serait revenu à la normale, j'en étais persuadée. Je résolus d'appeler la mère supérieure dès le lendemain matin pour lui annoncer que je n'étais pas faite pour la vie au-dehors. Jamais je ne parviendrais à trouver un sens à tout ce chaos, à toute cette douleur, à tous ces mensonges. Ce monde dépourvu de Dieu et de bonté ne valait pas mieux que la guerre civile qui avait marqué mon enfance. Certains jours, j'avais l'impression de marcher pieds nus sur une interminable route de tessons. Je n'arrivais pas à comprendre la scène dont j'avais été témoin dans l'après-midi, et encore moins la tendresse grandissante que je ressentais pour M. Trevis.

Je m'étais presque endormie, confortée par la pensée que je retrouverais dans quelques semaines ma place au couvent, quand Teddy m'appela d'une petite voix plaintive. Jetant ma robe de chambre sur mes épaules, je me précipitai à son chevet. La lueur de sa veilleuse me révéla un petit visage angoissé.

— Nana, ma Nana! cria-t-il en tendant les bras vers moi.

— Qu'y a-t-il, Teddy? Tu as encore fait un cauchemar?

En avançant dans sa chambre, je flairai une odeur nauséabonde familière. Sa lèvre inférieure se mit à trembler.

— J'ai fait caca dans mon pyjama.

Je le sortis du lit en vitesse et le laissai tremper dans un bain chaud pendant que je changeais ses draps.

— S'il te plaît, le dis pas à maman et papa, Nana, me supplia-t-il lorsque je le bordai, tout propre, dans du linge frais. D'accord?

— C'était un accident, Teddy, je suis sûre qu'ils comprendraient.

— Non, Nana! insista-t-il en m'attrapant par le bras. Je veux pas. S'il te plaît, le dis pas.

— Très bien, je ne dirai rien, cédai-je, certaine qu'il refuserait de fermer l'œil tant que je ne lui donnerais pas la réponse qu'il souhaitait.

Malgré cela, il pleurnicha encore une longue demi-heure avant de retrouver le sommeil. Quand je finis par regagner ma chambre, l'odeur d'excréments m'accompagna jusque dans mon lit. Je me relevai pour me laver les mains à la brosse, me frottant du bout des doigts aux coudes jusqu'à avoir la peau à vif, puis me récurant les ongles avec minutie. Pour faire bonne mesure, je changeai aussi de chemise de nuit et inspectai mes draps. Bien que tout fût propre, l'odeur persista jusqu'au matin.

Le lendemain, à son retour du travail, M. Trevis demanda à me parler dans son bureau. Encore ébranlée par les événements de la veille, je redoutais de lui faire face, persuadée qu'il lirait dans mes yeux la coupable vérité. Chaque fois que je repensais à la façon dont je m'étais associée à Lillian pour le berner, la honte m'infligeait une telle douleur au creux de l'estomac qu'il m'était impossible d'avaler quoi que ce fût.

En entrant dans la pièce aux murs couverts d'étagères, je pris conscience que l'homme assis derrière le bureau n'était pas celui que j'avais rencontré à mon arrivée dans cette maison. Quoique toujours fort et inquiétant, il dégageait une certaine vulnérabilité et une mélancolie inexplicables. Curieusement, cet homme, incarnation même de la force masculine que je craignais tant, m'évoquait les douces religieuses dont je me languissais. Je n'avais pas la prétention de nier mon attirance pour lui, de tenter de duper Dieu, mais rien ne m'interdisait d'implorer la protection du Seigneur contre ces pensées et ces sentiments irrépressibles. Je m'adressai donc au Très-Haut au moment de m'approcher du bureau de M. Trevis.

Lorsque nos regards se croisèrent, il me parut pensif. Au fil du temps, j'avais compris que M. Trevis n'était pas de ceux qui se laissent aller à des émotions débridées. Il évaluait chaque instant à sa juste valeur et décidait ensuite du discours à tenir ou de l'action à entreprendre.

Il me fit signe de m'asseoir.

— Comment s'est passée votre journée, Anna ?

— Très bien. Les enfants se sont bien amusés dans le jardin. Nous avons eu un magnifique après-midi.

— Vraiment ? s'étonna-t-il en haussant les sourcils. Lorsque je suis parti au travail ce matin, il faisait noir, et je n'ai pas quitté le bureau avant la nuit tombée, je n'ai donc aucune idée du temps qu'il a fait.

— Vous travaillez peut-être trop dur, monsieur Trevis.

— Peut-être, convint-il distraitement, portant aussitôt son attention sur une lettre posée devant lui. Ce courrier de Flor est arrivé aujourd'hui. Elle ne reviendra pas. Sa sœur est décédée et elle doit rester au Mexique pour s'occuper de ses neveux et nièces, à présent orphelins.

— Je suis désolée de l'apprendre, dis-je, le cœur serré.

— Je sais bien que vous entendiez rentrer au couvent après ces six mois, mais j'espère pouvoir vous convaincre de rester un peu plus longtemps avec nous.

Je trouvai étrange que M. Trevis, plutôt que Lillian ou Millie, aborde cette question avec moi. Le fait est que Lillian m'évitait depuis la veille, et tout portait à croire qu'elle agirait ainsi encore un moment. Sans doute avait-elle trouvé quelque prétexte pour demander à son mari de me parler à sa place.

Il m'aurait été aisé d'expliquer à Lillian ou Millie que j'étais attendue au couvent et qu'un retour différé repousserait tous mes projets de plusieurs mois. Je ne pourrais pas prononcer mes vœux avant l'année suivante, sans mentionner la déception que ce sursis causerait à la mère supérieure. Mais je me sentais désarmée et confuse face à M. Trevis. C'était comme si une main invisible venait de brouiller les cartes de mon avenir.

— Ce ne serait que pour quelques mois, ajouta-t-il en réponse à mon silence. Et vous seriez augmentée.

Il semblait animé d'un nouvel entrain. Alors que je le considérais, je fus prise de vertiges, comme si l'air s'était raréfié autour de moi. Je me souvins de la façon dont Lillian m'avait décrit l'effet qu'il avait produit sur elle lors de leur première rencontre : « Quand Adam veut quelque chose, il s'acharne jusqu'à ce qu'il l'obtienne. Je me suis retrouvée impuissante face à lui. »

À présent, il voulait que je reste, et seul importait l'espoir que je décelai dans ses yeux. Je n'avais qu'un souhait : le contenter et apaiser ses inquiétudes, quelles qu'elles fussent. Ce désir était plus fort que celui de rentrer au couvent.

— Très bien, acceptai-je finalement. J'informerai demain la mère supérieure que je reste quelques mois de plus.

— Merci, Anna, répondit-il avec un soupir de soulagement. Millie et Lillian seront très heureuses de l'apprendre, mais je suis sûr que les plus ravis seront Teddy et Jessie.

Et vous ? rêvai-je de lui demander. *Vous, en êtes-vous heureux ?* Je baissai la tête, priant de tout mon cœur et de toute mon âme pour que ces étranges sentiments disparaissent. M. Trevis s'éclaircit la gorge, me poussant à relever les yeux. Notre discussion terminée, l'heure était venue pour moi de le laisser à son travail. Après avoir pris congé à la hâte, je me replongeai dans mes tâches habituelles et, tout en préparant les enfants pour la nuit, réfléchis avec angoisse à la façon dont j'expliquerais à la mère supérieure ma décision de rester sans lui donner l'impression que je perdais, ne serait-ce qu'un peu, la vocation.

« Pourtant tu la perds, murmurait une voix dans les profondeurs de mon âme. Tu as trouvé une nouvelle passion, une passion qui fait de ta vie, plus qu'une récompense du passé, une réconciliation avec l'avenir. »

Le lendemain, je téléphonai à la mère supérieure pour lui exposer la situation. Je m'étendis davantage sur les malheurs de Flor, le décès de sa sœur et la détresse de ses neveux orphelins que ne l'avait fait M. Trevis, enjolivant peut-être mon récit au-delà du raisonnable. J'espérais que sœur Pauline verrait dans ma décision de demeurer auprès des Trevis un acte d'altruisme et de charité, même si je savais, en dépit de mon engagement sincère auprès de la famille, que mes

motivations ne s'arrêtaient pas là. En réalité, je me laissais aller à un transport aussi merveilleux qu'obscur,
avec la certitude de ne pas revoir le couvent tant que
je n'aurais pas percé la véritable nature du changement
qui se produisait en moi.

7

Anna s'approcha du portrait pour effleurer du bout des doigts les contours des trois visages qu'elle connaissait si bien, sentant sous sa peau le relief, tantôt lisse, tantôt rugueux, de l'épaisse croûte de peinture à l'huile. Elle étudia ensuite chaque coup de pinceau. De près, ils ne représentaient rien d'autre qu'une série de formes et de lignes discontinues, de mouchetures colorées appliquées au hasard, couche sur couche, mais il lui suffit de reculer pour que l'image se précise. Elle ne put réprimer un sourire devant la moue espiègle de Teddy et les grands yeux de Jessie, qui lui donnaient un air perpétuellement ébahi. « C'est une observatrice, expliquait-elle à Lillian lorsque celle-ci lui faisait remarquer que sa fille cillait à peine. Elle ne perd rien de ce qu'il se passe autour d'elle. »

Anna tressauta en sentant une main se poser sur son épaule.

— Anna, ma fille, je crois que quelqu'un s'est garé devant la maison, l'informa sœur Josepha.

Mue par le fol espoir que Teddy ait retrouvé la raison, Anna gagna rapidement la fenêtre, aussitôt déçue par ce qu'elle vit. Elle avait reconnu au premier regard le crâne chauve et luisant de Benson, et son précieux porte-documents qui se balançait au bout de son bras, tandis qu'il se dirigeait d'un bon pas vers la porte d'entrée.

— Ce n'est pas la personne que tu aurais voulu voir, n'est-ce pas? remarqua d'une voix douce la religieuse.

Anna se tourna vers elle avec un sourire.

— Non, mais Benson est un très bon ami, je suis heureuse qu'il soit venu.

La vieille femme lui prit la main et la cala sous son bras pour longer le couloir en direction de l'escalier.

— Je suis sûre que celui ou celle que tu attends va venir.

Anna songea au contenu de la mallette de Benson, elle aussi convaincue de la prédiction de sœur Josepha.

Devinant que sa protégée désirait parler au visiteur en tête à tête, la religieuse s'éloigna vers la cuisine, la laissant ouvrir la porte seule. Les joues roses, Benson reprenait haleine, essoufflé d'avoir monté avec précipitation les marches du perron. En l'étreignant, Anna constata qu'il avait pris du poids en seulement quelques jours. Ou peut-être était-ce elle qui en avait perdu. Malgré le sourire qu'il afficha en la voyant, ses yeux pleins de bonté demeurèrent tristes.

— Tout est en ordre? chuchota-t-elle quand, dans le hall, il catapulta son porte-documents sur le buffet.

Il jeta autour d'eux un regard circulaire, comme pour débusquer quelque espion imaginaire.

— Nous sommes sur écoute?

Anna croisa les bras sur sa poitrine.

— Non, mais je ne veux prendre aucun risque.

— Tant mieux, car si cette affaire venait à s'ébruiter, je pourrais être radié de l'ordre des avocats et perdre mon cabinet. Je pourrais même terminer en prison.

— J'apprécie le risque que vous prenez. De tout mon cœur.

— Vous vous rendez compte qu'Adam n'approuverait jamais? reprit-il, lugubre. S'il savait que je suis de mèche avec vous, il me renierait. Et vous avec, peut-être.

— Benson, je vous en prie. Croyez-vous que ce soit facile pour moi?

Il secoua la tête.

— Vous voulez savoir ce que je crois?

— Bien sûr, répondit-elle en relevant le menton.

— Je crois que c'est bien trop facile pour vous, justement. Vous n'avez pensé qu'aux quelques jours à venir, mais quand ce sera terminé, quand l'inévitable arrivera...

Il marqua une pause pour lui saisir la main, puis reprit, en dépit de l'angoisse qu'il lisait dans ses yeux.

— Quand l'inévitable arrivera, qu'adviendra-t-il de vous? Avez-vous songé à votre avenir?

— Je n'ai pas d'avenir.

— Que racontez-vous là? s'exclama-t-il en prenant son autre main. Bien sûr que si!

— Mon très cher Benson..., murmura Anna, libérant en douceur ses mains.

Rouge d'émotion, il s'apprêtait à ajouter quelque chose quand Jessie apparut dans l'escalier. À la vue du vieil ami de la famille, elle dévala le reste des marches pour lui offrir une étreinte chaleureuse.

— Papa et moi parlions justement de toi.

Benson sourit de toutes ses dents et glissa ses pouces dans la ceinture de son pantalon.

— Je suis sûr que vous vantiez ma beauté et mes prouesses au golf.

— Ni l'un ni l'autre, le détrompa Jessie avec un petit gloussement avant de se tourner vers Anna. Tu as raison, papa va mieux que je ne l'imaginais.

— Je te l'avais dit, répondit celle-ci d'une voix joviale. Vous devriez monter, Benson, avant qu'il ait de nouveau besoin de repos. Je sais qu'il veut vous voir.

Tandis que Benson empruntait l'escalier, son porte-documents à la main, Anna et Jessie se dirigèrent vers la cuisine.

— Je ne sais plus si je t'ai dit que sœur Josepha était ici, dit Anna en passant son bras autour de la taille de la jeune fille. Tu avais tellement apprécié sa compagnie lors de sa dernière visite…

— C'était il y a longtemps, Nana. Je crois que je n'avais même pas dix ans.

— Si longtemps, vraiment ?

Alors qu'elles s'apprêtaient à pénétrer dans la pièce, Jessie se tourna vers elle.

— Nana, quand j'étais petite, tu me répétais toujours que Dieu m'écouterait si je priais de toute mon âme. Alors je me disais que si toi, sœur Josepha et moi joignions nos prières avec plus d'ardeur que jamais, Il nous accorderait peut-être un miracle. Tu crois que ça pourrait marcher, Nana ?

— Je ne sais pas, mais ça vaut la peine d'essayer, répondit-elle en serrant Jessie plus fort contre elle.

Après que Jessie et sœur Josepha se furent saluées, les trois femmes s'assirent autour de la table de la cuisine pour prier sous la direction de la religieuse. Cependant, les pensées d'Anna ne cessaient de revenir à Benson. Réussirait-il à faire signer les documents à Adam ? Trahirait-il la confiance qu'elle lui avait accordée ? Malgré sa foi absolue en sa loyauté, elle se rongeait les sangs. Elle tenta de se concentrer sur les paroles de sœur Josepha mais, comme elle en faisait l'expérience depuis le lever du jour, elle ne trouva d'apaisement que dans le passé.

*

Par temps doux, j'emmenais les enfants au parc dans l'après-midi. Celui-ci se situant à quelques rues de la maison, j'installais Jessie dans sa poussette et prenais Teddy par la main. Si la fatigue le gagnait, il pouvait toujours se hisser sur la petite plate-forme aménagée à l'arrière de la voiturette de sa sœur. Nous passions là-bas des heures merveilleuses à nous promener, à escalader la cage à poules, à courir entre les arbres ou à regarder, étendus dans l'herbe, les écureuils sautiller dans les branchages. Quand nous rentrions à la maison, nous empruntions toujours la porte de derrière pour nous rendre directement à la cuisine où nous attendait un goûter préparé par les bons soins de Millie. Si cette dernière ressentait le besoin d'une sieste, elle laissait le verrou ouvert pour m'éviter de m'encombrer de clés.

Un après-midi, alors que les enfants et moi revenions du parc, je surpris un homme en train d'essayer de se faufiler par la fenêtre de la cuisine. Perché sur une chaise, il était en équilibre sur le rebord de l'ouverture, le buste à l'intérieur de la maison et les jambes à l'extérieur. Quoique déconcertée, je ne m'inquiétai pas outre mesure, rassurée par son embonpoint, son costume et ses élégantes chaussures. Il en alla autrement de Teddy, qui poussa aussitôt des hurlements, imité par sa sœur. À leurs cris, l'homme chancela, faisant basculer en arrière la chaise, et se retrouva jambes ballantes dans le vide, à plusieurs dizaines de centimètres du sol. Avec des appels au secours, il se mit à battre l'air des bras et des jambes, comme s'il essayait de nager le crawl.

Je m'approchai lentement, détaillant son large visage bouffi et rougi par l'effort. Je ne lui aurais donné qu'une trentaine d'années si une calvitie ne lui avait pas dégarni presque la totalité du crâne, hormis une bande de cheveux qui courait d'une oreille à l'autre au-dessus de sa nuque. Quelques secondes plus tard, Millie apparut dans la cuisine, les yeux ensommeillés et furieuse d'avoir été interrompue au beau milieu de sa sieste. Lorsque son regard se posa sur le pauvre homme, elle leva les mains au ciel et courut à la fenêtre.

— Pour l'amour de Dieu, Benson! Quelle mouche vous a piqué?

Nous voyant à l'extérieur, elle s'empressa de déverrouiller la porte. Teddy se précipita dans la cuisine, devant Jessie et moi, afin d'étudier l'intrus.

— Tonton Benson! s'écria-t-il. Tonton Benson, qu'est-ce que t'as l'air idiot comme ça!

— Je n'en doute pas, répondit l'homme, penaud.

Tandis que Millie ouvrait la fenêtre en grand, je sortis replacer la chaise sous ses pieds. Enfin de retour sur la terre ferme, il partit d'un petit rire en frottant son dos endolori, encore courbé sous l'effort. Il expliqua alors à Millie que, en avance pour le dîner auquel il avait été convié, il avait trouvé la porte de derrière fermée à clé et s'était essayé à l'escalade, en souvenir du bon vieux temps.

— Je n'avais pas ouvert? Oh, je me fais distraite! s'exclama Millie en époussetant la veste du pauvre homme. Mais, franchement, vous ne deviez pas avoir plus de douze ans quand vous passiez par la fenêtre avec les garçons.

— C'est vrai que j'ai pris un peu de poids depuis, et que je suis nettement moins agile.

La bienveillance qui transparaissait dans ses yeux, accentuée par des paupières tombantes en forme de larme, me mit immédiatement à l'aise.

— Vous devez être Anna, devina-t-il en se tournant vers moi. Adam m'a dit combien vous étiez formidable avec les enfants.

— Merci.

J'aurais voulu pouvoir lui dire, moi aussi, que j'avais entendu parler de lui, mais M. Trevis n'abordait guère avec moi d'autres sujets que ceux relatifs à sa progéniture.

Pendant que Millie préparait du café pour Benson, Teddy se rua à l'étage en quête de son jouet favori. Je donnai à Jessie son biberon en écoutant la cuisinière bavarder avec notre visiteur, déduisant de leur conversation qu'il était un ami d'enfance de M. Trevis et son partenaire occasionnel au golf.

Lorsque, de retour peu après, le maître de maison trouva Benson assis avec nous à la table de la cuisine, son regard s'éclaira. Un instant, il me sembla qu'un voile sombre avait été levé de son visage et que tous les soucis qu'il portait au fond de son cœur s'étaient subitement envolés. Ainsi paré de cette quiétude inhabituelle, il me parut incroyablement beau. Comme Benson s'excusait pour suivre M. Trevis dans son bureau, Millie le salua de la main avec un sourire joyeux.

— Je ne vous ai jamais vu aussi heureux et en aussi bonne forme, déclara-t-elle alors qu'il se dirigeait vers la porte.

Mais, dès que les deux hommes furent hors de portée de voix, son sourire s'affaissa.

— Le pauvre, soupira-t-elle. On ne dirait pas comme ça, mais c'est un brillant avocat. Brillant pour ce qui est des livres, mais, pour le reste, vraiment pas une lumière.

— Il paraît très gentil.

— C'est tout le problème! Il est si gentil qu'il se laisse marcher sur les pieds. Croyez-moi, il s'arrache les cheveux avec les femmes! C'est un miracle qu'il lui en reste encore un peu.

— Quel dommage! remarquai-je en retirant tout doucement la tétine de la bouche de Jessie pour ne pas la réveiller.

— Qu'il vive encore chez sa mère n'aide pas, ajouta la cuisinière avec un hochement de tête consterné, tout en rassemblant les ingrédients pour le dîner. Vous imaginez un peu, un homme de trente-cinq ans qui vit encore avec maman? Et puis, vous devriez voir dans quel état il se met en présence de Lillian, remarqua-t-elle, les yeux pétillants. À la seule mention de son nom, il pique un fard. Il suffit qu'elle entre dans la pièce pour qu'il menace de faire une crise cardiaque. Vous verrez bien ce soir, au dîner. C'est impressionnant!

*

Sœur Josepha posa la main sur l'avant-bras d'Anna.

— Anna, ma fille, tu te sens bien?

Anna écarquilla les yeux, soudain consciente que la prière s'était achevée et qu'elle avait perdu le fil de la conversation.

— Oui, excusez-moi, marmotta-t-elle.

— Sœur Josepha vient de me dire que tu envisages de partir pour le Nouveau-Mexique. C'est vrai, Nana? demanda Jessie, ses grands yeux remplis d'inquiétude.

— C'est vrai, oui, mais je n'ai pas encore pris de décision définitive.

— Tu n'aimes plus vivre ici ?

— Bien sûr que si, répondit Anna avec un regard pour la religieuse. Il est inutile de s'inquiéter pour ça maintenant.

— Mais c'est plus fort que moi, Nana. Tu sais bien que je me fais du souci pour toi.

Sœur Josepha se leva pour allumer la bouilloire, puis fouilla les placards à la recherche de thé.

— Dis-moi, Jessie, où comptes-tu aller à l'université ? demanda-t-elle en continuant ses recherches.

— Vanderbilt, répondit la jeune fille avec une petite moue. Je vais faire ma demande d'inscription dans quelques mois.

— Où est-ce, déjà ? s'enquit la vieille dame en laissant tomber des sachets à infuser dans trois tasses vides.

— Dans le Tennessee.

— Je peux me tromper, mais il me semble que le Tennessee est plus proche du Nouveau-Mexique que de la Californie ? reprit sœur Josepha d'une voix joyeuse.

— C'est possible, oui, consentit Jessie sans conviction. Mais c'est ici chez nous. Je préfère savoir Nana ici qu'au fin fond du Nouveau-Mexique. Et puis les hivers sont très rudes là-bas, non ? Nana n'aime pas le froid. Pas vrai, Nana ?

— Tout est relatif, nuança Anna.

Elle leva les yeux vers le plafond. La visite de Benson durait plus longtemps qu'elle ne l'avait imaginé et Adam devrait bientôt prendre ses médicaments.

— J'ai moi aussi un faible pour les climats plus cléments, remarqua sœur Josepha en posant les trois tasses sur la table. Je dois toutefois reconnaître que le froid a des vertus revigorantes. On dirait qu'il aide le sang à circuler plus vite dans les veines et le cerveau à mieux fonctionner.

— Oui, peut-être, répondit à contrecœur Jessie avec un regard pour Anna.

Mais celle-ci était de nouveau perdue dans ses pensées.

*

Benson nous rendait souvent visite à la maison et nous devînmes très vite amis. Avec le temps, je découvris que je retrouvais en sa compagnie ma spontanéité d'enfant, comme lorsque Carlitos et moi jouions au bord de la rivière : nous formulions tout ce qui nous passait par la tête, riions à des plaisanteries que nous seuls comprenions et proclamions haut et fort des énormités qui n'avaient aucun sens hors de notre univers.

— Si tu te maries avec un autre, je me noierai dans la rivière, lançait mon cousin.

— Et si tu te noies dans la rivière, je me jetterai de la plus haute montagne, renchérissais-je.

— Et si tu te jettes de la montagne la plus haute, je m'aspergerai tout le corps de kérosène et me brûlerai vif.

— Comment tu feras puisque tu seras déjà mort noyé ?

Carlitos me souriait alors d'un air penaud.

— C'est vrai, j'avais oublié. Bon, alors on n'a qu'à dire que je ne me noierai pas, je préfère brûler vif.

— Anna, pour l'amour de Dieu, n'y touchez pas !

Benson gisait sur le canapé du salon, les bras en croix et les jambes surélevées par un coussin. À côté de moi, Teddy m'agrippait la main, les yeux ronds comme des soucoupes. Son père, qui venait de rentrer avec son ami d'une journée de golf, était parti chercher un sac de glace à la cuisine.

— Tu devrais aller voir où se trouve Jessie, suggé-rai-je au petit garçon. Millie doit avoir terminé de pré-parer votre goûter.

Peu enthousiaste à l'idée de quitter le théâtre de l'action, Teddy esquissa quelques pas hésitants vers la porte avant de déguerpir en courant pour retrouver sa sœur.

— Pauvre enfant! marmonna Benson. Il doit penser que son tonton Benson a perdu la boule. Dire que c'est peut-être le dernier souvenir qu'il gardera de moi!

— Allons, Benson! Je suis sûre que ce n'est rien du tout.

Les yeux plissés, il pointa sa blessure d'une main tremblante. Son bermuda écossais et ses chaussettes montantes donnaient une allure cocasse à ses jambes robustes et potelées.

— Dites-moi, est-elle très enflée par rapport à l'autre?

— Je ne vois aucune tuméfaction.

— Bien sûr que si, riposta-t-il avant de laisser retomber sa tête, déjà vaincu. C'est un caillot de sang, je le sais. Mon père a connu une mort foudroyante. Embolie pulmonaire. C'est certainement ainsi que tout a commencé pour lui aussi.

— C'est douloureux? demandai-je en m'asseyant devant la jambe blessée.

— Atrocement douloureux, répondit-il en redres-sant la tête afin de me laisser juger par moi-même de son supplice.

— Je suis sûre que les glaçons vont vous faire du bien.

— Ce n'est pas un sachet de glaçons qui me sauvera.

Je lui donnai une petite tape sur le genou, sinon révérencieuse du moins amicale.

— Je ferais mieux d'aller voir si les enfants sont arri-vés entiers à la cuisine.

— Non, restez avec moi, Anna! Je me sens tellement mieux quand vous êtes là. Et si jamais « qui-vous-savez » rôdait dans les parages, je ne voudrais surtout pas me retrouver seul face à elle.

— Si vous voulez parler de Mme Lillian, elle est sortie faire les magasins. Et sachez qu'elle revient généralement de ses emplettes de très bonne humeur.

— Chut! Vous voulez provoquer les mauvais esprits?

En le voyant jeter un regard nerveux en direction de la porte, je ne pus m'empêcher de rire.

— Pourquoi avez-vous si peur de Mme Lillian?

— Je ne sais pas, je me sens toujours plus ou moins ridicule devant les femmes, répondit-il avec un haussement d'épaules. C'est encore plus vrai devant les femmes séduisantes. Au lycée, Adam et Darwin étaient toujours entourés des plus jolies filles, et c'est à peine si elles me voyaient. Mais si, par miracle, l'une d'elles regardait de mon côté, je me transformais sur-le-champ en une espèce d'empoté. Franchement, c'était comme si je ne savais plus parler, déglutir ni respirer.

— C'est très mignon.

— Mignon? s'exclama-t-il avec de grands yeux. Dangereux, oui! Un jour, j'ai englouti vingt-sept hot-dogs d'affilée rien que pour impressionner une belle demoiselle à la fête foraine. Je suis resté cloué au lit trois jours avec un mal de ventre épouvantable, et je suis sûr qu'elle ne connaissait même pas mon nom. Non, il est plus prudent pour moi de garder mes distances, conclut-il avant de soulever la tête de son coussin. Vous savez, vous devez être la seule femme qui ne me donne pas l'impression d'être un crétin fini...

Je voulus intervenir, mais il ne m'en laissa pas le temps.

— Et n'allez pas encore me raconter que c'est parce que vous êtes petite et quelconque. En ce qui me concerne, vous êtes plus belle qu'une femme comme Lillian. Vous avez un je-ne-sais-quoi, Anna. On dirait que tout ce qui vous entoure resplendit.

Se rappelant soudain ses maux terribles, il se renversa sur le canapé, haletant, comme si la vie le quittait lentement.

— Oh, j'imagine que vous me prenez pour un pauvre idiot, conclut-il.

— Bien sûr que non, contestai-je, touchée par ses propos. J'ai beaucoup d'affection pour vous, Benson.

— Pas assez pour quitter tout ça et partir avec moi. Si?

Comme je riais à sa question, il fronça les sourcils.

— Bien sûr, je n'imagine pas un seul instant Adam me laisser vous soustraire à cette maison. Il vous admire trop pour consentir à votre départ.

L'idée que M. Trevis parle de moi à son meilleur ami, de plus en termes élogieux, m'abasourdit.

— Vous doutez de son admiration pour vous? s'enquit Benson en raidissant le cou pour étudier mon visage, qui virait au cramoisi.

— Je ne crois pas que M. Trevis accorde beaucoup d'importance aux questions domestiques, répondis-je, gênée par le tour que prenait la conversation.

— C'est là que vous vous trompez, insista-t-il à mon grand regret. Adam ne le montre peut-être pas toujours, mais il se soucie beaucoup des siens et de cette maison. Il vous considère comme un membre de la famille. Je ne sais combien de fois il m'a répété que lui et les enfants seraient perdus sans vous! Et, pour tout vous dire..., commença-t-il en haussant ses sourcils broussailleux d'un air énigmatique, il m'arrive de penser qu'il est jaloux de notre relation.

— Benson! Que racontez-vous?

— C'est la vérité, persévéra-t-il. Si vous partiez avec moi, je suis certain que l'anéantissement d'Adam serait à la mesure de mon bonheur.

Je secouai la tête, m'efforçant de tourner ses paroles troublantes à la plaisanterie. Juste à cet instant, M. Trevis revint dans la pièce, à la fois amusé et un brin agacé par les jérémiades de son ami, qui se mit à évoquer sa mort prochaine avec force geignements.

— C'est la première fois que j'entends parler d'un décès dû à une tendinite, dit-il en posant le paquet de glaçons sous le genou blessé. Si ça continue, je vais devoir trouver un nouveau partenaire de golf.

Benson reçut les premiers soins que M. Trevis lui apporta sans cesser de se plaindre.

— Puisque je vous dis que c'est une phlébite! J'en mettrais ma main à couper.

M. Trevis s'épongea le front. Il était anormalement pâle pour quelqu'un qui avait passé tout l'après-midi sous un grand soleil.

— Bien sûr. Je dirai à Peter que tu ne te joindras pas à nous la semaine prochaine. Tu as envisagé l'amputation?

Malgré son ton narquois, je décelai dans sa voix un accent singulier, une tristesse inexprimée qui affleurait. Soudain, j'éprouvai le désir de poser une main réconfortante sur son épaule. Bien entendu, pas un seul muscle de mon corps ne bougea.

À cet instant, Lillian entra, croulant sous le poids de boîtes et de sacs ornés de noms qui m'étaient inconnus: Tom Ford, Michael Kors, ou encore Jimmy Choo. Lorsque, plus tard, Millie m'expliqua qu'il s'agissait de grands couturiers dont les confections pouvaient atteindre cinq mille dollars l'unité, je restai sans voix.

Au Salvador, cette somme aurait nourri toute ma famille pendant plusieurs années.

— Je me disais bien que vous seriez ici! lança-t-elle, les joues en feu. Mon coffre est plein à craquer, ces messieurs auraient-ils l'amabilité de m'aider à décharger le reste?

M. Trevis se leva avec un soupir, imité par Benson, qui, à ma grande surprise, fit basculer sa jambe blessée par terre et bondit sur les talons de son ami. Bien que quelque peu courbé et claudicant, il réussit sans trop de mal à suivre le rythme.

— Que t'est-il arrivé? demanda Lillian. On dirait le bossu de Notre-Dame.

Benson laissa échapper un petit rire nerveux.

— Oh, rien de bien grave, un petit élancement.

— Si tu veux mon avis, tu as pris trop de poids, remarqua-t-elle en le jaugeant de la tête aux pieds.

Rien que pour le bon plaisir de Lillian, Benson sembla enfler et se dilater sous nos yeux. Il partit ensuite clopin-clopant en direction de la voiture, les oreilles écarlates.

Le soir, lorsque les enfants furent endormis et la maison silencieuse, j'essayai en vain de trouver le sommeil. Chaque fois que je fermais les paupières, je revoyais l'expression blessée dans les yeux de M. Trevis. Incapable de comprendre la profonde inquiétude que me causait cette vision, je l'attribuai à ma complicité dans la trahison de Lillian. Une intuition me soufflait toutefois que mon angoisse se nourrissait de raisons plus profondes.

Alors que je ruminais ces pensées, étendue dans mon lit, j'entendis un craquement à l'étage au-dessus. Le bruit n'ayant pas cessé au bout de quelques minutes, je me levai pour vérifier que Teddy et Jessie n'avaient pas quitté leur lit, rassurée de les trouver tous les deux profondément endormis. En longeant le couloir sur la pointe des pieds, je vis une lueur blafarde filtrer par la fenêtre du bureau, de l'autre côté de la cour. Sans doute M. Trevis lisait-il encore, malgré l'heure tardive. Millie aimait à dire que, pour « remuer l'or à la pelle », il devait constamment s'informer de l'actualité financière. « Tout ce qu'il touche se transforme en or, déclarait-elle. Dieu soit loué, d'ailleurs, car nous serions toutes les deux au chômage vu la façon dont Sa Majesté jette l'argent par les fenêtres. »

Un grand fracas retentit au-dessus de ma tête, me tirant de mes pensées dans un sursaut. Un opossum ou une famille de chats devaient nicher sous le toit. Si Millie venait à découvrir les pauvres bêtes avant moi, elle appellerait immédiatement une entreprise de dératisation pour les exterminer.

Je retournai dans ma chambre pour me munir de la lampe électrique que je gardais dans le tiroir de ma table de nuit, puis rejoignis l'escalier de service. Le faisceau chassa l'obscurité devant moi, mais il aurait fallu plus qu'un mince trait de lumière pour me rassurer face aux ténèbres qui régnaient tout autour. Lorsque j'atteignis le palier du deuxième étage, les rayons de la torche accrochèrent le dos luisant de cafards qui se carapataient avec des petits grattements inquiétants. La gorge nouée, je tentai de me raisonner en pensant à la taille des cafards du Salvador, sans oublier les araignées et les rats. À côté d'eux, ces spécimens prenaient des airs de moucherons.

Je poursuivis mon exploration, ma résolution quelque peu entamée par les grincements qu'arrachait au plancher chacun de mes pas. L'obscurité amplifiait le moindre son, ajoutant à mon angoisse croissante. J'avais parcouru la moitié du couloir sans rien voir ou entendre d'anormal lorsque je perçus un froissement de papier dans la pièce servant de grenier. Je me figeai, retenant mon souffle. Dès que je saurais précisément quel animal y avait élu domicile, je pourrais trouver un moyen humain de m'en débarrasser.

Je remontai le couloir à pas prudents et poussai doucement la porte, surprise de voir une lueur blafarde auréoler un amoncellement de cartons à l'autre bout de la pièce. Dans ce bric-à-brac vaguement éclairé, les torses des mannequins semblaient se contorsionner pour se dégager de leur pied. Ma gorge se serra et une torpeur glaciale s'empara de moi. Aucun animal ne brillait ainsi dans la nuit. Ma lampe électrique glissa de ma main moite et s'écrasa sur le sol. Soudain aveuglée par un rayon de lumière, je reculai, trébuchante, et cognai une pile de livres, troublant le repos d'une créature à poil qui m'escalada les pieds pour déguerpir. Avec un hurlement, je fis volte-face pour fuir, mais percutai le mur et ricochai, d'un côté puis de l'autre, incapable de trouver la porte par laquelle je venais d'entrer. Tout à coup, une main puissante se posa sur mon épaule et m'attira en arrière.

— Anna? Mais que faites-vous ici? demanda une voix familière. Millie ne vous a pas dit que cet étage était condamné?

Je me retournai pour découvrir le visage tourmenté de M. Trevis.

— Monsieur Trevis, soufflai-je, le cœur battant si fort que je m'entendais à peine parler. Je... je suis désolée... Non, elle ne m'a rien dit et... je pensais... je... j'ai entendu un bruit.

— Vous tremblez comme une feuille.

Il ôta sa veste pour m'en couvrir les épaules, puis ramassa ma torche, dont il fit glisser le bouton plusieurs fois, visiblement agacé de constater qu'elle ne fonctionnait plus.

— Trouvez-vous prudent de partir en exploration au beau milieu de la nuit? Et si j'avais été un cambrioleur? Qu'auriez-vous fait?

Je serrai sa veste autour de mes épaules.

— Je cours vite, monsieur Trevis.

Après m'avoir étudiée d'un air dubitatif, il secoua la tête.

— Vous courez vite? Difficile à croire alors que vous n'arriviez même pas à trouver la sortie.

Sans me donner le temps de me défendre, il s'éloigna à l'autre bout de la pièce, ne me laissant d'autre choix que de le suivre ou de regagner ma chambre seule, sans lampe électrique. Après s'être assis sur l'un des nombreux cartons, il se mit à déchiffrer un livret dans lequel je reconnus une partition. Très vite absorbé par sa lecture, il sembla oublier ma présence. Tandis qu'il écoutait les notes s'égrener dans sa tête en se balançant, son visage se transforma sous mes yeux. Le froncement de sourcils qui semblait gravé au burin sur son front se lissa pour révéler une expression émerveillée et paisible, comme si un fabuleux fleuve de lumière venait arroser son cœur. Une chaleur ensorcelante m'enveloppa devant ce spectacle. Baissant les bras, je m'approchai d'un pas prudent. Je ne tenais pas à le déranger tant que je n'étais pas certaine qu'il avait terminé. Enfin, il posa la partition sur ses genoux.

— Avez-vous déjà joué ce morceau? demandai-je.

— Oui, répondit-il tout bas.

— Comment s'intitule-t-il?

— La plupart des gens le connaissent sous le nom de *Sonate au clair de lune*, de Beethoven.

— Est-ce difficile à jouer?

— Moins qu'à ne pas jouer.

Il ferma le livret d'un air renfrogné et l'écarta, mais son regard conserva cette douceur que je ne lui avais jamais vue.

— Je jouais ce morceau pour ma mère. Elle disait qu'elle oubliait tous ses soucis en l'écoutant. Ça fait exactement quinze ans aujourd'hui que j'ai perdu mes parents. Chaque année, à cette date, je monte pour fouiller dans les cartons, lire mes vieilles partitions et me remémorer le passé.

Mes yeux tombèrent sur l'étagère remplie de trophées.

— Excusez-moi, monsieur Trevis, je sais que ça ne me regarde pas, mais pourquoi avoir arrêté de jouer? Le piano en bas est si beau, et Millie m'a dit que vous étiez très doué.

Il étudia ses doigts, les sourcils graves.

— Je ne peux pas, je n'ai plus le cœur à ça.

Prise d'une hardiesse rare, je m'approchai d'un pas.

— Millie m'a raconté l'accident, elle m'a dit combien votre frère vous en a voulu, mais vous n'y êtes pour rien s'il a dû cesser de jouer au football.

À ces mots, il ferma les paupières. Mon cœur cessa de battre. Cette fois, j'avais dépassé les limites. Il allait me dire de le laisser tranquille et de retourner dans ma chambre, à ma place. Toutefois, quand il les rouvrit, ses yeux étaient remplis d'angoisse, pas de colère.

— Je vais vous confier un secret que je n'ai jamais révélé à personne, murmura-t-il. Mais vous devez me promettre de ne rien répéter. Vous pouvez garder une confidence, Anna?

Comme je hochais la tête, il poussa un carton pour m'inviter à m'asseoir à côté de lui. Il me jeta ensuite un coup d'œil, avant de fuir mon regard.

— Millie a dû vous dire que son mari conduisait le jour de l'accident, mais c'est faux, déclara-t-il en repoussant ses cheveux en arrière avec des doigts tremblants. J'étais jeune, j'ai convaincu Mick de me laisser le volant pour aller au récital ce jour-là. Naturellement, tout le monde, y compris la police, a présumé que c'était lui qui conduisait. Et je n'ai jamais pris la peine de les contredire.

— Darwin ne le sait pas non plus? demandai-je, abasourdie par sa révélation.

— Il est resté dans le coma pendant près d'une semaine, il ne se souvient pas de l'accident. Quant au conducteur de l'autre véhicule, il n'a pas survécu. Je suis le seul témoin.

Durant le silence qui suivit, je cherchai désespérément des paroles réconfortantes.

— C'était un accident, monsieur Trevis, déclarai-je finalement. Vous n'avez pas voulu tout ce qui est arrivé, vous devriez cesser de vous le reprocher. Si Dieu a souhaité votre survie, vous devez accepter Sa volonté. Ne l'oubliez pas.

Il réfléchit à mes paroles pendant quelques secondes, au terme desquelles son habituelle froideur reprit possession de lui. Il leva alors sur moi des yeux si hargneux que je m'écartai, tremblante.

— Vous ne devriez pas parler au nom de Dieu sur des questions qui vous échappent, Anna, grommela-t-il.

Il sembla vouloir ponctuer sa phrase de mots haineux, mais il se retint, se contentant de se dresser de toute sa hauteur.

— Il se fait tard, dit-il sèchement. Nous ferions mieux de redescendre.

Me levant à mon tour, je le suivis dans le couloir et l'escalier jusqu'au premier étage, où je lui rendis sa veste. Nos chemins se séparèrent sans que nous ayons prononcé un mot de plus.

Une fois dans mon lit, je me remémorai chaque seconde, chaque parole et chaque regard passé entre nous durant ce précieux moment où il avait baissé la garde. Je comprenais à présent le poids avec lequel il avait vécu pendant toutes ces années. Qu'aurais-je pu lui dire pour apaiser ses souffrances? Je l'avais agacé, certes, mais cela ne changeait rien au fait incroyable qu'il m'avait confié un secret dont il était jusque-là le seul détenteur. Il existait désormais une entente particulière entre nous, presque un serment. Cette complicité inattendue me rappela les secrets que je partageais avec Carlitos. Je revis alors mon cousin tirer avec des gestes nerveux sur les fibres qui pointaient de ses sandales tressées.

— J'ai vu papa avec l'autre femme. Elle s'appelle Marisol.

— Tu es allé lui parler? demandai-je, certaine que *tía* Juana se mettrait dans une rage folle si elle venait à l'apprendre.

— J'ai essayé de ne pas y aller, mais papa me manque trop, dit-il, le visage tordu par les scrupules. Je n'ai pas réussi à faire comme s'il n'existait pas.

Des larmes roulèrent de ses yeux, laissant des sillons clairs et luisants sur ses joues poussiéreuses.

— J'ai parlé à Marisol, aussi. Elle est jolie et gentille, et elle m'a donné un soda. Elle m'a dit que j'étais beau, ajouta-t-il en me lançant un regard timide.

— Tu es beau, affirmai-je, désireuse d'apaiser son tourment. Tu sais, si je voyais mon père, j'irais lui parler moi aussi, même si je sais que *mamá* ne m'adresserait peut-être plus jamais la parole.

— Vraiment? demanda-t-il en levant vers moi des yeux reconnaissants.

— Oui. Et j'aimerais être aussi courageuse que toi, pour pouvoir partir à sa recherche et le ramener à la maison.

— Mais il est mort, remarqua-t-il, oubliant un instant son chagrin.

— C'est ce que racontent *mamá* et *tía* Juana, mais, parfois, je me demande si ce n'est pas pour m'empêcher de le retrouver.

Carlitos esquissa un hochement de tête entendu. Nous avions tous les deux l'habitude des ruses maternelles.

— Parfois, j'aimerais m'enfuir et aller vivre avec papa et sa nouvelle femme, avoua-t-il. Tu ne le diras à personne, hein? ajouta-t-il, les yeux agrandis par l'inquiétude.

— Je ne dirai rien sur Marisol si tu ne dis à personne que je crois que mon père est encore en vie, quelque part dans la jungle.

Il acquiesça, enthousiaste. Je devinai que son anxiété commençait à se dissiper, laissant de nouveau place à sa gaieté coutumière.

— Tu feras une bonne épouse, remarqua-t-il en me donnant une bourrade.

— Et toi, un bon mari, renchéris-je en lui rendant son coup. Mais je te préviens, je ne compte pas avoir d'enfant, alors il faudra que je te suffise.

Il réfléchit un instant avant d'afficher un grand sourire.

— Tu me suffis.

8

En entendant les pas pesants de Benson dans l'escalier, Anna abandonna sœur Josepha et Jessie, qui débattaient encore des avantages et des inconvénients de la vie au Nouveau-Mexique. Le porte-documents de l'avocat pendait mollement au bout de son bras, menaçant de lui glisser des doigts à tout moment.

Lorsqu'il atteignit le bas des marches, il soupira, puis ouvrit les loquets de sa serviette avec un petit déclic, libérant un arôme de cuir fin, de papier et d'encre. Après avoir fouillé parmi ses dossiers, il leva les yeux sur Anna, les traits sombres.

— Avant d'aller plus loin, je dois vous dire une dernière fois que je trouve votre plan ridicule. S'il ne tenait qu'à moi, je déchirerais ces papiers sur-le-champ et oublierais toute cette histoire.

— Il les a signés?

Benson lui montra l'endroit où Adam avait apposé sa signature. Bien que tremblotante, celle-ci ne laissait aucun doute sur la main qui l'avait inscrite.

— Je lui ai dit qu'il s'agissait d'addenda d'usage, il n'a pas pris la peine de lire quoi que ce soit.

Anna examina brièvement les documents avant de les lui rendre.

— Benson, je sais combien c'est difficile pour vous, mais c'est le seul moyen pour que Teddy vienne.

— Rien n'est gagné, répliqua-t-il en secouant la tête avec une telle vigueur que ses bajoues tremblotèrent. Et il était inutile de recourir à un arrangement aussi extrême.

— Ça en vaut la peine.

Benson rangea les papiers dans sa serviette puis la referma.

— Quand va-t-il les recevoir ? demanda Anna.

— Selon Peter, il est rentré et loge chez sa mère. Les documents lui seront livrés là-bas dans l'après-midi. Mieux, je les lui apporterai en personne.

Anna accueillit cette précision avec soulagement.

— Vous avez bien le temps de déjeuner.

— Je dois retourner au cabinet.

— Vous reviendrez bientôt ? insista-t-elle, étonnée de l'entendre décliner une invitation à manger.

— Je passerai ce soir, après le travail. Mais je ne veux pas vous retenir plus longtemps, Adam vous réclame.

Après avoir déposé une petite bise sur la joue de Benson, Anna monta l'escalier à toute vitesse, portée par un regain d'énergie. Elle se retourna juste au moment où l'avocat franchissait la porte.

— Encore une fois merci, Benson.

— Vous savez que je ferais n'importe quoi pour vous, Anna. J'espère seulement que vous êtes sûre de vous.

— Ne vous inquiétez pas, je n'ai jamais été aussi sûre de toute ma vie.

Adam frissonnait à chacune de ses respirations. Se reprochant d'avoir autorisé Benson à rester si longtemps à son chevet, Anna se dépêcha de sortir ses médicaments un par un. Mais, lorsqu'elle les porta à sa bouche, il s'écarta.

— Tu as déjà trop attendu, tenta-t-elle de le raisonner.

— Je veux te parler, murmura-t-il d'une voix rauque.

Elle garda les cachets dans le creux de sa main et se pencha sur lui, si près qu'elle sentait la chaleur de son souffle sur son visage.

— Qu'y a-t-il, mon amour?

— C'est au sujet de Benson.

Le cœur battant à tout rompre, elle se demanda ce que l'avocat avait pu raconter à Adam.

— C'est un homme bien, reprit-il.

— Oui, et un merveilleux ami.

Elle avait toutes les peines du monde à endurer l'angoisse qui l'envahissait et le supplice qu'infligeait la maladie à son bien-aimé.

— Il a toujours eu de l'affection pour toi, ajouta-t-il.

— Comme j'ai de l'affection pour lui.

À cet instant, Anna n'avait qu'un seul souhait: qu'il prenne ses cachets pour mettre fin à ses souffrances. Les yeux écarquillés, il fixa intensément un point lointain derrière elle. Elle en profita pour lui présenter de nouveau les médicaments, qu'il accepta, cette fois. Dès qu'il les eut avalés, il s'apaisa et ferma les yeux. Soudain, il tendit le bras pour attraper la main d'Anna avec une force surprenante et rouvrit les paupières.

— Il veut que tu viennes vivre avec lui, dit-il.

— Je reste ici avec toi. Je ne vais nulle part, ni avec Benson ni avec personne d'autre.

— Après, murmura-t-il. Quand ce sera fini.

Quand il se fut assoupi, Anna laissa libre cours à ses larmes, sanglotant doucement dans sa manche pour ne pas le réveiller. Elle empila ensuite tous les verres vides sur la table de nuit et plia les draps propres qu'elle avait montés de la buanderie la veille. Ces tâches achevées, elle se rassit sur la chaise et contempla le visage d'Adam, savourant la quiétude et le silence du moment, rendant grâce à Dieu pour chaque inspiration indolore qui pénétrait dans les poumons de son bien-aimé.

Peu après, Jessie la rejoignit dans la chambre et s'installa à ses pieds.

— Il paraît de nouveau paisible, remarqua-t-elle en posant la tête sur les genoux d'Anna.

— Il ne se réveillera pas avant une heure, au moins, chuchota cette dernière.

— Nana, je ne veux pas que tu ailles au Nouveau-Mexique.

— Je ne vais nulle part pour l'instant.

— Mais plus tard? Après…

Anna écarta avec des caresses les cheveux qui tombaient sur le front de Jessie.

— Concentrons-nous sur le présent pour le moment.

*

La période de floraison des rosiers était arrivée et Millie prenait tant de plaisir à voir des fleurs fraîches décorer sa cuisine que je décidai, un beau jour, de lui confectionner un bouquet. Je passai près d'une heure à sélectionner les plus belles roses du jardin en compagnie de Jessie. Bien calée dans sa poussette, la fillette poussait un petit cri de jubilation et agitait les bras et les pieds dès que je coupais une tige. Soudain, elle se figea pour me dévisager avec de grands yeux curieux. Posant le sécateur par terre, je m'agenouillai près d'elle et lui rendis son regard. Chaque fois que je souriais, sa bouche s'étirait elle aussi, et lorsque je reprenais mon sérieux, ses traits se faisaient graves et elle me scrutait avec un regard intense pour essayer d'anticiper ma prochaine expression. Pour rire, je lui tirai tout à coup la langue. D'abord décontenancée, elle pointa à son tour sa langue entre ses lèvres. Ahurie, je manquai tomber à la renverse, une réaction qui dessina sur son visage un large sourire. Je la sortis de sa poussette, lui arrachant des gloussements de joie.

À cet instant, j'aperçus Lillian, qui nous observait de la fenêtre de sa chambre. Je lui fis un signe de la main, auquel elle répondit par un salut tiède. Depuis que je l'avais surprise dans les bras de Jerome, plusieurs semaines plus tôt, elle m'évitait, ce qui n'était pas pour me déplaire. J'éprouvais de la gêne et de la honte pour elle, ainsi qu'une profonde tristesse pour M. Trevis. En outre, je culpabilisais d'avoir joué un rôle dans cette duperie. Cependant, chaque fois que je me convainquais que la moralité exigeait que j'aille tout révéler à M. Trevis, une petite voix me soufflait qu'aucun bien ne ressortirait d'une telle démarche. Comme ma mère me l'avait souvent répété, ce qui se jouait entre un homme et une femme relevait de la sphère privée.

En dépit de mes doutes, je résolus que l'heure était venue de tourner la page. Jessie dans mes bras, je rejoignis donc le premier étage au trot dans l'espoir d'apaiser les tensions entre sa mère et moi. Je trouvai Lillian assise devant la fenêtre de sa chambre. À la vue de la fillette, la tristesse céda la place à la joie dans ses beaux yeux.

— Elle vient de faire une mimique incroyable, annonçai-je.

Posant l'enfant sur les genoux de sa mère, j'expliquai la façon dont elle m'avait tiré la langue.

— Ce n'est pas vrai? s'exclama Lillian, aussi impressionnée que je l'avais imaginé.

— Je vous assure. Essayez pour voir si elle recommence.

— Comme ça? demanda-t-elle en pointant sa langue comme une écolière.

— Oui, mais il faut qu'elle vous regarde droit dans les yeux.

Ainsi, après plusieurs tentatives infructueuses, Jessie réalisa sa performance devant sa mère, qui l'en récompensa par une rafale de baisers sur sa petite figure. La joie de Lillian ne tarda toutefois pas à se changer en chagrin. Tout à coup, ses yeux libérèrent des torrents de larmes. J'allai chercher sur sa coiffeuse une boîte de Kleenex, dont elle extirpa plusieurs rectangles de papier pour se moucher.

— Oh, Anna, je ne sais pas quoi faire. J'ai l'impression de mourir de l'intérieur.

Je m'assis à côté d'elle.

— Vous êtes amoureuse du peintre, c'est ça? demandai-je, m'estimant en droit de poser la question après ce qui s'était produit.

Elle rejeta la tête en arrière avec un éclat de rire et reprit, l'ombre d'un instant, les traits de la femme que j'avais vue étendue nue sur le sofa du grenier. Puis elle haussa les épaules et s'essuya les yeux.

— Je suis amoureuse de son corps, de ce que je ressens en sa présence, rien d'autre.

Cette explication me laissa muette de stupéfaction.

— Ça va peut-être vous paraître difficile à croire, Anna, mais, à votre âge, j'avais déjà couché avec un tas d'hommes.

Qu'une femme aussi belle et raffinée que Lillian Trevis soit associée à de tels dévergondages me semblait absurde. Dans mon esprit, seules les filles qui n'avaient pas été avantagées par la nature se prêtaient à ce genre de débauche. Je m'imaginais qu'elles n'avaient d'autre choix, pour se faire remarquer, que d'adopter une conduite licencieuse. Mais une femme comme Lillian n'avait qu'à battre des cils pour mettre tout un régiment d'hommes à genoux.

— Les femmes comme moi ne naissent pas ainsi, elles le deviennent, dit-elle en réponse à mon expression déconcertée. J'étais très jeune quand j'ai reçu mes premières leçons.

— Je suis désolée, je ne comprends pas.

Comme Jessie se mettait à tirer sur son collier de perles, Lillian l'ôta et le lui donna. Puis elle déposa la petite fille à ses pieds, où celle-ci continua à s'occuper joyeusement.

— Quand j'avais l'âge de Teddy, plus ou moins, ma gouvernante n'avait rien en commun avec vous. Elle était paresseuse et ne prenait aucun plaisir à s'occuper des enfants. Elle détestait tout particulièrement me donner le bain. Je barbotais et pataugeais tant qu'elle se retrouvait toujours trempée. Un été que son fils adolescent était venu pour les vacances, elle lui a donc délégué ce travail. Cet arrangement a dû me faire encore plus plaisir qu'à elle. C'était un beau garçon, et gentil avec ça. Il me lavait avec une minutie que vous n'imaginez même pas. Ça ne le gênait pas du tout que je l'éclabousse, au contraire, il me rejoignait souvent dans la baignoire. Ce que nous jouions ! J'aurais voulu ne jamais sortir du bain !

— Mais, c'étaient des abus…

— Oui, je m'en rends bien compte à présent. Mais, à l'époque, je ne m'étais jamais autant amusée qu'avec ces « chatouilles », comme nous disions. Il m'a beaucoup manqué quand il est reparti à l'école.

— Vous n'en avez jamais parlé à personne?

— Je ne pouvais pas trahir mon meilleur ami, répliqua-t-elle avec des yeux ronds. Oui, c'est ainsi que je le considérais, à l'époque. Il m'a dit que les grands ne comprendraient pas, et je dois reconnaître que garder le secret me plaisait presque autant que les chatouilles en elles-mêmes, ajouta-t-elle en triturant le mouchoir en papier, dont des petits bouts tombèrent sur le sol. Ce n'était que le début pour moi. Quantité d'autres aventures ont suivi, continua-t-elle, les yeux assombris par le regret. J'ai appris des choses que je n'aurais pas dû apprendre, et mes tentatives pour les désapprendre ont causé ma perte, reprit-elle en se tournant vers moi avec une gravité que je ne lui avais jamais vue. Il ne m'a pas fallu plus d'une minute ou deux pour comprendre que Jerome répondrait à mes avances.

— Ce que ce garçon vous a fait est mal, madame Lillian. Vous pouvez vous faire aider d'un spécialiste, peut-être que cela permettra d'alléger le poids de vos secrets.

Elle lissa sa jupe avec ses paumes.

— Croyez-moi, Anna, j'ai suivi tellement de thérapies que mon cerveau ressemble sans doute à un morceau de gruyère.

— M. Trevis est-il au courant?

— En partie, répondit-elle avec indifférence. Il sait que j'ai eu une adolescence plutôt folle et fait plus de psychothérapies que Patricia Hearst. Mais, pour lui, j'ai plus ou moins vaincu ma dépendance.

— Votre dépendance?

Si j'étais décontenancée quelques minutes plus tôt, je ressentais à présent la plus grande perplexité.

— Madame Lillian, en gardant toujours à l'esprit votre mari et vos deux merveilleux enfants, en les faisant passer avant tout le reste, vous devriez trouver la force de soulever des montagnes.

— C'est ce que vous croyez, hein?

Ses traits se durcirent, mais, incapable de maintenir sa bravade, elle fondit de nouveau en larmes.

— Aidez-moi, Anna. Aidez-moi à changer pour que je puisse sauver mon mariage et devenir une meilleure mère.

— Je ne sais pas comment je le pourrais, madame Lillian, je n'ai jamais connu personne souffrant de ces problèmes.

— Mais je sais que vous pouvez me prêter secours. C'est pour ça que vous êtes ici, que vous n'êtes pas partie.

Ne trouvant pas les mots pour répondre à son expression implorante, je pensai à ma propre expérience en ce jour lointain où *mamá* m'avait envoyée, de bon matin, chercher de l'eau à la rivière. Le seau plein pesait si lourd que, craignant de me briser les doigts sous la pression de la poignée, je m'arrêtai et le posai un moment par terre. Alors que je reprenais des forces, j'aperçus le mari de Dolores derrière sa hutte. Debout face à l'arbre qu'il avait utilisé pour ses exercices de lancer de machette, il se soulageait, les pieds bien écartés pour ne pas éclabousser ses chaussures du dimanche. Sans doute avait-il passé la nuit dehors. Tout le village savait qu'il aimait fréquenter les dancings en ville, même s'il n'y emmenait jamais sa femme. Comme s'il avait deviné ma présence, il tourna la tête et me fixa droit dans les yeux tout en continuant à libérer un jet abondant d'urine. Bien que consciente de l'impolitesse dont je faisais preuve en soutenant son regard, je crus bon d'appliquer la tactique à laquelle je recourais toujours en présence d'un serpent : ne jamais détourner les yeux, car le reptile n'attendait que cet écart d'attention pour mordre. Les pupilles rivées à son visage, je ramassai donc mon seau et reculai à pas lents, mon fardeau m'interdisant toute retraite rapide.

Le voisin continua à me dévisager avec intensité, jusqu'à ce que le flux d'urine se réduise à un goutte-à-goutte, puis se tarisse. Il se retourna alors pour me faire face, la main toujours serrée sur son pénis, qu'il se mit à agiter en cercles hypnotiques, glissant ses doigts sur toute sa longueur, et qui devint bientôt aussi raide qu'une tige de métal pour pendre les marmites et les casseroles. Je me figeai, les yeux vissés à son membre rigide, ébahie par les caresses de charmeur de serpents avec lesquelles il l'amadouait tout en le soulevant pour me le donner à admirer. Il s'avança ensuite vers moi à pas traînants, la bouche convulsée par un sourire lubrique. Je ne demandais qu'à m'enfuir, mais mon épouvante m'embrouillait les idées et paralysait la moindre partie de mon corps, hormis mes yeux, qui faisaient la navette entre son visage et son entrejambe, qu'il continuait à masser énergiquement.

Il fut très vite si proche que je distinguai avec netteté la peau luisante de son pénis et le bulbe rouge gonflé à son extrémité. Ses lèvres suintantes de bave s'étirèrent en un sourire hideux. Étant donné l'odeur qu'il dégageait, il ne devait pas s'être lavé depuis plusieurs jours.

Lorsqu'il se trouva assez près, il tendit une main tremblante et m'attrapa le haut du crâne pour l'attirer vers son entrejambe.

— Ça a le goût d'un bonbon, tu vas voir, marmonna-t-il.

Par bonheur, la raison me revint au contact de ses doigts. Laissant tomber mon seau d'eau sur ses chaussures, je pris mes jambes à mon cou et regagnai ma hutte sans me retourner.

Après avoir repris mon souffle, j'expliquai à ma mère pourquoi je revenais de la rivière sans eau ni seau. Ses yeux se rétrécirent au fil de mon récit, puis elle fixa en silence le coin de la pièce. Au terme de sa réflexion, elle chaussa ses plus beaux souliers et coiffa ses longs cheveux noirs en queue-de-cheval. Elle sortit ensuite de son petit meuble de couture l'une des soutanes qu'elle venait de raccommoder et, après l'avoir inspectée, la replia et la rangea dans son sac.

— Attends-moi ici, m'ordonna-t-elle.

— Mais je veux venir avec toi, *mamá*.

— Non, Anna. Tu m'attends ici.

Elle prononça ces mots d'une voix si grave que je sus que rien ne la ferait changer d'avis. Par la fenêtre, je la vis emprunter le sentier menant à l'église du village. Une vingtaine de minutes plus tard, elle réapparut en compagnie du père Lucas et bifurqua avec lui vers la hutte de Dolores. Pendant tout le temps qu'ils y restèrent, je les guettai par la fenêtre en me rongeant les sangs. Je songeai à *tía* Juana, à Carlitos et à mes autres cousins, partis en ville la veille, pour la foire. J'y serais volontiers allée si *mamá* n'avait pas exigé que je reste à la maison pour l'aider dans son travail. Peut-être regrettait-elle de ne pas m'avoir laissée les accompagner, à présent.

Enfin, elle remonta le sentier jusqu'à la maison, le père Lucas à ses côtés. Le prêtre tenait à la main le seau que j'avais abandonné, et je devinai qu'il était vide à la légèreté avec laquelle il se balançait entre ses doigts. Lorsqu'ils arrivèrent, le père Lucas me posa une multitude de questions. Quant à maman, elle écouta en retrait sans que son visage trahisse la moindre émotion. Lorsqu'il me soumit pour la seconde fois au même interrogatoire, je compris que le mari de Dolores avait nié en bloc et que le prêtre ne savait qui croire. Je lui répétai donc ce qui s'était passé dans les moindres détails.

— Alors j'ai laissé tomber mon seau d'eau et je me suis enfuie à toutes jambes.

Le père Lucas dressa l'oreille.

— Qu'as-tu fait? demanda-t-il.

— Je me suis enfuie.

— Non, avant.

— Je… J'ai laissé tomber mon seau.

— Était-il plein ou vide?

— Plein. C'est pour ça que je l'ai lâché, parce qu'il était trop lourd, je ne pouvais pas courir avec.

Il sembla soudain plus convaincu par ma version des faits.

— Où l'as-tu laissé tomber?

— Par terre et sur les chaussures du dimanche du mari de Dolores.

Le père Lucas se tourna vers ma mère.

— Voilà qui explique pourquoi ses chaussures et ses chaussettes séchaient devant la porte d'entrée.

Il prononça ensuite plusieurs prières, dont certaines en latin, au-dessus de ma tête, avant de nous inviter à réciter avec lui le rosaire. Après quoi, il me prescrivit d'allumer une bougie à l'autel de la Vierge tous les jours pendant neuf jours, puis tous les dimanches.

— Voilà qui purifiera ton âme et te permettra de rester à jamais enfant aux yeux de Dieu.

Dans sa voix perçait une telle conviction que je ne doutai pas un instant de l'efficacité de ce remède.

Je reposai les yeux sur le visage de Lillian.

— Vous allez m'aider, Anna? demanda-t-elle encore. Vous allez m'aider à devenir une meilleure épouse et une meilleure mère?

Comme je ne répondais pas, elle poursuivit.

— Oh, je sais bien que Millie vous farcit le crâne d'histoires sur moi, mais je sais aussi, au fond de mon cœur, que vous ne l'écoutez pas et que vous ne me jugez pas, pas même à cet instant.

— Je n'approuve pas une seconde ce que vous avez fait, madame Lillian, et je m'en veux beaucoup de vous avoir aidée à vous en sortir en toute impunité.

Lillian plongea ses yeux dans les miens avec désespoir.

— Vous m'avez aidée, pourtant, et je crois que vous l'avez fait parce que vous savez que je suis quelqu'un de bien et que je suis capable de changer. Dieu sait qu'Adam mérite une meilleure femme que celle que j'ai été jusque-là.

— En effet, répondis-je à voix basse.

— Je vous ai dit que je ne l'aimais pas, mais c'est faux. Cette satanée obsession contrôle peut-être mon esprit et mon corps, mais elle ne contrôle pas mon cœur, déclara-t-elle en me prenant la main. Je sais que je peux changer avec votre aide.

— Je ne sais pas vraiment comment je peux vous aider, mais, pour votre mariage et vos enfants, je ferai mon possible.

Dans un mouvement de gratitude, Lillian appuya son front contre ma main. Mes yeux se posèrent alors sur la petite Jessie, qui m'adressa un de ses beaux sourires édentés.

« Chère sœur Josepha,

C'est le cœur lourd que je vous écris, car mes projets se voient malheureusement contrariés une fois de plus. Je prévoyais de vous rejoindre dans quelques semaines, mais mes obligations ici rendent tout départ impossible pour le moment. Je sais que mon aide vous serait précieuse maintenant que vous fondez votre nouvelle école et l'idée de travailler avec vous m'enthousiasme toujours autant. Comme vous l'avez suggéré, je gagnerais également à prendre de la distance et à reconsidérer ma position quant à mon avenir au sein de l'Église, or je ne vois de meilleur moyen de le faire que de partir travailler au côté de ma plus chère amie, de mon guide. Néanmoins, je crains qu'il n'arrive malheur aux membres de la famille Trevis, notamment aux enfants, si je les quitte maintenant. Malgré mes efforts, je ne saisis pas l'origine de l'esprit destructeur qui se tapit dans les murs de cette belle et élégante demeure. Peut-être pourriez-vous, si vous étiez là, m'expliquer comment des gens à qui la vie a tant donné peuvent autant souffrir. Peut-être aurais-je alors une idée plus précise de la manière de les aider.

Je songe souvent aux malheurs qui ont touché mon pays et à ses souffrances. J'espère que le monde connaîtra bientôt la vérité sur ce qui s'y est déroulé et que nous verrons la fin de ce mal. Si l'on peut espérer la guérison d'une nation, sans doute peut-on également espérer celle d'une famille. En attendant ce jour, je prie pour que la proposition de travailler dans votre école tienne encore lorsque les problèmes seront résolus ici… »

À compter de ce jour, Lillian et les enfants m'accompagnèrent à l'église le dimanche, pendant les parties de golf de M. Trevis et de Benson. À la fin de la messe, nous allumions un cierge à l'autel de la Vierge Marie, puis Lillian se recueillait à genoux. Nous nous attardions jusqu'à ce que l'église fût complètement vide. Lorsque les enfants commençaient à s'agiter et que l'écho de leurs plaintes emplissait l'immense édifice, je tapotais l'épaule de Lillian, qui tournait alors vers moi des yeux humides de larmes.

Au fil des semaines et des mois, elle consacra moins de temps à la prière, mais son comportement s'améliora de façon spectaculaire. Elle était plus fraîche, plus légère et plus charmante que jamais. Sa vie sociale connut un nouvel essor et elle retrouvait ses amies plusieurs fois par semaine pour déjeuner ou faire les magasins. Elle me répétait sans cesse que plus elle était occupée, mieux elle se portait.

Peu après ses confidences, je lui avais prêté le rosaire que sœur Josepha m'avait donné à mon entrée au couvent en lui recommandant de le prier chaque matin et chaque soir jusqu'à avoir le cœur en paix, puis une seule fois par jour. Environ trois mois plus tard, je trouvai le chapelet accompagné d'un mot dans une enveloppe devant la porte de ma chambre : « J'ai trouvé ma paix. Merci, Anna. »

Je sortis le rosaire et, après en avoir embrassé le crucifix, le rangeai dans mon tiroir, satisfaite des changements que j'avais notés chez Lillian. Elle semblait moins sujette aux accès de colère et moins contrôlée et tiraillée par les passions. J'aurais juré qu'elle s'habillait avec plus de pudeur, que son apparence l'obsédait moins et qu'elle se laissait moins facilement manipuler par la flatterie. Elle traitait Millie avec plus d'égards et semblait apprécier de consacrer davantage de temps aux enfants. Elle tâchait de jouer avec eux l'après-midi, après leur sieste, et m'aida plusieurs fois à leur donner le bain. Le soir où Jessie battit des bras et trempa son nouveau chemisier en soie, elle n'en fut que légèrement perturbée alors qu'elle aurait été furieuse auparavant. Bien que je n'ose le lui demander franchement, je pouvais supputer que les changements positifs se ressentaient aussi dans son couple, car je n'avais plus assisté à aucune dispute. Le remède que m'avait prescrit le père Lucas des années auparavant semblait avoir fonctionné pour Lillian Trevis.

9

À trois ans, Jessie préférait choisir elle-même les roses pour Millie et prenait grand plaisir à cueillir les fleurs sauvages qui poussaient le long du mur du jardin. Nous aimions confectionner des bouquets miniatures composés de minuscules fleurs violettes et jaunes soigneusement liées avec du ruban pour les offrir à sa collection de poupées, qui ne cessait de s'agrandir. Nous pouvions passer une grande partie de notre samedi après-midi à ces occupations pendant que son frère faisait voler ses avions téléguidés au-dessus de notre tête, à une proximité souvent inquiétante.

Teddy avait développé un vif intérêt pour les avions. Il annonçait avec fierté à qui voulait l'entendre qu'il voulait devenir commandant de bord pour piloter les gros-porteurs à travers le monde. Dès qu'il entendait le grondement d'un moteur à réaction dans le ciel, il cessait toute activité pour suivre l'appareil des yeux, fasciné.

— Nana, dis-lui d'arrêter! cria Jessie lorsque l'avion de Teddy lui rasa le crâne pour la troisième ou quatrième fois.

Je me tournai vers Teddy, debout au fond du jardin, sa manette à la main et un sourire malin aux lèvres. Je dus me retenir de rire devant le spectacle qu'il offrait.

Si je voulais être prise au sérieux, je devais me montrer stricte. Je ramassai l'avion qui avait atterri près de nous et coupai rapidement le moteur.

— D'accord, Nana, j'arrête, déclara le petit garçon, ses grands yeux encore brillant de malice. Je vais aller le montrer à tonton Darwin.

— Tonton Darwin? m'étonnai-je. Il est ici?

— Je l'ai vu avec maman près de la piscine. Je vais faire voler mon avion au-dessus de l'eau, ça va lui plaire.

— Et moi je vais donner des fleurs à maman, lança Jessie d'une voix joyeuse.

— Je suis sûre qu'ils seront tous les deux ravis, mais nous ferons tout ça après le déjeuner.

Teddy se renfrogna et nous suivit jusqu'à la maison à contrecœur, les épaules voûtées en signe de protestation.

— Nana, je déteste le déjeuner! se plaignit-il.

— Même s'il y a des sandwichs au beurre de cacahuète et à la confiture au menu?

— Je hais les sandwichs au beurre de cacahuète et à la confiture! grommela-t-il.

— J'adore les sandwichs au beurre de cacahuète et à la confiture! remarqua Jessie en glissant sa main dans la mienne.

Sur l'insistance de Teddy, nous passâmes devant la piscine, mais n'y trouvâmes ni son oncle ni sa mère. Il mangea devant son avion télécommandé, qu'il reprit aussitôt après avoir terminé son repas pour partir à la recherche de Darwin. Je laissai Jessie seule dans la cuisine une ou deux minutes, le temps de remplir le sèche-linge, mais elle avait disparu quand je revins. Pour toute réponse à mes appels, Teddy déboula en courant, visiblement affolé.

— Je ne trouve tonton Darwin nulle part, m'expliqua-t-il. Il faut que je le trouve pour lui montrer mon avion.

— Tu es sûr qu'il est encore là?

Il pointa son doigt sur la fenêtre.

— Le bolide rouge, c'est le sien, non?

La voiture de sport du frère de M. Trevis était en effet garée devant la maison.

— As-tu vu Jessie? demandai-je.

— Non.

Il retourna aussitôt à son avion et ses ailerons mobiles. Je commençai mes recherches par le bas de la maison, mais seul le doux ronflement rythmé de Millie venait troubler le silence du rez-de-chaussée. Jessie s'amusant parfois à observer la cuisinière pendant sa sieste, j'espérais la dénicher dans sa chambre. À tort. Le premier étage était tout aussi vide. Le cœur serré, je m'engageai dans l'escalier de service menant au second niveau. À l'approche du palier, j'aperçus la fillette dans le couloir, son bouquet pendant mollement dans sa main. Lorsque je l'appelai, elle me rejoignit avec une expression étrangement pensive et lointaine. En redescendant, je lui proposai de faire des pâtés de terre, l'une de ses activités préférées, ce qu'elle accepta de bon cœur. Cependant, elle me parut moins enchantée que de coutume alors que nous mélangions la terre et édifiions nos tours, comme si elle avait soudain compris que la mixture marron et visqueuse que nous décorions de pierres et de fleurs avec tant de soin n'était, après tout, rien que de la gadoue.

Darwin partit aussi subrepticement qu'il était venu, à la grande déception de Teddy, qui découvrit d'un regard par la fenêtre que la voiture de son oncle s'était envolée. Le soir, autour de la table du dîner, il ne cessa de parler de son avion téléguidé à son père. Jessie, quant à elle, demeura silencieuse, totalement absorbée par son dessin. Jusqu'à ce qu'elle bondisse de sa chaise et fasse le tour de la table en trottinant pour montrer son œuvre à sa mère.

— J'ai fait un dessin de toi, maman, annonça-t-elle d'un air satisfait.

— Juste ciel! lâcha Lillian, blême, lorsqu'elle posa les yeux sur la feuille.

— Papa est-il autorisé à voir ton dessin? demanda M. Trevis.

Sans laisser à sa mère le temps d'intervenir, Jessie lui arracha le papier des mains et courut le porter à son père. Après l'avoir étudié quelques secondes, M. Trevis adressa un regard méfiant à sa femme.

— Voilà qui est intéressant.

— Tu le trouves beau, papa? s'enquit Jessie.

— Tu es une vraie artiste, répondit-il, laconique.

La fillette lui reprit la feuille et continua son tour de table vers moi. Prenant connaissance du dessin en rougissant, je ne pus m'empêcher de songer au portrait secret de Lillian réalisé par Jerome, à l'immense soulagement que j'avais ressenti lorsqu'il ne s'était jamais matérialisé et à la satisfaction avec laquelle j'y avais vu une preuve de l'engagement sincère du modèle en faveur d'une existence plus morale. Perdue dans ces pensées, je ne m'étais pas rendu compte que Teddy avait abandonné sa chaise pour regarder par-dessus mon épaule.

— Jessie! s'exclama-t-il d'une voix dure alors que je m'apprêtais à rendre le dessin à M. Trevis. Tu ne devrais pas dessiner maman toute nue. Ce n'est pas bien! Pas vrai, papa?

M. Trevis sembla un moment à court de mots.

— Beaucoup d'artistes peignent leurs modèles nus, finit-il par répondre, rosissant à mesure que son mécontentement filtrait à travers son calme apparent.

Teddy secoua la tête d'un air résolu.

— Je m'en fiche, maman ne devrait pas montrer ses lolos.

La lèvre inférieure de Jessie se mit à trembloter. Tout à coup, la petite fille se rua sur moi pour me reprendre son dessin et quitta la pièce en courant. Quand nous entendîmes ses pas précipités se diriger vers sa chambre, je sus qu'elle allait ranger son œuvre dans sa boîte à trésors, où elle plaçait ses dessins préférés ainsi que des pierres, des feuilles, des rubans et d'autres petites bricoles qu'elle trouvait d'une beauté rare et dignes d'être collectionnées.

Teddy se lançait déjà à sa poursuite pour régler le différend au moyen de quelques bourrades, comme à son habitude, mais je l'arrêtai à la porte et le reconduisis à table.

— Teddy, tu restes ici et tu finis ton dîner.

— Pas question! protesta-t-il en me lançant un regard noir. Jessie est une idiote et une sale gosse!

Ces derniers temps, il revenait chaque jour de l'école avec un répertoire enrichi de nouvelles expressions.

— Allez-y, Anna, intervint M. Trevis d'une voix sévère. Nous nous occupons de Teddy.

Comme je m'y attendais, je trouvai Jessie assise par terre dans sa chambre, en train d'examiner des petites merveilles qu'elle n'avait pas admirées depuis longtemps, sa boîte à trésors ouverte à côté d'elle. Seuls ses reniflements et sa mine sombre trahissaient son trouble.

— Tu vas ranger ce dessin de maman dans ta boîte à trésors? demandai-je en m'asseyant près d'elle.

Elle hocha la tête, reniflant de plus belle.

— Dans ce cas, que dirais-tu que je le plie pour ne pas qu'il s'abîme? Tu es d'accord?

Comme elle me répondait par un nouveau signe de tête, je ramassai le dessin et le pliai avec soin avant de le déposer au fond du coffret. Nous rangeâmes ensuite ses autres objets précieux par-dessus. Lorsque nous refermâmes la boîte, Jessie semblait déjà plus tranquille. Elle se tourna vers moi, les yeux écarquillés d'étonnement.

— J'ai vu maman toute nue avec tonton Darwin. Il a un zizi comme Teddy.

Je demeurai immobile, incapable de parler ou de bouger pendant de longues secondes. Puis un tremblement s'empara de mes mains et une intense chaleur gagna mon visage. Jessie posa ses petits doigts sur mes joues.

— Nana, pourquoi tu pleures?

Je pris sa petite main dans la mienne et l'embrassai en faisant de mon mieux pour sourire.

— Pour rien, Jessie, tout va bien. Et si nous redescendions finir le dîner?

S'il lui chantait de révéler à la famille entière ce qu'elle avait vu dans l'après-midi, je ne comptais pas faire le moindre effort pour l'en empêcher.

Lorsque nous retrouvâmes la table, la crise avait été désamorcée. Teddy mangeait dans le calme et Jessie entreprit aussitôt de nous décrire ses nombreux trésors. Alors que je l'écoutais, je sentis les yeux de Lillian rivés aux miens, implorants. Évitant avec soin son regard, je m'efforçai de me concentrer sur les propos de sa fille.

— J'ai un caillou en forme de cœur, c'est mon préféré, dit Jessie, savourant le privilège rare de jouir de l'entière attention de son père.

— Quelles autres formes de cailloux as-tu? demanda-t-il.

— Des arcs-en-ciel. J'en ai plein plein, insista-t-elle, avec un large geste des bras.

— J'aime bien les arcs-en-ciel, ajouta Teddy, désireux de se joindre à la conversation et de voler à sa sœur une partie de l'intérêt de son père. Et les mygales aussi.

— Moi, j'aime pas les mygales, répliqua Jessie.

— Tu en as déjà vu? demanda M. Trevis à son fils.

— Seulement à la télé.

— Ça te ferait plaisir qu'on aille en voir à l'animalerie?

— Oh, oui! s'exclama Teddy, manquant tomber de sa chaise dans son enthousiasme. Tout de suite?

— Pas tout de suite, mais je vous emmènerai peut-être demain. Je sais que certaines personnes adoptent des mygales commé animaux domestiques.

Jessie grimaça.

— Je ne veux pas d'une mygale domestique sous ce toit, déclara d'une voix sèche Lillian à son mari. Je vous préviens, ce sera elle ou moi. Je suis certaine que vous partagerez mon avis, Anna.

Je me tournai vers elle à contrecœur.

— Au Salvador, je trouvais très souvent des mygales dans ma petite maison.

— Ah bon? s'écria Teddy, impressionné.

— Oui. J'avais particulièrement peur des femelles, encore plus grosses que les mâles. Elles mesuraient parfois la taille de ta main.

— Juste ciel! s'exclama Lillian avec un froncement de nez dégoûté.

— Tu les écrabouillais? demanda Jessie, partagée entre l'horreur et la fascination.

— Je ne dirais pas tout à fait cela…

Je leur racontai alors que mon cousin Carlitos, qui devait avoir un ou deux ans de plus que Teddy à l'époque, avait un jour reçu de sa mère la consigne de ramasser toutes les araignées qu'il trouvait dans le village et de les rassembler dans un grand sac plastique qu'elle avait conservé du marché. Une sécheresse avait sévi dans notre région et une armée de mygales était descendue des collines à la recherche d'humidité. Chaque jour, nous entendions des cris de femmes découvrant des araignées au fond de leurs chaussures, sous les couvertures et dans tous les recoins susceptibles de servir de cachette à ces grosses bestioles velues. Carlitos se réjouit de se voir assigner cette tâche, à ma grande perplexité. Je ne comprenais pas comment un garçon au cœur si tendre pouvait tirer du plaisir de telles abominations.

Un soir, alors que j'étais couchée dans mon hamac, il s'approcha à pas de loup et secoua son sac sous mon nez. Le plastique se froissa et se bossela aux endroits où les mygales affolées se grimpaient les unes sur les autres. Penser à cette réunion de vilaines araignées me donna le frisson, mais je ne pus m'empêcher d'éprouver une certaine pitié pour ces pauvres créatures, auxquelles Carlitos réservait sans aucun doute une fin monstrueuse.

— Qu'est-ce que tu vas en faire ? lui demandai-je avec un frémissement.

— Je crois que je vais en noyer quelques-unes et brûler le reste, dit-il après avoir considéré le sachet d'un air pensif. Ou je pourrais leur enfoncer une aiguille à coudre au milieu du corps et voir combien de temps elles survivent. La dernière à laquelle j'ai fait ça a résisté une demi-journée, mais elle n'était pas aussi grosse que celles-ci, m'expliqua-t-il, les yeux brillants à la perspective de tant de divertissement.

— Le père Lucas dit que tous les animaux sont des créatures de Dieu et que nous devons les respecter.

Carlitos agita de nouveau le sac.

— Dieu se fiche pas mal des grosses araignées poilues.

— C'est faux, répliquai-je en lui tournant le dos. Il se soucie de tout et de tout le monde, même des vilaines bêtes, marmonnai-je.

— Ne te fâche pas, Anna, je ne fais qu'obéir aux ordres de maman. Elle m'a dit que je devais les tuer parce que, sinon, elles reviendront tout droit au village. Et peut-être que la prochaine fois elles se faufileront sous ta couverture et dans ton dos, menaça-t-il en glissant sa main sur ma nuque.

Je lui donnai une tape sur le bras sans daigner me retourner.

— Ce n'est pas une raison pour les torturer.

Trop honnête pour contester, Carlitos s'éloigna sans un mot vers son hamac, accompagné par le bruissement de son sac rempli d'araignées.

Cette nuit-là, je ne réussis pas à trouver le sommeil. Je n'arrivais pas à chasser de mon esprit l'image de ces pauvres mygales vouées à la mort. Une fois certaine que tout le monde s'était endormi, je me levai donc sans un bruit pour ravir le sachet d'araignées que mon cousin avait rangé sous son hamac. Je sortis ensuite de la hutte sur la pointe des pieds et marchai jusqu'aux abords du village, en partie rassurée par la pleine lune qui éclairait le chemin. Plusieurs chiens affamés me suivirent sur quelques mètres en pensant que j'allais jeter des ordures, mais leur flair les informa très vite que je ne transportais rien d'intéressant.

Avec la sécheresse, le niveau du fleuve avait baissé et, l'eau ne m'arrivant qu'aux genoux, je pus le traverser à gué. Une fois sur la rive opposée, je dénouai rapidement le sac et le jetai loin de moi. Leur long enfermement devait avoir rendu les mygales léthargiques, ou les avoir sonnées, car elles ne détalèrent pas comme je m'y attendais, électrisées par leur liberté retrouvée. Je dus même les chasser doucement avec un bâton pour pouvoir rapporter le sac plastique à *tía* Juana. Alors, seulement, elles se glissèrent hors de leur prison et s'évanouirent dans la nuit. Seules deux d'entre elles étaient mortes et j'étais certaine que le reste ne reviendrait jamais au village, les araignées ne sachant pas nager.

Le lendemain matin, Carlitos me soupçonna immédiatement en découvrant la disparition de son butin. Lorsque je lui avouai avoir délivré ses proies, il piqua une colère et me bouda. Pas très longtemps, toutefois. J'avais développé une méthode infaillible pour le débarrasser de sa mauvaise humeur : les chatouilles aux pieds. Bientôt, il avait retrouvé sa gaieté habituelle.

— De toute façon, mes mygales vont revenir, remarqua-t-il.

— Impossible, je les ai relâchées de l'autre côté de la rivière. Tout le monde sait que les araignées ne savent pas nager.

— Bien sûr que si, je les ai déjà vues faire.

— Tu racontes des histoires.

— Pas du tout. Elles flottent sur leurs huit pattes, comme ça, dit-il en mimant une araignée avec sa main, puis elles les font glisser d'avant en arrière et…

Rapide comme l'éclair, il écrasa sa paume sur mon visage, me faisant bondir avec des hurlements effrayés.

Quant à lui, il faillit tomber de son hamac tant il se tordait de rire.

Teddy fut le premier à prendre la parole à la fin de mon récit.

— Si je trouvais une mygale, je ne l'enfermerais pas dans un sac plastique, je la mettrais en laisse et l'accrocherais à mon lit. Et puis j'irais la promener pour faire peur à tout le monde. Pas toi, papa? demanda-t-il, les joues rouges de plaisir à cette perspective.

M. Trevis plia sa serviette et la posa sur la table d'un air pensif.

— Je crois que je la relâcherais en lieu sûr, comme Anna quand elle était petite fille, déclara-t-il en m'adressant un hochement de tête approbateur assorti d'un imperceptible sourire.

— Moi aussi! s'exclama Jessie en battant des mains.

La conversation évolua alors vers les soins et la nourriture à donner aux serpents. À l'heure de débarrasser la table, Jessie n'avait pas soufflé mot de la scène à laquelle elle avait assisté dans l'après-midi.

Jessie entra à la maternelle quelques mois plus tard, au moment où Teddy commençait l'école primaire. À la même période, Darwin se mit à rendre visite à Lillian une ou deux fois par semaine, au beau milieu de la journée. Du jardin, j'entendais souvent leurs rires séducteurs s'échapper de l'une des nombreuses fenêtres ouvertes, comme s'ils me raillaient avec leur version dévoyée des chaises musicales, me mettant au défi de lever les yeux vers leurs éclats joyeux pour les surprendre. De mon côté, je ne tenais surtout pas à en voir davantage. La seule pensée que Lillian pût tromper son mari et sa famille de manière aussi éhontée me rendait malade. J'avais beau essayer de m'expliquer sa conduite, rien n'y faisait, pas même lorsque je me rappelais ses confidences sur les sévices dont elle avait été victime dans son enfance.

Pour ne pas avoir à la regarder dans les yeux et à feindre l'indulgence qu'elle attendait certainement de moi, je me mis à l'éviter. Dès que j'entendais sa voix dans le hall d'entrée à son retour, je partais dans la direction opposée. Elle passait souvent du temps avec les enfants après leur sieste, lorsqu'ils étaient d'humeur joyeuse et espiègle. Je leur enfilais alors des vêtements qui ne craignaient rien, leur donnais leur goûter et les abandonnais à leur mère dans la cour ou dans la véranda.

Un après-midi que je m'éclipsais après les lui avoir confiés sous prétexte de ranger la salle de jeux, elle m'arrêta.

— Je pensais vous accompagner à la messe dimanche. Ça fait tellement longtemps que je n'y suis pas allée, ça me manque. Vous n'y verriez pas d'inconvénient, Anna?

Teddy et Jessie s'amusant dans un coin, ils ne risquaient pas de m'entendre lorsque je lui répondis d'une voix plutôt sèche :

— Vous n'avez pas besoin de ma permission pour aller à l'église, madame Lillian.

Interloquée, elle m'étudia un moment en silence.

— Très bien, je n'irai pas puisque vous le prenez comme ça, répliqua-t-elle avec une jolie moue en croisant les bras sur sa poitrine.

Je ne souhaitais rien d'autre que m'éloigner et j'étais d'ailleurs presque à la porte lorsque, me ravisant, je m'arrêtai pour me retourner avec la même pose mécontente qu'elle.

— Vous pouvez bien me prendre pour une idiote, et peut-être en suis-je une après tout, mais Dieu, lui, n'est pas dupe. Il voit tout, Il sait tout et Il ne se laisse pas berner par une personne qui va à la messe tous les dimanches et vit dans le péché un jour sur deux.

Lillian m'observa, yeux plissés, avant d'afficher un sourire narquois.

— Seriez-vous en train de me suggérer d'aller à l'église tous les jours?

— Je crains que même cela ne puisse vous aider, à ce stade.

Un large sourire serein se dessina sur son visage.

— Juste ciel, Anna! À vous entendre, on dirait que je suis le mal incarné!

Comme je ne démentais pas, son sourire retomba.

— Vous devriez garder à l'esprit la place que vous occupez dans cette maison et me témoigner un peu plus de respect.

Confrontée à mon silence, elle s'assit sur une chaise.

— Si je le voulais, je pourrais vous faire renvoyer et vous passeriez la matinée de demain à boucler vos valises. Mais je sais que vous ne rateriez pas l'occasion de révéler à Adam tout ce que vous savez sur moi.

— Soyez tranquille, je ne dirai jamais rien à M. Trevis, répliquai-je. Et si tel est votre souhait, je peux partir dès ce soir. Inutile d'attendre demain, j'ai très peu d'affaires.

— Ce n'est pas mon souhait, rectifia-t-elle, les yeux remplis de larmes. Je veux que…, commença-t-elle avant de s'interrompre pour reprendre contenance, les lèvres tremblantes. Je veux que vous redeveniez mon amie et ma confidente, geignit-elle.

— Vous savez parfaitement pourquoi ce n'est plus possible, madame Lillian, répondis-je avec tristesse tandis qu'elle détournait les yeux, la mâchoire serrée. Je viendrai chercher les enfants dans une petite heure.

Puis je quittai la pièce.

Pour la première fois depuis mon arrivée dans la demeure des Trevis, j'aurais apprécié de pouvoir échanger avec Millie des commérages sur ce qui se passait sous ce toit, juste pour ne pas avoir à me préoccuper du problème seule. Mais la cuisinière s'enfermait dans sa chambre pour des siestes de plus en plus longues, dont elle se réveillait avec un épais voile de brume dans les yeux et l'haleine chargée de l'odeur âcre du whisky. En général, elle reprenait suffisamment conscience pour préparer le dîner, mais tout ce qui se produisait entre les murs de la maison en milieu de journée lui échappait.

Un après-midi, alors que je m'étais assise sur le bord de la fontaine pour lire une lettre de sœur Josepha, je décelai un mouvement du coin de l'œil. Tournant la tête, je vis Darwin et Lillian m'observer de la chambre de M. et Mme Trevis, épaule contre épaule dans l'encadrement de la fenêtre, comme s'ils posaient pour une photo.

Je me replongeai dans ma lecture, m'efforçant de me concentrer sur le contenu du courrier. Sœur Josepha m'y faisait part de sa joie d'apprendre que des accords de paix avaient enfin été signés sous les auspices des Nations unies au Salvador. Plusieurs officiers de haut rang impliqués dans les massacres de prêtres et de paysans durant la guerre avaient été arrêtés dans l'attente d'une enquête. C'était, pour mon pays, une excellente nouvelle, et je me réjouissais que mes prières aient enfin été exaucées.

Sœur Josepha évoquait également les difficultés qu'elle rencontrait au sein de son école. Il n'y avait pas assez de places dans les classes pour les enfants et l'établissement manquait cruellement d'une cour digne de ce nom. Étant donné les dures conditions de travail et le salaire misérable, les professeurs se faisaient rares et elle espérait que je serais bientôt libérée de mes obligations afin de rejoindre son équipe. Son courrier renfermait encore bien d'autres informations, mais il m'était impossible de me focaliser sur ses mots en me sachant épiée par Lillian et Darwin. Lorsque, cédant à leur regard, je pivotai de nouveau vers la fenêtre, exprimant cette fois ma désapprobation par une mine renfrognée, ils avaient disparu.

Plusieurs jours plus tard, je fus réveillée au beau milieu de la nuit par un murmure frénétique dans mon oreille. Ouvrant les yeux, je découvris Lillian agenouillée à mon chevet. Je me redressai et allumai la lumière. Ses cheveux étaient ébouriffés et son maquillage avait coulé, barbouillant ses joues.

— Je sais que vous n'êtes plus mon amie, mais je dois vous parler quand même, chuchota-t-elle. Vous avez raison. Dieu sait tout et Il voit tout, et j'ignore combien de temps encore je pourrai vivre cette comédie insensée. Parfois, je me dis que je ferais mieux d'avouer toute la vérité à Adam et de partir avant de détruire ma famille. Mais dès que je pense à quitter mes enfants, cette maison, ma vie, je prends peur ! Je ne crois pas que j'arriverais à survivre seule.

— Dans ce cas, vous devez faire plus d'efforts. Pour résister à la tentation, vous devez mobiliser votre cœur, votre esprit et votre âme.

— Je fais des efforts, Anna. Croyez-moi, c'est vrai. Je prie tout le temps comme vous me l'avez appris, mais pourquoi est-ce que je ne me sens pas mieux quand j'arrive à résister à la tentation? Pourquoi est-ce que je me sens complètement nouée? Je devrais me sentir libérée, non? m'interrogea-t-elle avec des yeux suppliants. Au lieu de quoi je ne fais que m'irriter davantage contre Adam. Je ne supporte plus sa vue, sa voix, son odeur, et encore moins son contact. Mais, quand je cède à la tentation avec d'autres, Adam redevient mon prince charmant. Tout à coup, je l'aime comme au premier jour.

— Je ne saurais expliquer vos sentiments, madame Lillian, mais si vous voulez sauver votre mariage, vous devez redoubler d'efforts.

— Mais comment? m'interrogea-t-elle en joignant les mains. Si je prie plus que je ne le fais déjà, autant me faire nonne, or vous savez comme moi qu'aucun couvent ne voudrait de moi.

Je pris ses mains dans les miennes pendant que mon esprit s'activait, cherchant à tout prix une solution.

— Ma mère me disait souvent que les pensées positives s'apparentent au soleil en cela qu'elles chassent la noirceur des pensées négatives.

Lillian ferma les paupières.

— Je dois rester positive, penser à des choses positives, murmura-t-elle avant de rouvrir des yeux interrogateurs. Sur quelles pensées dois-je me concentrer, Anna? Les anges, les saints et d'autres thèmes religieux?

— Non, répondis-je avec assurance en secouant la tête. Nous avons déjà essayé, ça n'a pas fonctionné. Il est temps de vous pencher sur des pensées plus proches du quotidien. Je crois qu'il serait plus utile de vous concentrer sur votre mari et ses nombreuses qualités.

— Oui, bien sûr, c'est un homme très bon qui a de nombreuses qualités, n'est-ce pas?

— Tout à fait.

Lillian ferma les yeux et s'efforça de se détendre.

— Mon mari est très doué pour gérer l'argent, commença-t-elle. Je peux lui reconnaître ce mérite.

— Quoi d'autre ? demandai-je d'une voix encourageante.

Elle serra les paupières plus fort, mais les rouvrit peu après avec une expression plus effrayée et angoissée que jamais.

— Je ne trouve rien d'autre. Je suis désolée, je n'y arrive pas.

— Madame Lillian, M. Trevis possède tant de qualités que vous devriez pouvoir en lister une douzaine sans avoir à réfléchir, la raisonnai-je, incapable de cacher ma déception.

— Puisque c'est comme ça, vous n'avez qu'à continuer là où je me suis arrêtée, lança-t-elle, une note de défi dans la voix.

Je me redressai, prête à relever le pari.

— C'est un père aimant et un bourreau de travail. Il est vrai qu'il se montre parfois austère, mais seulement parce que son cœur déborde d'une insoutenable tendresse. Il a un fort caractère et des opinions arrêtées sur certains points, mais il n'en est pas moins ouvert et curieux. Il est brillant, mais il sait se montrer patient et compréhensif avec ceux qui ne sont pas doués de son intelligence. Il est courageux et généreux, et il place sa famille au-dessus de tout le reste.

Lillian posa sur moi des yeux embués.

— Je ne suis pas sûre que nous parlions du même homme, mais ça me fait du bien de vous entendre le décrire en ces termes.

— Je ne fais que dire les choses telles que je les vois, madame Lillian.

Elle baissa la tête d'un air contrit.

— Le trouvez-vous… Le trouvez-vous beau et désirable? Je ne cherche pas à vous embarrasser avec cette question, c'est juste que… enfin… voyez-vous, je le trouvais beau, autrefois, mais je ne me sens plus du tout attirée par lui ces derniers temps, sauf quand je fais des écarts de conduite.

Un frisson aussi glacial que fugace remonta dans mon dos. Consciente que ce que j'éprouvais pour M. Trevis ne se résumait pas à une simple admiration teintée de respect, je me dépêchai de chasser ces sentiments.

— Madame Lillian, quand vos amies sont venues, l'autre jour, vous n'avez pas relevé la façon dont elles ont regardé votre mari au moment où il est entré dans la pièce?

Elle secoua la tête.

— Je ne suis même pas certaine qu'elles l'aient remarqué.

— Elles l'ont remarqué, croyez-moi. En réalité, elles le dévoraient des yeux. Et la dame blonde…

— Gina?

— Oui, elle a défait le premier bouton de son chemisier quand elle a su qu'il se trouvait dans le couloir.

— Sans blague! s'exclama-t-elle, les yeux pétillants.

— Faites attention, madame Lillian, quelqu'un pourrait vous le chiper. Peut-être même serait-ce déjà fait s'il n'était pas aussi loyal.

— Oui, oui, répondit-elle avec une profonde inspiration, forte d'une vision plus claire de la situation. Je vais faire attention, penser positif, fréquenter des gens positifs et m'engager dans des activités positives. Et je continuerai à prier, comme vous me l'avez appris.

— Bien. Maintenant, retournez vous coucher, il est très tard.

— D'accord, mais, avant, dites-moi d'autres paroles de sagesse de votre mère.

Je me recouchai, prise d'une grande lassitude tandis que je fouillais dans mes souvenirs de *mamá*.

— Elle disait que de bonnes choses peuvent naître des événements les plus malheureux de notre vie, mais qu'il faut faire preuve de patience pour les découvrir.

— Anna, croyez-vous que, malgré tout ce qui m'est arrivé et tout ce que j'ai fait, je trouverai un jour la paix et le bonheur?

— Je n'en doute pas un instant, madame Lillian. Vous devez juste vous montrer patiente.

Lillian ressortit beaucoup plus calme qu'elle n'était venue. À son départ, je ne pus m'empêcher de me demander ce qu'elle ferait une fois de retour dans sa chambre. Malgré ses habitudes nocturnes, M. Trevis devait dormir à cette heure tardive. Lillian enfilerait sans doute une chemise de nuit avant de se glisser dans le lit près de lui. À cette pensée, je sentis un frisson de culpabilité glisser le long de ma colonne vertébrale. L'idée de se trouver si près de l'homme que l'on aime dans l'obscurité, sans rien d'autre qu'une fine couche de tissu entre lui et soi, me bouleversait. Trouverait-elle sa chaleur sous les couvertures et le rythme régulier de sa respiration rassurants et attrayants, ou bien repoussants? Dans le premier cas, peut-être se blottirait-elle contre lui et passerait-elle le bras autour de ses épaules. Alors, dans un délicieux demi-sommeil, il lui murmurerait le bonheur que lui procurait sa présence. Sa main chercherait les siennes et, lorsque leurs doigts s'uniraient, tous les problèmes seraient résolus car ils ne feraient qu'un, envers et contre tout. Il en allait ainsi des liens sacrés du mariage, que jamais ne devraient briser des conflits internes ou externes. C'est ce que m'avait appris la religion, ce que je comprenais.

Ce qui m'échappait, en revanche, c'était que Lillian ne se considère pas comme la femme la plus heureuse du monde avec un mari comme M. Trevis. Mais peut-être n'était-il pas, dans l'intimité, tel que je le voyais. Peut-être m'étais-je inventé un homme qui n'existait pas vraiment et illusionnée au point d'en venir à penser que cet être pouvait voler au secours de mes rêves et réparer toutes les injustices que j'avais subies.

Cette nuit-là, je rêvai que la lune brillait à travers les planches mal jointes de notre hutte en bois. Ses doux rayons balayaient le visage pensif de ma mère au rythme du balancement des hamacs. Cette heure m'offrait toujours l'occasion de lui poser les questions les plus épineuses.

— *Mamá*, pourquoi tous nos héros meurent? J'ai l'impression que, si le monde ne les tue pas, ils s'en chargent eux-mêmes.

Ma mère posa sur moi des prunelles aussi scintillantes que des étoiles.

— Peut-être parce que personne ne veut vraiment être sauvé, *mija*.

Elle se détourna pour dissimuler les larmes dans ses yeux. Je passai mon bras sur son épaule et posai ma tête sur son dos.

— Je suis désolée que tu sois triste.

— Je suis seulement fatiguée, *mija*. Très fatiguée.

10

Jessie décolla sa tête des genoux d'Anna.

— Tu es fatiguée, Nana?

— Juste un peu, répondit cette dernière, encore dans un état de semi-conscience.

— On devrait peut-être sortir prendre l'air. Papa n'est pas près de se réveiller.

Jessie avait raison, mais Anna hésita. Elle se pencha sur le lit pour s'assurer qu'Adam dormait encore d'un sommeil paisible puis, satisfaite de ce qu'elle vit, se laissa conduire au rez-de-chaussée par la jeune fille. Dans la cour, elles s'assirent sous les parasols qui ombrageaient les chaises longues. Une brise légère rafraîchissait la chaude journée.

— C'était mon endroit favori quand j'étais petite, remarqua Jessie. Tu te souviens quand on cueillait des fleurs pour faire de minuscules bouquets à mes poupées?

— Oui, et de tous les pâtés de terre que tu fabriquais, ajouta Anna avec un sourire. C'est un miracle que tu n'aies pas vidé tout le jardin.

Jessie sourit elle aussi à ce souvenir. L'instant d'après, cependant, les coins de ses lèvres retombèrent et des larmes roulèrent sur ses joues.

— J'aimerais tant que les choses redeviennent comme avant.

Anna lui prit la main en silence. Elle comprenait parfaitement le sentiment de la jeune fille, mais toute parole de réconfort se dérobait à son esprit. Elles demeurèrent muettes un moment.

— J'y pense depuis le début des histoires avec Teddy, reprit Jessie en se tournant vers Anna, contenant au mieux ses émotions. Je crois qu'on devrait lui dire toute la vérité.

— Quelle vérité, au juste?

— Tu sais bien, sur maman et tonton Darwin.

Anna sentit une masse peser sur sa poitrine, gênant sa respiration.

— Un fils ne devrait jamais apprendre des choses aussi affreuses au sujet de sa mère et d'un oncle qu'il aime profondément. Non, Jessie, je ne veux pas que tu lui en parles.

— Et moi, alors? s'exclama la jeune fille, légèrement exaspérée. D'aussi loin que je me souvienne, j'ai dû affronter cette cruelle vérité. D'ailleurs, j'ai encore le dessin que j'ai fait de maman après les avoir vus ensemble. Même si ça fait mal, je me force à le regarder de temps à autre, pour ne pas oublier ce que je ne veux surtout pas devenir.

— Tu es très dure avec ta mère. Elle a essayé d'arranger la situation.

— Pas assez! Si Teddy le savait, peut-être qu'il ne jugerait pas papa aussi sévèrement. Et toi non plus.

Anna orienta de nouveau son visage face au soleil.

— Nous commettons tous des erreurs, Jessie. Si tu réussis à pardonner à ta mère, cela encouragera peut-être Teddy à pardonner à son père et à moi.

Le menton de la jeune fille se mit à trembler.

— Je la supporte un peu plus qu'avant, mais je ne suis pas prête à fermer les yeux sur ce qu'elle a fait à papa, affirma-t-elle avant de se lever pour clore la conversation. Je vais chercher sœur Josepha, tu viens?

— J'arrive, répondit Anna en sentant le poids sur sa poitrine s'alléger. J'ai juste besoin de me reposer encore quelques minutes.

Elle suivit Jessie du regard jusqu'à ce qu'elle disparaisse à l'autre bout de la cour. Ses yeux tombèrent alors sur le miroitement de la piscine et se perdirent dans la danse des prismes de lumière aux couleurs des paons au fond du bassin.

*

Lillian s'engagea activement au sein de la ligue de bienfaisance féminine locale l'année où Teddy fêta son huitième anniversaire et rejoignit la *Little League* de base-ball. Je n'avais jamais vu mère et fils pris d'une telle ferveur. La première se faisait une joie d'expliquer à qui voulait l'entendre que son association ne se composait que d'honorables dames de la bonne société désireuses de consacrer leur temps et leur énergie à des œuvres caritatives. Elle s'enthousiasmait tout particulièrement d'avoir été nommée présidente du gala annuel, une fonction qui lui permettrait d'appliquer ses formidables talents d'organisatrice de réceptions à une bonne cause. Je me réjouissais de la voir appréciée pour autre chose que ses charmes et sa beauté, d'autant que cela semblait l'aider à surmonter son insatiable appétit de conquêtes masculines.

Étant donné l'emploi du temps surchargé de Lillian, j'emmenais Teddy à tous ses entraînements de base-ball et à la plupart des rencontres de championnat.

Il arrivait que M. Trevis parvienne à se libérer pour les matchs, mais sa société d'investissement, qui continuait à prospérer, lui demandait toujours plus de temps, à tel point que nous nous estimions chanceux de dîner avec lui deux fois par semaine.

Je prenais un grand plaisir à assister aux matchs de Teddy, même si une anxiété disproportionnée me gagnait dès qu'il prenait la place du batteur ou que la balle approchait de lui quand il était receveur. Je devais sans cesse me rappeler que je regardais des enfants de huit ans et non des joueurs professionnels en championnat du monde.

Assise sur les gradins au milieu des parents, je les entendais crier des encouragements lorsque leur fils était à la batte.

— Vas-y, champion, montre-leur ce que t'as dans le ventre !

— Envoie-la sur la lune, fiston !

Même si les enfants ne leur répondaient généralement que par un hochement de tête raide, ils semblaient se tenir un peu plus droits et manier leur batte avec plus de confiance et de force. J'aurais moi aussi voulu jouer les supporters lorsque Teddy s'avançait vers le marbre, mais, gênée d'être la seule gouvernante du public, je demeurais assise et muette, l'angoisse nouée comme un poing silencieux dans ma gorge.

Lorsqu'elle m'accompagnait, Jessie perdait généralement tout intérêt pour le match au milieu de la première manche. Elle migrait alors vers un carré d'herbe proche où je pouvais la garder à l'œil pendant qu'elle s'entraînait à faire la roue. Elle était inscrite à la gymnastique avec une vingtaine de petites filles de cinq ans qui rêvaient toutes de devenir championnes olympiques, même si seules une ou deux maîtrisaient l'art de la roue.

Sur le chemin du retour, Teddy aimait analyser avec moi le match et ses prouesses.

— Tu as vu comment j'ai pris cette balle directe, Nana ? demandait-il avec animation.

— Oui, c'était une belle réception ! répondais-je en me demandant ce qu'était exactement une balle directe. Et tu l'as si bien renvoyée !

— Oui, j'ai un bon bras, mais je ne suis pas très bon batteur. L'entraîneur dit qu'il faut que je rentre dans la balle, pas que j'aie peur d'elle.

— Et toi, qu'en penses-tu ?

— Je crois qu'il a raison, mais ça fait tellement mal de se prendre la balle dans la figure, Nana.

— Je veux bien te croire.

Il m'arrivait d'entraîner Teddy à la batte dans le jardin de derrière. Jessie se voyait alors promue ramasseuse de balles. Teddy avait beau se plaindre de mes performances de lanceuse, de mon propre aveu épouvantables, il ne refusait jamais d'aller frapper quelques balles. M. Trevis trouvait parfois le temps de se joindre à nous. Il me remplaçait alors pendant que j'allais courir avec Jessie entre des bases imaginaires. Il s'en tirait plutôt bien et je prenais grand plaisir à le voir avec ses manches de chemise retroussées et un gant de receveur à la main droite. Il m'arrivait de cesser de jouer rien que pour l'observer. Si jamais il lui prenait de m'envoyer la balle, comme le font les lanceurs pour mettre à l'épreuve leurs joueurs de champ, et que je la rattrape, j'avais l'impression de tenir le monde au creux de mes mains.

Un jour, à l'issue de l'entraînement, je surpris une conversation sur le banc de touche entre Teddy et l'un de ses coéquipiers.

— Qui c'est la petite dame qui t'accompagne toujours? lui demanda l'autre garçon.

— C'est ma nounou, répondit Teddy.

— Menteur, je te parie un million de dollars que c'est ta mère.

— Non, ce n'est pas ma mère.

— Bien sûr que si! le railla l'autre. La petite dame toute moche est ta mère!

Pour toute réponse, Teddy se leva et envoya de toutes ses forces son poing dans le visage du garçon, qui s'effondra et se tortilla de douleur par terre. Teddy se dressa alors au-dessus de lui, poings serrés.

— Elle n'est pas moche! lança-t-il d'une voix hargneuse.

Les entraîneurs, les joueurs et plusieurs parents accoururent pour voir ce qu'il s'était passé. Lorsqu'ils s'agglutinèrent autour des deux garçons, la victime de Teddy, un dénommé Joseph Waller, se rasseyait déjà en beuglant, la main comprimée sur son nez sanguinolent. La vue du sang ne fit qu'intensifier l'agitation générale. Mme Waller agita son doigt sous mon nez et me notifia sa ferme intention d'appeler Mme Trevis. Les entraîneurs se montrèrent beaucoup plus compréhensifs à l'égard de Teddy. De fait, ce n'était pas la première bagarre provoquée par Joseph Waller, à qui ses habitudes de fauteur de troubles avaient déjà valu plusieurs raclées.

— Nana, comment ça se fait que maman ne vient à aucun de mes matchs? me demanda Teddy sur le chemin de la maison.

— Elle a beaucoup de réunions en ce moment, mais je suis sûre qu'elle viendrait si elle avait plus de temps.

Il réfléchit un moment à ma réponse.

— Peut-être que tu pourrais aller à ses réunions et qu'elle pourrait venir à mes matchs, suggéra-t-il.

— Je lui en parlerai.

Nous étions presque arrivés quand il reprit la parole.

— J'ai frappé Joseph Waller parce qu'il t'a insultée.

— Tu me protégeais?

Les pupilles fixées droit devant lui, il hocha la tête, de nouveau gagné par la rage.

— Tu t'en veux d'avoir frappé Joseph Waller? demandai-je.

Ses yeux se remplirent de larmes. Il se tourna alors vers moi et souleva son maillot de base-ball pour révéler le T-shirt de Superman que son oncle lui avait offert pour son anniversaire. Il insistait pour le porter à chacun de ses matchs et je l'avais lavé tant de fois que le « S » commençait à s'effacer.

— Je m'en suis voulu sur le coup, mais en même temps je me suis senti très fort, comme Superman.

— Eh bien, figure-toi que je sais de source sûre qu'il arrive parfois à Superman de pleurer aussi, remarquai-je, ce qui sembla lui apporter un peu de réconfort.

L'équipe de Teddy se qualifia pour les demi-finales du championnat, mais, comble de malchance, le match fut programmé le jour du gala de charité de Lillian, auquel elle était tenue d'assister avec son époux. Malgré les efforts que Millie, Jessie et moi déployâmes pour faire d'enthousiastes supportrices, Teddy ne se départit pas de son humeur maussade jusqu'au stade. Peu après le premier lancer, j'aperçus M. Trevis en train de traverser le parking en smoking. À l'instant où Teddy le repéra, une paire de mains invisibles lui redressa les épaules et lui releva le menton. Je le vis attirer l'attention du joueur à côté de lui d'un coup de coude et pointer son doigt sur son père, le sourire jusqu'aux oreilles.

M. Trevis s'assit entre Millie et moi et percha Jessie sur ses genoux.

— Je suis sûr que j'arriverai à temps pour la réception de Lillian. Avec un peu de chance, elle ne se rendra même pas compte d'un petit retard de rien du tout, ajouta-t-il avec un sourire coupable.

Avec sa présence dans les gradins, il ne manquait plus rien au tableau et le match prit une tout autre importance.

Personne ne sut dire exactement comment, mais l'accident se produisit alors que la sixième manche touchait à sa fin. Les entraîneurs répétaient pourtant toujours aux enfants de se tenir à bonne distance du batteur, et Teddy n'était pas de ceux qui désobéissent aux ordres, mais peut-être était-il si excité par la présence de son père qu'il oublia de mettre son casque et ne vit pas le frappeur lorsqu'il se baissa pour attraper sa batte et commencer ses swings d'entraînement.

Je n'oublierai jamais le claquement affreux du bois contre son crâne. Il s'écroula sur le coup, pris de convulsions. M. Trevis bondit des gradins pour le porter jusqu'à la voiture en m'enjoignant avec des hurlements affolés de le suivre. Je m'élançai aussitôt à sa poursuite, laissant Millie ramener Jessie à la maison. M. Trevis roula à une vitesse infernale vers l'hôpital tandis que je tenais Teddy tendrement dans mes bras sur la banquette arrière. Un frémissement lui parcourut le corps lorsque je m'adressai à lui dans la langue de mon cœur.

— *Tienes que ser fuerte, mijo. No te olvides que siempre estamos contigo y que te queremos mucho. Usa nuestro amor como tu coraje y tu fortaleza.*

« Tu dois être fort, mon fils. N'oublie pas que nous sommes toujours avec toi et que nous t'aimons. Puise courage et force dans notre amour. »

En dépit de mes exhortations, je le sentais partir. Tout à coup, je me retrouvai avec lui dans mon petit meuble de couture sombre, errant entre la vie et la mort, attendant que notre destin soit déterminé par un martèlement de bottes militaires ou par un cri de colère. Mais, cette fois, j'étais prête à vendre mon âme pour sauver la vie de Teddy.

À notre arrivée à l'hôpital, des blouses me l'enlevèrent des bras. Je m'efforçai alors de ne pas me laisser distancer par M. Trevis, qui poursuivit au pas de course le brancard sur lequel reposait le corps inanimé de son fils, entouré d'un essaim de médecins et d'infirmières.

Lorsque le convoi disparut derrière des portes au bout d'un long couloir, M. Trevis haussa le ton avec une infirmière qui lui bloquait le passage.

— Je dois être avec mon fils. Je me fiche du règlement, je dois être avec lui ! s'emporta-t-il.

— On ne peut faire aucune exception, monsieur, répondit son interlocutrice d'un ton calme et professionnel. Votre fils est entre de bonnes mains maintenant.

Lorsqu'elle s'éloigna, M. Trevis s'effondra sur une chaise. Comme je restais debout, impuissante, il posa la main sur le siège vide à côté de lui.

— Vous feriez aussi bien de vous asseoir, Anna. Nous en avons pour un moment, à mon avis.

Je me pliai à sa suggestion et, tandis qu'aides-soignants, infirmiers et patients grincheux défilaient devant nous, il baissa la tête sous un poids invisible et fondit en larmes. D'un geste spontané, je passai le bras autour de ses larges épaules et le serrai contre moi. En percevant sa force et celle de son chagrin, je sentis grandir en moi la même puissance que lorsque j'avais fui à travers la jungle avec sœur Josepha. Je sus alors qu'aucun mal n'arriverait à Teddy.

— Teddy va s'en tirer, je le sais, murmurai-je.

M. Trevis se raidit entre mes bras.

— Comment pouvez-vous en être aussi sûre? demanda-t-il, un accent de dérision dans la voix. Vous avez parlé à votre Dieu?

— Oui, et Il m'a répondu.

— Eh bien, s'il écoute, dites-lui que je ferai tout ce qu'il me demande s'il sauve mon fils, reprit-il, sarcastique.

— Il le sauvera.

M. Trevis se tourna vers moi, sa main serrée en un poing crispé entre nous.

— Je n'ai pas besoin de vos platitudes, et aucune envie de les entendre. Demandez-lui, bon sang, et dites-moi ce que je dois faire!

Je saisis son poing et l'enveloppai de mes mains.

— Pardonnez-vous, monsieur Trevis. Dieu vous supplie de vous pardonner, c'est tout ce qu'il attend de chacun d'entre nous.

Il se tranquillisa, détendant doucement sa main entre les miennes. Il la ramena ensuite à lui et me tourna le dos. Subitement embarrassée de m'être comportée avec autant d'inconvenance et d'effronterie, je m'apprêtais à me lever quand il m'arrêta d'un murmure.

— Ne partez pas, Anna. J'ai besoin de vous près de moi.

Je me rassis donc et patientai avec lui jusqu'à ce que Lillian fasse irruption dans une robe de soirée cramoisie spectaculaire en appelant Teddy à grands cris, prise d'une panique hystérique. Plusieurs infirmières l'invitèrent à se calmer et à s'asseoir, mais elle était trop bouleversée pour les écouter. Lorsque ses yeux tombèrent sur Adam, elle s'élança vers lui et s'effondra à ses pieds sans prêter attention à la chaise que je venais de libérer pour elle.

— Comment va-t-il ? Comment va mon bébé ?

— On ne sait encore rien, répondit-il d'une voix grave. Il a reçu un violent coup à la tête.

Les veines délicates de la gorge de Lillian se gonflèrent sous son collier de pierres précieuses.

— Comment as-tu pu laisser faire ça ? Qui lui a fait ça ?

— C'était un accident, Lillian. Ce n'est la faute de personne.

Peu après, l'un des médecins qui s'étaient engouffrés dans le sillage du brancard remonta le couloir dans notre direction. Son expression trahissait une certaine réserve, mais pas une défaite.

— Vous êtes la mère de Teddy ? demanda-t-il à Lillian.

— Oui, oui, gémit-elle. Comment va mon fils chéri ?

— Suivez-moi, je vous prie, se contenta-t-il de répondre avec une inclinaison de tête.

M. Trevis et Lillian disparurent derrière la porte à deux battants tandis que je patientais dans le couloir en observant les patients de tout âge en transit dans des lits à roulettes et le personnel médical. Certains quittaient leur poste à la hâte, pressés de s'échapper du travail pour passer un coup de téléphone ou fumer une cigarette juste devant la porte des urgences ; d'autres ne s'accordaient aucun repos, visiblement passionnés par leur travail et leurs patients. Je me demandai quelle infirmière je ferais si mes pas me menaient dans cette direction, puis priai pour qu'une non-fumeuse soit affectée aux soins de Teddy, simplement parce que celles-ci me paraissaient plus heureuses. Je voulais que Teddy voie un visage souriant lorsqu'il ouvrirait les yeux. Car il se réveillerait, j'en avais la certitude.

Je patientais encore lorsque le concierge passa la serpillière d'un bout à l'autre du couloir. Après avoir levé les pieds pour lui permettre de nettoyer sous ma chaise, je repris mon attente. Enfin, alors que de nouveaux infirmiers prenaient la relève de ceux qui terminaient leur garde, M. Trevis apparut au bout du couloir et vint s'asseoir à côté de moi.

— Ils n'ont décelé aucune hémorragie, ce qui est une très bonne nouvelle. Ils vont le garder en observation pendant quelques jours, mais, *a priori*, il est hors de danger.

— Dieu merci ! m'exclamai-je en joignant les mains.

— À ce propos… Je me demandais si vous pouviez me rendre un service, ajouta-t-il, les yeux fixés droit devant lui.

— Bien sûr.

Il m'adressa alors un regard bref et fuyant.

— Dites à votre Dieu que je vais examiner sérieusement sa demande.

— Je le ferai.

Je reçus bientôt l'autorisation de me rendre au chevet de Teddy et constatai, les larmes aux yeux, que son accident l'avait à peine affecté.

— Nana, ils ont découpé mon T-shirt porte-bonheur, se plaignit-il avec un froncement de sourcils.

Du doigt, il me montra un tas de vêtements sur une
chaise. Je soulevai le T-shirt. Une entaille nette courait
sur toute sa longueur, séparant le « Super » du « man ».
Je le pliai pour le ranger dans mon sac.

— Ne t'en fais pas, je vais te l'arranger.

Teddy me lança un regard dubitatif.

— Comment tu vas faire ça, Nana ?

— Tu verras bien, répondis-je en lui pinçant le nez.

M. et Mme Trevis, qui avaient quitté un moment
la chambre, réapparurent à la porte.

— Mon cœur, maman est épuisée et ses pieds
la font souffrir le martyre, déclara Lillian en s'approchant du lit. Je vais devoir aller les tremper dans un
bon bain chaud, mais je reviendrai te voir demain à
la première heure.

— Pas de problème, répondit Teddy d'une voix
joviale.

S'il embrassa sa mère avec le sourire, sa bonne
humeur s'évanouit à l'instant où elle sortit de la pièce.

— Tu ne pars pas toi aussi, hein Nana ? demanda-
t-il en se tournant vers moi.

— Ne t'en fais pas, je ne bouge pas d'ici.

Teddy sortit de l'hôpital deux ou trois jours plus tard.
Lorsqu'il rentra à la maison, Jessie rôda autour de lui avec
de grands yeux curieux, comme s'il débarquait d'une
autre planète. Avec une prévenance inhabituelle, elle lui
prêta plusieurs de ses jouets favoris. Sensible à sa gen-
tillesse, son frère, qui en temps normal aurait repoussé
ces joujoux de fillette, fit l'effort de montrer un certain
intérêt pour toutes ses poupées et attendit qu'elle eût
quitté la pièce pour me demander de l'en débarrasser.

Environ une semaine plus tard, je profitai du calme nocturne qui s'était emparé de la maison après le coucher des enfants pour approcher une chaise de ma liseuse et enfiler une aiguille. Après avoir enfoncé un dé à coudre sur mon majeur droit, comme me l'avait appris ma mère, j'entrepris de raccommoder le T-shirt de Superman de Teddy.

Des années durant, j'avais cru que le simple fait de sortir une aiguille et du fil à coudre intensifierait le sentiment de vide laissé par l'absence de ma mère. Je me trompais. Penchée sur mon ouvrage, je détectai sa présence dans la pièce. Elle m'observait et guidait ma main, intervenant à chaque point déviant ou massant mes doigts engourdis.

— Tu dois être patiente, *mija*. Le raccommodage demande de la concentration, il ne faut pas bâcler le travail. Les fils doivent se marier pour que le tissu cicatrise entre tes mains.

Minuit approchait lorsque je posai mon aiguille et examinai mon travail d'un œil satisfait. Mes points manquaient du raffinement et de la précision de ceux de ma mère, certes, mais le résultat ne rendait pas mal du tout. Je trouvais que la couture au centre du T-shirt lui donnait une touche toute particulière, comme une cicatrice que Superman aurait ramenée d'une bataille cosmique. Il ne me restait plus qu'à espérer que Teddy la verrait du même œil.

Lorsque je m'étendis et éteignis la lumière, je dérivai doucement vers le passé et me retrouvai dans mon hamac, bercée par son doux balancement.

« Imagine, *mija*. Imagine qu'une pluie de notes magnifiques tombe du ciel et ruisselle sur nous, nous lavant de toutes nos peurs et de tous nos doutes. L'entends-tu ? »

Dans mon sommeil, la mélodie flotta et tourbillonna tout autour de moi, comme échappée de la harpe d'un ange, et me porta pendant une grande partie de la nuit. Bien que je me sois couchée plus tard que d'habitude, je me sentais particulièrement reposée lorsque je me réveillai le lendemain matin. Après avoir jeté un coup d'œil à Teddy et à Jessie, tous les deux encore profondément endormis, je descendis à la cuisine pour me faire un café. Millie m'y attendait déjà, les yeux brillants.

— Vous avez entendu la musique pendant la nuit? chuchota-t-elle avec animation.

— Oui, répondis-je, ébahie qu'elle ait perçu une mélodie que je croyais avoir rêvée.

Les joues de la cuisinière tremblèrent d'émotion.

— L'entendre rejouer après tant d'années... J'en ai eu le souffle coupé! s'enthousiasma-t-elle, mains jointes.

À cet instant, Lillian entra dans la cuisine dans sa tenue de yoga.

— De quoi parlez-vous avec ces airs de conspiratrices? demanda-t-elle en se servant une tasse de café.

— Vous n'avez pas entendu la musique, madame Lillian? l'interrogeai-je.

Elle se figea, le bord de sa tasse posé sur ses lèvres.

— Quelle musique?

Millie me lança un regard méfiant.

— Anna et moi sommes certaines d'avoir entendu le piano, cette nuit. Je ne peux que supposer que c'était Adam.

— Ne soyez pas ridicules, répliqua Lillian en rejetant la tête en arrière. Vous savez aussi bien que moi qu'Adam n'a pas joué depuis des années. Pour tout vous dire, j'ai presque envie de vendre ou de donner ce piano, ajouta-t-elle en avalant d'un trait son café et en glissant une banane dans son fourre-tout. Si vous voulez mon avis, vous avez rêvé. Ou alors... c'était un fantôme, conclut-elle avec des yeux arrondis par une terreur feinte.

Lillian partie, Millie et moi nous rendîmes tout droit au salon de musique. Les fauteuils et les canapés y étaient toujours disséminés dans le plus grand désordre, mais, en approchant du piano, nous remarquâmes que le couvercle du clavier, d'ordinaire fermé, était relevé. La bande de feutre protégeant les touches avait été pliée avec soin et déposée au pied de l'instrument.

— Tiens, tiens ! dit Millie en croisant les bras. On dirait que nous sommes hantés par un fantôme musicien qui oublie de remettre les choses à leur place, remarqua-t-elle avant de m'indiquer de la tête une tasse sur la table. Et qui a un faible pour le café !

Après avoir accompagné les enfants à l'école, je rentrai à la maison pour trouver Millie en plein labeur dans le salon de musique. Elle avait épousseté avec minutie le piano, faisant briller la moindre petite parcelle de bois, puis avait déplacé les sièges afin qu'ils soient disposés face à l'instrument, comme pour un récital. Le soir, à son retour du travail, M. Trevis nous trouva rassemblés autour de l'instrument. Trônant sur le banc, Teddy tapait comme un sourd sur les touches pendant que Jessie, assise par terre, actionnait les pédales des mains, fascinée par l'effet magique que ses gestes produisaient sur les notes de son frère. En voyant M. Trevis nous observer, immobile dans l'encadrement de la porte, Millie et moi retînmes notre souffle. Même Teddy et Jessie restèrent muets, jusqu'à ce que le premier rompe la glace :

— Tu veux que je te joue une chanson, papa ? Millie et Nana trouvent que je me débrouille très bien.

M. Trevis réfléchit un instant à la proposition de son fils, puis secoua la tête avec une contrariété manifeste.

— Avant de poser tes mains sur le clavier, tu dois apprendre à t'asseoir comme il faut sur le banc. Regarde-moi ça, tu es complètement avachi, fiston. Redresse-toi et relève le menton, ordonna-t-il.

— Mais je ne peux plus voir les touches, se plaignit Teddy.

— Ça viendra en temps voulu.

En trois enjambées, M. Trevis se retrouva assis à côté de son fils, lui montrant la posture et le positionnement des mains.

— Millie dit que tu jouais très bien. Tu veux bien jouer pour moi, papa ? demanda Teddy.

— Pour moi aussi ! lança Jessie d'une voix carillonnante. Joue pour moi aussi !

Après nous avoir jeté, à Millie et moi, un regard teinté d'une amertume toute modérée, M. Trevis posa les doigts sur les touches et ferma les yeux. Après quelques premières notes hésitantes, à travers lesquelles il semblait partir en quête de son jeu dans une tempête de souvenirs brisés, il trouva ce qu'il cherchait, produisant un son si merveilleux que je fus transportée vers un royaume inconnu. Bercé par ses notes, mon esprit s'envola au-delà du temps et de l'espace vers une insaisissable éternité. Tandis qu'il tanguait au son de sa musique, les replis les plus profonds de son âme m'apparurent, me révélant une beauté qui me fit monter les larmes aux yeux.

Lorsqu'il eut fini, nous demeurâmes tous silencieux, subjugués par la maestria du morceau que nous venions d'entendre. Soudain, Lillian, que personne n'avait vue entrer dans la pièce, se mit à applaudir.

— Chéri, c'était incroyable! s'exclama-t-elle. J'insiste pour que tu joues lors de la réception que j'organise le mois prochain sur le thème « Une soirée à Salzbourg ». Tu seras parfait!

Lillian n'économisa pas ses efforts pour convaincre son mari de jouer lors de son gala de charité. Chaque fois que je les voyais ensemble, elle lui rebattait les oreilles avec sa réception, lui répétant sans cesse que le comité d'organisation était déjà informé de son intervention et qu'il était capital qu'il honore sa promesse, d'autant que sa prestation augmenterait le prestige de son épouse au sein de l'association. M. Trevis, lui, demeurait stoïque et indifférent face à cet enthousiasme.

— Je ne comprends pas, Anna, rouspéta Lillian un après-midi que je pliais les vêtements des enfants dans la cuisine. Adam a la chance de posséder un talent extraordinaire, mais il en est vraiment avare.

Comme elle insistait pour entendre mon opinion, je la lui donnai sans m'étendre sur la question.

— Il est vrai que nous gagnerions tous à ce qu'il le partage, mais il est peut-être trop tôt. Je pense que vous devriez vous montrer plus patiente avec lui.

— Anna, ça fait des années que je patiente! ragea Lillian. Combien de temps me faudra-t-il encore attendre?

M. Trevis préférait jouer tard le soir, lorsque tout le monde était couché. Je pris l'habitude de laisser la fenêtre de ma chambre ouverte pour mieux entendre la musique flotter à travers la cour. Une nuit, la beauté de son interprétation m'envoûta au point que j'eus du mal à trouver le sommeil. Ses notes aux accents mélancoliques s'étiraient comme si elles fuyaient doucement en quête d'espoir. À certains moments, il semblait verser des pleurs inconsolables à travers sa musique ; à d'autres, il semblait s'envoler, porté par une joie sans mesure.

Un samedi matin, je ramassais à quatre pattes des jouets que Teddy et Jessie avaient semés dans le hall quand M. Trevis s'approcha à grands pas.

— J'ai décidé de ne pas jouer pour l'association, déclara-t-il. Je viens de l'annoncer à Lillian et je tenais à ce que vous le sachiez vous aussi. Lillian m'a dit que vous me trouviez égoïste, ajouta-t-il en réponse à mon expression désemparée.

— Je suis certaine qu'elle m'a mal comprise, contestai-je, gênée.

Il croisa les bras sur sa poitrine et avança le menton.

— Appelez ça de l'égoïsme si vous voulez, mais je… enfin… je ne suis pas à l'aise à l'idée de m'exhiber ainsi. Quand j'étais enfant, je faisais ce qu'on me disait de faire, mais je ne suis plus un enfant, se défendit-il avec une véhémence touchante. Et si je n'aime pas jouer devant des inconnus comme un singe savant, ce devrait être une raison suffisante pour ne pas le faire.

— Tout à fait. Mme Lillian finira par comprendre.

— Et vous ? Vous comprenez ?

— Eh bien, monsieur Trevis, je… En fait, je n'ai pas la moindre idée de ce que l'on éprouve en jouant avec autant de brio, mais, quand je vous écoute, c'est comme… Vous savez, la description que vous m'avez faite de la première opération du cœur à laquelle votre père vous a emmené.

— Tout ce dont je me souviens, c'est d'avoir dit que c'était une infection. Suggérez-vous que mon jeu dégage des odeurs pestilentielles ? m'interrogea-t-il avec un sourire malicieux.

— Oh, non, bien sûr que non. Vous avez dit autre chose, vous ne vous en souvenez plus ? Vous avez dit que c'était un combat entre la vie et la mort. C'est exactement ce que j'entends quand vous jouez. Et, si vous voulez mon avis, c'est à vous de décider comment et avec qui vous souhaitez le partager.

Après un moment de réflexion, il s'agenouilla devant moi et, ses pupilles plongées dans les miennes, m'effleura la joue du bout des doigts. Puis, comme s'il reprenait brusquement conscience de sa place et du lieu, il se releva et m'abandonna à ma tâche sans un mot. Je demeurai à genoux, presque incapable de voir ce que je faisais. À son contact, des larmes étaient venues brouiller mes yeux et un martèlement s'était mis à retentir dans mes oreilles. Je levai le regard juste à temps pour le voir entrer dans son bureau, la tête basse et ses larges épaules voûtées sous le poids d'un invisible fardeau.

Je me résignai alors à ce que j'avais refusé d'admettre pendant des années. J'aimais les enfants, cela ne faisait aucun doute, et j'avais développé une profonde affection pour Millie et Lillian. Néanmoins, la véritable raison pour laquelle je n'étais pas retournée au couvent ou partie rejoindre sœur Josepha au Nouveau-Mexique, c'était lui. Je ne supportais pas l'idée de quitter cet homme maladroit, brillant et remarquable. Et je suppliai Dieu de me pardonner, car j'étais éperdument amoureuse d'Adam Trevis.

11

Des bruits de pas interrompirent Anna dans sa rêverie. Relevant la tête, elle reconnut Millie, qui traversait la cour d'une démarche énergique. La vue de son visage souriant et de ses yeux pétillants lui remonta le moral. Ses cheveux, autrefois gris, avaient pris une couleur blanche seyante qui, curieusement, la rajeunissait. Les deux femmes échangèrent une étreinte.

— Jessie m'a dit que je vous trouverais ici.

Le regard perçant de Millie s'arrêta sur le visage maigre et le teint blême d'Anna, mais elle se garda d'émettre la moindre remarque à ce sujet.

— Comment va-t-il? demanda-t-elle.

— Il semble plus faible aujourd'hui.

Anna savait qu'il était inutile de tomber dans des platitudes illusoires avec Millie. D'un regard alentour, elle vérifia toutefois que Jessie ne se trouvait pas dans les parages avant de poursuivre:

— Le Dr Farrell est passé tôt ce matin. Il dit qu'il n'y a plus rien à faire, mais je suis sûre qu'il nous reste encore du temps.

Millie lui répondit par un hochement de tête grave. Une profonde tristesse, accompagnée d'une pointe de colère, froissa son visage.

— Temps ou pas, ce n'est pas juste.

— Je suis reconnaissante pour chaque seconde…

— Ce n'est pas juste, répéta-t-elle avec intransigeance. Toute la reconnaissance du monde n'y changera rien, Anna.

Les deux femmes entrèrent dans la maison et gravirent l'escalier côte à côte. Au moment de pénétrer dans la chambre d'Adam, Anna hésita.

— Je suis sûre qu'il va vous interroger au sujet de Teddy.

Millie redressa les épaules, prête à recevoir les consignes.

— Que dois-je lui répondre?

— Que vous êtes convaincue qu'il viendra, répondit Anna sans l'ombre d'un doute.

Millie fronça les sourcils.

— Vous en êtes certaine? La dernière fois que nous avons parlé, vous m'avez dit que rien n'avait changé. Et ce n'était pas plus tard qu'hier.

Anna ferma les paupières. Saisie par une faiblesse fulgurante, elle chercha appui de la main sur le mur.

— Pour l'amour de Dieu! s'écria Millie en l'escortant jusqu'à l'un des fauteuils qui bordaient le couloir. Vous m'avez dit que vous preniez soin de vous, mais regardez-vous, un vrai cadavre ambulant! Combien de kilos avez-vous perdus?

— Je ne sais pas, murmura Anna.

— Vous ne savez pas? répéta Millie avec des yeux exorbités. Eh bien, laissez-moi vous dire que, si vous continuez comme ça, vous serez la prochaine à être enterrée.

Anna la dévisagea avec des yeux écarquillés, choquée par ses mots, mais Millie ne capitula pas.

— Ça ne vous déplairait pas, pas vrai? insista-t-elle. Au contraire, ça vous conviendrait bien, à vous, si on vous ensevelissait avec Adam, tous les deux côte à côte.

Anna se couvrit le visage de ses mains et fondit en larmes.

— Ce n'est rien, l'apaisa Millie en s'asseyant auprès d'elle pour passer un bras autour de ses frêles épaules. Allez-y franchement, pleurez tout votre soûl. Et quand vous penserez qu'il ne vous reste plus de larmes, vous serez loin du compte. Croyez-moi, vous n'avez pas fini d'en verser.

— Oh, Millie, gémit Anna lorsqu'elle réussit à reprendre son souffle. Je meurs avec lui, je le sais.

— Mais bien sûr que non. Vous avez perdu un peu de poids, voilà tout.

Anna secoua la tête.

— Non, c'est plus que ça. J'ai lu que, quand une personne qu'on aime énormément est mourante ou atteinte d'une maladie grave, on risque de tomber malade également. Je le sens à l'intérieur de moi, Millie. Vous êtes la première à qui j'en parle, mais je peux bien vous le dire à vous : je me réjouis d'être malade, parce que je suis incapable de vivre sans lui.

— Là, là, la réconforta Millie en lui prenant la main. Je suis passée par là, moi aussi. Je sais qu'on a parfois l'impression de mourir intérieurement quand on a le cœur brisé. Seul le temps peut soulager la douleur et rendre les choses moins difficiles. Il faut être patiente.

— Oui, convint Anna en s'essuyant les yeux à la hâte. Le temps, c'est tout ce qu'il me reste.

Lorsqu'elle eut retrouvé son calme, elles poussèrent la porte de la chambre d'Adam. Ses yeux s'ouvrirent avec des battements de cils et se posèrent sur elles.

— Millie, murmura-t-il en souriant.

La visiteuse s'assit près de lui et posa sa main sur la sienne.

— Je vois qu'Anna prend bien soin de vous.

— Comme toujours.

Millie entreprit alors de lui raconter sa vie de retraitée et les multiples occupations qui la remplissaient sur un ton si enjoué et dégagé qu'on aurait pu oublier qu'elle s'adressait à un mourant. Heureuse de pouvoir, ne serait-ce qu'un instant, faire comme si tout allait bien, Anna alla jeter un regard par la fenêtre. Assise sur le bord de la fontaine, sœur Josepha savourait la brise et le clapotis de l'eau, qui semblait chanter à ses oreilles. Anna ferma les yeux et entendit, elle aussi, la douce mélodie.

*

Maintenant qu'il avait réintroduit la musique dans sa vie, M. Trevis se laissait moins ronger par la colère. Il souriait plus facilement et paraissait plus jeune que lors de notre première rencontre, malgré les dix années qui s'étaient écoulées. Il commença même à s'imposer des horaires de travail réguliers. Pour les enfants et moi, le meilleur moment de la journée arrivait aux environs de 18 heures, lorsque nous entendions ses pneus crisser sur le gravier de l'allée. Nous allions généralement le recevoir à la porte, Jessie avec l'une de ses œuvres d'art à la main, Teddy avec son jeu de société préféré coincé sous le bras. Depuis que son fils était entré au collège, M. Trevis avait pris l'habitude, après le dîner, de faire avec lui une partie du jeu de son choix en guise de récompense pour avoir fait ses devoirs. C'était donc, pour Teddy, l'occasion de lui donner un avant-goût de leur soirée.

La joie qui brillait dans les yeux de M. Trevis face à ce comité d'accueil offrait un spectacle merveilleux, que je contemplais avec fascination en veillant à toujours me tenir à distance respectueuse, quoique prête à intervenir si les enfants venaient à trop l'accaparer.

Je me figurais parfois être la fille aînée de la famille. De retour de l'université pour passer quelques jours avec mes petits frère et sœur, j'attendais que mon père me convoque dans son bureau pour parler de mes projets d'avenir, de mes espoirs et de mes rêves. À d'autres moments, j'étais sa sœur adorée, qu'il retrouvait avec joie alors qu'elle passait un merveilleux après-midi avec sa nièce et son neveu. Ou encore sa mère, qui le regardait du ciel. Je lui apparaissais alors pour lui dire combien j'étais fière de lui, du père qu'il faisait, et lui conseiller de faire attention à sa femme. Jamais je n'autorisais mon imagination à me conduire au-delà de ces visions secrètes.

Je devinais si sa journée avait été bonne à la façon dont il portait sa veste. Jetée sur son épaule, elle indiquait une journée très agréable, beaucoup plus que si elle était pendue à son bras. Et s'il rentrait avec les cheveux embroussaillés à force d'y passer les doigts et oubliait sa veste dans la voiture, je devinais qu'il terminait une journée éprouvante.

— Comment va la progéniture, Anna? demandait-il. Avez-vous frôlé la frontière de la folie, aujourd'hui?

— J'en suis à des kilomètres, monsieur, répondais-je.

Un jour qu'il paraissait particulièrement éreinté, j'ajoutai :

— Et vous?

Il réfléchit un instant en soulevant Jessie qui, à neuf ans, ne se lassait pas d'être perchée dans les bras de son père.

— Je m'en suis approché dangereusement, mais je viens soudain de m'en éloigner de plusieurs pas. Encore un peu et je suis certain que je serai, comme vous, à des kilomètres de là.

Toujours très occupée par les réunions et les événements mondains de son association féminine, Lillian ne voyait généralement pas son mari avant le dîner, un moment que j'appréciais particulièrement depuis que nous nous retrouvions en famille autour de la table. Il ne manquait généralement que Millie, qui prenait congé tôt et passait la plupart de son temps dans sa chambre. Il m'arrivait de ne pas la voir de la journée et de me charger moi-même de donner les instructions aux femmes de service à leur arrivée. Une ou deux fois, je trouvai la cuisinière inconsciente sur son lit, une bouteille de whisky vide à portée de main. Dans de tels moments, il ne me restait plus qu'à faire livrer le dîner ou à improviser de mon mieux un repas.

Un soir, je me préparais une tasse de thé avant d'aller me coucher lorsque M. Trevis entra dans la cuisine. Dès que je me trouvais seule en sa présence, mon rythme cardiaque s'accélérait et je ressentais, à la base de mon cou, un agréable bourdonnement qui diffusait de la chaleur dans tout le reste de mon corps. Le temps aidant, j'avais appris à mieux contrôler mes émotions, mais j'avais dû me résigner au feu qui gagnait mes joues à chacune de nos conversations. Si M. Trevis nota ma gêne ou en soupçonna la raison, jamais il ne m'en fit la remarque.

Il ôta ses lunettes et se frotta l'arête du nez.

— Je m'inquiète pour Millie, commença-t-il. Elle n'a jamais autant bu. Pas plus tard qu'hier, je l'ai vue trébucher dans l'escalier.

Ayant plus d'une fois assisté à ce genre de scène, je m'étonnai que M. Trevis se décide soudain à aborder le sujet. Depuis le temps que Millie faisait ses « siestes », jamais il n'avait évoqué le problème avec moi.

— Je suis sûr que vous savez que Lillian ne demande qu'à la renvoyer, continua-t-il. Je me suis toujours senti redevable envers Millie, mais je comprends les préoccupations de Lillian concernant les enfants. Rien n'échappe plus à Teddy, et Jessie prend le même chemin, remarqua-t-il avec un sourire triste. Ça ne va pas être facile pour eux, c'est pourquoi je tenais à vous prévenir avant.

Ma tasse et ma soucoupe se mirent à s'entrechoquer dans ma main, m'obligeant à les poser sur la table.

— Peut-être que si nous lui en parlions…

— Je ne compte plus le nombre de fois où j'ai parlé à Millie de ses problèmes d'alcool, ni celui où elle m'a promis de consulter un médecin, de s'inscrire aux Alcooliques anonymes et le reste. Des réunions sont organisées à seulement quelques minutes de marche de la maison, mais elle ne s'y est jamais rendue. Pas une seule fois.

— Si seulement nous pouvions tenter autre chose.

M. Trevis soupira.

— Avec un peu de chance, Millie sera un jour prête à arrêter de boire de son plein gré. De mon côté, je ne peux plus me permettre d'attendre, ce ne serait pas juste vis-à-vis des enfants, déclara-t-il en rechaussant ses lunettes. Nous aurons besoin que vous assumiez ses fonctions le temps que nous trouvions une remplaçante. J'ai bien conscience que vous le faites déjà à bien des égards, mais ce sera à titre plus officiel et vous serez payée pour. Je… j'espère que ça ne vous dérange pas.

— Pas du tout, répondis-je, le cœur serré. Quand comptez-vous lui annoncer la nouvelle?

Il secoua la tête, manifestement peiné par cette perspective.

— Je ne sais pas trop. Je pensais lui parler demain, mais j'ai une réunion très tard et je ne sais pas à quelle heure je vais rentrer à la maison.

— Et Jessie a son audition à l'école de musique.

— C'est demain?

— Oui. Vous pouvez imaginer dans quel état elle sera en cas d'échec.

— Bien, il faut croire que demain n'est pas le jour idéal pour régler cette affaire, conclut-il, légèrement soulagé. Il me faudra toutefois le faire sans tarder, je ne peux pas laisser les choses traîner plus longtemps.

Peu après, je passai devant la chambre de Millie et marquai un temps d'arrêt en apercevant un trait de lumière sous sa porte. Je ne savais pas quoi lui dire, ni comment le lui dire, mais je devais agir. Après avoir prié pour trouver les mots justes, je pris une profonde inspiration et frappai un coup discret. Surprise d'obtenir immédiatement une réponse, je pénétrai dans la pièce, frappée de plein fouet par des relents capiteux de whisky.

Assise dans son rocking-chair, Millie regardait la télévision, captivée par une série policière.

— Je peux m'asseoir un peu avec vous? demandai-je.

Elle hocha la tête et tapota son lit sans quitter des yeux la scène qui se déroulait sur l'écran, laissant pendre le long de son genou la main qui tenait son verre, sans doute dans l'idée de le dissimuler. Elle paraissait de bonne humeur, mais je savais que cela ne durerait pas lorsqu'elle entendrait ce que j'avais à lui dire. Malgré tout, je me lançai.

— Millie, ils vont vous demander de quitter la maison si les choses ne changent pas, lui annonçai-je tout de go.

Elle se tourna lentement vers moi pour me dévisager. Le poste de télévision jetait sur son visage des éclats changeants et fugitifs.

— Quelles choses? demanda-t-elle en cessant de cacher son whisky.

Posant les yeux sur le verre puis sur ses traits froids et pleins de bravade, j'inspirai une grande bouffée d'air.

— M. Trevis m'a dit que Mme Lillian et lui se font du souci. Ils ne veulent pas que les enfants vous voient dans cet état, expliquai-je avec un signe de tête en direction de l'alcool.

Elle reporta son attention sur la télévision avec une expression distante et blessée. Sur l'écran, les policiers beuglaient contre un individu qu'ils venaient de plaquer au sol, arme à la main. Le bandit se débattait, mais il ne faisait aucun doute qu'il ne s'en tirerait pas.

— Avez-vous déjà essayé d'arrêter de boire, ou du moins de diminuer votre consommation?

Ses doigts se serrèrent si fort autour du verre que je craignis qu'il ne se brise.

— Qui êtes-vous pour me poser des questions?

— Personne, mais je ne veux pas que vous partiez.

Comme elle replongeait dans le silence, je poursuivis.

— Je sais que l'alcool peut aider à soulager les souffrances quand la vie nous réserve des difficultés.

Elle me lança un regard furieux, les lèvres tordues par un rictus narquois.

— Vous faites preuve d'une perspicacité impressionnante! Mais regardons les choses en face, vous avez vécu la grande majorité de votre existence cloîtrée dans un couvent et, depuis que vous êtes ici, vous vous comportez comme si vous y étiez encore. Qu'est-ce que vous savez, vous, de la vie et de ses difficultés?

Avec un gloussement moqueur, elle retourna à sa télévision. Je regardai avec elle les agents balancer le bandit, qui continuait à se démener comme un beau diable, à l'arrière de la voiture de patrouille.

— J'ai eu une vie avant le couvent, Millie.

Elle me refit face, une lueur cynique dans ses yeux écarquillés.

— Ah bon? Je croyais que la cigogne avait perdu le nord et vous avait déposée là par accident, lança-t-elle avant de se replonger dans sa série.

— Je sais que je me suis montrée plutôt discrète à ce sujet mais, si vous voulez, je peux vous raconter mon histoire.

Millie me considéra avec intérêt puis, après avoir avalé une longue et provocante gorgée de whisky, éteignit la télévision d'un clic de la télécommande et croisa les bras avec un hochement de tête crispé.

D'une voix d'abord hésitante, je lui racontai le village et tout ce dont je me souvenais de ma mère, de ma famille et des prémices des combats. Après tant d'années de silence, m'entendre prononcer ces mots tout haut m'enhardit et je me mis à parler plus librement du massacre et du petit meuble de couture dans lequel *mamá* m'avait cachée pour me sauver la vie. Le vacarme atroce de la guerre, la vision des corps éparpillés comme du linge emporté par le vent, les plaies sanglantes des yeux du soldat envahirent mon esprit. La peur et la douleur me déchirèrent les entrailles, comme si ce cauchemar datait d'hier. Je lui relatai ensuite mes jours à l'orphelinat, mon amour pour sœur Josepha et notre fuite à travers la jungle. J'évoquai pour elle la paix du couvent et la voix de ma mère, que j'entendais encore parfois quand la terreur m'envahissait.

Les muscles du visage de Millie se relâchèrent tandis que je progressais dans mon récit. Lorsque je me tus, elle me dévisagea sans ciller. Sur le moment, je craignis qu'elle n'eût pas tout compris de cet embrouillamini d'événements et de personnages. Je n'étais pas sûre de lui avoir tout exposé dans le bon ordre.

— J'ignorais tout ça, finit-elle par murmurer.

— Quand j'étais plus jeune, je croyais que, si je le taisais, les souvenirs s'effaceraient et que je finirais par croire que c'était arrivé à quelqu'un d'autre.

— C'est pour ça que vous êtes entrée au couvent? demanda-t-elle. Pour oublier?

Je baissai les yeux, soudain gagnée par la honte.

— Je voulais être en sécurité, je voulais que la douleur au fond de moi disparaisse. La quiétude que je ressentais au couvent a facilité le processus et, au fil des années, c'est devenu une partie de moi. Parfois, je voudrais pouvoir encore porter mon voile et sentir son poids protecteur sur mes épaules. Ça peut sembler idiot, mais c'est mon voile qui me manque le plus.

Millie attrapa son verre, mais, cette fois, elle ne but pas. Au lieu de le porter à ses lèvres, elle fit tournoyer le liquide doré et contempla ses tourbillons, fascinée par ses remous et ses ruissellements.

— Qui eût cru que vous et moi étions si semblables? remarqua-t-elle, un étrange sourire triste jouant sur ses lèvres. J'ai toujours pensé qu'il n'y avait pas plus différentes que nous mais, après tout, nous menons la même existence depuis des années. C'est vraiment incroyable quand on y pense.

— De quoi parlez-vous, Millie?

— Je me cachais derrière mon Dieu, déclara-t-elle en inclinant la tête vers le verre de whisky sur ses genoux. Et vous, vous vous cachiez derrière le vôtre.

Deux jours plus tard, je me retrouvai assise dans une pièce avec Millie et une trentaine d'inconnus, hommes et femmes de tous âges et de tous horizons. Les chaises décrivaient plus ou moins un cercle, même si Millie et moi nous étions placées légèrement en retrait. Plusieurs participants apportèrent leur témoignage sur leur expérience et leur vie, mais pas avant que tout le monde se fût présenté tour à tour:

— Bonjour, je m'appelle Untel et je suis alcoolique.

Et le reste du groupe de répondre:

— Bonjour, Untel.

Je n'imaginais pas que Millie prononcerait un mot lors de cette première réunion, mais je me trompais.

— Bonjour, je m'appelle Millie et je suis alcoolique, déclara-t-elle. Je suis alcoolique depuis maintenant trente ans, à quelques années près.

Le groupe lui réserva un accueil chaleureux. Lorsque ce fut à moi de prendre la parole, je perdis tous mes moyens. J'avais beau ne pas souffrir d'alcoolisme, je me sentais en communion avec les âmes blessées de cette pièce, comme si nous venions tous du même village et avions subi ensemble la cruauté de la vie. Au moment d'ouvrir la bouche, une telle émotion me submergea que je ne réussis même pas à articuler mon nom. Millie posa alors sa main sur mon dos et se chargea de me présenter.

— C'est mon amie, Anna. C'est l'une des personnes les plus gentilles et les plus courageuses que j'aie jamais connues. Elle a accepté de m'accompagner parce que j'avais peur, et honte, de venir seule. Merci, Anna.

À compter de ce jour, Millie se rendit aux réunions des Alcooliques anonymes tous les jours. Mes responsabilités avec les enfants ne me permettaient pas de l'accompagner aussi souvent, mais je me joignais à elle dès que l'occasion m'en était donnée. Très vite, elle put se passer de chaperon. Non seulement elle était à l'aise à l'idée d'assister seule à ces rendez-vous, mais elle les attendait avec impatience. Elle se mit bientôt à me parler d'un ami qu'elle avait rencontré là-bas, un certain Fred. Lorsqu'elle commença à s'étendre sur le sujet, il devint évident que leur relation évoluait au-delà de la simple amitié.

Parfois, lorsque Fred la raccompagnait en voiture, elle l'invitait à prendre une tasse de thé à la maison. On ne pouvait qu'apprécier Fred, avec son visage jouflu, ses cheveux blancs comme neige et sa barbe soignée. C'était un homme joyeux et simple, doté d'un rire expressif capable de détendre les atmosphères les plus orageuses. Même Lillian l'aimait bien, au point que sa présence semblait lui rendre Millie plus supportable.

— Millie est amoureuse, me confia un jour Jessie.

— Tu crois? demandai-je, éblouie par sa perspicacité à tout juste dix ans.

Elle hocha la tête avec des yeux ronds et graves.

— Quand elle regarde Fred, on dirait qu'elle fond de l'intérieur. Ça me fait ça, à moi aussi, quand je regarde Joey Robinson.

Depuis deux ans déjà, elle avait le béguin pour Joey Robinson, ce dont elle ne faisait aucun secret.

— Et tu crois que Fred est amoureux de Millie?

— Bien sûr, affirma-t-elle avec beaucoup d'assurance. C'est pour ça qu'il rit à tout ce qu'elle dit. C'est ce que je fais avec Joey Robinson. Joey Robinson est très drôle, tu sais, Nana.

— Oh oui, je sais.

— L'autre jour, je lui ai dit qu'il était le garçon le plus drôle de l'école.

— Vraiment? Et que t'a-t-il répondu?

— Il a dit…

Incapable de terminer sa phrase, elle baissa les yeux sur ses chaussures et sombra dans un profond silence. Lorsque je lui relevai le menton, ses yeux étaient noyés de larmes.

— Jessie, qu'est-ce qu'il t'a dit?

— Que j'étais la fille la plus moche de l'école.

— C'est un affreux mensonge! m'exclamai-je en la prenant dans mes bras. Joey Robinson ne sait pas reconnaître une belle fille lorsqu'il en voit une.

— Joey Robinson est amoureux de Tiffany Michaels, marmonna-t-elle. C'est elle la belle fille, pas moi.

Quelques mois plus tard, à l'approche des fêtes de fin d'année, Millie nous surprit tous en nous annonçant, au retour d'un week-end à Las Vegas, que Fred et elle étaient désormais mari et femme et qu'elle prévoyait de quitter la maison quelques jours avant Noël.

Nous étions tous fous de joie pour elle. Cependant, malgré le plaisir que nous éprouvions à la voir nager dans le bonheur, ce fut pour nous un triste jour lorsque Fred remonta l'allée dans son pick-up pour déménager ses affaires. Lillian était partie faire des courses de Noël, mais M. Trevis, les enfants et moi aidâmes Millie à tout charger à l'arrière du véhicule. Nous avions presque terminé quand elle apparut avec un plateau de cookies tout chauds. Alors que nous les dégustions, assis sur les marches du perron, les enfants discutèrent avec Fred des cadeaux qu'ils espéraient recevoir à Noël.

— J'imagine que vous avez déjà envoyé votre liste au père Noël, remarqua ce dernier avec grand sérieux.

En guise de réponse, il obtint un roulement d'yeux de Teddy et, de Jessie, un petit coup de coude amical à l'épaule.

— Ça fait des années qu'on sait que le père Noël n'existe pas, déclara-t-elle. Je portais encore des couches quand je l'ai su, pas vrai, Nana?

— Quand même pas.

— Quoi? s'exclama Fred, sous le choc. Et dire que ça fait soixante et quelques années que je crois au père Noël! Ne me dites pas que je me fais des idées depuis tout ce temps.

Teddy hocha la tête, guère dupe.

— J'ai bien peur que si, Fred. De belles idées, même.

— Mais si le père Noël n'existe pas, comment expliquer tous les cadeaux sous le sapin au matin de Noël?

— C'est facile, intervint Jessie, heureuse de résoudre le mystère. Maman et papa achètent les cadeaux; Nana les emballe et les met sous le sapin.

— Et ma Millie, alors? Elle ne joue aucun rôle dans cette farce?

— Oh si! s'exclama Teddy. Quand on sort les biscuits pour le père Noël, c'est elle qui se charge de les manger.

Tout le monde éclata de rire.

Lorsque le pick-up fut chargé et les jeunes mariés prêts à partir, Millie s'installa à côté de Fred en nous promettant de revenir le soir du réveillon pour manger les gâteaux destinés au père Noël. Teddy et Jessie l'étreignirent, imités par M. Trevis, qui s'éclipsa vite dans la maison pour nous dissimuler ses larmes. Même Teddy, qui affichait un nouveau stoïcisme depuis qu'il était entré dans l'adolescence, en versa quelques-unes.

— C'est vous qui allez le plus me manquer, dit-elle quand elle m'enlaça.

— Vous aussi vous allez me manquer, Millie.

Elle me tint alors à bout de bras et chuchota, pour n'être entendue de personne d'autre que moi :

— Prenez soin d'Adam. Il a besoin de vous autant que vous avez besoin de lui.

Je demeurai sans voix. Millie connaissait donc mes véritables sentiments pour M. Trevis! Confuse, je ne pus que répondre par un hochement de tête, la vue brouillée par des larmes de culpabilité.

Debout sur le perron avec les enfants, agitant la main, je regardai le pick-up descendre l'allée et passer le portail. Lorsqu'il s'évanouit dans le lointain, Jessie se réfugia dans mes bras.

— Ça ne sera plus pareil maintenant, gémit-elle. Qui va faire à manger si Millie n'est pas là?

— Moi, répondis-je de ma voix la plus enjouée pour ne pas laisser paraître que je partageais leurs inquiétudes.

— Toi? s'étonna Teddy, incrédule. Tu rigoles, j'espère!

— Pas du tout.

Frère et sœur échangèrent un regard inquiet.

— Ne le prends pas mal, Nana, mais tu n'es pas vraiment ce qu'on appelle un cordon-bleu, remarqua Jessie. Je n'irais pas jusqu'à dire que tu es une catastrophe mais...

— Bien sûr que c'est une catastrophe! intervint Teddy.

— Allons, les enfants. Si Millie peut se remarier après tant d'années, vous ne croyez pas que je peux apprendre à cuisiner?

Ils réfléchirent à la question en regagnant la maison.

— Je n'en suis pas sûre, douta Jessie.

— Peut-être que tu ferais mieux de te marier toi aussi, remarqua Teddy.

— Hors de question! s'écria sa sœur en jetant ses bras autour de moi. Nana reste ici. On prendra des plats à emporter tous les soirs le temps de trouver une cuisinière, c'est tout.

Deux ou trois jours plus tard, je m'escrimais à trouver mes repères dans la cuisine tout en suivant une recette de spaghettis aux boulettes de viande que Millie avait simplifiée à mon intention lorsque M. Trevis entra à la recherche d'un petit en-cas. Je lui proposai aussitôt de lui préparer une assiette de fruits et de fromage, comme celles que Millie lui apportait parfois dans son bureau.

— Avec plaisir, je vous remercie, Anna, répondit-il avec un hochement de tête gêné.

Mais, au lieu d'aller se remettre à son travail, il resta dans la pièce le temps que je compose sa collation. Sous le poids de son regard, je sentis un fourmillement brûlant affleurer à mes joues, plus intense encore que de coutume. Je m'évertuai à contrôler mon rougissement, espérant de tout cœur qu'il passerait inaperçu, mais plus j'y mettais de volonté, plus je m'empourprais. Au bout de quelques secondes, j'étais persuadée que mon visage avait pris la couleur des fraises que je tranchais.

— Voilà déjà un moment que je voulais vous dire que Millie m'a tout raconté, déclara-t-il d'une voix douce.

Mon couteau se figea. Je levai les yeux sur lui, dans la plus complète perplexité.

— Millie possède quantité de qualités exceptionnelles, mais vous conviendrez que la discrétion n'y figure pas, reprit-il. Enfin, je voulais juste que vous sachiez que s'il y a quoi que ce soit que je puisse faire pour vous...

Il détourna les yeux, soudain embarrassé, puis secoua la tête.

— Écoutez-moi, maugréa-t-il. Je parle comme si quelqu'un pouvait réparer les torts que vous avez subis.

Je compris soudain qu'il faisait référence aux épisodes de mon passé que j'avais racontés à Millie avant qu'elle s'inscrive aux Alcooliques anonymes.

— Merci, monsieur Trevis, murmurai-je.

Submergée par la profonde affection que je décelais en lui et éprouvais pour lui, je ne pus refouler mes larmes. Terriblement embarrassée, je m'essuyai les yeux d'un geste précipité et terminai de remplir son assiette. Quand il me la prit des mains, je plongeai mon regard dans le sien, également humide.

— S'il y a quoi que ce soit que je puisse faire, je le ferai... pour vous... vous n'avez qu'à me le dire, bredouilla-t-il, encore plus confus que moi.

— Je n'y manquerai pas, souris-je pour ne pas pleurer.

Après avoir marmonné quelques mots inintelligibles, il quitta la pièce, son assiette à la main. Je l'entendis longer le couloir jusqu'à son bureau, dont il ferma la porte derrière lui. Tout en continuant à former les boulettes de viande pour le dîner, je songeai à sa proposition et à ce que j'aurais pu lui demander s'il n'était pas un homme marié, ni moi une lâche: « Ce que vous pouvez faire pour moi, monsieur Trevis? Garder les graines de mon amour au creux de votre main et, quand vous serez prêt, les planter dans votre âme pour qu'elles y fleurissent et y grandissent à jamais. Alors… »

— Oh mon Dieu !

Toute à ma rêverie, je n'avais pas remarqué que Jessie venait d'entrer dans la cuisine.

— C'est la plus grosse boulette que j'aie jamais vue ! reprit-elle.

Baissant les yeux sur mon travail, je vis que j'avais moulé la viande en une sphère de la taille d'un petit melon. J'éclatai de rire, imitée par la fillette.

— Tu fais n'importe quoi, Nana, remarqua-t-elle en détachant un morceau de viande pour former une boulette de taille normale.

— Oui, vraiment n'importe quoi.

12

Lorsque Jessie souffla ses onze bougies, il s'imposa comme une évidence qu'elle ne deviendrait jamais la grande beauté qu'était Lillian Trevis. Plus d'une fois, alors qu'elle regardait sa mère s'habiller pour une sortie, je vis une ombre de ressentiment passer sur son visage. Sans doute se demandait-elle pourquoi. Pourquoi sa mère, qui frisait à présent la quarantaine, arborait un teint d'une pureté exquise alors que sa peau à elle présentait des rougeurs et des taches de rousseur? Pourquoi elle n'avait pas eu la chance d'hériter de sa silhouette de rêve? Pourquoi sa tignasse, rêche et indisciplinée, ressemblait si peu aux cheveux soyeux de Lillian? Autant de questions propres à tourmenter une jeune fille que les explications maternelles ne consolaient guère.

Lillian mettait tout cela sur le compte d'un malheureux hasard de la génétique par lequel Jessie avait hérité des attributs physiques des femmes Trevis, toutes connues pour leurs boucles rebelles, leur taille épaisse et leur opulente poitrine. Elle acceptait toutefois l'infortune de sa fille sans dramatiser.

— Ne t'en fais pas, mon ange, la rassurait-elle. Chez une femme, des seins généreux rattrapent tout le reste.

Je coiffais Jessie tous les matins avant l'école. Je prenais tant de plaisir à lui brosser les cheveux que j'avais acheté un livre pour apprendre à lui faire toutes sortes de tresses compliquées. Jessie aimait ses coiffures, qui lui valaient plus d'un compliment de ses camarades. Toute sa classe attendait avec impatience de découvrir la nouveauté qu'elle arborerait le lendemain et nous étudiions chaque soir le livre avant que son choix se porte sur telle ou telle natte.

Un matin, en entrant dans sa chambre pour la coiffer, je la trouvai plantée devant le miroir, en train d'examiner son reflet avec des yeux furieux. Ses cheveux roux rebiquaient autour de son visage, comme si elle avait été prise dans une violente bourrasque.

— Que se passe-t-il, Jessie? m'enquis-je, interdite.

Comme elle restait muette, je m'approchai et m'accroupis pour croiser ses yeux dans la glace. Je posai ensuite sur son épaule une main réconfortante, qu'elle dégagea aussitôt d'un mouvement dédaigneux assorti d'un regard mauvais.

— Tu ne veux pas que je te coiffe, aujourd'hui?

Confrontée à un silence boudeur, je jugeai plus sage d'aller mettre un peu d'ordre dans la salle de bains attenante. Cette humeur revêche ne lui ressemblait pas et j'avais besoin de quelques minutes pour déterminer quelle réaction adopter. J'entrepris ensuite de faire le lit, jetant un coup d'œil à la pendule sur la table de nuit. Nous devions être parties dans dix minutes pour arriver à l'heure à l'école.

Je tentai une nouvelle approche.

— Jessie, tu vas être en retard si on ne se dépêche pas.

Elle me répondit par un nouveau regard noir, puis rabattit les mains sur son visage et éclata en sanglots, son épaisse tignasse rousse semblable à une houppette à poudre agitée de mouvements désordonnés. Je m'agenouillai devant elle et tentai de nouveau de poser la main sur son épaule. Cette fois, elle se jeta dans mes bras pour y pleurer pendant cinq bonnes minutes.

— Nana, pourquoi je suis si moche? finit-elle par bafouiller.

— Mais non, Jessie, tu es une jolie jeune fille, répondis-je en lui frottant le dos, comme lorsqu'elle était nourrisson.

— C'est faux! Maman est belle mais je ne lui ressemble pas du tout, rétorqua-t-elle en s'écartant de moi et en chassant ses larmes avec des battements de paupières. Nana, ça fait longtemps que j'y pense: je crois que j'ai été adoptée.

Je dus me mordre les lèvres pour ne pas sourire.

— Vraiment? Qu'est-ce qui te fait croire ça?

— C'est évident, Nana. Je ne ressemble ni à maman ni à papa. Je ne ressemble même pas à Teddy, et tout le monde dit que c'est le portrait craché de papa.

Je ne pouvais démentir ce fait. Un seul regard à Teddy suffisait à reconnaître en lui l'enfant de M. et Mme Trevis. Le constat était moins évident devant les cheveux roux de Jessie, ses taches de son et son sourire, qui me coupait toujours le souffle. Bien que la nature ne l'eût pas dotée de la beauté classique de sa mère, Jessie possédait un visage d'une expressivité renversante. Bien entendu, les jeunes filles de onze ans se fichent bien d'avoir des traits expressifs; ce qu'elles veulent entendre, c'est qu'elles ressemblent à des princesses ou à des mannequins. Tout le reste leur importe peu.

Je cherchai dans mon cœur et mon esprit les mots qui lui parleraient. En vain.

— Tu vois? lança-t-elle, prenant mon silence pour une confirmation. Toi aussi tu penses que j'ai été adoptée.

— Oh, crois-moi, tu n'as pas été adoptée. Ça, je suis bien placée pour le savoir.

— Pourquoi? demanda-t-elle avec défi.

— Parce que j'étais là le jour où tu es venue au monde.

Ses yeux s'écarquillèrent de surprise.

— Ah bon?

— Oui, et je suis sûre et certaine que tu es bien le bébé que j'ai vu ce jour-là.

Jessie fit la moue, quelque peu déçue de se voir privée du plaisir de s'apitoyer sur son sort. Cependant, la curiosité d'entendre ce que j'avais à lui raconter l'emporta.

— Comment peux-tu en être si certaine, Nana? Peut-être qu'en voyant comme j'étais moche, ma vraie mère m'a échangée en cachette avec un bébé plus beau.

Je souris.

— Il n'y avait pas de bébé plus beau que toi. Et si je suis sûre que c'était toi, c'est grâce à tes jolies fossettes. Tu les avais déjà à ta naissance, tu sais, même si tu ne souriais pas. En fait, tu faisais ton cinéma, comme maintenant. Si seulement tu souriais pour me laisser voir ces jolies fossettes…, conclus-je en lui caressant la joue.

— Je n'ai pas envie, Nana, répliqua-t-elle avec un reniflement.

— Je sais, ce serait vraiment terrible de ne plus faire la soupe à la grimace. En fait, je crois que tu devrais faire de ton mieux pour ne pas sourire.

Elle soutint mon regard, prête à relever le défi. Des contractions se mirent alors à lui tordre la bouche.

— Ne souris surtout pas, Jessie, ne montre pas ces fossettes, surtout pas maintenant, avant le petit-déjeuner. Oh, mon Dieu, non!

Incapable de résister, la petite fille laissa s'épanouir sur ses lèvres un beau sourire qui m'alla droit au cœur, comme toujours. J'essuyai les larmes qui barbouillaient son visage.

— Nous n'avons pas le temps de faire autre chose qu'une natte toute simple aujourd'hui, est-ce que ça ira?

Elle haussa les épaules, un peu abattue mais en meilleure disposition pour attaquer sa matinée.

Lillian semblait avoir appris à dominer ses impulsions. Elle continuait à donner de son temps à la ligue de bienfaisance, suivait divers cours de gym et retrouvait ses amies plusieurs fois par semaine pour faire du lèche-vitrine. Après tout cela, je me demandais où elle trouvait encore tant d'énergie à consacrer à Jessie. Constamment contrariée par l'allure de sa fille, « mal fagotée » comme elle disait si bien, elle était toujours sur son dos. «Jessie, ma chérie, si je t'emmenais chez le coiffeur? proposait-elle régulièrement. Il te ferait une jolie coupe courte. » Ou encore, quand elle rentrait de ses emplettes les bras chargés de sacs : « Mon ange! Attends un peu de voir la merveilleuse robe Betsey Johnson que je t'ai achetée. »

Jessie n'aimait pas porter toutes ces robes de couturier. Elle leur préférait de loin les pantalons et les shorts, qui lui permettaient de courir après son frère et de s'associer à ses jeux préférés. En fait, elle faisait tout pour ne pas être en reste avec lui, ce qui n'était pas toujours facile.

— Regardez-moi ça! s'exclamait Lillian lorsqu'elle apercevait sa fille en train de se balancer à une branche ou de lancer des mottes de terre avec une précision remarquable. On dirait un singe, pas une fille.

— Je trouve ça formidable qu'ils s'entendent aussi bien, remarquais-je.

Elle ramenait alors ses mains sur ses hanches avec contrariété.

— Là, vous ne m'aidez pas, Anna.

Toute trace de déception quittait toutefois son visage à l'instant où elle posait les yeux sur son fils, qu'elle aurait pu contempler des heures durant. Les années confirmèrent l'indéniable beauté de Teddy, tout comme sa réussite scolaire et ses prouesses sportives. De ses parents, il avait hérité l'allure et l'esprit, et ceux qui parlaient de lui le faisaient d'une voix légèrement teintée de respect, comme s'ils pressentaient que ce garçon était voué à un grand avenir.

Un après-midi, j'entrevis Jessie dans le jardin de devant. Elle avait enfourché son vélo, un modèle violet qu'elle adorait et prenait souvent pour parcourir les quelques pâtés de maisons qui la séparaient de chez une amie. Bien qu'elle eût reçu la bicyclette pour Noël, moins d'un an plus tôt, son panier en mailles métalliques orné de fleurs en plastique était déjà cabossé de toutes parts tant Jessie aimait la vitesse, passion qui lui valait des chutes et des collisions fréquentes. La corbeille fixée au guidon servait en fait plus d'amortisseur que de rangement et je passais mon temps à mettre des pansements et à appliquer des pommades antiseptiques sur les coudes et les genoux de sa propriétaire, qui ne laissait personne d'autre lui dispenser ces soins.

Jessie jetait des coups d'œil répétitifs à la fenêtre de la cuisine avec l'espoir évident que quelqu'un la remarque. Si elle avait terminé ses devoirs et rangé sa chambre, elle ne m'avait toutefois pas demandé la permission de se rendre chez son amie à vélo. Je m'essuyai donc les mains à un torchon et sortis pour découvrir ce qu'elle mijotait.

Un pied posé par terre, elle se maintenait en équilibre précaire sur sa selle, penchant d'un côté, puis de l'autre. Un redoutable froncement de sourcils lui barrait le visage, comme si elle s'apprêtait à mener une bataille qu'elle n'entendait pas perdre.

— Où vas-tu comme ça, Jessie?

De son panier rempli de vêtements dépassaient ses deux ou trois peluches favorites. Le menton tremblant, elle posa son pied sur la pédale.

— Je fais une fugue. Je n'aime plus vivre à la maison. Je déteste, même!

Je discernai dans ses yeux une pointe d'angoisse et un désir sincère de trouver sa place au sein de la famille, d'y gagner sa dignité. J'y vis également l'enfant que j'étais, tant d'années auparavant.

Avec Carlitos, nous avions attendu la fin de la saison des pluies pour mettre nos projets à exécution. Nous avions prévu de partir dans un premier temps à la recherche de mon père, puis, ce dernier retrouvé, de pousser jusqu'au village où *tío* Carlos vivait avec son autre famille. Après quoi nous les convaincrions tous les deux de rentrer à la maison avec nous. Nous ne savions pas vraiment quels arguments nous invoquerions pour les persuader ou comment nous reconnaîtrions mon père alors qu'aucun de nous ne se souvenait de lui, mais il aurait fallu plus que de telles vétilles pour nous décourager. Si tout se passait comme je l'imaginais, nous trouverions mon père à l'ombre d'un arbre, attendant tranquillement notre arrivée en taillant un morceau de bois, peut-être dans l'idée de me fabriquer un jouet. Lorsque je croiserais son regard, j'aurais l'impression de fixer un miroir terni par le temps et le regret, mais rien n'aurait altéré l'incontestable lien de filiation qui nous unissait.

J'avais convaincu Carlitos que les retrouvailles se passeraient ainsi et, confiant comme il était, mon cousin s'était satisfait de ma fable. De toute façon, son esprit était tout occupé aux détails pratiques de notre périple dans la jungle. Pour assurer notre survie, il chasserait tous les jours du gibier, que nous accompagnerions de toutes sortes de fruits cueillis dans la forêt, et veillerait à ce que nos bidons d'eau soient toujours pleins. La nuit, nous dormirions dans les arbres ; le jour, nous suivrions le cours de la rivière. Nous avions tous les deux hâte de nous lancer dans cette aventure.

Certains que *tía* Juana et *mamá* feraient tout ce qui était en leur pouvoir pour nous retenir, nous avions jugé plus prudent de ne pas leur révéler nos desseins. Si elle les avait appris, *tía* Juana, plus colérique que ma mère, aurait probablement rossé Carlitos.

Le jour du grand départ, nous rassemblions quelques objets indispensables quand *mamá* entra dans la hutte. Lorsqu'elle nous demanda ce que nous faisions avec son grand cabas pour le marché, Carlitos et moi échangeâmes un regard, les joues en feu et les lèvres scellées. *Tía* Juana rentra à son tour, ma petite cousine Lupita calée sur sa hanche. Au premier regard, elle devina que nous préparions un mauvais coup.

— Que se passe-t-il ? demanda-t-elle, les yeux embrasés par la suspicion.

Carlitos perdant toujours l'usage de la parole lorsque sa mère s'emportait, il me revint de nous expliquer. Le visage toujours tourné vers *mamá*, j'évitai soigneusement le regard de ma tante, qui avait le pouvoir d'embrouiller les idées de n'importe qui en seulement quelques secondes.

— Autant que vous le sachiez : Carlitos et moi, on s'enfuit de la maison.

J'entendis mon cousin grogner dans mon dos. Sans doute espérait-il que j'invente une excuse, mais mon premier réflexe, ainsi prise de court, me poussait toujours à révéler la vérité.

— Vous quoi? s'exclama *tía* Juana.

Je me tournai vers elle, le corps parcouru d'un frisson. Ses yeux exorbités me mitraillaient.

— On s'enfuit de la maison, répétai-je avec un peu moins d'assurance.

— Peut-on savoir pourquoi? s'enquit *mamá* de sa voix pondérée.

Je pris une profonde inspiration, consciente que nous abordions là un point particulièrement sensible.

— Je vais chercher mon père et Carlitos va convaincre le sien de revenir. Si *tío* Carlos ne veut pas rentrer avec nous, peut-être qu'il restera avec lui.

Ma tante suffoqua, manquant laisser tomber sa fille. Puis elle se mit à crachoter et à piétiner sur place, comme si un volcan se réveillait en elle. Elle cherchait déjà du regard un instrument pour frapper Carlitos. *Tía* Juana était le genre de femme à aller droit au but.

— Ton père est mort, déclara *mamá*. Tu le sais bien.

Je secouai la tête.

— Je ne sais rien du tout! Toi tu dis que l'alcool l'a tué, d'autres racontent qu'il s'est fait renverser par une voiture, mais moi je sais qu'il est vivant dans la forêt et qu'il attend que je le retrouve. Je le sens au fond de mon cœur.

Tía Juana ne put se contenir plus longtemps.

— Espèce d'idiote! s'écria-t-elle. Ton père était si soûl qu'il ne s'est même pas rendu compte qu'il était au beau milieu d'une route en pleine nuit et il s'est fait écraser par un camion. On l'a retrouvé le lendemain, aplati comme une tortilla. Dans le noir, le chauffeur a cru qu'il avait percuté un chien. Remarque, il n'avait pas tort!

— Je ne te crois pas, lançai-je en attrapant la main tremblante de Carlitos.

— Quant à toi, continua ma tante en pointant son doigt sur mon cousin, après tout ce que ton père nous a fait, tu serais prêt à nous abandonner, tes frères et sœurs et moi, pour aller vivre avec lui et sa putain!

Carlitos ne répondit pas, mais son silence en disait long sur sa culpabilité.

— Petit fumier! fulmina *tía* Juana. Tu ne vaux pas mieux que ton misérable père! Je parie qu'elle t'a séduit, toi aussi, hein? Cette putain de Marisol avec ses gros nichons et ses belles manières! Mais je m'en lave les mains. Sans compter qu'elle te mettra à la porte dès qu'elle verra que tu as un gouffre sans fond à la place de l'estomac!

— Je chasserai, marmonna Carlitos.

Ma tante se mit à jurer de plus belle, obligeant ma mère à intervenir pour lui signifier, d'une main ferme sur son épaule, de se calmer. Laissant *tía* Juana ronchonner dans sa barbe, elle alla ensuite farfouiller dans ses affaires et revint avec une couverture légère au tissage délicat.

— Je la gardais pour le jour où tu quitterais la maison. J'aurais préféré que ce soit dans d'autres circonstances, mais elle est à toi. Je laisserai un message à Dolores si nous partons, afin que vous puissiez nous retrouver quand vous reviendrez. Si vous revenez un jour…

— Vous partez? m'étonnai-je en lui prenant la couverture des mains.

Elle haussa les épaules.

— Il vous faudra longtemps pour trouver quelqu'un qui n'est plus de ce monde. Qui sait ce qui peut arriver?

Sur ce, elle me tourna le dos et se plongea dans le tri des haricots pour le dîner, piochant d'un geste adroit les minuscules cailloux qu'elle y trouvait pour les jeter de côté. *Tía* Juana, qui rageait toujours en silence avec des regards furieux à l'adresse de Carlitos, se détourna également pour allaiter sa dernière-née avec une tendresse qui ne lui ressemblait guère, comme pour faire valoir qu'elle réservait son affection aux membres loyaux de sa nichée.

Au bout d'un moment, *mamá* leva la tête, étonnée de nous voir encore là.

— Si vous ne partez pas bientôt, la nuit va vous surprendre.

J'aurais voulu me jeter à ses pieds et la supplier de me pardonner. Comment avais-je pu me croire capable de vivre un seul jour loin de ma chère maman? À présent, j'ignorais comment combler le gouffre qui s'était creusé entre nous. Quant à mon cousin, il semblait encore plus perdu que moi.

— Peut-être qu'on devrait attendre demain matin, me chuchota-t-il d'une voix nerveuse.

— Oui, je crois que ce sera mieux demain.

J'avais pris soin de répondre assez fort pour que *mamá* et *tía* Juana m'entendent, mais, si ce fut le cas, elles semblèrent s'en moquer. Je compris à cet instant combien l'inquiétude d'une mère entoure un enfant d'une chaude enveloppe protectrice, et combien son indifférence le glace à tel point que la mort lui paraîtrait presque un sort enviable.

J'allai déposer la couverture que *mamá* m'avait donnée sur mon hamac, puis m'allongeai dessus et ne la quittai plus jusqu'au matin. Je n'osai même pas me lever pour le dîner, de crainte qu'on ne me vole ma place si je la laissais trop longtemps inoccupée. Soudain, rien d'autre ne m'importait que ce petit coin du monde, la fissure dans le mur à travers laquelle perçaient les premières lueurs de l'aurore et tous les êtres chers avec qui je partageais cette hutte.

Carlitos ne bougea pas davantage, mais ses yeux élargis suivaient sa mère partout tandis qu'elle vaquait à ses occupations. Sans doute s'estimait-il heureux qu'elle ne tombe pas sur un bâton ou tout autre objet susceptible de lui rappeler que son fils n'avait pas reçu la correction qu'il méritait.

Le lendemain matin, alors que tout le monde croyait la saison humide achevée, une pluie miraculeuse s'abattit sur le village. Il n'aurait pas été sage de nous enfuir dans de telles conditions et nous ne mentionnâmes plus jamais nos projets de fugue. Carlitos exécuta ses corvées sans qu'il y eût besoin de le lui demander et avec autant d'énergie que s'il travaillait pour un salaire. Quant à moi, j'accomplis les miennes avec un nouveau sens des obligations et profitai que ma mère eût le dos tourné pour replacer dans ses affaires la couverture qu'elle m'avait donnée.

— Où vas-tu ? demandai-je à Jessie, qui organisait son panier sans se presser.

— Sûrement à Disneyland, répondit-elle avec un haussement d'épaules.

Comme beaucoup d'enfants, Jessie ne jurait que par Disneyland.

— Tu vas vivre dans le château de Cendrillon?

Elle me considéra avec une mine triste de petite fille délaissée.

— Je crois, oui, marmonna-t-elle.

— Attends!

Je filai à toute vitesse à la cuisine, d'où je revins avec une boîte de céréales que je fourrai dans son panier.

— C'est pour demain matin, lui expliquai-je. Tu auras faim.

Elle posa sur moi de grands yeux lumineux.

— Je ne vais pas te manquer, Nana?

— Bien sûr que si. Tu vas terriblement me manquer. Je vais pleurer toutes les nuits, et ta maman et ton papa aussi. Je suis certaine que Teddy aura beaucoup de chagrin, lui aussi.

Elle ouvrit la boîte de céréales pour prendre quelques pépites qu'elle porta à sa bouche, son pied bien planté au sol.

— Tu crois qu'ils appelleront la police? demanda-t-elle.

— C'est la première chose qu'ils feront quand ils se rendront compte que tu as disparu. Mais si tu pars maintenant et que tu vas directement à Disneyland, tu y arriveras sans doute avant que la police lance les recherches.

Elle hocha la tête d'un air pensif, puis enfourna une nouvelle poignée de céréales.

— Peut-être qu'ils croiront que je suis morte ou qu'un méchant m'a kidnappée, remarqua-t-elle. Ils seront tristes.

— Aucun doute là-dessus.

— Je sais! s'exclama-t-elle, le visage illuminé. Pourquoi tu ne viens pas avec moi? On pourrait fuguer toutes les deux.

Je fis mine de réfléchir un instant.

— Eh bien, je serais heureuse de fuguer avec toi, Jessie, mais, pour tout te dire, j'aime beaucoup cette maison et je serais chagrinée de la quitter.

Elle accueillit ma réponse avec un signe de tête entendu, puis ferma la boîte de céréales avec un soupir.

— Tu as la frousse, pas vrai? remarqua-t-elle.

J'acquiesçai en silence, affichant mon plus bel air honteux.

— Je crois que oui, un peu…

Visiblement soulagée par cette confidence, elle balança sa jambe pour sauter de son vélo et le ramena au garage, vérifiant avec des regards en arrière que je suivais bien. Lorsqu'elle eut rangé sa bicyclette, elle vida la corbeille, me tendant ses affaires une par une.

— Finalement, je ne vais pas faire de fugue, déclara-t-elle alors que nous regagnions la maison. Mais tiens-moi au courant quand tu n'auras plus la frousse.

— Tu peux compter sur moi.

13

Lorsque Anna tourna le dos à la fenêtre, Millie avait perdu son ton désinvolte et pleurait, le visage enfoui entre ses mains. Anna, qui ne l'avait jamais vue en proie à une telle affliction, prit peur.

— Je vous en prie, Adam, expliquez-moi comment ça s'est passé, supplia Millie en relevant la tête. Je veux connaître tous les détails. Où se trouvait Mick dans la voiture? Comment l'avez-vous persuadé de vous laisser prendre le volant?

Rassurée par un signe de tête d'Adam, Anna les laissa seuls et sortit rejoindre sœur Josepha au bord de la fontaine. La religieuse sourit en la voyant approcher.

— On dirait que l'état de ces satanés genoux ne fait qu'empirer depuis un an. Je n'ai guère d'espoir que ça s'arrange un jour, gloussa-t-elle.

S'aidant de sa canne, elle tenta à grand-peine de se mettre sur pied. Anna vola à son secours.

— Vous travaillez peut-être trop dur, observa-t-elle. Vous devriez ralentir un peu.

Sœur Josepha prit appui sur son bras.

— Si je n'avais pas mon travail, c'en serait fini de moi. Mais quand tu viendras…

Elle s'interrompit pour se corriger avec un mouvement consciencieux de la tête.

— Mais *si* tu viens, tu verras par toi-même combien il est aisé d'attraper le virus du travail, là-bas. Les enfants sont si heureux. Ils t'adoreront, tu sais. Mais je dois te prévenir : malgré les avancées réalisées au cours des dernières années, les conditions sont totalement différentes de celles que tu connais ici. L'adaptation ne sera pas forcément facile pour toi.

Anna se figea, présentant à la vieille femme un masque d'incrédulité.

— Ma sœur, vous oubliez où et dans quelles circonstances nous nous sommes rencontrées !

— Je ne l'oublierai jamais, répondit la religieuse en baissant les yeux.

— Moi non plus. Quant à tout cela, désigna Anna avec un large geste du bras, c'est très beau, mais ce n'est ni moi, ni à moi. Ça ne l'a jamais été. Pas vraiment…

Sœur Josepha l'étudia, surprise par sa véhémence.

— Ma fille, je ne voulais pas te vexer.

— Non, bien sûr que non, je ne suis pas vexée.

Embarrassée, Anna s'en voulut de s'être exprimée avec une telle impétuosité alors que sa vieille amie faisait simplement preuve de prévenance à son égard. Elles reprirent leur marche en direction de la maison.

— Monte, maintenant, lui dit la religieuse lorsqu'elles franchirent la porte. Ne t'inquiète pas pour moi.

— Vous êtes sûre ?

— Certaine, répondit-elle avec un sourire bienveillant.

Anna emprunta l'escalier en trottinant et atteignit le palier à bout de souffle. « Le temps passe trop vite, je ne peux pas suivre le rythme, songea-t-elle. Je ne peux vraiment pas suivre. »

Une voix lui répondit dans la quiétude qui s'installait entre ses respirations : « Il y a toujours du temps. »

« Mais s'il n'y en a vraiment pas, cette fois ? interrogea Anna en silence. Si je me retrouve encore toute seule ? »

« Aie confiance en toi, *mija*, insista la voix. Si tu suis ton cœur, tu auras tout le temps qu'il te faut. »

Dans le couloir, Anna hésita devant la porte de Teddy. Après le départ des enfants de la maison pour leurs études, elle se réfugiait souvent dans leur chambre pour se remémorer leurs nombreuses conversations, les moments de bonheur absolu et les autres, plus difficiles. Elle y trouvait, ne serait-ce qu'un instant, de quoi oublier la solitude dont elle souffrait en leur absence.

Cela faisait maintenant plusieurs mois qu'elle n'avait pas osé jeter un coup d'œil à la chambre de Teddy, certaine que cela ne ferait qu'accroître sa tristesse et sa fatigue nerveuse en cette période déjà très éprouvante. Prise du sentiment que c'était là tout ce qu'il lui restait de lui, elle tourna néanmoins la poignée pour glisser un regard furtif dans la pièce. Ses yeux accrochèrent d'abord l'interminable lit simple, dans le coin sous la fenêtre. Lorsque, au lycée, Teddy avait pris une dizaine de centimètres en un an, il lui avait fallu un lit fabriqué sur mesure. Qu'est-ce qu'ils riaient quand il se couchait sur son ancien matelas et que ses pieds dépassaient des couvertures !

Ils avaient réorganisé la pièce à plusieurs reprises, transformant le cocon de bébé en chambre d'écolier, puis en repaire de jeune homme. Chaque fois, Anna avait participé à l'opération et aidé Teddy à choisir ses nouveaux meubles, ses rideaux et son linge de lit pour obtenir l'effet d'ensemble qu'il souhaitait. Le poster de son dernier joueur de base-ball favori était encore accroché au mur. Anna ne se souvenait pas du nom de ce lanceur, l'un des meilleurs de tous les temps, mais elle savait que Teddy lui avait voué un véritable culte pendant une grande partie de ses quatre années de lycée.

Curieusement moins abattue qu'elle ne l'aurait cru, elle risqua plusieurs pas indécis dans la pièce et, avant de pouvoir réagir, se laissa submerger par une nouvelle vague de souvenirs.

*

Lillian observait Teddy et sa nouvelle « poule », comme elle l'appelait, à travers la baie vitrée de la véranda. Maggie était une adorable fille aux cheveux châtains courts et au sourire facile. Charmante et réaliste, elle se classait, selon moi, dans cette catégorie de jeunes femmes aussi à l'aise en vieux jean qu'en robe-bustier. Teddy avait fait remarquer avec une certaine fierté que Maggie n'était pas seulement jolie, mais aussi brillante, comme le prouvaient des résultats scolaires qui lui permettaient de postuler à Harvard pour la rentrée suivante. Elle voulait devenir journaliste spécialisée dans les affaires internationales et voyager à travers le monde pour rapporter les hauts faits des présidents, des rois et des espions. Je la voyais bien exercer ce métier et songeais souvent, devant les informations du soir, que son joli visage souriant et son regard intelligent recevraient un accueil favorable des téléspectateurs.

Lillian plissa les yeux pour mieux jauger la jeune fille en train de prendre le soleil avec son fils au bord de la piscine.

— Elle a quelque chose, remarqua-t-elle. Il y a chez cette fille un je-ne-sais-quoi qui me dérange, mais je n'arrive pas à mettre le doigt dessus.

Peinant à imaginer ce que pouvait être ce « je-ne-sais-quoi », je me retournai vers la cour, où Maggie passait de la crème solaire sur les épaules musclées de Teddy en gloussant à ses taquineries. Tous les deux prenaient à ce jeu un plaisir manifeste.

— Elle me paraît très bien, à moi, murmurai-je.

— Le contraire m'aurait étonnée! rétorqua Lillian en roulant les yeux. Teddy pourrait ramener à la maison une strip-teaseuse avec des anneaux aux tétons que vous vous exclameriez: « Quelle jeune fille bien, vous ne trouvez pas? »

Je me crispai à la pensée de ces bijoux extrava-gants et, pour toute réponse, secouai la tête. Lillian disait peut-être vrai à mon sujet, mais elle oubliait de préciser qu'elle adoptait invariablement l'attitude inverse: elle détestait cordialement toutes les filles que Teddy nous présentait et détectait leurs défauts, aussi légers soient-ils, avec une facilité remarquable. L'une affichait un teint trop cireux, assorti à une per-sonnalité trop fade; l'autre lui paraissait trop mascu-line; une autre, encore, était si mielleuse qu'elle lui donnait la nausée.

— Je crois que je sais ce que c'est! lança-t-elle en se retournant brusquement vers moi. Malgré ses grandes ambitions, ses notes à l'examen d'entrée à l'université et sa coupe de cheveux moderne, cette fille n'est qu'une vulgaire traînée qui veut piéger mon fils et s'amuser à le priver de sa liberté.

— Si j'ai bien suivi, avançai-je en marquant ma compréhension d'un hochement de tête, vous pensez qu'elle veut se marier et faire sa vie avec Teddy.

Lillian me fit face, une ombre de déception sur ses traits.

— Il faut savoir lire entre les lignes, Anna. En tant que mère, je me dois de rester vigilante. Teddy est un très beau parti, n'importe quelle fille vendrait son âme au diable pour mettre le grappin sur lui.

— Teddy fera un jour un merveilleux mari.

— Vous ne comprenez vraiment rien! me rabroua-t-elle.

— Excusez-moi mais qu'y a-t-il à comprendre, au juste?

Elle secoua la tête de gauche à droite, comme si mon absence totale de perspicacité lui ôtait l'usage de la parole. Puis elle lança un regard furieux à son fils et à sa petite amie, qui s'échangeaient des grains de raisin glacés à la becquée, et se rembrunit.

— Si vous ne le voyez pas par vous-même, ne comptez pas sur moi pour vous faire un dessin, grommela-t-elle.

Elle continua à fixer la scène devant elle, les lèvres tremblantes de rage.

— C'est plus que je ne peux en supporter! s'emporta-t-elle avant de s'éloigner, froissée.

Je n'avais pas besoin de dessin. J'avais compris depuis longtemps que la dépendance sexuelle dont Lillian avait réussi à s'affranchir avait laissé place à une peur aussi irrationnelle que tenace de voir son fils terminer avec une femme comme elle. Une réaction qui suscitait autant mon admiration que ma pitié.

Quelques jours plus tard, je fus réveillée au beau milieu de la nuit par des cris dans le couloir. Malgré ses accents hystériques, je reconnus la voix de Lillian et crus, paniquée, que la maison avait pris feu. Je jetai ma robe de chambre sur mes épaules et m'élançai hors de ma chambre, m'attendant à plonger dans un nuage de fumée et à affronter un mur de flammes. Au lieu de quoi je trouvai Lillian dans tous ses états devant la porte fermée de Teddy. À côté d'elle, M. Trevis tentait de la calmer de son mieux.

— Appelle la police, Adam! brailla-t-elle. Appelle-la tout de suite!

— Je suis sûr que ce n'est pas nécessaire, la raisonna-t-il d'un ton posé, en dépit de son trouble évident.

— Je ne veux pas d'elle dans cette maison, tu m'entends? Je veux qu'elle parte!

Elle tenta de pénétrer dans la chambre de son fils, mais M. Trevis la retint. Il se tourna ensuite vers moi en rosissant.

— On dirait que Teddy a de la visite.

Lillian lui lança un regard furibond. Un peu plus et elle lui arrachait les yeux avec ses ongles.

— De la visite? s'indigna-t-elle. Pourquoi ne dis-tu pas la vérité, Adam? Cette fille essaie d'impressionner tout le monde avec ses idéaux de grande dame, mais on connaît la vérité maintenant, n'est-ce pas? clama-t-elle haut et fort pour s'assurer d'être bien entendue de Teddy et de l'intruse. Ce n'est qu'une intrigante qui essaie de piéger notre fils!

Sans daigner répondre, M. Trevis entreprit de la reconduire dans leur chambre. Après s'être débattue, elle finit par céder et le suivit au bout du couloir, sans toutefois cesser de grommeler. Dès que la porte se referma sur eux, Teddy passa la tête dans l'entrebâillement de la sienne pour vérifier que la voie était libre. Comme son père quelques minutes plus tôt, il rougit en m'apercevant, mais parut soulagé de me trouver moi plutôt que sa mère. Le voyant confus et à court de mots, je m'apprêtais à regagner ma chambre quand il m'arrêta d'un murmure.

— Tu peux m'aider, Nana? Maggie est dans un état pas possible.

Lui emboîtant le pas, je trouvai la jeune fille assise sur le bord de l'immense lit, tête baissée. Avec son jean et son long T-shirt, elle ne semblait pas avoir plus de treize ans et je peinais à imaginer qu'elle s'était introduite en douce dans cette chambre avec quelque intention scandaleuse. Alors que je m'approchais, Teddy saisit avec précipitation un objet sur la table de nuit et le dissimula dans sa poche. Il n'agit toutefois pas assez vite pour m'empêcher d'identifier une boîte de préservatifs. Au moins ces deux-là prenaient-ils leurs précautions.

— Nana, j'ai tellement honte, gémit Maggie en posant sur moi des yeux angoissés. Je ne sais pas quoi faire.

D'une main tremblante, elle essuya les larmes qui lui barbouillaient les joues. Je ne pus qu'imaginer la scène que lui avait faite Lillian avant l'intervention de M. Trevis.

— Je ne veux pas que vous pensiez que c'est dans mes habitudes de me faufiler dans la chambre des garçons au beau milieu de la nuit.

— Je m'en doute bien. Tes parents savent où tu es?

Elle me fixa avec de grands yeux implorants.

— Non, justement. Ils croient que je dors chez Lisa. Si je rentre maintenant, ils sauront que j'ai menti. Mon père va me tuer s'il découvre où j'étais.

Ses épaules s'affaissèrent et elle jeta un regard à Teddy, aussi abattu qu'elle.

— Qu'est-ce que je vais faire? Je ne peux pas rester ici après ce qu'il s'est passé, ajouta-t-elle tout bas.

— Nana, aide-nous, s'il te plaît! me supplia Teddy comme il le faisait autrefois quand il avait cassé un jouet. Tu connais maman et ses crises de colère. Si Maggie ne part pas sur-le-champ, elle appellera la police. Même papa ne pourra pas la retenir.

Je hochai la tête. J'ignorais comment je pouvais les aider, et si je devais les aider tout court. Ils n'auraient pas dû se retrouver en cachette en pleine nuit, sans oublier que Maggie avait menti à ses parents.

— Dans tous les cas, je suis cuite, murmura Maggie.

Elle se mit alors à sangloter avec des hoquets paniqués qui m'étonnèrent de la part d'une fille aussi moderne et volontaire. Je passai un bras rassurant autour de ses épaules.

— Tu peux venir dans ma chambre pour le restant de la nuit. Mme Lillian a un cours de yoga demain matin. Dès qu'elle aura quitté la maison, je te raccompagnerai chez toi.

— Oh, merci, Anna!

Elle m'étreignit avant de me considérer avec adoration.

— On appellera notre premier enfant comme vous. Pas vrai, Teddy?

Ce dernier haussa les épaules, légèrement mal à l'aise.

— Et si c'est un garçon?

— Notre première fille, alors, précisa Maggie d'une voix joyeuse.

— Vous avez tout le temps de penser à ça, dis-je en escortant la jeune fille dans le couloir avec un regard sévère à Teddy. Pour l'instant, concentrons-nous sur un moyen de passer la nuit et de te raccompagner chez toi demain, d'accord?

Le lendemain, Lillian refusa d'adresser la parole à Teddy. Malgré son embarras, ce dernier déploya tous les efforts imaginables pour présenter des excuses à sa mère, mais, à chacune de ses tentatives, elle prenait un air dégoûté, comme s'il sentait le poisson pourri, et quittait la pièce s'il insistait.

Le week-end suivant, je préparais une salade de fruits pour le déjeuner quand Teddy entra dans la cuisine avec un air penaud que je lui avais rarement vu. Je n'étais pas revenue avec lui sur le mélodrame nocturne, pour la bonne raison que je ne savais pas vraiment quoi lui dire. Néanmoins, j'entendais lui faire remarquer, d'une façon ou d'une autre, que Maggie était une fille bien et qu'il devait garder à l'esprit qu'en lui ouvrant la porte de sa chambre au beau milieu de la nuit, il ouvrait également la porte à d'éventuelles responsabilités. Je cherchais la manière de me lancer quand Lillian fit une entrée majestueuse. Elle affichait un sourire éclatant et un tel enjouement qu'elle semblait flotter à plusieurs centimètres du sol.

— Le voilà! s'exclama-t-elle en couvant son fils du regard. Mon gentil et merveilleux petit prince.

Teddy rougit, une manifestation de gêne qu'il maîtrisait généralement mieux face à sa mère. Je m'arrêtai dans mes préparatifs, surprise par la subite transformation de Lillian. Ses sautes d'humeur ne m'étonnaient plus, depuis le temps, mais j'aurais parié que sa rancune contre son fils ne passerait pas aussi facilement.

— Nous allons acheter une voiture, m'informat-elle avec des yeux étincelants. Je crois savoir que Teddy a jeté son dévolu sur une Porsche jaune. Elle n'est pas flambant neuve, mais ce n'est pas non plus une antiquité. N'est-ce pas, mon rayon de soleil?

Teddy s'empourpra de plus belle.

— Oui, murmura-t-il avec un haussement d'épaules, évitant soigneusement mon regard.

Mère et fils revinrent l'après-midi même avec leur nouvelle acquisition. Après l'avoir garée devant la maison, Teddy nous invita, Jessie et moi, à venir l'admirer. Avec des « oh! » et des « ah! », nous le complimentâmes sur son allure au volant. Il nous emmena ensuite chacune faire un tour de pâté de maisons. Impatient de montrer à ses amis son petit bijou, il m'informa ensuite qu'il rentrerait un peu plus tard que d'habitude.

— Oh, j'ai failli oublier, lançai-je en descendant de voiture. Maggie a appelé cet après-midi, pendant que tu étais sorti avec ta mère.

Le visage rembruni, il fit ronfler le moteur.

— Si jamais elle rappelle, dis-lui que je ne suis pas là, me commanda-t-il.

— Mais si tu es là?

— Je ne veux pas lui parler. Ses trucs sur les enfants, c'était trop pour moi, ajouta-t-il en réponse à mon expression perplexe. J'ai cassé avec elle hier.

— Je ne crois pas qu'elle le pensait sérieusement, du moins pas pour l'instant. Une fille aussi intelligente que Maggie, avec tant d'ambition…

— Nana, s'il te plaît! Je ne veux plus lui parler et je ne veux plus en parler.

Sur ce, il s'éloigna au volant de sa Porsche jaune pour ne revenir que tard le soir.

*

Anna sortit de la chambre de Teddy le cœur lourd de la même déception qu'elle avait ressentie tant d'années plus tôt. Que Lillian fût capable de soudoyer son fils avec une nouvelle voiture ne la surprenait guère, mais elle souffrait de savoir Teddy aussi facilement manipulable. Elle songea alors aux parties de cache-cache ou aux histoires qu'elle lui promettait autrefois avant sa sieste en échange de son bon comportement. Aussi intelligent et doué qu'il était, Teddy restait un petit garçon dans un corps d'adulte. Malgré tout, elle savait que cette immaturité cachait un bon cœur. À l'époque comme aujourd'hui, elle l'aimait quoi qu'il arrive et lui pardonnait sans mal ses défauts.

Elle se demandait souvent si Maggie était entrée à Harvard et si elle cherchait toujours à faire carrière dans le journalisme. Elle avait bien songé à poser la question à Teddy, mais elle pressentait qu'évoquer la jeune fille reviendrait plus ou moins à lui rappeler la nuit où il avait souillé son pyjama. Elle ne ferait que raviver les relents honteux d'incidents qu'il tenait à oublier.

14

Anna regagna la chambre d'Adam. La moitié de l'après-midi n'était pas écoulée qu'elle redoutait déjà la nuit. Elle craignait que la mort ne survînt dans le noir, à l'heure où le mystère règne et où l'esprit est plus alerte que jamais. Autant de raisons de redoubler de vigilance. Elle restait souvent éveillée, trouvant un peu de réconfort dans cette obscurité qui émoussait sa perception du passage du temps. Pendant quelques heures, elle pouvait prétendre que les aiguilles avaient arrêté de tourner et qu'elle était suspendue avec son bien-aimé dans un vide infini et éternel.

Ces nuits blanches l'obligeaient à dormir dans l'après-midi pour compenser son manque de sommeil. Lorsqu'on avait installé Adam dans un lit médicalisé, elle avait déplié un lit de camp à côté du sien. À présent étendue dessus, elle observa les jeux d'ombre et de lumière sur le mur avec l'impression d'être ballottée d'avant en arrière. Un voile de brume se posa sur la chambre bercée par la respiration d'Adam, synchrone avec le souffle léger qui agitait les branches derrière la fenêtre. Alors qu'elle sombrait dans le sommeil, Anna entendit des voix à l'extérieur. Elle ouvrit les yeux et se redressa lentement. Et si Teddy était finalement venu? Son cœur s'emballa, mais une écoute plus attentive la détrompa. Elle savait qui était le visiteur. Non seulement elle l'entendait, mais elle le sentait au fond d'elle, le flairait dans l'air. Elle se demanda si c'était ainsi que l'homme pressentait l'approche de la peste ou d'une épidémie autrefois, si cet instinct lui permettait de se préparer à l'inévitable et de rassembler les forces nécessaires pour survivre à l'épreuve.

Elle n'avait cessé d'espérer que les années chassent tout, déroulent sur le passé un voile d'indifférence, comme seul sait le faire le temps, mais elles n'avaient contribué qu'à intensifier son antipathie. Elle n'arrivait pas à fermer les yeux sur un tel comportement, à le mettre sur le compte de l'esprit d'aventure d'un irresponsable au grand cœur. Non, elle n'arrivait pas à pardonner à Darwin et doutait d'y parvenir un jour.

— J'entends quelqu'un, remarqua Adam d'une voix faible.

Anna se leva pour s'approcher de lui.

— Ton frère est là. Tu veux le voir maintenant? Je peux lui demander de patienter si tu préfères.

Adam avala sa salive. Avait-il hoché ou secoué la tête? Anna n'aurait su le dire, mais elle n'aurait aucun scrupule à congédier Darwin si sa réponse était négative.

— Je veux le voir, articula son bien-aimé, les yeux brillants.

Elle trouva Darwin et Millie dans le hall d'entrée, enlacés. Elle attendit qu'ils aient terminé leurs embrassades pour annoncer, d'un ton plus morne qu'elle ne l'aurait voulu, qu'Adam était réveillé et souhaitait voir son frère.

— Une chance, c'est justement ce pour quoi je suis venu, marmonna Darwin, sarcastique, avec une inclinaison de tête dans sa direction.

Après avoir adressé quelques mots aimables à Millie et lui avoir donné un baiser sur le front, il emprunta l'escalier, suivi d'Anna à quelques marches de distance.

— Je ne vous ai jamais vue aussi blême, remarqua-t-il. On dirait que votre amourette vous a vidée.

Anna frémit de dégoût mais ne trouva rien à lui répondre. Chaque mot qui lui venait à l'esprit était plus fielleux que le précédent.

— Eh bien? s'étonna-t-il. Vous me haïssez tant que ça vous empêche de parler?

— Je ne vous hais pas, je vous plains, corrigea-t-elle.

— Vraiment? s'enquit-il en s'arrêtant pour l'observer. Vous ne savez pas mentir, Anna. J'ai toujours pu lire dans vos yeux votre profond mépris pour moi.

Elle détourna le regard et, immobile, le laissa poursuivre son ascension seul. Ne sachant pas si elle devait monter ou descendre, elle s'assit à l'endroit précis où elle se trouvait et croisa les bras sur les genoux pour y reposer sa tête. Elle n'avait ni l'énergie ni l'envie de se joindre aux conversations qu'elle entendait dans la cuisine, pas plus qu'elle ne jugeait opportun d'assister à la discussion entre Adam et son frère. Ce poste d'observation central lui permettait de garder un œil sur tout ce qu'il se passait dans la maison – elle s'étonnait d'ailleurs de ne pas l'avoir découvert plus tôt. Tandis qu'elle écoutait la voix de Jessie, qui lui parvenait du rez-de-chaussée, elle se sentit partir.

*

Jessie étudiait le reflet que lui renvoyait la psyché, se tournant et se retournant dans sa robe lavande. Je la trouvais ravissante, mais elle n'était visiblement pas

de cet avis. Débarquant dans la chambre pour lui proposer une paire de boucles d'oreilles, Lillian se posta
près d'elle devant le miroir. Jessie n'avait hérité ni de la
silhouette svelte ni du cou gracieux de sa mère. Avec sa
taille plus épaisse et ses membres robustes, elle tombait
instantanément et inévitablement dans la médiocrité et
la gaucherie à côté d'elle.

— Jessie, cette robe va à ravir avec tes cheveux,
remarquai-je.

— Je les attache ou je les laisse détachés?

— Tu les attaches, sans hésitation, répondit Lillian
avant que je puisse donner mon avis. Ça allongera
ta silhouette.

— Tout compte fait, je crois que je vais les laisser
détachés.

— Mais regarde comme ces boucles d'oreilles
seront jolies avec des cheveux attachés, insista Lillian
en les plaçant à côté de ses lobes.

Jessie haussa les épaules, manifestement décidée
à ne pas les porter.

— Nana, tu veux bien me brosser les cheveux
et les boucler au bout, comme tu le fais parfois? me
demanda-t-elle.

Je n'avais pas disparu dans la salle de bains depuis
plus de quelques secondes qu'une dispute éclatait
dans la chambre.

— Sors les épaules, Jessie! Regarde un peu comme
tu perds du ventre quand tu te tiens droite.

La jeune fille ne répondit pas.

— Tu as pris un ou deux kilos, chérie, continua
sa mère. Quand nous avons acheté la robe, je t'ai
dit que tu ne pouvais pas te permettre de prendre
un seul gramme. Ça tire vraiment sur les coutures,
maintenant.

— Ce n'est pas grave, maman, grommela Jessie.

Je palpai le fer à friser que je venais de brancher et, constatant qu'il était encore froid, croisai les bras en priant pour ne pas assister à un nouvel affrontement entre mère et fille. Le jour ne pouvait pas être plus mal choisi.

— Je n'en suis pas si sûre, observa Lillian.

Par la porte ouverte, je la vis secouer la tête, son visage assombri par une expression des plus démoralisantes.

— Maman, s'il te plaît, arrête.

— Quoi? Je ne fais rien.

Jessie se mit à faire les cent pas devant le miroir, puis se rua vers sa coiffeuse, autant pour fuir son reflet que sa mère.

— Bien sûr que si, tu fais ça tout le temps, ton air de « tu ne seras jamais à la hauteur ».

— Je ne vois pas de quoi tu parles, nia Lillian avec un regard furieux.

— Nana! cria Jessie. Nana, viens tout de suite!

Je me précipitai dans la chambre, prête à annoncer que le fer n'était pas encore chaud, mais Jessie ne m'en laissa pas le temps.

— Dis-lui d'arrêter, me commanda-t-elle.

Son visage était crispé et déjà son maquillage, si minutieusement appliqué sur l'insistance de sa mère pour lui agrandir les yeux et leur donner de l'éclat, coulait aux coins de ses paupières. Lillian se tourna vers moi, les joues légèrement empourprées.

— Mais enfin, je ne vois pas de quoi elle parle. Je suis juste là et elle me traite comme une saleté collée à la semelle de ses Salvatore Ferragamo. Des chaussures que je lui ai achetées, devrais-je préciser, et que j'ai eu un mal fou à trouver en 42.

En entendant cela, Jessie retira ses escarpins et les balança l'un après l'autre contre le mur.

— Tiens, tes putains de godasses! T'as qu'à les reprendre et te les carrer dans le cul!

Sur ce, elle sortit en trombe, trébuchant sur l'ourlet de sa robe. Je jetai un coup d'œil à la pendule. Nous attendions son cavalier pour le bal du lycée, Charlie Winston, dans quelques minutes, et la ponctualité figurait malheureusement parmi ses qualités.

Lillian affichait un visage blême. Si l'intensité et la fréquence des disputes entre mère et fille augmentaient depuis quelque temps, Jessie n'avait jamais employé un langage aussi grossier.

— Sale petite garce! s'exclama-t-elle. Et moi qui fais tout mon possible pour l'aider, qui l'emmène faire du shopping, lui achète la robe et les chaussures qu'elle veut! Vous croyez qu'elle se drogue? me demanda-t-elle en tournant brusquement la tête vers moi.

— Je ne crois pas, madame Lillian.

— Mais, d'après ce que j'ai lu, les jeunes qui se droguent ont le même comportement. Ils piquent des crises de colère sans raison et tombent dans l'excès, exactement comme Jessie maintenant.

— Elle ne se drogue pas, insistai-je avec plus de conviction.

Lillian m'adressa un regard furibond, poings serrés.

— Et qu'est-ce que vous en savez, vous? Cette fille vous mène tellement par le bout du nez que c'est un miracle qu'il ne se soit pas allongé, Anna. Franchement, vous vous comportez parfois comme son esclave.

— J'ai conscience de céder sur certains points, mais uniquement parce que je sais que Jessie est une jeune fille sensible, à un âge difficile de surcroît.

— Et ça lui donne peut-être le droit de manquer de politesse et de respect envers sa mère? Dites-moi, ça lui en donne le droit?

— Non, en effet, elle n'aurait pas dû vous parler sur ce ton.

Mais Lillian ne m'écoutait déjà plus ; elle rageait et hurlait dans l'espoir que Jessie l'entende de sa retraite.

— Elle a tout ce qu'elle veut quand elle le veut et elle n'est jamais contente, pesta-t-elle. C'est une sale gosse pourrie gâtée, voilà tout !

À cet instant, M. Trevis entra dans la chambre.

— Que fait Jessie enfermée dans les toilettes du rez-de-chaussée? s'enquit-il.

— Elle joue la fille ingrate! riposta Lillian en jetant sur le lit les boucles d'oreilles qui n'avaient pas trouvé preneur.

D'un regard, M. Trevis m'enjoignit d'aller m'occuper de Jessie pendant qu'il se chargeait de sa femme. Nous avions déjà employé à plusieurs reprises cette stratégie à l'efficacité prouvée.

Je descendis l'escalier au trot et frappai un petit coup à la porte des toilettes.

— Jessie, c'est moi. C'est Nana.

— Je ne veux pas lui parler, répondit-elle de l'inté-rieur. Je ne veux pas voir sa sale tête.

— Je suis toute seule.

Jessie déverrouilla la porte pour me laisser entrer. Elle avait déjà retiré à l'eau la plupart de son maquillage, trempant tout le devant de sa robe.

— Je ne veux pas y aller, Nana. Je me fiche du bal et je ne veux pas porter cette robe ridicule et ces chaus-sures ringardes. Les bals de promo, ce n'est pas mon truc. Et puis j'en ai ras le bol de faire des choses rien que pour lui faire plaisir. Je commence à en avoir ma claque d'elle.

Elle me fixa avec ses yeux rougis, avant de reprendre d'une voix basse :

— Ma mère n'est rien qu'une salope. Belle et chic, oui, mais quand même une salope.

Je la dévisageai, muette de stupeur.

— Ne prends pas cet air outré, Nana. Je sais que tu sais. Tout le monde sait, à part papa et Teddy. Elle se croit maligne, mais les gens parlent, figure-toi. Tu sais que les mères de mes copines ne laissent pas leur mari l'approcher ? Si papa l'apprenait, il serait anéanti. C'est la seule raison pour laquelle je ne lui dis rien, m'expliqua-t-elle avant de lâcher un soupir désolé. Parfois, j'ai l'impression qu'il sait tout, lui aussi, mais qu'il prétend le contraire pour nous protéger. J'aimerais tant trouver un moyen de lui dire d'arrêter de jouer la comédie.

Je scrutai l'adorable visage parsemé de taches de rousseur, ébranlée d'apprendre que Lillian n'avait pas guéri de son obsession, comme je me l'imaginais, mais surtout stupéfaite par la perspicacité de cette jeune fille et la force avec laquelle elle avait porté ce fardeau seule pendant si longtemps sans s'effondrer.

Nous entendîmes des bruits de pas, puis un petit coup frappé à la porte. Lorsque je l'ouvris, M. Trevis pointa le nez dans l'entrebâillement d'un air gêné.

— Un jeune homme en smoking avec un joli petit bouquet parfaitement assorti à cette robe lavande attend dans l'entrée.

Après avoir débité son annonce, il referma la porte pour nous laisser seules.

— Regarde-moi, Nana, dit Jessie en secouant tristement la tête. J'ai l'air de rien. Je ne veux pas aller à ce foutu bal de promotion. Tu crois que Charlie comprendra si je lui dis que ce n'est vraiment pas mon jour?

— Probablement, mais n'oublie pas que c'est sa dernière année de lycée, et qu'il n'aura pas l'occasion de retourner au bal de promotion l'an prochain, comme toi.

Jessie soupira.

— Tu veux bien monter chercher mes chaussures?

En me dirigeant vers la chambre, je passai devant M. Trevis, qui discutait poliment avec Charlie dans le hall d'entrée. Après avoir complimenté le jeune homme sur son élégance, j'adressai au père de Jessie un hochement de tête entendu signifiant, dans notre code, que la catastrophe avait été évitée.

Une fois Jessie chaussée et ses cheveux arrangés, j'observai le résultat final avec satisfaction. Je la trouvais beaucoup mieux sans une tonne de maquillage. Le visage de Charlie s'illumina quand elle le rejoignit dans le hall, où elle le remercia d'un charmant sourire pour le ruban décoré de fleurs qu'il lui noua autour du poignet.

Devant ce spectacle, je ne pus m'empêcher de me reprocher d'avoir manqué à mes devoirs envers Jessie, de ne pas avoir su la protéger de la vérité au sujet de sa mère. Tandis que M. Trevis et moi regardions les deux lycéens s'éloigner en agitant la main, des paroles de ma mère me revinrent à l'esprit.

— Moins tu en sauras sur ton père, mieux tu te porteras.

— Mais pourquoi, *mamá*? Pourquoi tu ne veux pas me parler de lui?

Ma mère mit son ouvrage de côté et réfléchit un moment à la question.

— Parce que la vérité ne ferait que détruire le rêve, *mija*. Et si tu continues de rêver au père que tu aurais aimé avoir, peut-être le trouveras-tu un jour.

Une fois Teddy parti pour l'université, il fut décidé que Jessie passerait sa dernière année de lycée en Italie. Lillian l'y encouragea vivement, présentant cette expérience à l'étranger comme une initiation sans pareil. Je soupçonnai Jessie d'accepter l'idée dans le seul but de s'éloigner de sa mère. Quant aux motivations de Lillian, je les découvrirais bien assez tôt.

Sans les deux enfants, un profond silence envahit la maison, aussi dense et froid qu'un brouillard hivernal. La quiétude des lieux me rappelait mes années au couvent et il m'arrivait souvent de flâner dans le jardin et les couloirs, les deux mains jointes devant moi, comme si je participais à quelque procession religieuse solitaire.

Teddy et Jessie me manquaient terriblement et je passais une grande partie de mon temps libre à leur écrire des lettres. J'entretenais toujours une correspondance régulière avec sœur Josepha et il m'arrivait d'envoyer un courrier occasionnel à Millie, même si, à chaque lettre reçue, elle me téléphonait pour me rappeler combien il était ridicule d'écrire quand une communication coûtait moins cher qu'un timbre. Je recevais des enfants des plis sporadiques dans lesquels ils s'excusaient d'avoir mis si longtemps à répondre. Peu m'importait l'attente, j'étais toujours heureuse de les lire et je ressortais très souvent leurs lettres pour m'y replonger.

Dès que M. Trevis rentrait du travail, le brouillard se dissipait et la maison se remplissait d'éclat et de vie. Sa présence lumineuse se ressentait partout et lorsqu'il jouait du piano, le soir, l'envolée mélodique de ses notes venait consoler mon cœur esseulé. Je savais que les enfants lui manquaient autant qu'à moi, pourtant il semblait soulagé d'un lourd fardeau. Son pas était plus léger lorsqu'il parcourait le couloir de son bureau à grandes foulées, son rire plus jovial et plus fréquent.

Une force invisible me poussait à tout faire pour assurer son bien-être. Je veillais à ce que son courrier soit soigneusement empilé sur son bureau et le dîner toujours prêt à son retour. Depuis que Millie était partie, je la consultais fréquemment sur des questions culinaires et mes compétences en cuisine s'étaient progressivement améliorées. Lillian menait une vie trépidante, avec un emploi du temps toujours plus chargé et difficile à suivre. Depuis le départ des enfants, elle ne prenait plus la peine de téléphoner pour prévenir de son retard le soir, laissant souvent son mari dîner seul.

M. Trevis m'invitait parfois à me joindre à lui et nos discussions se prolongeaient alors bien après que nous avions terminé nos assiettes. Nous avions tant à nous dire au sujet des enfants. Je partageais avec plaisir le contenu de leurs dernières lettres et l'écoutais me rapporter leurs dernières discussions téléphoniques. Teddy envisageait de s'inscrire en année préparatoire de médecine et Jessie fréquentait un jeune Italien, une nouvelle qui nous inquiétait malgré nous. Nous parlions également des réparations à envisager dans la maison ou du jardin. M. Trevis appréciait mon investissement dans l'entretien de la propriété familiale. Ensemble, nous planifiâmes un certain nombre de rénovations plus ou moins urgentes. Quelques semaines plus tôt, j'avais remarqué que le mur est de l'enceinte commençait à s'ébouler. Après que je lui eus mentionné la nécessité d'un replâtrage, nous inspectâmes tous les deux la progression des travaux. Je vivais pour ces précieux moments avec lui.

Cette agréable période, placée sous le signe de la paix, prit brutalement fin par un après-midi d'été d'une chaleur suffocante, lorsque Lillian rentra chargée de sacs de magasins de décoration comme Neiman Marcus et Williams-Sonoma. Comme je la rejoignais à la porte pour l'aider à porter ses achats, elle laissa tomber ses paquets et m'embarqua dans la cuisine, les joues frémissantes d'excitation.

— Je l'ai fait! déclara-t-elle à bout de souffle. Je l'ai enfin fait!

— Quoi, madame Lillian?

— Je l'ai quitté. Enfin!

— Je ne comprends pas. De qui parlez-vous?

Elle me dévisagea avec incrédulité.

— D'Adam, bien sûr! Qui voulez-vous que ce soit?

Ma réaction tarda un moment.

— Mais tout est si paisible, remarquai-je finalement. Nous faisons des travaux dans la maison, les enfants sont contents de leurs études…

— Anna, vous ne comprenez donc pas? m'arrêta Lillian en me prenant par les épaules. J'attendais justement que Teddy et Jessie partent pour en faire autant. Ce sera moins douloureux pour eux comme ça, ajouta-t-elle en laissant retomber ses mains. Il y a quelques semaines, j'ai trouvé un fabuleux loft en ville. Je viens de signer le bail. Oh, j'ai tellement hâte que vous le voyiez!

— M. Trevis est-il au courant? m'enquis-je, perplexe.

— Nous en parlons depuis un moment déjà, mais nous ne voulions pas que Teddy et Jessie l'apprennent trop tôt. Étant donné que vous êtes très proche d'eux, nous avons jugé plus sage de vous le cacher à vous aussi. Mais je mourais d'envie de vous annoncer la nouvelle et, puisque j'ai signé le bail ce matin, j'ai pensé que c'était le moment idéal…

Je m'assis à la table de la cuisine, muette de stupeur.

— Anna, vous semblez tellement bouleversée! Vous deviez pourtant vous en douter plus que n'importe qui.

— Je pensais… Je pensais que les choses s'étaient arrangées.

— Oh, tout va pour le mieux tant que nous nous tenons à bonne distance l'un de l'autre. Ce qui n'est pas trop difficile, ajouta-t-elle en roulant des yeux. Voilà des années qu'Adam et moi n'avons plus de relations conjugales à proprement parler.

Ma tête tournait sous l'assaut de toutes ces révélations et je ne pouvais rien assimiler de plus. Les nouvelles de son déménagement et de l'absence de tout rapport intime entre elle et son époux depuis des années étaient plus qu'assez à digérer pour le moment. Néanmoins, rien ne me confondait plus que le comportement de M. Trevis ces derniers temps. Il semblait si heureux et satisfait de son quotidien. Peut-être le chagrin succédant à l'annonce de la séparation l'avait-il plongé dans un état de choc prolongé.

— M. Trevis doit avoir beaucoup de peine.

Lillian s'assit pour plonger son regard dans le mien.

— Anna, vous m'avez entendue? J'ai un superbe loft en ville, le genre d'endroit dont j'ai toujours rêvé. Quelques meubles seront livrés dès demain. Et le mieux, c'est que je vous emmène avec moi. Maintenant que Teddy et Jessie ne sont plus là, vous n'avez plus grand-chose à faire ici, mais moi j'ai besoin de vous. Plus que jamais, en fait.

— M. Trevis le sait? demandai-je, sonnée par ce nouveau coup.

— Je viens de vous le dire, nous prévoyons ça depuis des mois.

— Je veux dire, il sait que vous voulez m'emmener avec vous ?

Lillian haussa les épaules, quelque peu offusquée.

— Bien sûr qu'il le sait, et il n'y voit aucun inconvénient tant que je l'aide à trouver une nouvelle gouvernante, ce dont je m'occupe déjà. À partir de maintenant, je ne veux plus que vous vous considériez comme une nounou, une gouvernante ou que sais-je encore, mais comme mon assistante personnelle, conclut-elle en m'adressant un regard admiratif.

— Et les enfants ? murmurai-je. Que va-t-il se passer pour les enfants ?

Elle croisa les bras sur sa poitrine et me considéra avec un plissement d'yeux, déçue de ne pas me voir enchantée de ma promotion et du tournant qu'elle prenait dans la vie.

— Ce ne sont plus des enfants, Anna. Ce sont des adultes et je pense qu'il est temps que nous commencions à les traiter comme tels.

— Oui, vous avez raison, marmottai-je.

Je me levai pour ramasser les paquets abandonnés dans le hall d'entrée. Tandis que j'aidais Lillian à organiser ses somptueux achats pour son loft, notamment des draps italiens de mille fils au pouce carré et une batterie de cuisine en cuivre martelé, la vie s'échappait doucement de mes veines. Je n'imaginais pas mon existence loin de M. Trevis et je souffrais de la facilité avec laquelle il acceptait mon départ, de n'être pour lui rien de plus qu'une gouvernante après toutes ces années. Je passai le restant de la journée à me réprimander et à m'efforcer de chasser ces pensées ridicules de mon esprit, mais elles ne cessaient de s'y glisser de nouveau, telle une colonne de fourmis affamées. Bien que je ne parvienne pas à les écarter, je réussis toutefois à les atténuer. M. Trevis n'avait pas besoin de moi comme moi de lui, certes, mais mes services lui étaient indispensables dans cette demeure. Il m'avait fallu vingt ans pour comprendre comment veiller sur elle et sur lui, me trouver une remplaçante ne se révélerait donc pas une tâche aussi aisée qu'il y paraissait.

Je résolus d'aller trouver M. Trevis le soir même. Je tenais à ce qu'il sache que je continuerais à travailler pour lui tant qu'il souhaiterait ma présence dans cette maison, même si cette décision devait contrarier Lillian. Je prévis d'aborder le sujet au cours du dîner, comme je le faisais pour tant d'autres questions domestiques, mais, pour la première fois depuis des semaines, Lillian mangea avec son époux, m'empêchant de mettre mes plans à exécution. Après avoir desservi la table, je rinçais la vaisselle dans l'évier quand sa voix stridente couvrit le flot du robinet.

— Tu me dis d'abord de prendre mon temps, puis tu veux te débarrasser de moi au plus vite!

M. Trevis grommela une réponse dont je ne discernai pas les mots, mais je reconnus son ton impatient et bourru d'autrefois.

— Non, je n'ai trouvé personne pour prendre la place d'Anna, reprit Lillian. Très bien, si tu préfères, je partirai demain et Anna restera jusqu'à ce que je te trouve quelqu'un.

J'entendis leurs chaises crisser sur le plancher de la salle à manger. Je m'effondrai alors à genoux et joignis mes mains dans une prière désespérée : « Permettez-moi de rester pour toujours, mon Dieu. S'il vous plaît, je ne veux pas partir avec Mme Lillian dans son nouveau loft. Je veux rester ici avec M. Trevis. »

Lillian entra dans la cuisine et me trouva prosternée sur le sol au pied de l'évier.

— Mais qu'est-ce que vous faites, Anna ?

Je me relevai dans la précipitation et essuyai mes mains pleines de mousse à un torchon.

— Je… j'ai fait tomber une fourchette, mais je ne la trouve pas.

Lorsque j'eus terminé la vaisselle, je montai la rejoindre dans sa chambre, où elle préparait ses valises, œuvrant avec détermination dans un marmonnement continu.

— Vivement que je quitte ce piège à rats, remarqua-t-elle. J'ai tellement hâte d'être demain !

Préoccupée à l'idée d'avoir mal saisi leur conversation au dîner, je ne me montrai guère bavarde tandis que je l'aidais à plier ses beaux vêtements. Je redoutais que, ses malles bouclées, elle m'ordonne de rassembler mes affaires.

— Il y a eu un changement de dernière minute, annonça-t-elle d'un ton détaché tout en appréciant du regard sa collection de foulards aux couleurs de l'arc-en-ciel. Vous n'allez pas venir avec moi dans l'immédiat, comme je l'espérais. Adam fait le difficile mais, dès que je vous aurai trouvé une remplaçante, je vous ferai venir.

Sentant les muscles de mon visage frémir, je m'exhortai en silence à ne pas sourire de joie et de soulagement.

Lillian se détourna de ses carrés de soie pour m'adresser un regard plein de compassion.

— Je suis désolée, Anna. Je mesure toute l'ampleur de votre déception.

Je hochai la tête en m'efforçant de paraître vaillante et résignée.

— Tout ira bien, madame Lillian. Vous ne devriez pas vous inquiéter pour moi alors que vous avez tant d'autres choses en tête en ce moment.

Elle jeta ses foulards dans sa valise ouverte avec un soupir de satisfaction.

— Enfin je vais vivre ma propre vie! Oh, Anna, vous vous souvenez quand vous m'avez dit, il y a une éternité, que je trouverais le bonheur avec un peu de patience?

— Oui, je m'en souviens.

— Eh bien, vous aviez raison! C'est le moment que j'attends depuis toujours.

Je souris en silence et, tout en l'aidant à terminer ses bagages, priai Dieu de me pardonner ce qui m'était soudain apparu avec clarté: c'était le moment que j'attendais, moi aussi.

15

Anna se leva et grimpa lentement les dernières marches de l'escalier jusqu'au palier, d'où elle distinguait la porte de son bien-aimé. Celle-ci était ouverte et, en approchant, elle vit Darwin agenouillé à son chevet, tête baissée. La main d'Adam reposait sur le haut de son crâne, comme s'il lui donnait la bénédiction.

D'abord indécise, elle préféra ne pas les interrompre et s'avança sans but jusqu'au pied de l'escalier, avant de se retrouver dans le salon de musique. Le soleil de la fin d'après-midi pénétrait par la fenêtre, remplissant la pièce d'une brume dorée qui lui rappela les mélodies merveilleuses qu'elle avait entendues à cet endroit. Elle s'assit dans le fauteuil le plus proche du piano et laissa ses yeux voyager sur les courbes gracieuses de l'instrument. Avec son couvercle ouvert, le piano lui évoquait un aigle en plein essor. Pourtant, l'instant d'après, il lui sembla aussi inébranlable et intemporel qu'une chaîne de montagnes, infailliblement fidèle à lui-même et à sa beauté. De ce point de vue, il incarnait la force et la profondeur d'esprit d'Adam.

Elle s'approcha à pas lents, puis tira le banc pour s'y asseoir et ouvrit avec précaution le couvercle, révélant le clavier. Si l'ivoire avait légèrement jauni, le noir des feintes avait gardé tout son lustre. Anna effleura les touches du bout des doigts sans oser appuyer et ainsi troubler la tranquillité de la pièce.

Elle sortit un mouchoir en papier de sa poche pour essuyer la pellicule de poussière qui s'était déposée sur la surface de l'instrument, laissant une bande luisante dans son sillage. Elle poursuivit ensuite son dépoussiérage avec des gestes doux et caressants, d'abord sur la partie la plus large, puis sur la queue, jusqu'à ce que la moindre parcelle brille. Comme elle aimait regarder les marteaux danser sur les cordes quand Adam jouait. Il lui suffisait alors de se placer tout près du piano, comme à cet instant, pour percevoir ses vibrations dans tout son corps.

*

Les semaines qui suivirent le départ de Lillian se déroulèrent comme dans un rêve. M. Trevis s'asseyait tous les soirs au piano pour moi et je volais ainsi plus d'une heure en sa compagnie, à écouter la musique naître de ses doigts. Mes journées étaient généralement rythmées par la supervision du travail des femmes de ménage et l'entretien du jardin. Le soir, je préparais un repas simple pour M. Trevis et Benson, qui dînait régulièrement à la maison depuis que Lillian l'avait désertée. Nous restions souvent assis jusqu'à une heure avancée de la nuit autour de la table de la véranda, à la lueur des bougies. Je prenais plaisir à les servir et à écouter leur conversation, à laquelle je me joignais de temps à autre, notamment lorsqu'elle tournait autour des enfants. Je nageais dans un tel bonheur que je perdis conscience du temps. Il ne me manquait plus, pour une vie comblée, que de voir Teddy et Jessie passer le seuil de la maison.

Le divorce de M. et Mme Trevis revenait souvent dans la discussion. La question la plus épineuse concernait la maison, unique point sur lequel M. Trevis refusait tout compromis.

— Je lui donnerai tout ce qu'elle veut. Tout, sauf la maison et ce qui s'y rattache, l'entendis-je déclarer à Benson à plusieurs occasions.

Si les deux amis ne s'interrompaient jamais en me voyant arriver, je préférais garder mes distances lorsque la discussion prenait cette direction. Je ne me sentais pas à l'aise pour parler de Lillian. Même si mon cœur s'était secrètement rangé du côté de M. Trevis depuis des années, je ne tenais pas à me retrouver dans une position m'obligeant à prendre ouvertement parti.

Il me devenait de plus en plus difficile de justifier auprès de sœur Josepha un nouvel ajournement de mon départ pour le Nouveau-Mexique. J'avais évoqué tant de raisons au fil des ans que je me sentais comme un enfant irresponsable qui trouve toujours une bonne excuse pour ne pas faire ses devoirs. Dans un courrier, je lui expliquai que mes services étaient encore requis et que les bouleversements causés au sein de la famille par le divorce me dictaient d'attendre le retour d'une certaine stabilité avant de m'éloigner. Comme toujours, la religieuse m'envoya une réponse pleine de compréhension et de bonté. « Quand le moment sera venu, tu le sauras, écrivit-elle. En attendant, tu as toujours une place ici, comme dans mon cœur. »

À l'approche de Noël, je me fis une joie de décorer la maison. Maintenant que Teddy et Jessie avaient appris le divorce de leurs parents, je tenais à créer l'atmosphère la plus chaleureuse possible pour leur retour à l'occasion des fêtes de fin d'année. Je suspendis une couronne à toutes les fenêtres et choisis un sapin de plus de trois mètres de haut pour le grand salon. Il me fallut une échelle pour l'orner de guirlandes et, malgré cela, je dus demander à M. Trevis d'accrocher l'étoile sur la plus haute branche. Je désirais que Teddy et Jessie aient plus que jamais le sentiment de retrouver une maison remplie de chaleur et d'amour.

Un soir, quelques jours seulement avant le retour des enfants, M. Trevis cessa brusquement de jouer du piano pour me considérer d'un œil curieux.

— Anna, je ne crois pas vous avoir déjà vue aussi heureuse.

— Je suis toujours heureuse quand je vous entends jouer.

— Vous aimeriez apprendre un morceau?

— Oh, je ne crois pas en être capable. Il est sans doute trop tard pour me mettre au piano.

Il se décala pour me laisser de la place sur le banc.

— Il n'est jamais trop tard.

Je m'assis à côté de lui, affreusement sensible à la proximité de sa cuisse, à seulement quelques centimètres de la mienne. Il posa alors les doigts sur le clavier en m'invitant à en faire autant. Je m'appliquai à imiter l'arc formé par ses mains, mais l'exercice se révéla extrêmement malaisé pour mes doigts grelottants.

— Anna, pourquoi tremblez-vous ainsi? demanda-t-il d'un air surpris. Vous ne vous sentez pas bien?

En proie à une vive émotion, je dus chercher un instant mes mots avant de répondre.

— J'ai peur de vous décevoir et que vous me preniez pour une empotée.

— Jamais je ne penserai cela de vous, Anna. Vous devriez essayer d'avoir plus confiance en vous.

Ma vue se troubla et mon sang se mit à bouillonner dans mes veines. J'étais tellement troublée de me trouver si près de lui que je ressentis le besoin impérieux de prendre de la distance pour ne pas risquer de passer pour une imbécile finie.

— Je m'excuse, monsieur Trevis, je crois que je ne me sens pas très bien, tout compte fait. Permettez-vous que je prenne congé ?

Il hésita, visiblement perturbé par ma question.

— Bien sûr, Anna. Vous êtes libre de faire ce que vous voulez, vous le savez bien.

Après l'avoir sommairement remercié, je partis sans me retourner.

M. Trevis joua longuement après mon départ. À l'abri des murs de ma chambre, j'écoutai ses mélodies par la fenêtre ouverte. Alors, dans mon imagination, je me retrouvai assise à côté de lui devant le piano tandis que nos mains se croisaient et s'unissaient dans l'enchantement des notes qu'elles produisaient.

Le lendemain, Benson arriva en avance pour le dîner, ce qui n'avait rien d'inhabituel en soi. Il prenait plaisir à bavarder avec moi pendant que je vaquais à mes diverses tâches ménagères. Ce jour-là, cependant, son attention était entièrement monopolisée par l'invitée qui l'accompagnait, une séduisante avocate coiffée d'un carré blond impeccable, qui venait de rejoindre son cabinet. J'étais dans la cuisine, dressée sur la pointe des pieds pour atteindre l'étagère la plus haute, où reposaient les verres à vin qu'il m'avait réclamés, quand il me rejoignit.

— Je ne voudrais surtout pas que vous soyez jalouse, Anna, déclara-t-il avec un froncement de sourcils exagéré. Sandra et moi sommes juste amis. En revanche, j'espère qu'elle plaira à Adam.

Je faillis lâcher le verre que j'avais saisi.

— M. Trevis? Mais il n'est même pas encore divorcé!

— C'est vrai, mais ça lui fera du bien de se changer un peu les idées au lieu de ruminer le divorce, répondit-il en agitant ses sourcils broussailleux d'un air sournois. Et puis, la vie continue!

— M. Trevis sait-il ce que vous mijotez?

Il lança un regard méfiant par-dessus son épaule.

— En fait, aucun des deux ne le sait. Nous verrons bien comment se passe la rencontre, vous ne croyez pas?

Je hochai la tête d'un air sombre et lui remis les verres, avec lesquels il quitta la pièce, une bouteille coincée sous le bras.

D'une élégance et d'une assurance indéniables, Sandra m'offrit la même poignée de main qu'à un pair avant de s'évertuer à m'inclure dans sa conversation avec Benson, une tâche ardue étant donné que je ne suivais pas l'actualité et n'avais aucun commentaire intelligent à formuler sur les informations de la veille ou sur la situation internationale. Je me contentai donc de me montrer obséquieuse et prompte à saisir les besoins de chacun, remplissant les verres vides par-ci, ouvrant la fenêtre par-là afin d'éviter que Benson ne souffre de l'atmosphère suffocante… Comme l'exigeaient les convenances, je souris poliment chaque fois que Sandra, dans sa grande bienveillance, s'adressa à moi. Néanmoins, je ne parvins pas à me défaire du chagrin qui s'était abattu sur moi lorsque Benson m'avait confié ses intentions concernant sa collaboratrice.

Plus je l'observais, plus celle-ci me paraissait parfaite. Elle était intelligente et ravissante, sans toutefois manifester un souci excessif de son apparence physique. Je remarquai d'ailleurs qu'un fil pendait de sa manche et qu'elle n'avait pas rafraîchi son rouge à lèvres depuis plusieurs heures.

Malgré ma tristesse et mon trouble, je ne pouvais que l'apprécier. Beaucoup, même. Or je connaissais assez bien M. Trevis pour savoir qu'il partagerait mon sentiment à son égard. En moins d'une demi-heure, j'étais convaincue que Sandra et lui étaient faits l'un pour l'autre.

Particulièrement las à son retour du travail, M. Trevis sembla mécontent quand je lui annonçai que Benson était venu accompagné. Mon instinct me soufflait cependant qu'il trouverait des réserves d'énergie insoupçonnées dès qu'il aurait fait la connaissance de Sandra. Je ne m'étais pas trompée. Il n'était pas rentré depuis plus de quelques minutes que je le devinai captivé par son invitée surprise. Quant à moi, je vaquai autour d'eux en remplissant un verre ou un autre, flottai entre le salon et la cuisine pour vérifier tel ou tel détail, le tout sans ménager mes efforts pour ne pas déranger ni interrompre le fil de la conversation.

Lorsque j'eus servi le repas et rempli les verres à eau, M. Trevis remarqua que je n'avais dressé que trois couverts.

— Vous ne vous joignez pas à nous, Anna ? demanda-t-il.

— J'ai déjà dîné, merci.

Je mourais d'impatience de prendre congé et de me réfugier dans ma chambre. Plus je m'attardais avec eux, plus je me sentais insignifiante. Mon ascension de l'escalier s'accompagna d'une étrange prise de conscience : en surface, j'étais une femme simple, avec des idées et des souhaits tout aussi peu compliqués, mais une telle confusion s'était emparée de moi au fil des années dans cette maison que je ne savais plus vraiment qui j'étais au fond. La voix de ma mère me suivit jusqu'à l'étage, puis dans le couloir menant à ma chambre : « J'ai été la reine des idiotes de croire que les mots doux et les caresses d'un homme pouvaient rendre moins pénibles les dures réalités de la vie. »

« Je ne t'ai pas écoutée, *mamá*, lui répondis-je en pensée. Pourquoi n'ai-je pas prêté attention à tes propos ? Comment ai-je pu m'autoriser à croire qu'un homme comme M. Trevis pouvait s'intéresser à une femme comme moi ? »

Après un bon bain chaud, je me mis au lit. Profitant du silence ambiant, je me laissais gagner par un sentiment de paix quand des accords de piano se glissèrent dans ma chambre par la fenêtre ouverte. Sa mélodie s'insinua dans mes rêves et m'emporta, menaçant de me noyer dans mon sommeil. Je vis son visage, ses yeux sombres et orageux. J'entendis sa voix. Je perçus la chaleur de sa cuisse collée contre la mienne. Je humai le merveilleux parfum de son corps, de ses cheveux, de ses mains. Sa musique empreinte de sensibilité émut tout mon être. Alors je me figurai Sandra en train de se balancer au rythme de ses doigts, les yeux fermés, comme moi, pour lui permettre de pénétrer dans les tréfonds de son âme.

Incapable d'en supporter davantage, je bondis hors de mon lit et rabattis la fenêtre avec une telle force que je craignis de la briser. Mais ma colère ne laissa sur la vitre qu'une imperceptible fissure, presque aussi invisible que moi.

Assise seule dans le salon, je fixais d'un regard vide les guirlandes lumineuses qui scintillaient dans le sapin.

Le réveillon de Noël touchait à sa fin. Teddy était rentré de l'université la veille, Jessie de son premier semestre à l'étranger le matin même. Après avoir tous les deux passé l'après-midi avec leur mère, ils dormaient à poings fermés chacun dans sa chambre. Plus tôt, ils m'avaient raconté que Lillian avait déniché une « assistante personnelle » qui aspergeait ses draps d'eau de lilas, une prévenance qui lui permettait de se remettre de la contrariété de ne pas avoir pu m'emmener avec elle. Pour leur part, les enfants s'étaient montrés ravis de me trouver fidèle au poste à leur arrivée. Quand je repensais à l'enthousiasme avec lequel ils m'avaient étreinte à la porte, j'avais presque l'impression que rien n'avait changé.

Nous attendions Benson, Millie et Fred pour le déjeuner du lendemain. Millie avait promis de confectionner son traditionnel gâteau du petit-déjeuner de Noël. Comme tous les ans, nous ouvririons les cadeaux avant de nous mettre aux fourneaux. Depuis leur rencontre, M. Trevis avait passé une ou deux soirées avec Sandra, mais elle fêtait Noël avec sa famille, dans l'est du pays. Je m'assoupissais en savourant à l'avance la journée parfaite qui s'annonçait quand je décelai un mouvement du coin de l'œil. Avec surprise, je découvris M. Trevis assis près de moi sur le canapé. Il me considérait avec un regard triste et curieux. Plus tôt dans la journée, il avait reçu le Dr Farrell pour un long entretien, dont il était ressorti sombre et distrait. Il avait semblé ailleurs pendant toute la soirée, même lorsque Jessie avait annoncé sa rupture avec son petit ami italien.

— Vous veillez tard, remarqua-t-il.

Je me redressai, mal à l'aise.

— Oui… En fait, je pensais au bonheur d'avoir de nouveau Teddy et Jessie à la maison.

Je me levai et me mis à réorganiser les cadeaux autour du sapin en m'efforçant de paraître le plus occupée possible. Depuis la visite de Sandra, je jugeais plus sage de garder mes distances avec M. Trevis. J'avais ainsi l'esprit plus clair et le cœur plus léger.

— Je vous ai toujours admirée, Anna. Vous avez une vision si rafraîchissante et simple des choses. Malheureusement, nous n'avons pas eu beaucoup l'occasion de parler dernièrement.

— La période des fêtes de fin d'année est toujours très chargée, observai-je avec un sourire gêné.

— Je voulais vous demander quelque chose.

— Bien sûr, je vous écoute.

J'abandonnai mes piles de cadeaux pour lui faire face.

— Que pensez-vous de Sandra? Sincèrement.

Sa question m'agressa, mais je réussis à répondre avec légèreté et désinvolture.

— Je ne l'ai rencontrée que rarement, mais elle paraît très bien.

— Pensez-vous qu'elle plaira à Teddy et Jessie?

Ravalant mon trouble, je tâchai de prononcer une phrase claire.

— Je ne sais pas, mais… c'est-à-dire que… il leur faudra bien accepter que la vie continue pour vous.

— Et vous? L'acceptez-vous?

Je me détournai, manquant me crever un œil avec une branche de sapin.

— Qui suis-je pour accepter ou refuser cette idée? répliquai-je, indignée.

— Allons, Anna! Depuis le temps, vous devriez savoir que vous faites partie intégrante de la famille. Votre avis compte beaucoup pour nous.

— C'est très aimable de votre part, monsieur Trevis, répondis-je, consciente d'une insupportable sensation de brûlure au fond de mes yeux. Eh bien, si vous voulez mon avis, la vie doit continuer pour vous. Et pour nous tous, ajoutai-je en me mettant à remuer les piles de paquets à mes pieds.

— Quelque chose ne va pas?

— Oui, lançai-je, sans vraiment savoir quel prétexte trouver à mon irritation. J'étais sûre et certaine d'avoir tout emballé ce matin, mais je ne vois nulle part mon cadeau pour Millie.

M. Trevis m'aida à fouiller parmi les paquets disposés sous l'arbre. Au bout d'un moment, il attrapa une boîte juste à côté de mon genou et lut la petite carte qui y était attachée.

— Il est là, Anna. Il était sous votre nez depuis le début.

Je lui pris le cadeau des mains avant de poser les yeux sur son visage. Je ne l'avais jamais vu aussi pâle.

Je pouvais faire une croix sur mon Noël parfait. Maintenant que M. Trevis avait évoqué la possibilité que Teddy et Jessie rencontrent Sandra, je n'arriverais pas à m'ôter cette idée de la tête. J'étais déjà hantée par des images du couple heureux flânant main dans la main dans le jardin avec, dans son sillage, les enfants riant aux reparties pleines d'esprit de Sandra. Je redoutais que la nouvelle ne monopolise toute la journée de fête et ne me condamne à entendre ressasser le nom de l'avocate à longueur de temps.

Cette révélation brutale eut toutefois le mérite de déclencher en moi une prise de conscience. Je compris que je vivais hors de la réalité depuis l'instant où j'étais entrée au service de la famille Trevis. Tous ces jours, ces semaines, ces mois, ces années, je m'étais bercée d'illusions, feignant d'avoir trouvé ma place alors que je ne faisais que rôder à l'orée de ma vie dans l'attente d'être secourue par ma mère dans son petit meuble de couture. Je ne pouvais plus me contenter de cette existence. Je devais me libérer de cette chimère ou me résigner à vivre le restant de mes jours recroquevillée sur moi-même, les genoux ramenés contre ma poitrine et la tête baissée.

Cette nuit-là, je dormis d'un sommeil agité. Une fois de plus, je me lançai avec sœur Josepha dans une course contre la mort sous les rafales des fusils. Tels des léopards, nous foulions à peine le sol de la jungle, en quête de la lueur blafarde qui nous éloignerait de notre fin et nous rapprocherait de la vie. À mon réveil, il m'apparut pour la première fois avec clarté que tout le monde gagnerait à ce que je quitte la maison des Trevis au plus vite. J'attendrais que les fêtes se terminent et que chacun reprenne sa routine, puis j'irais rejoindre sœur Josepha au Nouveau-Mexique une bonne fois pour toutes. Malgré l'épuisement physique de cette nuit tourmentée, mon âme avait retrouvé la paix.

Contre toute attente, nous passâmes de merveilleuses fêtes. Je cuisinai au côté de Millie dans la joie et la bonne humeur tandis que Teddy errait dans les parages pour goûter à tout ce qui mijotait sur le feu et nous exposer avec enthousiasme son projet d'entrer à la faculté de médecine pour marcher sur les pas de son grand-père. C'était un jeune homme d'une telle beauté que je peinais à détacher mon regard de lui. Il avait hérité de la taille et des manières distinguées de son père, complétées par un entrain qui le rendait irrésistible. Je ne m'étonnais guère que son téléphone portable sonne sans interruption et que la plupart de ses interlocuteurs soient, autant que je sache, des interlocutrices.

Jessie possédait un charme bien plus discret avec ses cheveux roux rassemblés sur sa nuque en queue-de-cheval et ses vêtements sages aux couleurs neutres. Quelque peu complexée par ses hanches larges, elle portait toujours de longs pull-overs pour les couvrir. Sa mère profita des vacances pour l'emmener plusieurs fois courir les magasins, des virées dont Jessie revenait chargée de sacs, mais guère enchantée.

— Oh, tu connais maman, m'expliquait-elle avec un sourire et un roulement d'yeux bon enfant. Pour elle, une fille n'a jamais trop de vêtements.

— J'espère juste qu'ils ne sont pas tous dans un camaïeu de marrons et de noirs, remarqua une fois Millie.

Quelques jours avant de s'envoler pour l'Italie, Jessie vint me trouver dans ma chambre pendant que j'ourlais un pantalon qu'elle avait reçu pour Noël. En la voyant s'asseoir sur mon lit, je devinai son désir de me parler de son ex-petit ami italien, qui lui avait téléphoné plusieurs fois pendant les vacances dans l'espoir de la reconquérir. Je l'écoutai d'une oreille attentive et m'efforçai de la conseiller de mon mieux, jusqu'au moment où, à ma grande surprise, elle aborda un tout autre sujet.

— Nana, qu'est-ce que tu penses de cette Sandra?

Les enfants avaient brièvement fait sa rencontre lorsqu'elle était passée déposer le cadeau de Noël de M. Trevis.

Je relevai la tête, arrêtant mon regard sur son front strié par l'inquiétude.

— C'est probablement une femme bien.

— Tu crois que papa l'aime bien?

— Ça m'en a tout l'air, oui.

Jessie s'étendit de tout son long sur le lit et se perdit dans la contemplation du plafond.

— Tonton Benson pense qu'elle est parfaite pour papa, mais je n'en suis pas si sûre. Peut-être parce qu'elle est trop parfaite.

— La perfection n'a jamais été un problème.

— C'est là que tu te trompes, Nana. La perfection étouffe la vie. Regarde, même la Terre n'est pas parfaitement ronde.

Elle me fixa avec une conviction telle que je faillis me laisser persuader. Je secouai la tête, éblouie.

— Tu deviens trop intelligente pour moi, Jessie. Je ne comprendrai bientôt plus rien à ce que tu racontes.

À cet instant, Teddy entra dans la chambre d'une démarche nonchalante et s'allongea à côté de sa sœur.

— Qu'est-ce qui nous vaut ces têtes d'enterrement? lança-t-il.

— Je ne crois pas que Sandra convienne à papa, expliqua Jessie.

— Évidemment que non! confirma-t-il en posant sa tête sur mon épaule. Maman et papa traversent juste une crise de la cinquantaine. Je suis sûr qu'ils se rabibocheront dès que ça leur sera passé.

Teddy ne manquait pas une occasion d'exprimer sa conviction que ses parents se réconcilieraient un jour. Bien que certaine que ses espoirs avaient très peu de chances de se réaliser, je jugeai plus sage de garder le silence et continuai ma couture. Jessie m'adressa alors un regard impénétrable.

— Nana, j'y ai beaucoup réfléchi, tu sais, et je crois que tu devrais te marier avec tonton Benson.

Une fois remise du choc, je préférai en rire.

— Ce n'est pas drôle! Tu sais bien qu'il est fou de toi, et je suis sûre que papa ne verrait pas d'inconvénient à ce qu'il emménage à la maison. Il vit déjà presque ici.

— Tu es folle à lier! intervint Teddy. Nana n'est pas du genre à se marier. Je te rappelle qu'elle envisageait de devenir bonne sœur à une époque.

Jessie écarta l'argument de son frère d'un revers de la main.

— En revanche, je ne crois pas que vous devriez avoir des enfants. Pas la peine de vous compliquer la vie à changer des couches-culottes.

— On est au moins d'accord sur un point, convint Teddy.

— Alors, qu'est-ce que tu en penses, Nana? insista Jessie. On a déjà planifié toute ta vie.

Je m'attaquai à la seconde jambe de son pantalon avec un petit rire. Maintenant que j'avais plus ou moins réussi à neutraliser la jalousie qui s'emparait de moi à la pensée de M. Trevis en compagnie de Sandra, je me faisais une joie de rejoindre enfin sœur Josepha. D'une certaine manière, c'était la seule famille qu'il me restait.

— Vos projets sont très intéressants, mais ne vous inquiétez surtout pas pour moi.

Je terminai ensuite ma couture, Jessie étendue sur mes jambes et la tête de Teddy posée sur mon épaule.

Lorsque les enfants furent repartis et que le silence reprit possession de la maison, je sus que le temps était venu pour moi d'agir. Chaque soir, avant d'aller me coucher, je préparais à M. Trevis une tasse de thé que je lui portais dans son bureau ou dans le salon de musique. Le jour où je décidai de lui annoncer ma décision, je pris un long bain chaud pour me calmer les nerfs. Le Dr Farrell était passé après le dîner, j'attendis donc d'être certaine qu'il était reparti pour m'habiller en vitesse et descendre au rez-de-chaussée. Dans la cuisine, je laissai infuser le thé un long moment avant d'y ajouter une bonne dose de sucre, puis, les deux tasses à la main, empruntai le long couloir menant au bureau de M. Trevis. Trouvant la porte entrouverte, j'y pénétrai en prenant soin de ne pas renverser une goutte. À la lueur de l'écran de l'ordinateur, les ombres qui lui cernaient les yeux donnaient à ses iris une noirceur plus menaçante que jamais. Je pris une profonde inspiration. Ce serait encore plus difficile que je ne l'avais imaginé. Je comprenais, admirais et aimais cet homme depuis si longtemps que lui annoncer tout bonnement mon départ allait me déchirer le cœur. Je ne voulais pas le quitter, mais je n'avais pas le choix si je voulais garder la raison.

— Excusez-moi de vous déranger, monsieur Trevis. Je vois bien que vous êtes occupé mais je voudrais vous dire deux mots. Je ne suis pas venue avant car je ne voulais pas interrompre votre rendez-vous avec le Dr Farrell.

Il s'écarta de son bureau.

— Non, vous ne me dérangez pas, Anna.

Je lui tendis sa tasse de thé et demeurai debout face à lui, muette d'émotion.

— C'est très difficile à dire, commençai-je finalement. Mais j'y ai beaucoup réfléchi et je pense que c'est la meilleure solution.

Il sourit, s'efforçant d'accueillir mon sérieux avec légèreté.

— Ne me dites pas que vous avez décidé de retourner au couvent après toutes ces années.

— Pas exactement, répondis-je en tentant, moi aussi, un sourire, quoique peu convaincant.

Il m'étudia un moment, puis posa sa tasse sur son bureau.

— Anna, vous avez décidé de nous quitter?

Ma gorge se serra.

— Sœur Josepha me propose de travailler dans son école depuis des années. Si je n'accepte pas bientôt son offre, je ne pense pas avoir une autre occasion de ce genre.

— Je vois, remarqua-t-il, rembruni. Et où se trouve cette école?

— Au Nouveau-Mexique.

Il hocha la tête.

— Quand comptez-vous partir?

— À la fin du mois.

— Bien, j'imagine qu'il était ridicule de croire que vous resteriez ici pour la fin des temps, déclara-t-il d'une voix faible. L'avez-vous annoncé à Teddy et Jessie?

— Vous êtes la première personne à qui j'en parle. Avec tout ce qui se passe déjà, je ne tenais pas à leur faire de la peine pendant leurs vacances.

— Sage décision, remarqua-t-il en retournant à son écran d'ordinateur.

Je reculai en direction de la porte sans trop savoir que faire ou que dire. J'avais prévu de lui exprimer ma gratitude, de lui dire la place qu'occupait sa famille dans mon cœur et combien tous ses membres me manqueraient, mais je me sentis déçue et blessée par son indifférence. Nous avions vécu sous le même toit pendant vingt ans. Même s'il ne partageait pas mes sentiments, il pouvait au moins ravaler son dédain et prétendre s'intéresser un minimum à moi, ne serait-ce que par politesse.

— Je vais jouer un peu avant de me coucher. Voulez-vous vous joindre à moi ? me proposa-t-il.

— Pourquoi pas ? répondis-je d'une voix peu enthousiaste.

Je le suivis jusqu'au salon de musique, où il s'assit devant le piano tandis que je prenais place sur le canapé le plus proche. Dès qu'il commença à jouer, je fermai les yeux avec l'espoir que ses notes apaisent mon trouble, mais il cessa subitement après quelques mesures. Rouvrant les paupières, je le surpris en train de m'observer d'un regard étrange.

— Quelque chose ne va pas, monsieur Trevis ?

— Je ne me sens pas très bien, je crois que j'ai un peu de fièvre, déclara-t-il en portant la main à son front. Vous croyez que c'est ça, Anna ?

Je me levai pour le rejoindre et posai doucement ma paume sur son front avec des battements de cœur frénétiques.

— Votre main est fraîche, murmura-t-il, les yeux fermés.

— Si vous avez de la fièvre, elle est très légère.

Je retirai ma main, mais il la saisit d'un geste vif.

— Anna, que feriez-vous si je vous disais que j'étais malade ? Partiriez-vous quand même pour le Nouveau-Mexique ?

— J'espère de tout cœur que vous n'êtes pas malade et prie pour que Dieu vous accorde la santé, répondis-je, bouleversée par son contact.

Je tentai de me soustraire à son étreinte mais ses doigts se resserrèrent autour des miens.

— Pour tout vous dire, je ne comprends pas ce qui vous pousse à nous quitter après toutes ces années. Je sais que les enfants sont grands et qu'ils ne vivent plus à la maison, mais vous vous rendez sûrement compte de la différence que votre présence a faite pendant ces vacances. Je ne suis pas certain que Teddy et Jessie seraient revenus si vous n'aviez pas été là. Sans vous, ils auraient peut-être fait une croix sur Noël.

— Excusez-moi, monsieur Trevis...

D'un signe de la tête, je lui indiquai ma main, qui commençait à m'élancer. Il la relâcha promptement.

— Pardonnez-moi, grommela-t-il en laissant tomber son menton sur son torse.

Je me frictionnai les doigts, troublée par ses paroles.

— Bien entendu, si vous pensez que ma présence est de quelque utilité aux enfants, je resterai aussi longtemps qu'ils auront besoin de moi. Mais je vous conjure de me dire ce qui ne va pas. Que vous a dit le Dr Farrell?

Il leva la tête pour me regarder avec des yeux brûlants.

— Vous vous inquiétez pour moi? Vous savez, j'ai toujours envié à Teddy et Jessie la réserve infinie d'amour que vous aviez pour eux. Même Lillian et Millie ont bénéficié de votre dévouement assidu. Anna, ne voyez-vous pas que vous m'avez contaminé par votre douceur et avez amolli mon cœur dur comme la pierre? murmura-t-il. Ne voyez-vous pas que vous m'avez transformé?

Il étudia mon expression stupéfaite, lui-même perplexe.

— Vous semblez surprise... J'ai toujours cru que vous le saviez, pourtant.

— Tout ce que je sais, c'est que je ferai ce que vous me demandez. Si vous ne désirez pas que je parte, je resterai, cela va de soi.

— Je vois qu'il va me falloir être plus direct, conclut-il avec un sourire inquiet. Laissez-moi vous présenter les choses de cette façon : quand Lillian m'a dit qu'elle partait, pour des raisons qui, j'en suis certain, ne vous sont pas étrangères, j'étais content; mais, quand elle m'a dit qu'elle comptait vous emmener avec elle, j'ai été démoralisé.

Je le dévisageai, trop émue pour parler.

— Dites quelque chose, Anna, me supplia-t-il avec des yeux implorants.

— Je ne sais pas quoi dire. Je ne... je ne voudrais surtout pas que votre moral soit entamé, quelle qu'en soit la cause.

Il se leva brusquement et se mit à arpenter la pièce avant de se tourner vers moi, le visage sévère et la voix ferme.

— Pendant toutes ces années, vous avez incarné à mes yeux la créature la plus douce, la plus belle et la plus noble sur cette terre, mais pas un instant je n'aurais cru que vous seriez aussi... aussi... compliquée.

— Je ne comprends pas, monsieur Trevis, bredouillai-je, déconcertée.

— Vous voyez, vous recommencez avec vos airs de sainte-nitouche, à faire semblant de ne pas savoir de quoi je parle alors que je me jette à vos pieds, en homme malade et désespéré.

— Mais, monsieur Trevis... je...

Je m'interrompis. « Désespérée », c'était bien le mot pour qualifier l'image qu'il renvoyait. Un silence gêné s'étira entre nous, augmentant son agitation.

— Si vous voulez tout savoir, j'ai décidé de partir au Nouveau-Mexique parce que j'ai pensé que ce serait plus facile maintenant que vous avez Sandra, avouai-je finalement.

À ces mots, son expression s'adoucit. Il avança d'un pas.

— Plus facile? répéta-t-il. Plus facile pour qui?

Comme je ne répondais pas, il insista.

— Je vous en prie, Anna. Que vient faire Sandra là-dedans?

En secouant la tête, je me dirigeai vers la porte, mais il me rattrapa au milieu de la pièce et me saisit par la main, avec douceur cette fois. Le contact de ses doigts, aussi légers que des plumes sur ma paume, propagea une onde d'agréables frissons dans mon dos.

— Anna, je vous en prie, murmura-t-il.

À la caresse de son souffle chaud sur mon oreille, tout mon corps brûla de plaisir.

— Que vient faire Sandra là-dedans? répéta-t-il.

— Eh bien, il ne fait aucun doute que vous êtes amoureux d'elle, n'importe qui peut le voir, répondis-je en me détournant de lui. Oh, je ne peux pas vous le reprocher, c'est une femme charmante. D'ailleurs, si vous voulez mon avis, vous formez un très joli couple tous les deux.

M. Trevis s'approcha pour me relever le menton du bout des doigts, ne me laissant d'autre choix que de le regarder. Plus ses pupilles sombres et pénétrantes me sondaient, plus j'étais bouleversée. Je me sentis tressaillir de l'intérieur et tout mon sang afflua à mes pieds.

— Vous êtes jalouse de Sandra, murmura-t-il pour lui-même, légèrement amusé, avant de reprendre son sérieux. Anna, je vais être parfaitement sincère avec vous. J'ai toujours été satisfait de vous avoir auprès de moi, mais cette familiarité ne me suffit plus. Je veux vous toucher et vous embrasser. Je veux vous aimer sans réserve.

— Monsieur Trevis…

Mon cœur battait si fort que mes oreilles bourdonnaient. Mes genoux menaçaient de se dérober d'une seconde à l'autre.

— Si vous n'éprouvez pas la même chose, alors vous pouvez partir au Nouveau-Mexique avec votre très chère sœur Josepha, je ne vous ennuierai plus jamais. Mais, si vous avez le moindre sentiment pour moi, je vous supplie de rester ici avec moi.

Je fermai les yeux et sentis des larmes ruisseler sur mon visage. Une à une, les enveloppes qui portaient les cicatrices de mon passé se détachèrent de moi, exposant mon cœur dans toute sa fragilité.

— Vous ne m'aimez pas un peu? reprit-il en m'effleurant la joue. Pas un tout petit peu?

Je secouai la tête, la langue liée, le souffle court.

— Je comprends, ce n'est pas grave, se résigna-t-il tristement. Je vous en prie, ne pleurez plus.

J'ouvris les paupières pour le fixer droit dans les yeux. Je contemplai ces iris sombres, ce beau visage si familier que j'adorais depuis tant d'années, le contour tendre de ces lèvres que je rêvais de sentir sur ma peau. Il me fut impossible de contenir plus longtemps mon désir pour cet homme, qui déferla comme un torrent contre ma cage thoracique.

— Pas un tout petit peu, monsieur Trevis. Ni même un peu. Je vous aime tant que j'ai l'impression que mon cœur va exploser dès que je m'approche de vous, tant je sens votre saveur sur mes lèvres chaque fois que je prononce votre nom.

D'abord décontenancé par mes paroles, il prit mon visage entre ses mains et plongea son regard dans le mien. Je me noyai dans ses yeux, certaine d'y apercevoir l'éternité. Alors, avec douceur et tendresse, il sécha mes larmes une à une par des baisers avant de bifurquer vers ma bouche, posant ses lèvres sur les miennes avec une telle ardeur que je craignis de fondre avant de pouvoir reprendre ma respiration.

Enhardie par l'étincelle de vie que m'insuffla cette étreinte, je jetai mes bras autour de son cou et lui rendis son baiser, puis beaucoup d'autres encore. Chaque fois que mes lèvres trouvaient les siennes, un frisson parcourait mon âme. Ma féminité émergea comme le soleil sur l'horizon et traça un chemin lumineux à travers ma vie, faisant à jamais de moi un être de chair et de sang, sans autre besoin que d'aimer et d'être aimée. Tout à coup, je vis clair à travers les peurs et l'appréhension qui m'avaient jusque-là aveuglée.

— Vous vouliez que je sois jalouse de Sandra, n'est-ce pas? demandai-je, hors d'haleine. C'est ce que vous cherchiez depuis le début?

Il laissa échapper un petit rire, lui aussi à bout de souffle.

— Vous le savez bien, chuchota-t-il. Mais vous n'avez qu'à prononcer les mots que je souhaite entendre pour que je ne la revoie plus jamais. Je ne mentionnerai même plus son nom.

— Quels mots? m'enquis-je en tremblant dans ses bras, convaincue d'avoir trouvé mon paradis sur terre.

— Dites seulement : « Adam, je suis à vous et je ne vous quitterai jamais. »

— Adam, je suis à vous et je ne vous quitterai jamais, répétai-je dans un murmure. Et vous, pouvez-vous en dire autant? l'interrogeai-je, bien que certaine de sa réponse.

— Depuis notre première étreinte, sous le regard des paons du fond de la piscine, souffla-t-il. Ma bien-aimée Anna.

*

Anna s'assit devant le clavier et posa ses mains sur les touches, qu'elle enfonça avec des doigts hésitants, libérant deux ou trois notes fugitives qui s'écoulèrent dans la pièce comme d'étranges larmes. Quand elle releva la tête, Jessie se tenait dans l'encadrement de la porte.

— Tonton Darwin est parti et une infirmière est là pour papa, annonça-t-elle. Et Benson attend au téléphone, il veut te parler.

Anna fit pivoter le couvercle du clavier avec un soupir puis traversa la pièce. Après avoir glissé son bras sous celui de Jessie, elle quitta le salon de musique, prenant soin de fermer la porte derrière elles.

16

Sans doute aurais-je dû éprouver des sentiments plus conflictuels, et peut-être aurait-ce été le cas en d'autres circonstances, si j'avais pensé pouvoir m'offrir le luxe du temps. Il m'arrivait néanmoins de ne pas me reconnaître quand je me regardais dans le miroir, ou d'avoir l'impression de me voir pour la première fois. Quelle que fût ma position dans ce chaos moral où je m'étais jetée tête baissée, il me fallait admettre qu'il s'était opéré, au fil des ans, un rapprochement si graduel entre M. Trevis et moi que l'étape suivante nous parut parfaitement naturelle. Comme pour une plante devenue trop grande pour son pot, nous repiquâmes notre relation dans une terre fertile où elle prit instantanément racine. Après notre traditionnel thé du soir, nous nous retrouvions donc dans la même chambre, dans le même lit et dans les bras l'un de l'autre. Aussi découvris-je que les mots doux et les caresses d'un homme pouvaient non seulement bannir les dures réalités de la vie, mais également créer une toute nouvelle réalité, que j'embrassai avec ardeur.

La première fois que, étendue au côté de mon bien-aimé, je sentis son corps m'étreindre avec un désir empreint de tendresse, je sus que je ne serais plus jamais la même. Sous l'effet de ses caresses, prodiguées à des endroits seuls connus de Dieu, la passion me coupa le souffle. Et lorsque ses lèvres, plus douces et délicates qu'une prière, embrassèrent mon âme frémissante, l'univers n'abrita plus que lui et moi. Après l'amour ne resta de mon être qu'une volute de fumée vrillant avec béatitude vers le ciel, d'où j'aurais pu le regarder dormir toute une éternité.

« C'est ce que les hommes et les femmes font pour oublier. »
— Si c'est ça oublier, *mamá*, alors je ne veux plus jamais me souvenir.

La seule vraie difficulté à laquelle je me heurtai au cours des premiers jours et semaines de notre nouvelle vie à deux fut d'apprendre à appeler mon bien-aimé par son prénom et à cesser de le vouvoyer. Je ne pouvais réprimer une infime crispation en m'entendant dire : « Tu veux du thé, Adam ? » Ou encore : « Tu veux bien jouer pour moi ? » À dire vrai, les mots « M. Trevis » avaient pris à mes oreilles une douceur unique que je rechignais à abandonner.

Nous décidâmes de ne pas annoncer tout de suite notre relation ou la maladie d'Adam autour de nous. Nous avions besoin de temps pour affermir notre cœur et déterminer la meilleure façon d'agir. Bien entendu, nous nous préoccupions avant tout d'atténuer le coup pour Teddy et Jessie.

Benson fut le premier à apprendre les deux nouvelles. J'ignore comment Adam les lui révéla car il jugea préférable de parler à son ami seul à seul. Environ une heure après l'avoir suivi dans son bureau, l'avocat en ressortit avec des yeux ahuris. Au lieu de passer par la cuisine, comme de coutume, il alla directement s'asseoir au salon, où il demeura pendant près d'une heure, son menton pesant sur sa poitrine. Muet à côté de lui, Adam souffrait autant que moi du choc et du sentiment de trahison qu'il décelait dans les yeux doux de Benson. Ce dernier partit sans m'adresser un mot et disparut de notre vie des jours durant. Je suggérai plusieurs fois à Adam de lui téléphoner, mais il tenait à respecter le besoin de son ami de prendre un peu de recul. Contrairement à moi, il ne doutait pas que Benson finirait par revenir.

Près de deux semaines après leur conversation, l'avocat reprit ses vieilles habitudes. Je rinçais la vaisselle lorsqu'il entra par la porte de derrière et posa son porte-documents sur la table de la cuisine.

— Vous voulez un café? lui proposai-je.

— Seulement s'il est déjà fait.

— Non, mais il n'y en a que pour quelques minutes.

— Ne vous embêtez pas.

— Mais ça ne m'embête pas du tout.

Tandis que la cafetière crachotait, Benson tambourina des doigts sur sa mallette.

— Je fais du poulet pour ce soir, j'espère que vous restez dîner.

Le tapotement sur le cuir cessa. Je me retournai, attendrie par la grimace que formaient les coins tombants de sa bouche.

— J'aimerais beaucoup, mais je me sens un peu comme la cinquième roue du carrosse, maintenant: rond, ridicule et parfaitement inutile.

— Benson, comment pouvez-vous dire cela? Vous savez combien vous comptez pour nous deux. Et Adam a plus que jamais besoin de vous.

— Et pour cause, c'est moi qui gère ses biens! répondit-il, toujours bouddeur. Ce serait trop de complications de chercher un nouvel avocat.

— Vous savez parfaitement que ce n'est pas la raison, contestai-je. Adam a rendez-vous chez le cancérologue demain, ça lui ferait énormément de bien de vous voir ce soir. Nous sommes tous les deux très inquiets.

Benson haussa les épaules.

— Passons un marché, alors : je reste ce soir si vous me promettez de m'appeler demain pour me raconter ce que le médecin a dit. Adam n'aime pas en parler.

Sur cette promesse, je remplis les tasses de café le cœur plus léger. Le retour de Benson m'animait d'un optimisme que je n'avais pas ressenti depuis des jours.

L'avocat prit sa tasse pour la reposer aussitôt sur la table.

— Anna, je ne vous le demanderai qu'une fois, après je ne soulèverai plus jamais la question. Je voudrais juste que vous soyez totalement franche avec moi.

Acquiesçant de la tête, je m'assis en face de lui.

— Ai-je jamais eu une chance avec vous ? demanda-t-il.

Je remuai mon café le temps de trouver les mots justes.

— Benson, je crois que Dieu m'a conduite ici pour plusieurs raisons. Adam en est une : il est l'homme dont j'étais destinée à tomber amoureuse. Vous en êtes une autre : vous êtes l'homme que j'étais destinée à aimer comme un frère. J'ai beaucoup de chance de vous avoir tous les deux dans ma vie.

Son expression maussade s'éclaira un peu.

— Un simple « Non, Benson, vous n'avez jamais eu la moindre chance ! » aurait suffi, remarqua-t-il avant d'esquisser un sourire. Mais, tout compte fait, j'aime autant votre façon de présenter les choses.

La joie infinie qui illuminait notre vie à deux était assombrie par la triste réalité de la maladie. Jamais je n'avais autant prié pour un miracle. Je priais quand j'accompagnais Adam à l'hôpital pour ses traitements, quand je remplissais son pilulier, quand je le regardais jouer du piano. Mais mes supplications n'y faisaient rien : mon bien-aimé se fanait à mesure que notre amour et notre attachement s'épanouissaient.

Lors d'une visite au Dr Farrell, j'étais si absorbée dans mes pensées et mes prières que je relâchai mon attention. Quand mes yeux se fixèrent de nouveau sur le visage du médecin, il m'apparut moins sombre qu'à l'accoutumée. De fait, il souriait et parlait d'une voix nettement plus enlevée.

— C'est une excellente nouvelle, remarqua Adam. Tu ne trouves pas, Anna ?

— Oui, répondis-je, trop honteuse pour avouer que je n'avais pas suivi la conversation.

— Il faudra attendre un peu avant d'opérer pour retirer la tumeur, mais, si elle continue à rétrécir à ce rythme, ça pourrait venir plus vite que nous ne l'imaginons, expliqua le Dr Farrell.

— Et Adam sera guéri ? demandai-je avec l'espoir que Dieu m'accorde enfin le miracle pour lequel j'avais tant prié.

Une expression dubitative passa sur le visage du médecin, mais il n'écartait manifestement pas cette possibilité.

— Il est difficile de prévoir quoi que ce soit à ce stade, rappela-t-il avec prudence. Cela dit, c'est très bon signe.

Je quittai le cabinet sur un petit nuage. Dans mon esprit, Adam était pratiquement guéri et nous ne tarderions pas à laisser ce cauchemar derrière nous pour mieux affronter les défis qu'il nous restait encore à relever.

— C'est ton amour qui a fait toute la différence, me susurra-t-il ce soir-là, tandis que nous reposions dans les bras l'un de l'autre. Je t'épouserais demain si je le pouvais, mais Lillian n'est pas très conciliante en ce moment. Enfin, je veux que tu saches que je me suis assuré que tu ne manqueras de rien, quoi qu'il m'arrive.

— Il ne t'arrivera rien, répondis-je. Tu vas te rétablir, rien d'autre n'a d'importance.

Je posai ma tête sur sa poitrine pour écouter les pulsations fortes et vigoureuses de son cœur, le chant d'un organe qui battrait encore pendant de nombreuses années. Soudain, il soupira et j'entendis une bourrasque s'engouffrer dans sa cage thoracique comme dans un canyon.

— Je dois te prévenir : Lillian finira un jour ou l'autre par apprendre notre relation, ce qui ne contribuera qu'à compliquer la situation.

— Chut, dors maintenant et ne te tracasse plus, lui soufflai-je en tombant moi-même dans le sommeil.

J'entendis alors la voix sage de ma mère s'élever des profondeurs de mon cœur : « Imagine, *mija*. Imagine que nous dormons dans une demeure grandiose avec des fenêtres cintrées et du carrelage au sol, et que nous nous réveillons, au matin, au doux grattement des cordes d'une guitare. »

— C'est le piano que tu entends, *mamá*, chuchotai-je. Et c'est encore plus beau qu'en imagination.

Quelques jours plus tard, nous fûmes réveillés aux petites heures du matin par le grincement de la porte d'entrée. Sur le coup, je crus que Lillian était venue à l'improviste pour nous braver. Avant que nous puissions réagir, un martèlement de pas précipités résonna dans l'escalier et Teddy fit irruption dans la chambre. En me voyant dans le lit de son père, il se figea, puis nous dévisagea avec des yeux incrédules pendant ce qui me parut une éternité. Pour la première fois depuis qu'Adam et moi nous étions déclaré notre amour, la honte planta ses griffes acérées dans mon cœur. Je ramenai les couvertures à mon menton, trop horrifiée pour bouger ou parler.

La défiance et la rage naquirent dans le regard de Teddy, qui se mit à secouer la tête, comme sous le coup d'une violente et subite migraine.

— Fiston, nous pouvons tout t'expliquer, intervint Adam en se redressant avec des gestes lents.

— Peter a dit à maman que tu étais malade, marmonna Teddy, le regard fuyant. Je suis venu dès que j'ai su.

— S'il te plaît, Teddy, laisse-nous t'expliquer, répétai-je d'une voix timide.

Il recula d'un pas.

— Il n'y a rien à expliquer, je comprends tout, maintenant. Je sais pourquoi notre famille s'est brisée. Tu as attendu le moment propice, hein? Tu as attendu que mon père soit malade et vulnérable pour mettre tes plans à exécution.

— Tu te trompes, Teddy, répliqua Adam en sortant du lit. Viens, allons en parler calmement en bas.

— Non! hurla le jeune homme, faisant un nouveau pas en arrière. C'est toi qui trompes maman depuis des années, c'est pour ça qu'elle est partie.

— Ce sont des mensonges! démentit Adam avec plus de fermeté.

— Et ce que je vois là, c'est un mensonge, peut-être? Qui sait depuis combien de temps vous faites vos petites affaires en douce tous les deux? Peut-être même que tu lui donnais des primes pour ses services…

— Je ne te laisserai pas manquer de respect à cette femme extraordinaire.

— Cette femme extraordinaire? Tu dois vraiment être abruti pour ne pas voir la vérité quand tu l'as sous le nez. Dans ton lit, même!

Il m'adressa un long regard haineux avant de se retourner vers son père.

— Un abruti et un menteur, voilà ce que tu es. Je n'ai aucun respect pour toi, ni pour elle, d'ailleurs.

— Tu veux savoir la vérité? répliqua Adam, le visage frémissant de fureur. Nous en sommes venus au divorce parce que ta mère est infidèle. Elle l'a toujours été. Et tu as raison, je suis un bel abruti. Un bel abruti de l'avoir épousée et d'avoir supporté ses frasques pendant aussi longtemps!

— Je ne te crois pas, repartit Teddy, les yeux plissés en deux fentes noires. Je ne crois pas un mot de ce que tu dis. Maman n'est pas comme ça, elle n'a jamais été comme ça.

Adam fit un pas vers son fils, mains tendues.

— Moi aussi, j'ai refusé de le croire, fiston. Mais il faut accepter la vérité, aussi déplorable et cruelle qu'elle soit.

Teddy le foudroya du regard.

— Et je suis censé accepter que toi et Nana dormiez dans le lit que tu as partagé avec ma mère pendant plus de vingt ans? Eh bien non! brailla-t-il, secoué de tremblements des pieds à la tête. Jamais! Tiens, tu veux une autre vérité cruelle, qu'il faudra bien que tu acceptes : je me contrefous que tu claques demain ou la semaine prochaine, tu ne me verras plus jamais de ton vivant!

Sur ce, il nous tourna le dos et quitta la maison aussi vite qu'il était venu, semant sur son passage un silence sinistre.

D'abord pétrifié, Adam s'effondra sur le lit et enfouit sa tête entre ses mains.

— Qu'ai-je fait, Anna? marmonna-t-il. Qu'ai-je fait?

Il se glissa ensuite sous les draps, dont il se recouvrit la tête. Il demeura au lit toute la matinée. Dans l'après-midi, je réussis à le convaincre de descendre s'asseoir un moment dans la cour avant le dîner, durant lequel il mangea très peu et parla encore moins.

Comment ne pas comprendre le profond abattement dont il était la proie? Il me rappelait la détresse qui s'était emparée du village quand les eaux en crue avaient menacé de tout emporter. Lorsque le niveau de la rivière avait enfin baissé, nous avions évalué les dégâts avec une stupeur pleine de désespoir, incapables de savoir par où commencer.

Chaque fois que je repensais à l'accusation de Teddy, à la haine perçant dans son regard, je sentais une douleur inconnue sourdre de mon cœur et se propager dans tout le reste de mon corps. Cette sensation se révélait un supplice, au même titre que la distance qui se creusait entre mon bien-aimé et moi. Je souhaitais désespérément l'atteindre pour le ramener à moi, mais je devais faire preuve de patience. S'il le fallait, j'étais disposée à attendre l'éternité.

Les jours suivants se déroulèrent au même rythme. Adam se levait de plus en plus tard et refusait de jouer du piano ou de prendre l'air. Il s'éloignait doucement et ce n'était que lorsque je le tenais dans mes bras, la nuit, que je le sentais proche. Il téléphona à son fils des centaines de fois, mais jamais Teddy ne lui rendit ses appels. Il lui écrivit des lettres, lui laissa des messages, mais jamais Teddy ne répondit.

— Je l'ai perdu, me déclara-t-il un après-midi où je l'avais persuadé de venir s'asseoir avec moi dans le jardin. J'ai perdu mon fils.

— Tu n'en sais rien, Adam. Il a peut-être seulement besoin de temps.

— Je n'aurais jamais dû lui parler des infidélités de Lillian, soupira-t-il. Même si c'est vrai, je n'aurais pas dû. Comme je n'aurais pas dû attendre si longtemps pour annoncer notre relation aux enfants. Si je leur en avais parlé dès le début, j'aurais peut-être évité ce drame.

Je lui pris la main.

— Après que Teddy est parti en furie, je lui ai écrit une lettre, et une autre à Jessie, l'informai-je. Je n'ai jamais eu autant de mal à coucher mes mots sur le papier. En fait, j'ignorais jusqu'où aller dans mes explications, mais j'estimais que je devais les éclairer sur mes sentiments envers toi et la famille, leur dire combien je les aimais. La lettre de Teddy est revenue intacte hier, mais je suis certaine que Jessie a lu la sienne. Tu devrais peut-être l'appeler.

— Oui, je vais le faire.

Adam téléphona à sa fille le soir même et raccrocha le combiné le cœur un peu plus léger. Bien qu'ébranlée par la nouvelle, Jessie ne partageait pas l'idée de Teddy selon laquelle son père et moi entretenions une liaison depuis des années. Elle avait donc pris la peine d'ouvrir ma lettre et demandé à son père de lui accorder un temps de réflexion. Dès qu'elle se sentirait prête, elle viendrait nous parler.

Quelques jours plus tard, je coupais les roses fanées dans le jardin lorsque la voiture de Lillian remonta l'allée dans un ronflement de moteur. Accroupie dans une plate-bande, je la vis se diriger d'un pas furieux vers la maison et glisser sa clé dans la serrure sans remarquer ma présence.

De retour de sa dernière séance de chimiothérapie, Adam se reposait dans son bureau, certainement le premier endroit où Lillian irait le chercher. Après avoir patienté quelques minutes, je contournai la maison et traversai la cour à pas de loup afin de me tenir prête à accourir en cas de besoin. Les cris de Lillian s'échappaient par la fenêtre ouverte du bureau.

— Tu mérites une mort infâme! Après ce que tu m'as fait, ne compte pas sur moi pour te plaindre.

— Je ne pensais pas que Teddy prendrait la peine de te raconter sa visite.

— Redescends sur terre, Adam. Je me fiche de qui tu mets dans ton lit, mais cette maison nous appartient. Et ne fais pas semblant de ne pas savoir de quoi je parle. Mon avocat vient de me prévenir: tu as apporté un changement considérable à ton testament.

Adam toussa avant de répliquer:

— Les enfants et toi ne manquerez jamais de rien. Quant à cette propriété, elle appartient à ma famille depuis des générations, elle reviendra donc à la personne de mon choix. D'autant que je ne doute pas un instant que tu n'attendrais même pas que ma tombe soit creusée pour céder le terrain et vendre la maison aux enchères, pierre par pierre, jusqu'à ce qu'il n'en reste plus rien. Anna, elle, respectera mon souhait de garder la propriété dans la famille.

— Nous verrons bien ce que Teddy et Jessie en pensent. Après tout, une surprise de plus ou de moins!

— C'est à moi de leur en parler.

— Et quand comptes-tu le faire, exactement?

— Bientôt, répondit-il d'une voix faible.

— Je te préviens : j'utiliserai chaque souffle qu'il me reste pour t'empêcher de faire ça, or laisse-moi te rappeler qu'il m'en reste beaucoup plus qu'à toi.

— Je vais dire à mon avocat d'affûter ses armes. Tu as fini, maintenant ?

Lillian s'accorda un instant de réflexion.

— Juste une dernière question. Pourquoi t'abaisser de façon si lâche et prévisible ? Tu es tellement en mal d'affection pour en rechercher auprès des employés de maison ?

— M'abaisser ? J'échangerais volontiers vingt ans de torture avec toi pour seulement vingt heures de bonheur absolu avec Anna.

— Je retire ce que j'ai dit, Adam. Je te plains car, à l'évidence, le cancer a déjà atteint ton cerveau. Remarque, voilà qui devrait me faciliter la tâche au tribunal.

J'entendis ensuite un cliquètement de talons frénétique, suivi du vrombissement de sa voiture dans l'allée. Quand je fus certaine que Lillian avait quitté la propriété, je regagnai la roseraie, les mains si tremblantes que j'avais du mal à manier le sécateur.

Adam ne m'avait pas informée de ses projets pour la maison et je ne pouvais que craindre ses motivations. Pourquoi mettre de l'ordre dans ses affaires maintenant ? Avait-il eu une nouvelle conversation avec les médecins à mon insu ? À cela venait s'ajouter la question de la réaction des enfants. Maintenant que Lillian avait obtenu la confirmation qu'elle cherchait, elle ne se refuserait pas le plaisir de leur annoncer le changement apporté par leur père dans son héritage, ce qui ne contribuerait qu'à les monter davantage contre lui.

Alors que je tentais de rattraper le sécateur qui m'avait glissé des mains, sa lame me pinça la paume. Assise par terre, je regardai le sang former une flaque écarlate dans le creux de ma main, courir le long de mon poignet et goutter sur le sol pour y disparaître. Je ne sais combien de temps je restai ainsi, fascinée par ce spectacle, avant que la voix d'Adam me sorte de ma contemplation. M'essuyant à la hâte la main avec un mouchoir en papier trouvé dans ma poche, je le rejoignis.

— J'ai vu Lillian partir, déclarai-je d'une voix inquiète. Elle paraissait très contrariée.

Avec un hochement de tête lourd de regret, il glissa un bras rassurant sur mon épaule.

— Il faut qu'on parle, Anna.

Il me rapporta alors sa conversation avec Lillian et m'annonça les modifications qu'il avait apportées à son testament. Lorsque je lui objectai que je n'avais ni besoin ni envie de recevoir la maison en héritage et qu'il ferait mieux de revenir à ses dispositions initiales, il m'imposa le silence d'un baiser.

— Je n'en attendais pas moins de toi, mais ma décision est prise. Et il n'y a rien que Lillian, les enfants ou toi puissiez faire pour m'en dissuader.

Jessie nous rendit visite environ deux semaines plus tard. Je découpais des légumes en vue d'un dîner léger quand je la vis soudain débarquer. Je fus si soulagée d'entendre qu'elle se joindrait à nous pour le repas que des larmes de gratitude me piquèrent les yeux.

Elle s'assit à la table de la cuisine, d'abord peu bavarde.

— Teddy croit que papa et toi êtes amants depuis des années et que c'est pour ça qu'ils se sont séparés avec maman, débita-t-elle au bout d'un moment. Je dois reconnaître que je me suis quelquefois posé la question. C'est vrai, la façon dont papa et toi vous parliez et vous regardiez parfois…

Je lâchai mon couteau.

— Je te le jure, Jessie, il ne s'est jamais rien passé entre nous. Ton père n'a jamais compromis son mariage, et moi non plus.

— Je te crois, Nana. Et puis je ne suis pas aussi remontée que Teddy pour la maison et le testament. Je sais que papa veillera toujours à ce qu'on ne manque de rien, dit-elle en jouant du bout des doigts avec une serviette de table. Mais Teddy voit les choses autrement. Pour lui, papa te fait passer avant nous en te donnant la maison, ce qui renforce sa conviction que vous aviez une liaison. J'y ai réfléchi et je ne suis pas de cet avis, continua-t-elle en écartant la serviette pour me regarder droit dans les yeux. Je crois que papa veut que la maison te revienne parce que, même s'il ne s'est jamais rien passé, il t'aime et tu l'aimes depuis des années. C'est ça, hein, Nana?

Je hochai la tête. Je ne pouvais plus nier la vérité. Je ne le voulais plus.

Les yeux de Jessie se gonflèrent de larmes.

— Je vois bien comme vous êtes heureux ensemble, papa et toi, et je sais qu'il a plus que jamais envie de vivre, maintenant, mais il est si malade, sanglota-t-elle, les joues soudain inondées de larmes. Je suis contente qu'il t'ait.

Adam m'avait assuré qu'il se sentait assez bien pour conduire et que cela lui donnerait l'impression d'être utile, mais il n'en demeura pas moins muet pendant tout le trajet jusqu'au cabinet du Dr Farrell.

Nous attendîmes longtemps dans le bureau du médecin avant de le voir apparaître avec sa traditionnelle chemise cartonnée sous le bras. Nous nous assîmes alors avec empressement. Peter Farrell ne s'exprimait jamais sans se reporter à son dossier, mais nous pouvions généralement deviner le contenu de ce dernier à son expression. Ce jour-là, il arborait un masque sinistre.

Après s'être étendu sur les caractéristiques du cancer dont souffrait Adam, il insista sur la difficulté à prédire son évolution. En fonction de son état de santé général et de sa réaction au traitement, un patient pouvait vivre des années après le diagnostic, ou à peine quelques mois. Nous avions déjà entendu tout cela. À l'évidence, le Dr Farrell atermoyait.

La main d'Adam vint trouver la mienne tandis que nous subissions en silence le supplice du médecin, qui nous expliqua dans les moindres détails les traitements déjà tentés et la batterie d'examens réalisés. À bout de patience, Adam finit par l'interrompre, autant pour nous épargner que pour lui faciliter la tâche.

— Peter, j'ai l'impression que tu essayes de nous dire que tu as découvert une autre tumeur. C'est bien cela?

Levant les yeux de son dossier, le médecin opina du chef, le verre de ses lunettes embué et les lèvres tremblantes malgré ses efforts pour rester de marbre.

— Je suis désolé, Adam. Nous allons devoir tenter un nouveau cycle de chimio avant d'envisager l'opération. Nous attendrons ensuite de voir l'évolution de la maladie.

Adam accusa le coup avec un hochement de tête sobre, se contentant de serrer ma main plus fort, mais le choc de la nouvelle m'abasourdit. Lorsque nous eûmes quitté le cabinet, je tombai dans un profond abattement et pleurai pendant tout le trajet du retour. Malgré le réconfort que tenta de m'apporter Adam et mes efforts pour me calmer et me montrer courageuse par égard pour lui, je ne trouvai pas la force de relever la tête. J'allais perdre mon bien-aimé, aucune autre réalité n'existait à mes yeux.

En arrivant à la maison, je dus prendre appui sur lui pour atteindre la porte d'entrée. À nous voir ainsi, n'importe qui aurait cru que j'étais celle des deux qui souffrait d'une maladie incurable. Ce soir-là, je priai le rosaire pour la première fois depuis des années. Puis je suggérai à Adam de demander un second avis.

— Peter est l'un des meilleurs cancérologues du pays, me raisonna-t-il. Je ne crois pas qu'un autre nous donnera de meilleures nouvelles.

— Mais tu as entendu ce qu'il a dit aujourd'hui. Ton cancer est très rare et les chercheurs découvrent de nouveaux traitements tous les jours. Peut-être qu'un autre spécialiste connaîtra un remède dont il n'a pas encore entendu parler.

Adam réfléchit à cette possibilité d'un air dubitatif.

— Je t'en prie, mon amour, insistai-je. Ça vaut la peine d'essayer. Nous pouvons reprendre la chimiothérapie, comme il l'a prescrit, et consulter un autre médecin entre-temps. Nous n'avons rien à perdre.

Quelques jours plus tard, je venais de mettre des pommes de terre à bouillir quand j'entendis un claquement de porte dans l'entrée, puis le cliquetis familier de talons aiguilles se rapprochant de la cuisine. Quand je me retournai, Lillian s'était matérialisée dans l'encadrement de la porte. Ses cheveux tombaient sur ses épaules en une cascade auburn dont la teinte plus sombre au niveau des tempes attestait d'un récent passage chez le coloriste.

— Bonjour, Anna, dit-elle d'un ton doucereux. Comment allez-vous par cette magnifique journée?

— Bien.

— Et comment se porte le patient?

— Il se repose et je préférerais ne pas le déranger, répondis-je, extrêmement embarrassée d'empêcher Lillian de voir son propre mari.

— Ne vous inquiétez pas, c'est vous que je suis venue voir, répliqua-t-elle calmement en s'asseyant à la table de la cuisine. Juste ciel, Anna! Vous me faites penser à un lapin terrorisé. Si vous imaginez un seul instant que je vous tiens rancune de vos rapports intimes avec mon mari, vous vous mettez le doigt dans l'œil. C'est vrai, je suis bien placée pour savoir que vous ne couchez pas avec un homme, mais avec une ombre qui ne peut que vous satisfaire au moyen de sa musique. Et encore, je m'avance peut-être!

Mon visage s'empourpra. Il était délicat de reconnaître, en particulier devant elle, qu'Adam restait, en dépit de sa maladie, un homme très sensuel et aimant.

— Il y a des choses plus importantes que l'amour physique, madame Lillian.

— C'est justement ce qui vous vaut ma présence.

Plissant les yeux, elle sortit de son sac une enveloppe qu'elle posa d'un geste décidé sur la table.

— Mon avocat est catégorique: tous les changements de dernière minute qu'Adam a pu introduire dans son testament sont facilement révocables. Il est mourant, émotionnellement instable et facilement manipulable par n'importe quel opportuniste dans son entourage.

— Adam sait que je ne veux rien de lui.

— Dans ce cas, vous ne devriez avoir aucun mal à vous décider, remarqua-t-elle en posant la main sur l'enveloppe. Ces documents spécifient que vous renoncez sans équivoque à toute revendication sur la propriété des Trevis. En échange de votre signature, vous recevrez une somme rondelette. Il n'y a qu'une condition supplémentaire : que vous quittiez cette maison sur-le-champ et n'y remettiez plus jamais les pieds.

— Vous me payez pour partir ?

Lillian esquissa un sourire aimable.

— Vous connaissez Teddy et ses principes. Tant que vous resterez ici, il n'acceptera jamais de revoir son père. Si vous partez, en revanche, il y a de grandes chances pour qu'il change d'avis. C'est même certain. Quant à Jessie, j'ai cru comprendre qu'elle avait déjà choisi son camp, ajouta-t-elle avec un haussement d'épaules dédaigneux.

Je fixai la pochette en papier.

— Mais j'ai promis à Adam de ne jamais le quitter.

— Quelle compagnie croyez-vous qu'il préfère dans ces circonstances ? La vôtre ou celle de ses enfants ?

Comme je continuais à considérer l'enveloppe en silence, Lillian s'adossa et croisa les bras sur sa poitrine.

— Selon Peter, l'état d'Adam ne cesse d'empirer depuis que Teddy a fait sa malencontreuse découverte. Il a besoin de ses enfants plus que de quiconque. Même que de vous, souligna-t-elle en s'inclinant en avant pour pousser les documents vers moi. Prenez cet argent et allez faire votre petite vie pour qu'Adam puisse finir la sienne entouré de sa famille. Ce sera votre plus beau geste d'altruisme, et votre plus sage décision personnelle.

Sur ce, elle ramassa son sac et partit à grandes enjambées. Je m'assis à la table de la cuisine et contemplai longuement l'enveloppe devant moi. Bientôt, un murmure s'éleva des tréfonds de mon cœur : « Les mots dictés par la colère sont difficiles à effacer, *mija*, et d'autres mots suffisent rarement à les faire oublier. »

— Dans ce cas, comment agir, *mamá*?

« C'est exactement cela, reprit la voix. Tu dois *agir* et laisser les mots aux prêtres et aux poètes. »

Avant que les pommes de terre aient ramolli, je sus quel chemin suivre.

17

Anna accompagna l'infirmière jusqu'à la chambre d'Adam. Il fallut quelques minutes pour que ce dernier, qui émergeait tout juste du sommeil, comprenne que la visiteuse venait pour une prise de sang. Tandis qu'il lui tendait le bras avec obéissance, Anna s'éclipsa pour prendre l'appel de Benson dans la pièce adjacente.

— Teddy a les documents, lui annonça-t-il. Je les lui ai déposés il y a à peine vingt minutes.

— Vous êtes sûr qu'il a compris leurs implications?

— Le contraire serait étonnant. Je lui ai clairement expliqué que, après réflexion, son père avait de nouveau modifié son testament afin de léguer la maison à ses enfants, comme convenu auparavant. Je lui ai même montré la signature. Puis je lui ai vivement recommandé d'aller le voir avant qu'il soit trop tard.

— Merci, Benson. Je suis sûre qu'il ne va pas tarder.

— J'espère que vous avez raison, remarqua-t-il d'une voix mal assurée. Lillian était là, elle aussi. Comme vous pouvez l'imaginer, elle n'était pas ravie de se voir écartée de la succession. Je suis certaine que, à l'heure où nous parlons, elle instille son venin dans les oreilles de Teddy.

— Il viendra, répéta Anna.

— Je l'espère vraiment, Anna, parce que sinon…

— Je le connais, insista-t-elle. Il viendra.

Après avoir raccroché, elle retrouva la chambre d'Adam, où l'infirmière rangeait sa trousse dans la plus grande discrétion pour ne pas troubler le paisible repos de son patient.

— Oups! J'ai failli oublier, chuchota-t-elle en la voyant revenir. Le Dr Farrell m'a demandé de vous prélever un échantillon de sang à vous aussi.

— Moi? Mais pourquoi?

— Il craint que vous ne souffriez d'anémie. C'est facile à soigner, si c'est le cas, mais il préfère s'en assurer avant de vous prescrire quoi que ce soit.

Anna se remémora la conversation qu'elle avait eue avec le médecin le matin même. Il lui avait commandé de se reposer et de manger un morceau dès son départ, ce dont elle s'était bien évidemment dispensée. Convaincue que la prise de sang révélerait un mal bien plus grave qu'il ne le soupçonnait, elle se plia néanmoins à l'examen, comme Adam un moment plus tôt. Après avoir regardé l'infirmière serrer un garrot autour de son bras et préparer la seringue, elle ferma les yeux et attendit la piqûre.

*

Les nuits qui suivirent l'altercation avec Teddy, Adam dormit d'un sommeil agité. Il se tournait et se retournait dans le lit, parfois avec des sanglots, et refusait catégoriquement de me raconter ses cauchemars. Un sifflement sinistre s'élevait du fond de ses poumons et ses forces quittaient lentement ses bras, son torse et tout son corps. Chaque fois qu'il toussait, il produisait un son si caverneux que j'avais l'impression qu'il expulsait un peu de son âme.

En de très rares occasions, nous nous retirions au salon de musique après le dîner. Je prenais place à côté de lui sur le banc du piano pour l'écouter jouer, remplie de l'espoir que cette activité lui donne un nouveau souffle, mais il cessait toujours au bout de quelques minutes, épuisé et incapable de soutenir l'effort plus longtemps. Je l'aidais alors à prendre place dans le canapé, où nous demeurions un long moment, tous les deux muets.

— Dis-moi la vérité, Anna, me demanda-t-il un soir, brisant le silence. As-tu des regrets ? Quand tu y repenses, regrettes-tu de ne pas avoir quitté cet endroit il y a des années ?

— Aucun, lui assurai-je en posant ma tête sur son épaule. Enfin si, juste un : que nous ne nous soyons pas trouvés plus tôt. Et toi ?

— Hormis celui que tu viens d'évoquer, un seul, soupira-t-il.

Je savais à quoi il faisait référence. Teddy refusait toujours de répondre à ses appels et à ses lettres. Depuis leur dispute, il n'avait pas donné signe de vie à Adam, qui n'avait eu de ses nouvelles que par l'intermédiaire de Lillian, au travers d'un message cruel trouvé sur le répondeur au retour de chez le médecin : « Arrête de harceler Teddy avec tes excuses pitoyables, Adam. Pour lui, tu es déjà mort. »

Je relevai la tête et lui répétai ce que je ne cessais de lui ressasser depuis des jours :

— Je n'ai ni besoin ni envie de la maison, Adam. Rends-la aux enfants. Si elle leur revient, Teddy comprendra que tu le considères toujours comme ton fils et que tu l'aimes, quoi que tu aies dit ou fait.

— Anna, quand mes parents sont décédés, l'amour qui habitait cette maison est mort avec eux, déclara-t-il en me prenant la main. C'est toi qui lui as redonné vie. Tu as refait de cet endroit un foyer familial. Tu n'as peut-être pas besoin de cette demeure, mais elle a besoin de toi. Ne me demande pas pourquoi ni comment, mais je sais que je dois te la donner.

— Mais Adam…

— C'est ce que mon Dieu me dicte. Tu n'attends tout de même pas de moi que j'aille à l'encontre de Sa volonté?

— Non, murmurai-je.

— Alors je te demande de ne plus m'en parler.

Le soleil jetait des éclats sporadiques à travers les feuillages et réchauffait l'atmosphère de ses doux rayons lorsque nous revînmes du rendez-vous d'Adam, quelques jours plus tard. Nous avions cependant le cœur trop lourd pour savourer ce bel après-midi. Depuis longtemps résigné à la sombre réalité que je refusais d'accepter, Adam avait consenti à prendre un second avis uniquement pour me faire plaisir.

À mi-chemin de la maison, il arrêta la voiture sur le bas-côté et se tourna vers moi, les yeux couverts d'un voile grisâtre de fatigue.

— Anna, ça t'ennuie de conduire? Je suis fatigué, j'ai peur de m'assoupir au volant.

Peu après avoir changé de place, il s'endormit, la main sur mon genou. Ses doigts se mirent alors à remuer légèrement, comme s'il jouait du piano. Je me réjouis que son sommeil lui offre encore ce plaisir. Il pianotait toujours lorsque nous franchîmes la grille et nous engageâmes dans l'allée. N'ayant pas le cœur à troubler son repos, j'éteignis le moteur devant la maison et m'apprêtais à attendre le temps nécessaire quand l'immobilité soudaine du véhicule le réveilla en sursaut. Je contournai la voiture pour le rejoindre et, alors qu'il prenait appui sur moi, passai mon bras autour de sa taille.

— Anna, tu es vraiment robuste sous tes airs de moineau chétif, observa-t-il quand nous poussâmes la porte de la maison.

Je m'attendais à ce qu'il aille directement dans son bureau, mais il marqua une hésitation devant l'escalier.

— Je crois que je vais m'allonger un peu.

— Tout de suite? m'étonnai-je. Si tu dors maintenant, tu risques de ne pas dormir cette nuit.

Il pesa ma remarque, plus pour me faire plaisir que pour vraiment la prendre en compte, toujours immobile devant les marches.

— Si tu veux, je peux te réveiller pour le dîner. Une petite sieste te permettra de te reposer et t'ouvrira sans doute un peu l'appétit.

— Très juste! conclut-il.

Nous nous lançâmes donc dans une ascension de l'escalier laborieuse et plus lente que jamais. Je l'aidai ensuite à se déshabiller avant de le mettre au lit. Je n'avais pas terminé de pendre son pantalon qu'il somnolait déjà.

*

— Madame? Madame?

Les yeux d'Anna s'ouvrirent sur l'infirmière, qui se préparait à prendre congé, sa mallette bouclée.

— Je tenais juste à vous prévenir que je pars. Je reviendrai après-demain.

— Oui, merci, répondit Anna, étonnée de s'être assoupie.

— Avec un peu de chance, M. Trevis dormira toute la nuit et vous pourrez vous reposer.

Soudain, Jessie fit irruption dans la chambre, les yeux ronds comme des soucoupes.

— Nana, il est là !

Anna se leva d'un bond, manquant renverser la trousse de l'infirmière.

— Qui est là ?

— Teddy. Il vient de remonter l'allée.

— Tu en es sûre ?

— Je sais reconnaître sa voiture.

En entendant le tapage, Adam ouvrit les paupières.

— Qu'y a-t-il, Anna ?

— Il est là, mon amour, lui annonça-t-elle en s'agenouillant à son chevet. Teddy est venu te voir.

18

Le temps que Jessie et moi atteignions le palier du premier étage, Millie ouvrait déjà la porte d'entrée. Ce qu'elle découvrit derrière la laissa un instant sans voix, puis elle attira Teddy dans une étreinte chaleureuse. Je mourais d'envie d'en faire autant après ces longs mois sans visites ni nouvelles. J'aurais voulu parler à Teddy de son père, lui dire que chaque heure loin de lui nous brisait le cœur et que nous n'avions cessé de penser à lui durant cette longue veillée. Je savais toutefois qu'il n'était pas disposé à entendre ces mots de ma bouche. Qu'il ne le serait probablement jamais.

Je m'immobilisai en haut de l'escalier et laissai Jessie le dévaler seule pour accueillir son frère.

— Teddy, tu as tout de même fini par venir! s'exclama-t-elle en l'attrapant par la main. Viens, papa n'arrête pas de te réclamer. Il t'attend.

Frère et sœur montèrent les marches bras dessus, bras dessous. Au moment où ils passèrent devant moi, Teddy ne m'accorda ni un mot ni même un regard. Lorsqu'ils eurent disparu dans la chambre de leur père, je rejoignis Millie, qui m'observait avec des yeux tristes et las.

— Comment saviez-vous qu'il viendrait?

— Teddy a toujours eu un bon fond, répondis-je en lui donnant le bras.

— Pendant que vous étiez là-haut, j'ai préparé une grosse marmite de spaghettis. Venez manger un peu, vous verrez, vous dormirez beaucoup mieux avec le ventre moins vide.

Millie me servit une assiette, dont je réussis à avaler une ou deux bouchées avant de laisser tomber ma fourchette sous l'assaut d'une terrible pensée. Et si Teddy évoquait les documents devant son père? Aussi insensé que cela pût paraître, Benson et moi n'avions pas plus envisagé cette éventualité que les moyens de l'éviter. Je subissais les premiers effets de la panique lorsque l'avocat apparut à la porte de derrière, quelques minutes plus tard. Comme il soulevait le couvercle de la marmite pour inspecter son contenu, Millie se dépêcha de lui remplir une assiette avant de partir retrouver son mari en nous promettant de revenir le lendemain.

— J'ai cru voir la voiture de Teddy garée dans l'allée, remarqua Benson quand nous nous retrouvâmes tous les deux.

— Il est ici, confirmai-je. Je me fais du souci, Benson. Beaucoup de souci. S'il parlait des documents à Adam? Comment ai-je pu être assez bête pour ne pas le prévoir?

Benson écarta son assiette.

— Tranquillisez-vous, Anna. La même pensée m'est venue à l'esprit quand j'ai remis le dossier à Teddy, je lui ai donc dit de ne pas mentionner les modifications lors de sa visite parce que Adam ne vous en avait pas informée et ne tenait pas à ce que vous les appreniez plus tôt que nécessaire. C'est le premier prétexte qui m'est passé par la tête.

— J'espère que ça marchera, murmurai-je en posant ma main sur ma poitrine.

Benson engloutit deux assiettes de spaghettis. Il hésitait à s'en servir une troisième quand Jessie débarqua dans la cuisine, le visage rouge d'émotion.

— Il t'appelle, Nana, m'informa-t-elle. Tu ferais bien de venir tout de suite.

Abandonnant Benson, je montai l'escalier quatre à quatre avec elle. Sur le point de descendre, Teddy s'immobilisa à ma vue. Ses grands yeux brillaient de larmes et le chagrin avait creusé de profonds sillons sur son visage, le vieillissant de plusieurs années. Quand son regard croisa le mien, il me sembla, un instant fugitif, que rien n'avait changé entre nous. Comme autrefois, j'étais là pour le réconforter au milieu de la nuit et sécher ses pleurs en lui assurant qu'aucun monstre ne lui ferait de mal. Puis une ombre de ressentiment tomba sur ses prunelles et je redevins invisible à ses yeux.

— Je suis contente que tu sois venu, Teddy, risquai-je. Ça me fait plaisir de te revoir.

Il me fixa d'un regard glacial.

— Je suis venu pour mon père, pas pour toi, Anna.

— Pas la peine de prendre ce ton, intervint Jessie. Ça ne sert à rien.

— Laisse, lui conseillai-je en posant la main sur son épaule.

Je les quittai pour me diriger vers la chambre d'Adam sur le pénible constat que Teddy avait, pour la première fois de sa vie, prononcé mon nom correctement.

La nuit était tombée et la veilleuse luisait près du lit de mon bien-aimé, illuminant son visage d'un éclat blême. Je ne l'avais pas vu si paisible et serein depuis des jours. Au raclement que produisit la chaise sur le sol quand je l'approchai du lit, ses paupières fermées papillonnèrent. Il sourit en me voyant.

— Anna, chuchota-t-il, les yeux brillants. Teddy est venu.

— Oui, je l'ai croisé, lui dis-je en prenant sa main, si froide que je frissonnai à son contact.

— J'ai retrouvé mon fils et je sais, au plus profond de mon être, que c'est à toi que je dois ce bonheur.

— Teddy est venu parce qu'il t'aime. Il t'aime énormément.

— Tu m'as tant appris, murmura-t-il en serrant mollement mes doigts, les paupières lourdes. Si j'ai eu une vie accomplie, c'est grâce à toi. Je regrette seulement que nous n'ayons pas eu plus de temps.

— Adam, s'il te plaît, l'interrompis-je, incapable de contenir le chagrin qui me déchirait le cœur. N'en dis pas plus.

— Il le faut, pourtant, insista-t-il en pressant de nouveau ma main. Aucun de nous n'a eu l'occasion de le dire avant, nous ne pouvons pas laisser passer cette chance, même s'il nous en coûte.

Nous ne l'avions jamais évoqué ensemble, mais je savais parfaitement de quoi il parlait. Avec un hochement de tête, je lui embrassai la main et la posai sur ma joue, rassemblant mes forces.

— Je sais pourquoi, susurra-t-il. Je sais pourquoi tu as survécu à la guerre dans ton pays, pourquoi tu es venue ici, chez nous.

— Pourquoi, mon amour?

— Parce que nous n'aurions pas pu survivre sans toi. Nous avons toujours eu besoin de toi pour nous montrer la voie, Anna. Et mes enfants ont encore besoin de toi.

— Et moi, j'ai besoin de toi, mon amour.

Il secoua la tête dans l'intention de poursuivre, mais je posai mes doigts sur ses lèvres pour le faire taire.

— Non, Adam, lui interdis-je, redoutant ce qui allait suivre. S'il te plaît, ne le dis pas.

Il retira ma main de sa bouche.

— Alors, dis-le, toi.

— Je ne peux pas, répondis-je en éclatant en sanglots.

Il patienta jusqu'à ce que je cesse de pleurer. À le voir m'observer avec des yeux débordant de tendresse, je compris qu'il était déterminé à attendre aussi longtemps qu'il le faudrait, même s'il lui fallait endurer le supplice de la maladie. Or je ne supportais pas l'idée de le voir souffrir une seconde de plus par lâcheté. Je pris donc mon courage à deux mains et, plongeant mon regard dans le sien, lui dis ce que j'aurais aimé pouvoir dire à *mamá* et à Carlitos.

— Au revoir, mon bien-aimé. Je t'aimerai toujours.

Il sourit et me répondit d'une voix à peine plus perceptible qu'un souffle.

— Moi aussi, je t'aimerai toujours, Anna. Dis-moi que je te reverrai.

— Tu me reverras, je te le promets.

Il ferma les yeux et, dans un soupir satisfait, marmonna un dernier au revoir.

Cette nuit-là, je flânai main dans la main avec mon bien-aimé à travers les rues de mon village. Un orage venait de rafraîchir l'atmosphère et d'arroser la terre où s'enfonçaient nos pieds, traînant dans son sillage un ciel d'un bleu cristallin. Dans la lumière dorée qui caressait le sol, les huttes et les arbres, le caillou le plus quelconque prenait des allures de jade poli. Au loin, la rivière boueuse de mon enfance se déroulait comme un ruban d'eau limpide. Jamais mon petit village ne m'était apparu aussi propret.

Ses habitants jetaient un coup d'œil par leur fenêtre ou se postaient dans l'encadrement de leur porte pour nous observer. Certains nous adressaient un sourire accompagné d'un signe de la main ; d'autres nous dévisageaient en cherchant à comprendre qui nous étions et ce qui nous amenait. Les chiens errants vagabondaient dans les rues, mieux nourris et plus joyeux que dans mes souvenirs.

Le mari de Dolores émergea de l'intérieur de sa hutte pour porter un café à sa femme, qui se prélassait sous son porche. En m'apercevant, elle pointa l'index sur une petite boutique dont la vitrine exposait des robes de toutes les couleurs.

— Tu la trouveras ici, m'informa-t-elle.

Deux garçons jouaient aux dés sur le perron du magasin. Au premier regard, je reconnus Carlitos et Manolo, chaussé de tennis blanches flambant neuves. Mon cousin était resté le petit garçon que j'avais fait vœu d'épouser des années plus tôt. À mon approche, il agita les bras avec exubérance et me fit signe d'accourir, comme autrefois quand il voulait me proposer un nouveau jeu. Lorsque nous le rejoignîmes, il m'entoura l'épaule de son bras maigrichon et serra la main de mon bien-aimé d'un geste viril qui contrastait avec son physique de garçonnet.

— Elle t'attend, annonça-t-il à Adam.

Dans le magasin, nous trouvâmes ma mère assise devant sa machine à coudre, concentrée sur son travail. Lorsqu'elle leva la tête, ses yeux s'écarquillèrent de surprise, puis ses lèvres s'étirèrent en un large sourire. Je courus la prendre dans mes bras.

— *Mamá!* m'écriai-je. Tu as si bonne mine! Et ton magasin, qu'est-ce qu'il est beau! Encore plus que dans mon imagination.

— Merci, *mija*, répondit-elle, flattée par ma réaction. Tu aimes mes robes?

— Elles sont magnifiques.

— Je suis heureuse qu'elles te plaisent car je les ai toutes fabriquées pour toi, sans exception. Va donc les examiner de plus près pour choisir ta préférée, suggéra-t-elle en m'encourageant, d'une petite tape, à m'approcher de la vitrine.

Elle se tourna alors vers mon bien-aimé.

— À qui ai-je l'honneur? demanda-t-elle avec des yeux pétillant de malice. Oh, je sais! Vous devez être celui dont j'ai tant entendu parler, celui qui me fait passer pour une menteuse! Tenez, asseyez-vous, l'invita-t-elle en s'installant à la table et en lui avançant une chaise.

Jugeant que j'aurais le temps d'admirer les robes plus tard, je cherchai du regard un siège sur lequel m'asseoir, mais la pièce n'abritait rien d'autre qu'une table, deux chaises et le petit meuble de la machine à coudre. Tandis que *mamá* et mon bien-aimé entamaient la conversation, je poussai donc ce dernier vers la table pour m'y appuyer. Soudain, un nuage de brume gris enveloppa le magasin, la vitrine, ma mère et Adam, avant de s'épaissir, les soustrayant à ma vue. Une obscurité terrifiante me cerna et je me sentis tomber dans un gouffre à une vitesse prodigieuse. Dans ma chute, les ténèbres prirent la consistance d'un mur de pierres. Je tentai de les repousser à coups de pied et de poing, mais plus je me débattais, plus elles resserraient autour de moi leur étreinte suffocante. J'entendais encore, loin là-haut, la discussion et les rires étouffés de *mamá* et de mon bien-aimé, mais leurs voix s'éloignaient dans un tourbillon.

— Ne m'abandonnez pas! criai-je. Pas encore! S'il vous plaît, ne m'abandonnez pas!

Seul le silence répondit à mes hurlements. Je repoussai alors les ténèbres de toutes mes forces, jusqu'à ce que tous les muscles de mon corps me fassent souffrir et que tous mes os se brisent en éclats.

Soudain, un éclair de lumière jaillit devant moi. Je me retrouvai étendue contre mon bien-aimé, sous les premières lueurs du soleil qui se glissaient à travers les rideaux. Je l'enlaçais toujours, mais sa poitrine ne se soulevait ni ne se creusait. Après lui avoir déposé un baiser sur la joue, je demeurai avec lui jusqu'à ce que la clarté pâle de l'aurore inonde la chambre.

19

Certaine que Teddy ne souhaitait pas me voir m'y attarder davantage, je quittai sur-le-champ la demeure des Trevis. Sœur Josepha m'incita à retourner au couvent pour quelques jours, le temps de me ragaillardir avant de m'envoler avec elle pour ma nouvelle vie. J'acceptai ce programme par besoin de sentir sa présence auprès de moi autant que par manque de force et de clarté d'esprit pour en proposer un autre.

La mère supérieure me rouvrit ses portes avec joie et mit un point d'honneur à me rendre visite de temps à autre. Les années l'avaient adoucie, ou peut-être était-ce moi qu'elles avaient endurcie. Reste que je soutenais à présent ses longs regards pénétrants et silencieux avec la conscience de ne pouvoir changer ce qu'elle voyait en moi. J'étais comme j'étais, et voilà tout. Bien que vivement touchée par son intérêt et sa sollicitude, j'étais toujours soulagée de la voir partir car j'avais de plus en plus de mal à feindre de retrouver le goût de la vie.

Jamais je n'avais fait l'expérience d'un silence aussi profond et absolu. Il se fondait dans ma peau et pénétrait dans mes os comme de la lave en fusion, puis se solidifiait en une épaisse croûte noire qui m'isolait du reste du monde. Des voix désincarnées flottaient à la périphérie de mon île de ténèbres; d'autres, bien intentionnées, parlaient du deuil comme s'il s'agissait d'une maladie bénigne qui devait suivre son cours.

— Seul le temps peut guérir la blessure laissée par une telle perte, disaient les unes. Tu dois prendre soin de toi, maintenant.

— Prie et donne ta douleur en offrande au Seigneur, m'encourageaient les autres. Jamais Il ne t'abandonnera.

— Pleure, évacue tes émotions, me conseillait-on encore. Tu ne peux pas plus les refouler que les eaux déchaînées d'une rivière.

— La mort fait partie de la vie.

Je mesurais la sagesse de toutes ces paroles, mais je n'avais pas seulement perdu l'homme que j'aimais, j'avais vu s'effondrer autour de moi les piliers de ma vie. J'attendais donc la mort comme un jour nouveau, comme un soleil noir émergeant de la ligne d'horizon. Lorsque j'imaginais mon cadavre rachitique étendu dans un lit de pourriture à côté de celui de mon bien-aimé, je sentais la paix m'envelopper comme un linceul de soie. « Rappelle-moi à ton côté, Seigneur, priais-je. Rappelle-moi pour que je puisse être avec ceux que j'aime et qui m'aiment. »

Mais mon cœur continuait de battre et je ne pouvais me retenir de respirer.

La veille des obsèques d'Adam, je reçus la visite de Benson. À sa démarche traînante et à sa tête basse, je devinai qu'il m'apportait une nouvelle pénible à annoncer.

— Qu'est-ce qui ne va pas, Benson?

— Il est donc si facile que cela de lire dans mes pensées? demanda-t-il avec un sourire penaud qui ne contribua qu'à accentuer la tristesse de ses yeux. Teddy m'a appelé ce matin, il m'a chargé de vous demander de ne pas assister aux funérailles, soupira-t-il avant de rouler des yeux. Lillian est devenue hystérique, à croire qu'elle s'est soudain transformée en veuve inconsolable. Teddy craint que votre présence ne lui inflige une humiliation trop cruelle devant ses amis et que ce ne soit plus qu'elle ne peut en supporter.

— Je vois, dis-je, peu surprise.

C'était tout Lillian, d'être rongée par le remords après s'être mal conduite. Même si elle n'était pas disposée à le reconnaître devant d'autres, je la soupçonnais de culpabiliser d'avoir traité Adam avec tant de dureté pendant ses derniers jours. En outre, je la connaissais assez bien pour la savoir incapable de résister à la tentation de vêtir les habits de jeune et belle veuve éplorée.

— Je ne dis pas que vous ne devriez pas y aller, Anna, reprit Benson. Je ne fais que vous transmettre le message, c'est tout.

Nous nous assîmes sur un banc à l'ombre d'un saule pleureur.

— Que dois-je faire, à votre avis? lui demandai-je.

— Ce que vous jugez bon pour vous. Si vous voulez y aller, je vous accompagnerai et nous affronterons ensemble la névrose de Lillian. Ça ne devrait pas être bien méchant.

Connaissant les réactions que Lillian suscitait chez Benson, je ne pus réprimer un sourire en imaginant le peu de secours qu'il m'apporterait.

— Merci, Benson. Je vais y réfléchir et voir comment je me sens demain. Elle ne me remarquera peut-être pas.

— C'est possible, en effet. Si j'ai bien compris, il y aura des centaines de personnes. Elle a engagé des musiciens, et des traiteurs préparent déjà le buffet pour la réception qui suivra, raconta-t-il avant d'aviser mon expression. Qu'y a-t-il?

— On dirait l'une de ces somptueuses fêtes « à la Lillian » auxquelles Adam essayait à tout prix d'échapper.

Benson hocha tristement la tête.

— Cette fois, il devra y assister, qu'il le veuille ou non.

Jessie passa un peu plus tard dans l'après-midi avec un tout autre message.

— Je me fiche de Teddy et maman, déclara-t-elle, cramponnée à mon bras, alors que nous nous asseyions dans le jardin. Je veux que tu viennes, moi. J'ai besoin de toi, Nana.

— Mais nous risquons tous de nous retrouver dans une situation très embarrassante si ta mère le prend mal, expliquai-je.

Jessie secoua la tête en serrant fort les paupières.

— Pourquoi tout le monde prend toujours des pincettes avec elle? On dirait que c'est une poupée de porcelaine qui risque de se briser en mille morceaux. Si tu veux la vérité, cette femme est moulée en caoutchouc armé. Elle a toujours rebondi dans la vie, sans jamais se faire une égratignure, et il en sera ainsi jusqu'à la fin. Maintenant que papa n'est plus là, elle fond en larmes toutes les cinq minutes en déclamant qu'il était l'homme le plus tolérant et le plus merveilleux du monde, alors qu'elle le traitait de tous les noms d'oiseaux pas plus tard que la semaine dernière. Tout ça, c'est un ramassis de conneries! conclut-elle avec un grognement.

— Je suis d'accord avec ta mère. Ton père était l'homme le plus tolérant et le plus merveilleux du monde.

— Je sais, mais…

Je lui serrai doucement le bras.

— Jessie, certaines personnes ne savent pas apprécier ce qu'elles ont jusqu'à ce qu'elles le perdent.
Connaissant ta mère, elle souffre autant, si ce n'est
plus, que nous car, en plus de son chagrin, elle doit
supporter la culpabilité.

Jessie protesta d'une secousse de tête énergique
avant de fondre en pleurs. Je la pris dans mes bras.

— Je voudrais la haïr mais je n'y arrive pas, sanglota-t-elle.

— La haine n'est pas la réponse.

C'étaient, à peu de chose près, les mots empreints
de sagesse que j'avais entendus de la bouche de sœur
Josepha des années plus tôt, même si je manquais
de force pour poursuivre. Jessie me considéra avec
des yeux implorants.

— S'il te plaît, viens demain. Tu me manques tellement. J'ai l'impression de te perdre toi aussi.

— Je ferai de mon mieux.

Le lendemain matin, je ne pus toutefois sortir
de mon lit sans menacer de m'écrouler. Sœur Josepha
se posta à mon chevet pour prier, mais rien ne soula-
gea mes aigreurs d'estomac et la douleur persistante
dans mes os. Je me sentais incapable de garder ce que
j'avalais, mais la religieuse insista pour m'apporter
mes repas dans ma chambre, une pratique très criti-
quée au couvent, où seules les sœurs les plus âgées
jouissaient d'un tel privilège – et encore, seulement
lorsque la maladie les empêchait de s'attabler avec
les autres. Sœur Josepha ayant enfreint la règle pour
moi, je fis un effort pour manger, même si je ne réussis à ingérer que quelques bouchées. Tout doucement,

je m'enfonçais dans les épaisseurs de l'obscurité, tirée vers la mort par une main de fer. Assister aux obsèques de mon bien-aimé revêtait moins d'importance à présent que je m'apprêtais à le rejoindre. Il me suffisait presque de fermer les yeux et de retenir mon souffle pour entendre ses notes s'égrener dans mon cœur.

Dans cet état, il se révéla difficile de compter les heures ou les jours. Je m'attendais à recevoir une visite de Benson et de Jessie, mais j'espérais qu'ils ne viendraient pas trop vite. J'avais besoin de temps pour me reposer le corps et l'esprit, méditer, prier et retrouver mes marques. Sœur Josepha ne demandait qu'à me tenir compagnie. Nous récitions le chapelet ensemble dans ma cellule, ou écoutions le chant des oiseaux dans le jardin. Elle me surveillait comme un œuf sur le point d'éclore, attendant patiemment que le brouillard se lève de mon cœur et de mon âme, avec la certitude que la guérison ne s'obtenait pas dans la précipitation. Elle m'apportait du bouillon ou du thé et gardait les autres religieuses à distance en leur assurant avec bienveillance que seul le temps m'aiderait à me remettre du terrible choc que j'avais reçu et à retrouver le chemin de la vie. Je l'écoutais me raconter cela comme si elle parlait d'une autre. Prise dans un torrent qui m'emportait à jamais, je me sentais partir sans regret.

Sœur Josepha ne me quittait presque jamais. Un après-midi, elle dut néanmoins s'absenter pour une course. Seule pour la première fois depuis des jours, je restai assise sur une chaise dans ma chambre, les yeux posés sur la table de nuit. Je trouvais étrange de ne pas voir le meuble encombré des innombrables médicaments d'Adam et de verres d'eau à moitié vides, tout autant que de ne plus guetter le réveil de mon bien-aimé. C'était comme si le temps s'était finalement arrêté maintenant que je voulais qu'il file. Je n'avais plus rien à attendre, plus rien à espérer, plus de raison de vivre. Sœur Josepha n'était partie que depuis quelques minutes que j'avais l'impression d'être seule depuis des heures.

Un coup faible fut frappé à ma porte et une jeune novice entra pour m'informer que j'étais attendue dans le salon du rez-de-chaussée. Après l'avoir remerciée, je me préparai pour descendre voir mon visiteur, sans doute Jessie ou Benson. Tous deux devaient être peinés de ne pas m'avoir vue aux obsèques. Quand était-ce déjà? La veille ou l'avant-veille? Se pouvait-il qu'une semaine se soit écoulée depuis? Tout en fouillant ma mémoire, je passai un peigne dans mes cheveux. Je ne voulais surtout pas causer de souci à quiconque. Soudain, un souffle d'espoir s'empara de mon être. « Je vais bientôt quitter ce monde, songeai-je. Je n'ai pas à me préoccuper d'aller à tel ou tel endroit et de recommencer ma vie. Cet affaiblissement qui me saisit est bien plus que l'abattement du deuil. » Ce fut donc apaisée par ces pensées que je me dirigeai vers l'escalier.

En entrant dans le salon, je fus surprise de voir une femme élégamment vêtue, avec un regard bleu éthéré et des cheveux auburn, se lever d'un fauteuil.

— Madame Lillian, murmurai-je, incapable de dissimuler ma stupéfaction.

Elle s'approcha en me scrutant de la tête aux pieds.

— Que vous arrive-t-il, Anna?

— Je suis fatiguée, c'est tout.

Je remarquai que ses jolis traits paraissaient eux aussi tirés et que son rouge à lèvres avait été appliqué d'une main incertaine. Elle alla s'asseoir sur le canapé près de la fenêtre. Après être restée un instant debout, je pris place dans le fauteuil en face. Saisie de palpitations, je peinai à reprendre mon souffle.

— J'ai appris que vous partiez bientôt pour le Nouveau-Mexique, commença-t-elle en croisant les jambes au niveau de la cheville.

— Oui, dans quelques jours. Je vais travailler dans l'école de sœur Josepha.

— L'idée de partir loin doit vous enchanter, continua-t-elle avec un mouvement courtois de la tête. J'adorerais en faire autant. Je vous envie, vraiment.

J'observai ses doigts tremblants en train de jouer avec la fermeture de son sac à main. Les rides autour de sa bouche et la tension dans ses yeux trahissaient ses efforts pour refouler ses larmes.

— Pourquoi êtes-vous venue, madame Lillian? demandai-je.

Elle m'adressa un bref regard fuyant, puis posa son sac à côté d'elle et joignit les mains sur ses genoux.

— Je suis venue vous demander de l'aide. Pas pour moi, pour Teddy.

— Que se passe-t-il? m'enquis-je en sentant les battements de mon cœur s'intensifier.

— Il n'est plus le même depuis l'enterrement d'Adam. Bien sûr, c'est parfaitement normal pour un fils d'être bouleversé après la mort de son père, mais il y a autre chose. Vous savez, Darwin lui a parlé après les funérailles. Je n'ai pas la moindre idée de ce qu'il lui a dit, mais Teddy agit de façon très bizarre depuis, et il refuse de me révéler le contenu de leur conversation.

— Avez-vous demandé à M. Darwin?

Lillian agita la main avec un certain mépris.

— Vous connaissez Darwin, il s'est encore envolé pour l'une de ses petites escapades. Dieu seul sait quand nous le reverrons, maintenant! J'imagine que tout dépend de la vitesse à laquelle il dépense l'argent qu'Adam lui a légué.

— Il finira par revenir, murmurai-je.

— En attendant, Teddy refuse de sortir de sa chambre et de parler à quiconque, ajouta Lillian en s'inclinant en avant. Ni à moi, ni à Jessie, ni à personne.

— J'en suis navrée, madame Lillian, mais je ne comprends toujours pas la raison de votre venue.

— Je voudrais que vous lui parliez, Anna.

Soudain, un étrange bourdonnement s'amplifia dans mes oreilles. Je secouai la tête.

— Il vous parlera à vous, insista Lillian. Je sais que…

— Vous faites erreur. Je suis la dernière personne au monde à qui Teddy voudrait parler en ce moment. Je ne ferais qu'empirer les choses en allant le voir.

Les mains de Lillian se tordirent et sa poitrine sembla se creuser tandis qu'elle cherchait désespérément les mots pour poursuivre.

— Vous ne comprenez pas, Anna. Je suis en train de le perdre. Je suis en train de perdre mon fils chéri. Et je suis venue ici vous demander… non… vous supplier de venir avec moi.

Des larmes roulèrent sur ses joues. Elle fouilla dans son sac pour en sortir un mouchoir en papier, dans lequel elle enfouit son nez avant de souffler de toutes ses forces.

— Je sais bien que je n'ai aucun droit de vous demander ça après ce qui est arrivé, mais je sais qu'il ouvrira sa porte en entendant votre voix. Il vous a toujours aimée plus que quiconque, reprit-elle en tendant les mains vers moi. S'il vous plaît, Anna, je vous conjure de me pardonner mes idioties et de me suivre tout de suite, avant qu'un malheur arrive.

Je sentis une masse peser sur ma poitrine, comme si une violente tempête se levait en moi, et mes mains se mirent à trembler de rage.

— Je vous pardonne, madame Lillian, mais je ne peux pas vous suivre.

— S'il vous plaît, m'implora-t-elle. Je connais mon fils et je sais qu'il…

— Vous ne le connaissez pas! rétorquai-je en bondissant du fauteuil pour mettre de la distance entre elle et moi. Vous ne l'avez jamais connu!

— Mais ça ne m'empêche pas de l'aimer, se défendit-elle en baissant la tête.

— Dans ce cas, vous trouverez un moyen de lui parler vous-même.

— J'ai essayé, mais je ne sais pas comment, gémit-elle. Je ne sais pas comment, Anna, c'est pour ça que je suis là…

La laissant pleurer dans son mouchoir en papier, je me dirigeai vers la porte. La tête m'élançait et je sentais une insupportable pression derrière les yeux. Une nouvelle migraine me menaçait, plus impitoyable que jamais. Pour la première fois de ma vie, je ne pus faire abstraction de ma douleur et de mon chagrin pour soulager ceux d'autrui. Cette partie de moi avait péri avec Adam et j'eus beau essayer de la réanimer, de compatir avec Lillian et de m'attendrir sur ses problèmes avec Teddy, je n'en trouvai ni le cœur ni la volonté.

— J'essaye, geignit-elle encore. J'essaye vraiment.

— Vous n'avez jamais vraiment essayé, rétorquai-je. Vous avez toujours cédé à vos faiblesses et vous vous êtes éloignée de votre famille au moment où elle avait le plus besoin de vous. Si vous aimez vraiment Teddy, vous trouverez les mots pour lui parler.

— Mais Anna… Il a perdu la raison.

— Je ne suis pas sa mère, madame Lillian, c'est vous! ajoutai-je d'une voix forte, hurlant presque.

Elle me dévisagea avec des yeux écarquillés, visiblement blessée.

— C'est vous, sa mère, répétai-je plus doucement. Il a besoin de vous, pas de moi.

Je l'abandonnai alors, recroquevillée et en larmes sur le canapé. Après que j'eus refermé la porte du salon derrière moi, les assauts de la migraine me poussèrent à regagner ma chambre à la hâte et à rester dans le noir jusqu'au retour de sœur Josepha.

Lorsque je rouvris les paupières, la religieuse se dressait au-dessus de mon lit. Je découvris avec surprise qu'elle était accompagnée de Benson et du Dr Farrell. Les bajoues du premier tremblotaient et le second affichait un visage austère. Sous son bras était coincé un dossier cartonné.

— Étant donné les circonstances, j'ai jugé plus prudent que ces messieurs vous voient ici, chuchota-t-elle. Mais parlez à voix basse, s'il vous plaît. Les représentants de la gent masculine ne sont pas autorisés dans cette partie du couvent. Si l'on venait à nous surprendre, cela m'attirerait les foudres de la mère supérieure.

Le médecin s'assit sur une chaise près de mon lit et m'observa avec un regard funeste que je ne connaissais que trop bien.

— Anna, j'ai une nouvelle à vous annoncer, mais je crois qu'il est préférable que je le fasse en privé.

Sœur Josepha suffoqua imperceptiblement à ces mots. Elle ne concevait pas de laisser une femme seule en compagnie d'un homme dans une chambre du couvent.

— Sœur Josepha et Benson peuvent rester, docteur Farrell, déclarai-je. J'aime autant.

— Très bien, consentit-il avec un soupir vaincu avant d'ouvrir son dossier et d'ajuster ses lunettes sur son nez. Vous vous souvenez que j'ai demandé à l'infirmière de vous faire une prise de sang il y a quelques jours, me rappela-t-il en levant sur moi des yeux débordant de regret. Je dois reconnaître que, avec tout ce qu'il s'est passé, je n'ai regardé les résultats que ce matin. Ce que j'ai vu m'a donné un choc. Je suis vraiment désolé, Anna, j'aurais dû les étudier sur-le-champ pour vous en informer au plus vite. Je veux que vous sachiez que ce n'est pas dans mes habitudes.

— Pour l'amour de Dieu, Peter! intervint Benson, le visage encore plus bouffi que de coutume. Tu veux tous nous faire mourir d'inquiétude.

— Je vous prie de m'excuser, ce n'est certainement pas dans mes intentions.

Je me redressai sur mon lit, plus calme et lucide que je ne l'avais été depuis des jours.

— Docteur Farrell, je sais ce que vous allez m'annoncer. Voilà déjà un moment que je le soupçonne.

— Oui, je me disais bien, remarqua-t-il en tripotant avec des doigts nerveux la chemise cartonnée sur ses genoux.

Levant le regard vers sœur Josepha et Benson, je lus dans leurs yeux angoissés qu'ils venaient de comprendre ce que je savais depuis longtemps.

— Un cancer se développe en moi, déclarai-je. Je ne voulais rien dire pour ne pas inquiéter Adam, mais je suis heureuse que vous soyez tous les deux présents aujourd'hui.

Benson s'assit au pied du lit et enfouit sa tête entre ses mains tandis que sœur Josepha tâtonnait dans sa poche à la recherche de son chapelet. Le Dr Farrell me dévisagea un instant avec des clignements d'yeux frénétiques.

— Anna, laissez-moi vous corriger : ce n'est pas un cancer qui se développe dans votre organisme, mais un fœtus.

— Un quoi ? s'exclama Benson, relevant la tête dans un sursaut.

Peter referma son dossier.

— Un fœtus, répéta-t-il. D'après les résultats de la prise de sang, Anna entre dans son deuxième trimestre de grossesse.

Le rosaire glissa des doigts de sœur Josepha.

— Sainte mère de Dieu !

— Tu en es certain ? demanda Benson.

— Aussi certain que de ton taux élevé de cholestérol. Les examens de sang sont très précis.

Sœur Josepha approcha du lit et me secoua doucement.

— Anna ! Anna, est-ce que ça va ?

Comme je ne répondais pas, elle se tourna vers le Dr Farrell.

— Je crois qu'elle est en état de choc, docteur.

Le médecin prit mon pouls au poignet avant de relever la tête, satisfait.

— Anna, n'avez-vous pas remarqué l'arrêt de vos menstruations ?

— Eh bien... c'est-à-dire... j'étais si occupée à prendre soin d'Adam que je n'y ai pas vraiment prêté attention. Et puis, je pensais être malade, balbutiai-je avant de fixer mes pupilles sur le visage du médecin. Comment cela a-t-il pu se produire ?

Les trois visages autour de moi s'empourprèrent de conserve.

Lentement, mon tombeau d'eaux sombres se mit à bouillonner et de minuscules bulles remplies de lumière tourbillonnèrent autour de moi, me chatouillant le nez et explosant avec de petits bruits secs près de mes oreilles pour me sortir de ma torpeur. Mon corps émergea alors lentement de sa sépulture. Les bras tendus vers la surface, je me soumis à la force de cette nouvelle vie en moi. « L'existence sera meilleure que ce que tu as connu jusque-là, mon petit, lui assurai-je en pensée. Je te le promets. »

Lorsque Benson me rendit visite le lendemain, je me portais assez bien pour le recevoir à l'accueil du couvent. Au premier regard, il nota le changement qui s'était opéré en moi.

— Ça peut paraître rebattu, mais vous resplendissez, déclara-t-il. Je peine à croire que j'ai devant moi la même Anna.

— Le Dr Farrell dit que je dois manger plus et faire davantage attention à moi si je ne veux pas perdre le bébé. Oh, Benson ! me réjouis-je en lui prenant la main. La profonde tristesse que je ressentais hier a totalement laissé place à la plus grande joie de ma vie. Quelque chose me dit qu'Adam savait. Au fond de son cœur, il le savait depuis le début.

Benson tripota le loquet de son porte-documents avec des doigts nerveux.

— Si je ne vous connaissais pas aussi bien, je serais tenté de penser que vous avez tout planifié depuis le début.

— De quoi parlez-vous ?

— Des papiers qu'Adam a signés. Ils énoncent expressément que la maison doit revenir à ses enfants, or, si vous continuez à prendre soin de vous, il y aura un troisième héritier Trevis dans six mois.

Je m'assis, abasourdie par ses paroles.

— Les biens d'Adam ne m'intéressent pas. Je pars pour le Nouveau-Mexique avec sœur Josepha. Il paraît que c'est un endroit merveilleux pour élever un enfant.

Benson se pencha en avant et resserra son étreinte autour de mes doigts.

— Si sœur Josepha le dit, je suis sûr que c'est vrai, mais vous serez mère dans quelques mois. Pensez un peu à ce que cela signifie, Anna. Vous devez songer à l'avenir de votre enfant. Et puis, vous ne croyez pas que Teddy et Jessie sont en droit de savoir qu'ils vont bientôt avoir un petit frère ou une petite sœur?

— C'est vrai, oui, murmurai-je. Mais je ne sais pas comment ils vont réagir à la nouvelle. Ça peut paraître égoïste, mais je ne tiens pas à voir mon bonheur obscurci pour l'instant. Pour prendre des forces, mon bébé doit sentir que sa mère est heureuse.

Benson relâcha ma main avec un soupir.

— Vous ne souhaitez sans doute pas l'entendre, mais j'ai pris la liberté de téléphoner chez les Trevis hier, histoire de prendre la température. Je suis tombé sur Jessie. Apparemment, Teddy est en pleine dépression. Il s'est enfermé dans sa chambre, mange à peine et refuse de parler à qui que ce soit. Selon elle, vous êtes la seule qu'il accepterait de voir.

La bouche soudain sèche, je bus une gorgée d'eau.

— Oui, je suis au courant. Mais vous savez aussi bien que moi que je ne ferais qu'empirer les choses en allant le voir maintenant.

Benson haussa les épaules.

— C'est ce que je lui ai dit. Peut-être qu'elle cherche simplement une excuse pour vous faire revenir.

— Je n'ai plus rien à faire là-bas. Je pars avec sœur Josepha dans quelques jours. Je repousse le moment de la rejoindre depuis vingt ans déjà, je ne compte pas la faire patienter plus longtemps.

Benson sourit avec tendresse.

— Je sais ce qu'elle ressent.

20

Je fus réveillée au beau milieu de la nuit par des hurlements. Ils me déchiraient le cœur et se glissaient le long de ma colonne vertébrale, me ramenant en des lieux que j'avais fuis ma vie durant.

— *Mamá*, dis-moi ce que je dois faire maintenant, geignis-je. Que dois-je faire? Où dois-je aller?

J'attendis en vain un conseil, mais seul un profond silence répondit à ma supplique. Une lourdeur que je n'avais jamais éprouvée auparavant envahit mes entrailles. Je demeurai un long moment étendue dans la quiétude nocturne, les mains pressées sur mon ventre.

— J'ai peur, mon petit, chuchotai-je. Avant de venir au monde, il faut que tu saches que ta mère, quand elle a peur, a tendance à se cacher le temps que le danger passe. Tu devrais peut-être choisir une mère plus courageuse, tu sais.

Le lendemain matin, je quittai le couvent avant que sœur Josepha m'apporte mon petit-déjeuner, et demandai à un taxi de me déposer à l'orée du cimetière. Là, je me renseignai à l'accueil pour connaître l'emplacement de la tombe d'Adam. Je m'attendais à ce que mon bien-aimé repose sous l'une des nombreuses dalles enchâssées dans la pelouse, mais l'employé m'indiqua un imposant mausolée dont l'entrée était bloquée par une grille ornementée. Au-dessus de celle-ci s'étalait, gravé dans la pierre, le nom de la famille Trevis. Derrière le portillon verrouillé, une unique bougie brûlait dans un petit coin sombre. Sa flamme vacillante me permettait tout juste de distinguer les noms des parents et grands-parents d'Adam. Enfin, je le vis, inscrit au burin sur la crypte : « Adam Montgomery Trevis. » Je scrutai longuement ce nom, le visage collé aux barreaux de fer. À peine une semaine s'était écoulée depuis que je l'avais tenu dans mes bras, mais cela me semblait déjà une éternité. Depuis, je n'avais cessé de me demander si je l'avais réellement connu et si je n'avais pas rêvé notre amour, mais la vie que je portais en moi m'ôtait à présent tout doute.

— J'espère que tu pourras me pardonner, chuchotai-je. Maintenant que tu sais ce que j'ai fait, j'espère que tu comprends que je l'ai fait par amour, parce que je ne pouvais pas supporter l'idée que tu quittes cette terre sans voir une dernière fois ton fils.

La flamme du cierge oscilla, comme pour me répondre.

— Nous allons avoir un bébé, toi et moi, continuai-je. Je prie pour que cette nouvelle te réjouisse autant que moi. Je veillerai à ce que notre enfant sache tout de toi. Je lui dirai combien je t'ai aimé et par quel miracle tu m'as amenée à réviser mon jugement sur les relations entre hommes et femmes.

Une brise légère souffla à travers les arbres, menaçant d'éteindre la bougie, mais sa flamme résista et se raviva dans une étincelle pour brûler de nouveau avec constance.

— J'ai décidé de partir avec sœur Josepha au Nouveau-Mexique. Je sais que tu aurais voulu que je reste dans ta merveilleuse demeure, mais ce n'est plus possible. Je dois partir.

Une nouvelle voix me répondit alors, pure et innocente, libérée de la douleur de cette vie et empreinte d'une sagesse qui dépassait mon entendement : « Tu n'as plus à avoir peur. Ensemble, nous affronterons le monde. Ensemble, nous trouverons la force. »

Il me fallut très peu de temps pour rassembler le peu d'affaires que je prévoyais d'emporter au Nouveau-Mexique. Lorsque, ma valise bouclée, je proposai à sœur Josepha de l'aider à faire la sienne, elle m'opposa un refus catégorique et insista pour que je me repose dans le jardin en attendant la voiture qui devait nous conduire à l'aéroport quelques heures plus tard. La religieuse avait beau s'évertuer à afficher une grande neutralité, je la soupçonnais de craindre un brusque revirement de ma part.

— Ça fait vingt ans que je remets cette affaire entre les mains de Dieu, l'avais-je entendue confier à une jeune religieuse, la veille. S'Il a décidé qu'Anna viendrait avec moi cette fois, que Sa volonté soit faite.

— Vous semblez très heureuse que Sa volonté s'accorde enfin à la vôtre, avait observé son interlocutrice.

Sœur Josepha avait alors laissé échapper un petit rire de joie.

— Pour être honnête, je ne crois pas avoir été plus heureuse de toute ma vie.

Après m'être installée sur un banc près de la fontaine, je me perdis dans la contemplation des bougainvillées sinueuses qui poussaient le long de la tonnelle, en réfléchissant au prénom de mon enfant à naître. Si c'était un garçon, je le baptiserais comme son père, mais les possibilités se multipliaient si je mettais au monde une fille. Je souris à cet heureux problème. J'envisageais d'annoncer ma grossesse à Jessie dans quelques semaines, lorsque la vie aurait repris son cours. Peut-être joindrait-elle ses efforts aux miens et à ceux de sœur Josepha pour trouver le plus beau prénom. Benson pourrait également apporter sa contribution quand il aurait digéré mon départ. Je l'attendais d'un moment à l'autre, certaine qu'il ne manquerait pas une dernière occasion de me convaincre de rester.

Je ne pus réprimer un sourire à cette pensée. La veille, il était passé, le visage très grave et la chemise trempée de sueur. Il avait dû vider deux pleins verres de citronnade avant de pouvoir prononcer un mot, et il avait alors utilisé sa salive pour rouspéter contre les températures caniculaires. Au bout d'un moment, il s'était éponge le front avec son mouchoir et m'avait considérée avec un sourire nerveux.

— J'ai une offre à vous faire. Mais je veux que vous y réfléchissiez bien avant de me donner votre réponse.

— D'accord, Benson. Je vous écoute.

Rangeant son mouchoir dans sa poche, il avait pris une profonde inspiration.

— Je vous propose de m'épouser sans tarder, aujourd'hui même, pour donner un père à votre enfant. Bien sûr, j'effectuerai tous les arrangements juridiques pour que sa filiation soit clairement établie et son héritage assuré, mais vous n'aurez pas à l'élever seule.

— C'est très gentil de votre part...

— Ne dites rien avant d'y avoir bien réfléchi, Anna. Prenez votre temps. La nuit porte conseil, insista-t-il en me tapotant le bras.

— Benson, je…

— Je ne ferai peser sur vous aucun devoir conjugal, si c'est ce qui vous tracasse. Notre relation restera la même qu'aujourd'hui. La seule différence, c'est que votre avenir et celui de votre enfant seront assurés. Et je ferai le nécessaire pour que ma mère déménage, ajouta-t-il, les oreilles en feu.

— Jamais je n'exigerai ça de vous, avais-je répondu, profondément touchée. Vous vivez avec votre mère depuis toujours.

— Mais, pour vous, je le ferais. Rien que pour vous.

— Je vous donnerai ma réponse demain.

Je lui avais donc téléphoné dans la matinée pour lui annoncer que je déclinais son offre et partais, comme prévu, avec sœur Josepha. Décelant dans sa voix une douloureuse résignation, j'avais imaginé ses doux yeux remplis de larmes.

Des pas approchèrent et Benson apparut derrière la tonnelle, plus agité encore que la veille. En m'apercevant, il accéléra l'allure.

— Je vous ai cherchée partout, dit-il, hors d'haleine. J'avais peur que vous ne soyez déjà partie.

— Vous savez bien que je ne partirais jamais sans vous dire au revoir.

Il porta la main à sa poitrine. Le pauvre homme suffoquait littéralement.

— Asseyez-vous et reprenez votre souffle, lui conseillai-je. Notre avion part dans plusieurs heures, nous avons tout notre temps.

Il obéit et inspira profondément à plusieurs reprises, mais ses traits demeurèrent tendus.

— Anna, Teddy vient de me téléphoner, à l'instant même où je quittais le bureau.

— Teddy?

Benson confirma d'un hochement de tête vigoureux, toujours essoufflé.

— Je ne sais pas ce qu'il se passe, mais il hurlait et… oh, mon Dieu, gémit-il en m'attrapant la main. Anna, il a menacé d'appeler la police et de signaler la fraude si je ne lui disais pas la vérité sur les documents et la façon dont j'avais obtenu la signature de son père. Je risque de tout perdre, conclut-il, tremblant.

— Mais comment est-ce possible? Vous et moi sommes les seuls à savoir. Et je suis certaine que Teddy n'en a pas parlé à son père. Adam m'aurait dit quelque chose.

— Je dois le voir, Anna, je dois découvrir ce qu'il se passe. Il faut que vous veniez avec moi.

J'informai donc sœur Josepha que je m'absentais un court moment pour accompagner Benson chez les Trevis. Un quart d'heure plus tard, nous nous arrêtions devant la grille. Je composai le code sur le clavier en priant pour que personne ne l'eût modifié et vis avec soulagement le portail s'ouvrir devant nous. Le cœur affolé, je tentai de me calmer en pensant au bébé, mais la tâche m'était compliquée par un Benson haletant qui ne cessait de grommeler des prédictions pessimistes.

— Je vais tout perdre, répétait-il. Mon cabinet, ma maison… Je vais même être radié du barreau. J'en suis certain.

— Tout va bien se passer, Benson, ne vous inquiétez pas.

À mes paroles rassurantes, il répondait invariablement:

— Vous ne comprenez pas, Anna. Je risque la prison. Et vous aussi, d'ailleurs! Que vous attendiez un enfant n'y changera rien. Les prisons sont remplies de femmes enceintes, vous savez.

Après avoir garé la voiture dans l'allée, nous montâmes deux à deux les marches du perron. Les accents mélancoliques du carillon s'étirèrent dans la maison, augmentant mon agitation et le tremblement de mes genoux. Malgré tout, je pris le temps de me retourner pour admirer le jardin, comme si je saluais un vieil ami. Je prenais toujours grand plaisir à voir son manteau de verdure et de fleurs courir en gracieuses ondulations jusqu'au mur d'enceinte. De nouveau face à la porte, je posai la main sur l'épaule de Benson dans l'espoir de lui communiquer ma paix passagère.

— Il n'y a peut-être personne, dit-il, la voix cassée par le désarroi. Ils sont peut-être tous partis nous dénoncer au poste.

— Ça n'a pas de sens, répondis-je. Pourquoi feraient-ils ça?

Nous entendîmes enfin le cliquetis de la serrure et la porte s'ouvrit lentement sur une Lillian aux cheveux ébouriffés. Après nous avoir considérés avec des yeux voilés et vides, elle s'effaça sans un mot pour nous laisser entrer. Jessie, qui sortait justement de la cuisine, accourut en me voyant.

— Nana! s'écria-t-elle. Tu es rentrée à la maison!

— Je suis venue pour dissuader Teddy de prévenir la police, annonçai-je en recevant son étreinte chaleureuse. J'espère que nous avons encore une chance de nous expliquer.

— Vous expliquer sur quoi? demanda-t-elle, interloquée.

Benson me prit la main en secouant la tête d'un air lugubre.

— Je suis désolé, Anna, mais je ne savais pas quoi faire d'autre.

— Pardon?

— Je vous ai menti, Teddy n'a jamais menacé d'appeler la police.

Je reculai, retirant ma main de la sienne.

— Mais pourquoi? Quelle raison aviez-vous de faire ça?

Il baissa la tête, penaud.

— C'était mon idée, s'interposa Lillian. Il fallait que je vous attire ici d'une façon ou d'une autre, je savais que vous viendriez pour éviter des ennuis à Benson.

— Alors, vous savez pour les papiers, observai-je en me tournant vers Benson, dont je refusais d'envisager la trahison. Vous lui avez parlé des papiers?

Lillian croisa les bras sur sa poitrine et remua tristement la tête.

— Benson n'a pas eu besoin de me dire quoi que ce soit, j'ai deviné toute seule. Adam et moi vivions peut-être comme deux étrangers depuis des années, mais je le connaissais assez bien pour savoir qu'il ne serait jamais revenu sur une décision aussi importante à la dernière minute. Et je vous connais, vous aussi, Anna. Vous feriez tout pour ceux que vous aimez, même s'il faut pour cela renoncer à un généreux héritage. C'est d'ailleurs la raison qui me pousse à croire que vous allez parler à Teddy maintenant que vous êtes ici.

— Maman, mais de quoi tu parles? demanda Jessie, les mains sur les hanches.

— Je t'expliquerai tout dès qu'Anna sera montée voir ton frère.

Encore sous le choc du traquenard que l'on m'avait tendu, je répondis d'une molle secousse de la tête.

— Je vous en prie, Anna, insista Lillian. Vous avez raison, je suis la mère de Teddy et, à ce titre, je sais que c'est de vous qu'il a besoin en ce moment. Si jamais je me trompe, je ne vous embêterai plus. Je vous laisserai partir au Nouveau-Mexique, où vous serez libre d'oublier jusqu'à notre existence.

Je m'avançai vers l'escalier, sentant peser dans mon dos leurs regards, leur désir de me voir grimper les marches. À mesure que je progressais, ma répugnance et mon appréhension se transformèrent en une chaleur familière. Je pris alors conscience du plaisir que j'aurais à revoir mon petit Teddy, à le tenir dans mes bras et à le réconforter. Je puisais du courage dans l'environnement de la maison, qui résonnait encore des voix et des rires du passé, des crissements de pneus d'Adam sur le gravier à son retour du travail, des claquements de la porte de derrière quand les enfants rentraient goûter après avoir joué dans la cour. J'entendis Lillian crier à Millie de lui préparer son café du matin et Adam jouer du piano dans le salon de musique. Sur le palier du premier étage, tout redevint silencieux. Je longeai le couloir jusqu'à la chambre de Teddy en respirant l'air lourd de tristesse. La vie et la joie avaient déserté ces lieux.

Je frappai à la porte et appelai Teddy dans un chuchotement. N'obtenant aucune réponse, je récidivai, plus fort cette fois.

— Teddy, c'est moi. Ta mère veut que je te parle.

J'entendis un bruissement, puis des pas de l'autre côté de la porte, qui ne tarda pas à s'entrebâiller. Teddy me dévisagea avec un regard blessé. Rompu de fatigue et déguenillé, il semblait n'avoir ni dormi ni mangé depuis des jours.

— Et toi? Tu veux me parler ou tu es juste venue pour faire plaisir à ma mère? me demanda-t-il, cynique.

— Je veux te parler. J'attends ce moment depuis longtemps.

Me tournant le dos, il traversa la chambre à pas traînants et s'assit sur son lit avec des mouvements lents de vieillard aux articulations raides et douloureuses. L'unique fauteuil disparaissant sous un tas de linge sale, je m'assis au bout du lit.

— Ta mère m'a dit que tu n'es plus toi-même, que tu n'as pas quitté ta chambre depuis que tu as parlé à ton oncle, après l'enterrement.

Teddy ferma les yeux avec un grognement.

— Je suis sûr que ça te ferait plaisir que tout soit de sa faute, tu l'as toujours détesté, remarqua-t-il en ouvrant un œil pour le fixer sur moi. Tu ne peux pas le nier, pas vrai ?

Je me détournai en silence. Par terre traînait le T-shirt de Superman que j'avais raccommodé des années plus tôt. Je m'étonnais que Teddy l'eût conservé quand je me souvins, en le ramassant, qu'il avait toujours refusé de se séparer du précieux cadeau de son oncle.

— *Tienes que ser fuerte, mijo*, chuchotai-je en me remémorant le jour où il s'était retrouvé à l'hôpital. *No te olvides que el amor de la familia es tu fortaleza*.

Ignorant mes paroles, Teddy m'arracha le vêtement des mains et le roula en boule.

— Eh bien moi, j'aimais tonton Darwin, déclara-t-il. Il n'y a personne que j'aimais plus que lui, même pas toi.

— Tu parles comme si tu ne l'aimais plus, remarquai-je en le regardant droit dans les yeux.

Il rejeta la tête sur son oreiller et, envoyant valser son T-shirt porte-bonheur, fixa le plafond d'un regard vide.

— Après l'enterrement, tonton Darwin m'a dit que papa lui avait tout pardonné la veille de sa mort, reprit-il d'une voix qui avait perdu sa fougue. Il m'a dit qu'il ne pourrait plus se regarder dans un miroir s'il ne m'avouait pas la vérité, la vraie raison de la séparation de mes parents. Il est bien placé pour le savoir vu qu'il a été l'amant occasionnel de maman pendant des années, remarqua-t-il avec une désinvolture moqueuse. Il a ajouté que tu n'avais rien à voir dans tout ça et qu'il ne voulait pas que je vive toute mon existence en croyant un mensonge au sujet de mon père. J'imagine qu'il ne me reste plus qu'à les haïr pour le restant de mes jours, lui et maman, au lieu de toi et papa.

Abasourdie par la noble confession de Darwin, je mis quelques secondes à reprendre mes esprits.

— Tu ne trouveras pas la réponse que tu cherches en haïssant les uns ou les autres, Teddy, mais en essayant de comprendre pourquoi certaines choses se produisent et en trouvant la voie du pardon.

— Mais c'est vrai, non? me demanda-t-il avec un frisson de dégoût. Maman a trompé papa pendant des années, sous son toit, et avec son propre frère!

Je hochai la tête et baissai les yeux, honteuse pour Lillian.

— Je ne veux plus la voir, déclara-t-il, poings serrés. C'est pour ça que je me suis enfermé dans ma chambre. C'est ma maison maintenant, papa nous l'a léguée, à Jessie et moi. Je ne veux plus d'elle ici. Le problème, c'est que… c'est que je ne sais pas comment la chasser. Mais je trouverai un moyen, crois-moi.

Je posai la main sur son genou.

— Je me rends compte du choc que doit t'infliger cette nouvelle, et ta mère a en effet commis beaucoup d'erreurs inexcusables, mais elle n'a jamais voulu te faire de mal. Elle vous a toujours aimés, toi et Jessie, et je sais que cet amour a toujours fait partie de vous, et que c'est encore le cas maintenant.

Teddy secoua la tête.

— Comment ai-je pu être aussi bête? Pourquoi n'ai-je rien vu? Même Jessie a essayé de m'en parler, mais je ne l'ai pas écoutée.

— Nous ne voyons parfois que ce que nous voulons bien voir, Teddy, expliquai-je d'une voix douce.

Tandis que nous gardions tous les deux le silence, ses poings se décrispèrent.

— Je m'excuse pour toutes les méchancetés que je t'ai dites, Nana. Tu me pardonnes?

— Je t'ai déjà pardonné, Teddy. Et j'espère que tu réussiras toi aussi à pardonner à ta mère et à ton oncle. Je suis sûre que c'est ce que ton père aurait souhaité.

Il hocha la tête avec de grands yeux implorants, puis se redressa sur ses coudes.

— Peut-être, mais à une seule condition.

— Laquelle?

— Que tu restes ici avec nous.

— Teddy!

— Tu ne peux pas nous abandonner maintenant, Nana. Cette maison n'est plus la même sans toi.

— Oh, mon petit Teddy! m'exclamai-je, émue. Je pars avec sœur Josepha, notre avion décolle dans quelques heures.

— Il est encore temps de changer de programme. Sœur Josepha comprendra, elle a toujours compris.

— Mais elle m'attend, cette fois.

Il continua à me fixer de ses yeux de braise, si semblables à ceux de son père.

— Tu ne peux pas nous quitter, Nana. Rien ne sera plus pareil sans toi. Jamais plus.

J'allai m'agenouiller à son chevet.

— Teddy, même si je pouvais rester, ce ne serait plus jamais pareil, tu le sais bien.

— Bien sûr, je me rends compte que ce sera différent sans papa, mais ce sera tellement plus facile pour nous tous si tu restes. Tu sais bien que tu comptes beaucoup pour Jessie et moi. Et tu manques aussi à maman, tu es la meilleure amie qu'elle ait jamais eue.

Je baissai la tête. Pouvais-je envisager de lui révéler la vérité? Le moment était-il bien choisi?

— Teddy, il y a eu du changement. Je l'ignorais jusqu'à récemment, mais je suis à présent certaine que je ne ferais que compliquer la situation pour tout le monde si je restais.

Après avoir pris une grande inspiration, je lui annonçai ma grossesse avec le plus de tact possible, espérant envers et contre tout ne pas remuer le couteau dans sa plaie encore à vif. Peinant moi-même à croire les mots que je prononçais tout haut, je posai des mains tendres sur mon ventre. Il se redressa, la bouche et les yeux agrandis par la surprise.

— Je sais que c'est un choc, conclus-je en joignant mes doigts tremblants sur mes genoux. Pour moi aussi, tu sais. Au début, je n'y ai pas cru. Et je savais que ce serait pénible à entendre pour Jessie et toi, c'est pourquoi je voulais attendre que…

Je m'interrompis pour étudier son regard vide et son front plissé.

— En fait, je comptais vous le dire quand la vie aurait repris un cours à peu près normal, poursuivis-je.

Sans prévenir, Teddy bondit de son lit et m'attrapa par la main pour me relever. Il sortit ensuite de sa chambre comme une fusée, m'entraînant dans son sillage et criant à pleins poumons :

— Hé! Elle va avoir un bébé! Un bébé!

Il remonta le couloir en courant puis dévala l'escalier sans me lâcher la main. Je butai et trébuchai, incapable de suivre son rythme effréné. En avisant sa fébrilité, Benson prit une pâleur spectrale. À côté de lui, Lillian et Jessie paniquèrent.

— Teddy, pourquoi cries-tu comme ça? demanda la première.

— Tu as les oreilles bouchées ou quoi? Tu ne comprends pas ce que je dis? s'impatienta-t-il en bondissant sur place comme s'il était monté sur ressort. Elle va avoir un bébé!

Jessie lui prit le bras.

— Teddy, calme-toi, on ne comprend rien. Qui va avoir un bébé?

— Nana, répondit Teddy, surexcité. Nana va avoir un bébé.

Lillian porta la main à son front.

— Il a perdu la tête, marmonna-t-elle. Mon fils a complètement perdu la tête.

Teddy l'attrapa alors fermement par les épaules pour la secouer.

— Maman, écoute-moi. Nana est enceinte. Elle attend un enfant de papa.

— Oh, mon Dieu! Mon Dieu! s'exclama Jessie en reculant de plusieurs pas.

Lillian fixa son fils, sidérée, puis écarta ses mains de ses épaules d'un geste rempli de colère.

— Tu es fou! maugréa-t-elle.

— Non, pas du tout, contesta-t-il. Elle vient de me le dire.

— C'est vrai, Nana? demanda Jessie d'une voix chevrotante.

— Oui, c'est vrai, confirmai-je avec un hochement de tête.

La jeune fille suffoqua, mais je décelai un certain ravissement dans ses yeux étincelants. Lillian cloua ses pupilles sur moi et avança dans ma direction, poussant Teddy à s'interposer:

— Laisse-la, maman! Pas la peine de faire encore des histoires.

— Regarde-la! éclata-t-elle. Elle n'a que la peau sur les os! Tu crois vraiment qu'Anna peut mener une grossesse à terme dans cet état? continua-t-elle avant de pointer un doigt accusateur vers lui. Et toi! Toi qui la tires dans l'escalier comme un fou furieux! Elle aurait pu tomber et perdre le bébé! Il s'en faut de peu, tu sais. C'est déjà un miracle qu'elle ne l'ait pas encore perdu.

— Je ne… je n'ai pas fait attention, bégaya Teddy.

Sa mère l'écarta d'un geste et se dressa devant moi.

— À combien de mois en êtes-vous?

— Selon le Dr Farrell, trois passés.

Elle me jaugea de la tête aux pieds d'un air consterné.

— Eh bien, il va falloir remplumer tout ça. Benson!

D'une virevolte, elle se retourna pour faire face à l'avocat, qui se mit aussitôt au garde-à-vous.

— Oui, Lillian.

— Appelle Millie et dis-lui de venir sur-le-champ. Il n'y a rien à manger dans cette maison.

— Dois-je lui annoncer la nouvelle?

— Pour l'amour de Dieu, Benson, dis-lui ce que tu veux, mais fais-la venir! aboya-t-elle.

Elle passa alors avec agilité son bras sous le mien et me conduisit jusqu'au banc du hall d'entrée.

— Venez vous asseoir un peu et reprendre votre souffle, conseilla-t-elle d'une voix douce.

— Mais sœur Josepha m'attend. Notre avion décolle dans deux heures.

J'enfouis ma tête entre mes mains. Soudain, toute la maison se mit à rouler et tanguer, tel un voilier sur une mer houleuse, et mes pensées s'enfuirent dans un tourbillon. Je levai les yeux vers les enfants, Lillian et Benson. Debout au-dessus de moi, ils tournoyaient tant que je menaçai de vomir sur leurs chaussures.

— Dis-lui qu'elle doit rester, maman, insista Teddy.

— Bien sûr qu'elle doit rester, renchérit Lillian. Elle ne peut pas partir au fin fond du Nouveau-Mexique dans son état. C'est ridicule !

— C'est ce que je me tue à lui faire entendre ! intervint Benson.

— C'est sans danger, l'école est très bien, murmurai-je.

Jessie s'agenouilla devant moi et prit mes deux mains dans les siennes.

— Nana, tu as passé tant d'années à veiller sur nous, c'est à notre tour de prendre soin de toi et du bébé, déclara-t-elle, visiblement enchantée par cette idée.

— Rien ne me ferait plus plaisir, Jessie, mais sœur Josepha a besoin de moi. Je ne peux pas l'abandonner maintenant. Vous devez comprendre, insistai-je, les regardant à tour de rôle. Je dois partir.

21

Sœur Josepha m'attendait dans le salon où étaient reçus les visiteurs extérieurs et les candidates au noviciat, assise près de la fenêtre. Le soleil tombait sur son visage, accentuant l'enchevêtrement de sillons autour de ses yeux et de sa bouche. À ma vue, ses rides se déployèrent en un sourire joyeux.

— Ma fille, je suis si heureuse de te voir, dit-elle en tendant la main vers sa canne, posée à côté de sa chaise.

— Je suis désolée de vous avoir causé du souci, m'excusai-je en prenant place sur un siège voisin. Je ne pensais pas que je mettrais aussi longtemps.

Elle modifia sa position pour me faire face.

— Rien ne me cause vraiment de souci ces jours-ci. Alors, dis-moi, comment va Benson? Tu as pu parler à la famille?

— Oui, nous avons parlé, répondis-je en fuyant son regard. La situation là-bas est… enfin… c'est compliqué… Surtout maintenant…

Sœur Josepha serra les doigts autour de la poignée de sa canne et s'inclina en avant pour jeter un coup d'œil au-dehors. Ne voyant pas la voiture qu'elle attendait, elle s'adossa de nouveau avec un soupir.

— Ça peut sembler étrange mais, chaque fois que la vie se complique pour moi, je repense à notre fuite dans la jungle. Cela me permet de me rappeler qu'une tragédie peut, avec l'intercession de Dieu, aboutir à une victoire inattendue.

Tandis que la religieuse parlait, son beau visage rond reprit l'apparence qu'il avait en ce jour lointain.

— J'étais certaine que nous péririons dans la forêt, poursuivit-elle. Mais Dieu t'a confiée à ma garde et j'ai compris que je devais me montrer forte pour toi, comme tu le faisais pour moi. Il ne se passe pas un jour sans que je Le remercie de t'avoir fait entrer dans ma vie. C'est pourquoi il m'est aussi difficile de dire ce que j'ai à t'annoncer maintenant, remarqua-t-elle avant de se tourner vers moi, le menton résolu. Ma très chère Anna, pardonne-moi mais j'ai décidé qu'il valait mieux que je parte sans toi.

Ses mots me frappèrent en plein cœur.

— Je sais que nous rêvons de travailler ensemble depuis des années, reprit-elle, mais je ne peux pas plus ignorer la voix du Seigneur dans mon cœur que mes douleurs aux genoux, observa-t-elle avec un petit rire destiné à donner un peu de légèreté à sa décision.

— Mais pourquoi? m'exclamai-je. Pourquoi ne voulez-vous plus de moi?

— Anna, tu vas avoir un enfant dans quelques mois, me rappela-t-elle en m'adressant un regard débordant de tendresse. Comment vais-je expliquer la situation aux élèves de l'école et à leurs parents? Il n'est pas convenable qu'une de nos institutrices soit mère célibataire.

— Mais nous étions d'accord pour dire que j'étais veuve. Voilà qui devait régler le problème.

— Est-ce ainsi que tu souhaites commencer cette nouvelle étape de ta vie? Sur un mensonge?

Après m'avoir tapoté affectueusement le bras, elle jeta un regard à la fenêtre par-dessus mon épaule.

— Tiens, la voiture vient d'arriver. Pile à l'heure.

Elle se leva et se dirigea vers la porte pour séparer nos valises tout en fredonnant un petit air. Elle peina un peu avec les plus grosses, mais je m'interdis de lui porter assistance.

— Vous ne me dites pas la vérité, ma sœur. Vous me causez non seulement une grande déception, mais aussi une immense peine. Lillian vous a téléphoné, n'est-ce pas? Ou les enfants?

Ne daignant pas me répondre, elle garda le silence tandis que le chauffeur portait ses bagages jusqu'au véhicule. Après l'avoir suivie dehors, je la regardai se baisser lentement, appuyée sur sa canne, pour s'installer sur la banquette arrière. Elle me fit ensuite signe d'approcher. Je m'accroupis devant elle tandis qu'elle arrangeait avec des gestes lents sa jupe et son voile noir sur ses épaules.

— La veille du décès d'Adam, tu m'as demandé un conseil, tu te souviens? dit-elle d'une voix grave, le visage sévère.

Je baissai la tête, muette.

— Tu m'as demandé ce que je conseillerais à quelqu'un qui devait choisir entre l'amour et la vérité? Je ne t'ai pas répondu alors, parce que je ne comprenais pas vraiment la question. Je la comprends à présent. Je la comprends même très bien. Et nous connaissons toutes les deux la réponse, n'est-ce pas?

Je levai les yeux pour contempler son joli visage aussi lumineux que la lune. Alors elle posa une main douce sur le haut de mon crâne.

— Ta place est auprès de ta famille, *mija*, me dit-elle. Je sais que tu feras une mère extraordinaire.

22

Ce soir-là, la maison des Trevis resplendissait d'une lumière chaude et accueillante qui se déversait par ses fenêtres tels les flots d'une fontaine. Millie avait préparé son fameux rôti braisé, et Benson avait consenti à rester dîner, s'assurant toutefois de se placer à côté de moi et le plus loin possible de Lillian. Passé prendre des nouvelles de Teddy, Peter Farrell se félicita autant de trouver le jeune homme à table et d'humeur égale que de me voir de retour à la maison, avec de bonnes couleurs aux joues.

Lorsque la vaisselle fut lavée et rangée, Benson et Millie partirent sur la promesse de revenir le lendemain. Lillian, qui avait bu un verre de trop, jugea plus prudent de ne pas prendre le volant. Après réflexion, elle se retira dans la chambre d'amis tandis que Teddy et Jessie prenaient le chemin de la leur.

Demeurée seule au rez-de-chaussée, j'accomplis mon rituel nocturne d'extinction des feux. De la cuisine, je passai dans la véranda adjacente, d'où je contemplai, à travers la baie vitrée, les éclats bleu-vert de la piscine qui dansaient sur la colonnade. J'imaginai alors les deux paons agiter leurs magnifiques plumes au fond de l'eau pour m'indiquer que tout allait bien.

— C'est là que je me suis sentie renaître dans les bras de ton père, murmurai-je en posant avec douceur les mains sur mon ventre.

J'éteignis ensuite les lumières du bassin et partis en faire autant dans la salle à manger et le hall d'entrée.

Alors que je m'apprêtais à emprunter l'escalier, je m'arrêtai et bifurquai dans le couloir sombre menant au bureau. Après un instant d'hésitation sur le seuil, j'ouvris la porte, surprise de voir qu'une lampe projetait un halo ambré autour de la table vide. Je m'enfonçai dans la pièce pour promener le regard sur les étagères et sur les reproductions anatomiques éparpillées un peu partout, la tête pleine des souvenirs de mon premier jour dans cette demeure. Une fois la lumière éteinte, je demeurai un instant immobile dans le noir. Je sentis alors un frisson, suivi d'un frémissement à l'intérieur de mon ventre.

— C'était le bureau de ton père, chuchotai-je. C'est là que je l'ai rencontré. Je le trouvais alors si froid et effrayant que je ne pouvais pas le regarder dans les yeux sans trembler. Mais je me trompais à son sujet, je me trompais sur toute la ligne.

Je me rendis ensuite au salon de musique, plongé dans le noir. J'appuyai sur l'interrupteur pour admirer le majestueux instrument qui reluisait dans un coin. Mes yeux s'attardèrent sur le banc où, si peu de temps auparavant, je m'asseyais au côté de mon bien-aimé.

— Ton père était un virtuose, repris-je tout bas. La première fois que je l'ai entendu jouer, j'ai cru rêver. Tu voudras peut-être apprendre à jouer un jour…

L'obscurité régnait dans la maison au moment où je grimpai au premier étage. Je longeai le couloir jusqu'à l'escalier de service et poussai jusqu'au niveau supérieur. Pour la première fois, je menai cette expédition sans crainte, portée par une force à la fois tendre et résolue qui me tirait par la main et guidait mes pas. En haut des marches, je me dirigeai vers le débarras au fond du couloir. Au moment de poser la main sur la poignée de la porte, je perçus une légère pression sur mon épaule et un souffle chaud sur ma nuque. Sans m'y arrêter, je pénétrai dans la pièce, la trouvant imprégnée d'une douce lueur argentée qui tourbillonna autour de moi en rayons éclatants.

— Adam, soufflai-je. Mon amour, tu es là ?

J'attendis en vain une réponse. Je me rendis alors dans le coin où se dressait la pile de livres et de papiers, repérant tout de suite ce que j'étais venue chercher : la *Sonate au clair de lune* de Beethoven. La partition sous le bras, je regagnai l'étage inférieur. Les enfants avaient insisté pour que je couche dans mon ancienne chambre, plus proche de la leur, afin d'être sûrs de m'entendre si j'avais besoin d'eux pendant la nuit.

À la fois touchée par leurs attentions et amusée de voir ainsi les rôles s'inverser, je me préparais à me glisser dans mon lit quand je pris conscience d'un oubli. Lâchant les couvertures, j'allai ouvrir la fenêtre en grand puis me couchai avec la certitude de n'avoir jamais éprouvé de plus douce fatigue. Un lent bercement s'empara de moi quand je fermai les paupières, les narines chatouillées par les odeurs de terre mouillée et de gardénia charriées par la brise. Au moment de sombrer dans le sommeil, j'entendis par la fenêtre ouverte la musique de mon bien-aimé. Un doux brouillard mélodieux se coula dans la pièce, emplissant mon cœur et mes rêves, m'emportant vers ce recoin de l'âme où le temps s'arrête et où la vie et l'amour goûtent à l'éternité.

Je courais seule à travers la forêt. Malgré les ténèbres, la silhouette grise des arbres se dessinait sur la brume. Leurs branches et les plantes rampantes s'étiraient vers moi pour m'effleurer le visage et les épaules, accrochant parfois mes vêtements dans un effort pour me retenir. Portée par ma volonté de vivre, je me frayais tant bien que mal un chemin, bondissant par-dessus les obstacles, frôlant à peine le sol de mes pieds. J'aurais pu courir ma vie durant s'il l'avait fallu.

Cette fois, cependant, je ne fuyais aucun mal. Une force me portait en avant, plus puissante que mes peurs et que toutes ces années de désir et d'attente. Je poursuivis donc ma course jusqu'à ce que même les ombres se dérobent à mon regard et que l'air soit trop lourd pour me permettre de respirer. Enveloppée de ténèbres suffocantes, je fus forcée de ralentir. La forêt se referma alors sur moi et resserra son étreinte. Bientôt, mon visage fut couvert de mousse filandreuse et de toiles d'araignées, ma peau grouillante d'insectes, mes chevilles cernées de serpents. J'étais certaine que la jungle allait me dévorer quand, discernant une faible lueur dans le lointain, je trouvai l'énergie de me libérer de mes liens pour m'élancer à toutes jambes vers ce soleil levant. Je courus jusqu'à ce que la lumière réchauffe et colore la forêt et que mon chemin m'apparaisse avec clarté.

Passant au pas, je suivis un sentier qui me conduisit jusqu'à une petite clairière ensoleillée au cœur de l'épaisse végétation. À ma grande surprise, je trouvai, en son centre, le petit meuble de couture de ma mère. L'émail noir de la machine à coudre luisait sous les rayons du soleil. Je mourais d'envie de laisser courir mes doigts le long des jolies ciselures fleuries des portes en bois et d'admirer les habits religieux rangés avec minutie derrière. Quel bonheur de revoir ces merveilles, de sentir entre mes paumes le prodige soyeux de la splendeur divine. Quel meilleur remède que cette sensation?

Je tirai sur les poignées d'un geste empressé, mais à peine avais-je entrouvert le placard qu'un puissant flot de lumière bleutée en jaillit, écartant brusquement ses portes et me renversant sur le sol. Quand l'éclat se fut dissipé et que le calme fut revenu, je jetai un coup d'œil à l'intérieur sans y voir une seule soutane. Au lieu d'étoffes somptueuses, j'y trouvai une petite fille recroquevillée, les genoux collés contre la poitrine et la tête baissée. La pauvre enfant gardait manifestement cette position douloureuse depuis longtemps. Pourtant, en dépit de son évidente fatigue, je ne lus dans ses yeux qu'un amour indescriptible quand elle croisa mon regard et dégagea difficilement sa main de sous ses jambes pour la tendre vers moi.

Je lui saisis le poignet et, tout doucement, la sortis de sa prison avec les plus grandes précautions. Lorsqu'elle fut libre, j'essuyai ses larmes et serrai son minuscule corps brisé contre moi.

— Je m'excuse de t'avoir laissée toute seule aussi longtemps, *mija*, murmurai-je. Je promets de ne plus jamais t'abandonner.

— J'ai toujours su que tu viendrais me chercher, répondit-elle.

Alors, main dans la main, nous laissâmes derrière nous les profondeurs de la jungle.

Note de l'auteur

Chers lecteurs,

On entend souvent dire que l'amour a le pouvoir de changer le monde. Si c'est vrai, alors l'amour d'une mère a le pouvoir de changer l'orbite des planètes, de la lune et des étoiles. D'après mon expérience, il n'y a rien de plus courageux, de plus constant, de plus tendre et de plus farouche que l'amour d'une mère. C'est le cœur même d'une famille, le noyau qui la nourrit au fil des générations. C'est aussi dans cet amour maternel que les enfants puisent leur grandeur. Nous lui devons en grande partie l'évolution de la civilisation et de la culture. C'est dans les bras de sa mère que chacun d'entre nous prend, pour la première fois, conscience d'être digne d'amour ; c'est dans ses yeux qu'il apprend son appartenance à une famille et son dessein unique. Je vois dans cet amour le fondement de toutes les autres réussites d'une vie.

Pendant de nombreuses années, j'ai travaillé en tant que psychothérapeute auprès d'immigrés latino-américains victimes de deuils et de traumatismes graves. Si certains ressortent accablés des telles expériences, d'autres y survivent et réussissent même à s'épanouir. Ceux-ci semblent dotés d'une mystérieuse force intérieure, d'une capacité à affronter le pire sans jamais perdre la foi qu'ils ont placée en eux et dans les autres. Ces individus d'une grande résilience ont des personnalités différentes et sont issus de milieux divers, cependant on retrouve presque toujours, au cœur de leur vie, l'amour éternel et divin qui circule de la mère à l'enfant et de l'enfant à la mère. Même lorsqu'ils ont perdu leur mère en bas âge, le souvenir de son amour et de ses soins les nourrit et les inspire de façon remarquable.

Le Don d'Anna raconte l'histoire d'une enfant qui vit une terrible tragédie au cours de la guerre civile sanglante qui a déchiré le Salvador dans les années 1980. Elle réussit à survivre et à surmonter les horreurs de la guerre grâce à la force qu'elle tire de l'amour de sa mère. Elle porte cet héritage dans son cœur, telle une amulette secrète, loin du petit village de son enfance, où elle parvient à cicatriser ses plaies et celles de son entourage. Ce roman s'inspire de plusieurs femmes que j'ai eu le privilège de connaître, dont ma mère et ma grand-mère, mais c'est un hommage à toutes les mères, à leur mémoire, à ce qu'elles nous apportent et à leur amour, à jamais présent.

Remerciements

S'il est une leçon que j'ai apprise depuis que j'écris, c'est qu'une collaboration efficace à chacune des étapes du processus éditorial est essentielle à la naissance d'un roman. Il s'agit de trouver les mots justes, de bien mener l'intrigue, de s'assurer que les personnages soient bien dépeints, et la prose fluide. L'aide que j'ai reçue de mes éditrices, Amy Tannenbaum et Johanna Castillo, dépasse de loin la définition traditionnelle d'une collaboration. Des commentaires aussi perspicaces et édifiants que les leurs élèvent non seulement la qualité des romans, mais aussi des écrivains. Je me réjouis de notre partenariat et de l'entente qui s'est installée entre nous, ainsi que de la direction clairvoyante et confiante de Judith Curr. S'il devait exister une équipe de rêve, ce serait celle-ci, et je suis ravie d'en être.

Sans le soutien et les encouragements de mon mari, Steve, de mes parents, de mes sœurs et de l'ensemble de ma famille, il me serait très difficile de poursuivre cette aventure intérieure. Les personnes formidables qui partagent mon quotidien acceptent le besoin que je ressens parfois de me retirer dans ma tanière pour être productive. S'il m'arrive d'en ressortir aussi grincheuse qu'un vieil ours endormi, elles comprennent également que cela fait partie du métier. Je puise dans leur amour inconditionnel, leur patience et leur bonne humeur mes plus grandes joies.

Enfin, il me faut exprimer toute ma reconnaissance à mon ami, agent, premier lecteur et défenseur, Moses Cardona. Il m'a prise par la main pour me conduire au pays où les rêves deviennent réalité. C'est pour moi une chance extraordinaire que de l'avoir trouvé.

Découvrez le début de

La Belle Imparfaite

le nouveau roman de Cecilia Samartin
aux éditions de l'Archipel

1

Ce n'était pas la première fois qu'une jeune fille criait au viol en voyant son ventre s'épanouir, pourtant nul ne douta de la parole de Lorena. Elle était depuis toujours d'une nature paisible et pudique, qui, lorsque la puberté la transforma en beauté enchanteresse au regard sombre et mystérieux, se révéla sincère dans son humilité. Nullement émue par les compliments que lui prodiguaient, au même titre, proches et inconnus, elle se contentait d'accueillir les louanges avec, tout au plus, une légère inflexion de la tête.

Au village, les mères la donnaient en exemple à leurs filles, qui taquinaient leur sexualité naissante comme si elles avaient découvert l'interrupteur du soleil et n'entendaient pas renoncer au plaisir d'y toucher. Les filles, elles, tentaient de l'associer à leurs petits jeux dans l'espoir de convaincre leurs mères que la Sainte Vierge n'avait pas élu domicile parmi elles. Force était de constater que les atouts de Lorena laissaient présager du grand spectacle, car elle n'avait besoin, pour attirer les regards, ni de défaire le troisième bouton de son corsage, ni de chiper le rouge à lèvres de sa mère. Elle était tout simplement belle, comme l'aube est belle, sans ornement ni orgueil.

On racontait que du sang royal coulait dans ses veines et qu'elle avait traversé l'océan jusqu'aux côtes mexicaines dans un panier, comme Moïse sur le Nil en Égypte. Naturellement, nul ne concevait de destinée digne d'une tête couronnée dans le village poussiéreux de Salhuero, aux abords de Guadalajara, aussi, lorsque l'imagination succomba à la jalousie, les mêmes pipelettes se firent-elles un devoir de rappeler à tous les intéressés, et plus particulièrement aux jeunes hommes, que Lorena et sa sœur aînée, Carmen, avaient vu le jour dans un lupanar du village voisin avant d'être recueillies par la dévote veuve Gabriela. Personne ne savait vraiment ce qu'il était advenu de leur mère, si elle était morte en couches ou avait abandonné ses enfants, à l'instar de tant d'autres femmes dans sa situation.

Si une parenté aussi indésirable aurait d'ordinaire découragé les meilleurs partis, d'innombrables prétendants, intrigués par la belle pudique, fermèrent les yeux sur ses origines pour se déclarer en tout honneur, toute ferveur. Et lorsque vint le temps de songer au mariage, Lorena supporta d'intarissables suggestions et recommandations de sa mère adoptive et de sa sœur sur la meilleure alliance, celles-ci y voyant une chance unique d'améliorer la condition de la famille grâce à un heureux arrangement.

Lorena, quant à elle, se prit d'affection pour le fils d'un riche négociant exportateur de fruits tropicaux en Amérique, un doux jeune homme aux yeux clairs qui leur rendait visite le dimanche après la messe. De l'avis de Carmen, d'une muflerie et d'une corpulence sans comparaison possible avec sa sœur, la jeune fille aurait gagné à oublier ce jouvenceau à la virilité mal assurée au profit du fils du boucher, un mâle au teint bistre dont les yeux s'égaraient sans vergogne dans le corsage de toute femme ayant le malheur de se tenir devant lui. Avec un joyeux gloussement, qu'elle accentuait d'une claque sur sa cuisse prodigieuse, Carmen affirmait qu'un homme de cette trempe saurait y faire avec la gent féminine. Cependant, Lorena confirma son choix et les deux familles entreprirent bientôt les préparatifs des noces.

Corroborée par de minutieux calculs, la rumeur situait le viol à la mi-décembre, à l'époque de la *posada*. Au village, on nourrissait d'ailleurs peu de doutes sur l'identité de l'agresseur. On l'avait vu à plusieurs reprises lors de grands événements, mariages et enterrements, autant d'occasions de jouer les pique-assiettes en toute discrétion. C'était un vagabond à la recherche d'un coup à boire et d'un endroit où s'asseoir pour regarder les jeunes filles virevolter comme des pigeons sur la place du village. Il avait été beau autrefois, en témoignaient sa solide charpente et ses traits réguliers, mais le temps et l'alcool l'avaient tant ravagé que seul un fin observateur pouvait soupçonner sa gloire passée.

On racontait que Lorena se rendait aux festivités lorsqu'il l'attira dans une maison abandonnée en feignant de s'être blessé à la jambe. Nourrie au lait de la religion maternelle, la jeune fille n'hésita pas une seconde à lui porter secours et, dès qu'elle fut à portée de main, il lui infligea les derniers outrages avec autant de célérité que d'efficacité. Lorena n'avoua l'incident à personne et la sagesse de ses tenues lui permit de dissimuler à tous, y compris à elle-même, la dilatation de sa taille. Mais deux semaines avant les noces, Gabriela, la surprenant au milieu de sa toilette, manqua défaillir à la vue de son ventre et de ses seins, aussi lourds que des sacs de piments séchés prêts à partir pour le marché.

Malgré l'insistance du jeune promis, follement épris, pour maintenir le mariage envers et contre tout, ses parents s'y opposèrent et, pour faire bonne mesure, quittèrent le village, des fois que ce fils se révélerait plus têtu qu'ils ne le soupçonnaient. Lorsque, quatre mois plus tard, Lorena apprit qu'il en avait mené une autre à l'autel, elle ne trouva la force ni de pleurer, ni de commenter la nouvelle, ni même de se lever de sa chaise. L'enfant était attendu d'un jour à l'autre.

Maintes prières furent prononcées et maints cierges allumés à l'annonce de cette atrocité. Dans cet humble village où chaque naissance était accueillie comme une bénédiction, on nourrissait même le secret espoir que Lorena perdrait l'enfant et se verrait épargner le paroxysme de ce crime abominable. Mais la grossesse se déroula sans complication et, à neuf mois et deux semaines, la jeune fille aurait été bien incapable de songer à son honneur perdu tant une douleur atroce la déchirait de part en part, plus insoutenable que tout ce qu'elle avait jamais connu.

Le travail fut bref et l'enfant se glissa si vite dans le monde que la sage-femme faillit le laisser tomber sur le sol de terre. D'ordinaire, elle aurait grimacé à cette bévue indigne d'une femme de son expérience, mais elle rit. Elle avait beau exercer depuis plus de cinquante ans, elle appréhendait plus que toute autre cette naissance dont nul n'ignorait la genèse.

— C'est une fille, annonça-t-elle quand elle eut retrouvé son sang-froid.

L'enfant geignit au lieu de brailler à pleins poumons, mais elle respirait bien et, les yeux plissés dans la faible lumière, répondait aux voix autour d'elle par de légers spasmes de ses jambes et de ses bras potelés. C'était une belle petite fille, parfaitement formée, et même angélique dans la pureté de ses traits. Jamais la sage-femme n'avait vu d'enfant avec des yeux aussi limpides si tôt après la délivrance. Son teint de miel ne ressemblait en rien au vilain rouge violacé si commun chez les nouveau-nés. Le regard scrutateur de l'accoucheuse s'adoucit pour se changer en sourire éclatant, comme si cette petite devait sa perfection à ses seuls efforts, et, oubliant un instant la fâcheuse origine de cette naissance, elle ne contempla plus que la splendeur de la vie nouvelle qui gigotait entre ses mains.

Presque inconsciente d'épuisement, Lorena s'endormit tandis que ses aînées portaient sa fille à la bassine. Humectant un linge d'eau chaude, la sage-femme entreprit de laver le petit visage, les bras, le ventre, l'adorable entrejambe, discret et sage à souhait, puis les cuisses et les pieds. Mais alors qu'elle retournait l'enfant pour terminer sa toilette, Gabriela étouffa un cri étranglé à côté d'elle et elle manqua, encore une fois, laisser tomber le nouveau-né.

Une marque rouge et charnue recouvrait comme une plaie béante les épaules et le dos minuscules pour s'étirer sur les fesses, jusqu'aux genoux. Les doigts tremblants, l'accoucheuse tamponna la peau à petits gestes rapides dans l'espoir de voir disparaître d'inoffensifs résidus de placenta, mais elle ne pouvait pas plus effacer cette trace sanglante d'un coup de linge que les yeux brillants et la petite bouche qui s'arrondissait pour réclamer le sein.

Elle posa l'enfant sur la table avec précipitation.

— J'en ai vu, des taches de naissance, de toutes les formes et de toutes les couleurs, mais je n'ai jamais rien vu de tel, déclara-t-elle. C'est... on dirait que cette enfant s'est assise sur la main du diable en personne.

Après avoir empoché sa modeste rétribution, elle partit sans soulager les petits maux de la jeune mère ni lui prodiguer ses recommandations habituelles sur l'allaitement ou d'autres remèdes de sa connaissance. Gabriela acheva seule la toilette de sa petite-fille et l'emmaillota douillettement dans une couverture, déterminée à ce que le premier regard de Lorena pour son enfant saisît son beau visage immaculé, si semblable au sien. Le lendemain matin, la veuve se traînerait à genoux de la fontaine du village au maître-autel de l'église, et inversement, priant inlassablement le Seigneur de faire disparaître la marque. Pour son jeune âge, Lorena avait déjà connu son lot de tourments, elle qui avait dû renoncer à son unique chance de bien se marier après avoir commencé sa vie en orpheline. Aucune femme, aussi forte fût-elle, ne pouvait supporter impunément une telle épreuve, et, malgré son éternelle discipline, Lorena était devenue aussi fragile que du petit bois sec menaçant de s'enflammer au premier souffle de vent chaud. Au point que Gabriela, craignant de ne pas la voir survivre à sa grossesse, demandait tous les matins à Carmen de vérifier que sa sœur respirait encore dans son lit.

— Dors, mon enfant, dit-elle en entendant Lorena remuer. Ta petite va bien, tu la verras plus tard.

— Je ne l'ai pas entendue pleurer.

— Elle va bien. Repose-toi maintenant, insista Gabriela, consciente qu'il faudrait à sa fille plus que du repos pour survivre à ce qui l'attendait.

— Elle s'appellera Jamilet, déclara Lorena avec une conviction surprenante, elle qui avait refusé pendant toute sa grossesse de discuter du prénom de l'enfant. Ça m'est venu à l'instant où elle est née, comme un chant lointain qui me remplissait de paix.

— Dans ce cas, Jamilet ce sera, conclut Gabriela.

Et elle déposa le nouveau-né endormi dans son berceau.

Malgré les meilleures intentions de Gabriela et le soin mis à éviter toute mention incongrue de la marque, Jamilet devint pour l'ensemble du village «l'ange à l'empreinte du diable». Elle s'accoutuma à la révérence inquiète qu'elle lisait dans les yeux qui se posaient sur elle, tantôt avec des regards francs, tantôt avec des coups d'œil furtifs lancés d'un coin de rue ou jetés par des visages évanescents évoquant un défilé de spectres effarouchés par les vivants. Ses larges prunelles se mirent à refléter une certaine tendresse nourrie de pitié, si bien que, à trois ans, elle retournait aux étrangers qui la dévisageaient bouche bée un regard empreint de la sérénité et de la sagesse d'un prêtre initié aux mystères de la vie et de la mort.

Il n'en fallait pas plus pour accroître la crainte que les villageois éprouvaient envers cette enfant qui, incarnation du parfait visage, dissimulait dans son dos une hideuse volute de sang, une monstruosité que peu avaient aperçue mais dont tous avaient entendu parler. Certains la comparaient à une vache étripée, d'autres à une fosse de sang grouillante de serpents, mais, pour les rares à l'avoir vue, de leurs yeux vue, aucun terme ne pouvait décrire cette chose qui les avait privés de sommeil pendant plusieurs jours.

Lorena subit son sort comme une maladie chronique dont les élancements ne faiblissaient pas au fil des ans, la vidant du peu d'énergie qu'il lui restait. Elle portait néanmoins son martyre comme une couronne et gardait la tête haute lors des rares occasions où elle s'aventurait hors des murs de la maison. Déjà admirée, elle fut vénérée pour son courage extraordinaire face à la malédiction de son enfant, qu'elle endurait avec une dignité et une grâce incommensurables.

— Elle fait bien de la laisser à la maison, remarquait-on en la voyant descendre seule la route où tout avait commencé.

— Si jeune et si belle ! Elle pourrait encore trouver un mari si elle n'était pas obnubilée par cette enfant. Elle ferait mieux de l'abandonner. C'est bien ce que sa mère a fait avec elle.

Et les têtes de fléchir comme de lourds fruits près de tomber de la branche.

— Elle n'en a que pour elle. Elle dépense le peu de sous qu'elle a pour essayer de la débarrasser de l'empreinte du diable. Des individus louches lui rendent visite à toute heure du jour, et même de la nuit ! Mais les fenêtres sont fermées, je n'arrive pas à voir à l'intérieur.

Et tous de reprendre en chœur :

— Pauvre Lorena ! Pauvre, pauvre Lorena !

Quand Jamilet atteignit l'âge d'entrer à l'école, la pauvre Lorena retrouva une once d'espoir, elle qui savait sa fille dotée d'un esprit exceptionnel. À deux ans, la petite s'exprimait déjà par des phrases complètes et elle ne tarda pas à raconter des histoires incroyables sur toutes les rencontres qu'elle faisait au détour du quotidien. Les insectes qu'elle dénichait dans la parcelle de piments rouges derrière la maison, si timides qu'ils se réfugiaient à l'ombre des cailloux, l'aidaient à labourer la terre ; les oiseaux qui se posaient sur le rebord de la fenêtre cancanaient au sujet du voisin qui avait passé la nuit à se soulager des affres d'un excès de tequila dans le cabanon des toilettes ; la lune rageait contre ses enfants qui, dispersés aux quatre coins du firmament, refusaient de l'aider à la maison.

— Tu vois, tu ne devrais pas être fâchée contre moi, *mamá*, remarquait Jamilet. Je suis plus sage que les étoiles.

À ces récits, la contrariété de Lorena se dissipait et elle s'autorisait l'un de ses rares sourires. Sans doute les dons de sa fille, une fois connus, éclipseraient-ils le reste et détourneraient les esprits de la marque, s'ils ne l'en effaçaient complètement. Puis, au moment opportun, elle trouverait le courage de confesser la vérité à Jamilet. Pour l'heure, elle donnait à tous les *curanderos* la consigne de ne mentionner sous aucun prétexte la marque devant la fillette. Ils devaient justifier leurs traitements par le besoin de la protéger contre la maladie et lui expliquer, si ceux-ci se révélaient douloureux, que le mal piquait toujours quand il libérait le corps.

Bien qu'il fît plus de vingt-cinq degrés le jour de la rentrée, Lorena insista pour que Jamilet portât des manches longues et un pull-over, qu'elle lui fit promettre de ne pas quitter avant de revenir à la maison à midi. La fillette serrait contre son cœur son unique livre de classe. Lui non plus, elle ne devait pas s'en séparer. À en croire les récriminations de sa grand-mère, la famille avait dépensé pour ce petit manuel plus d'argent qu'il n'en fallait pour nourrir la maisonnée une semaine entière.

Jamilet s'accorda un instant pour en admirer la couverture. Un petit garçon et une petite fille y prenaient le chemin de l'école, des livres à la main. Avec un sourire, elle songea qu'elle leur ressemblerait bientôt. Elle rêvait de la compagnie des autres enfants et regardait chaque jour les écoliers passer devant la fenêtre comme un fleuve de rire et de liesse, coloré et bruyant.

Jamilet aurait préféré se joindre seule au cortège, mais elle se gardait bien de contester les décisions de Lorena, qui s'assurait son obéissance non par la colère ni la punition, mais par une tristesse dont l'ombre large et lourde sourdait dans ses yeux. Jamilet évitait de trop regarder sa mère sous peine de se retrouver sans énergie pour jouer, rire, ni même soigner les piments derrière la maison. Cette tristesse ne se dissipait que lorsque Lorena dormait, si bien que c'était au plus profond de la nuit, à l'heure où les cauchemars réveillaient les autres enfants, que Jamilet éprouvait la plus grande paix intérieure et trouvait, blottie contre sa mère, le réconfort dont elle avait tellement besoin.

En ce premier jour de classe, Lorena prit donc la main de sa fille pour franchir le seuil et s'engager sur la route, où les enfants tombèrent dans un brusque silence. Son étreinte se resserra lorsque certains traversèrent de l'autre côté. Le temps qu'elles atteignent le virage à quelques centaines de mètres de la cour de l'école, les doigts de Jamilet lui faisaient mal.

— Vas-y, Jamilet, lui ordonna Lorena. Je te regarde d'ici.

Jamilet obéit sans se retourner pour jeter un dernier regard à sa mère, même si, pour la première fois de sa courte existence, elle en mourait d'envie. Mais elle sentait sur elle les yeux des autres enfants qui l'observaient, qui détaillaient sa façon de marcher, de tenir son livre devant elle comme un bouclier. Sans tourner la tête ni à droite ni à gauche, elle riva ses pupilles sur ses pieds, hypnotisée par les boucles brillantes de ses nouvelles chaussures qui lançaient des éclairs à chacun de ses pas. Les enfants se mirent à chuchoter, mais leurs conversations ne ressemblaient en rien aux joyeuses messes basses de plaisanteries inoffensives ou de jeux en gestation. Jamilet ne connaissait que trop bien le murmure étouffé de la peur.

De ses yeux toujours baissés, elle vit de minuscules cailloux rebondir sur le sol. Cela lui rappela le mouvement du vent qui balayait la terre dans la parcelle de piments et qu'elle comparait à de la pluie montant au paradis. Sa grand-mère, qui ne se laissait pas aisément distraire de sa besogne, s'était redressée pour observer le nuage noir qui s'élevait vers le ciel quand elle lui avait raconté son histoire de pluie à l'envers et de souffle de Dieu accordant vie à la terre. Jamilet savait que Gabriela l'écouterait d'une oreille plus attentive si elle donnait à son récit un tour religieux, mais elle proposerait aux enfants une version plus à leur goût. Elle méditait son entrée en matière quand elle s'aperçut que les petits cailloux s'étaient transformés en pierres grosses comme sa paume, bien trop lourdes pour être soulevées par le vent. L'une d'elles lui percuta la cheville, et elle trébucha.

Ce fut alors qu'elle entendit le cri affolé de sa mère et avisa les enfants alignés en travers de la route. Certains serraient des pierres dans leur poing pendant que d'autres fouillaient la terre pour en dénicher. Lorena accourait avec, dans les yeux, une terreur qui en avait chassé la tristesse. Jamilet s'était mise à courir, elle aussi, poussée par le besoin pressant de retrouver la sécurité du giron maternel, quand un violent coup sur la tempe lui ôta toute force des bras. Avant d'être engloutie par les ténèbres, elle sentit l'écoulement chaud du sang dans son oreille et perçut un tintement si fort qu'elle n'aurait su dire si les enfants la raillaient ou riaient, comme lorsqu'elle les regardait passer devant la fenêtre.

Quand elle ouvrit des yeux troubles, Jamilet découvrit le visage de sa mère, à nouveau brouillé de tristesse tandis qu'elle lui appliquait une compresse froide sur le crâne. Elle entendit ensuite Gabriela s'affairer dans la cuisine, dans le tintamarre de marmites et de casseroles qui servait d'ordinaire de fond sonore à ses plaintes sur le maigre secours que lui apportaient ses filles et son unique petite-fille dans les corvées ménagères. Ce jour-là, cependant, son tapage avait une tout autre raison.

Le fracas arracha une grimace de douleur à Jamilet, qui tendit la main vers sa mère.

— *Mamá*, pourquoi les enfants m'ont jeté des pierres?

Lorena repoussa tendrement la main de sa fille vers le lit.

— Tiens-toi tranquille, je viens juste d'arrêter le saignement.

Jamilet éleva la voix afin d'être entendue de sa grand-mère.

— J'allais leur raconter l'histoire de la pluie à l'envers, *abuela*, mais je n'ai pas eu le temps.

— C'est une histoire très ingénieuse, Jamilet, répondit Gabriela, laconique, en laissant tomber une grosse marmite dans l'évier, puis une autre par-dessus.

Un violent élancement traversa le crâne de Jamilet. Elle retint son souffle le temps qu'il se dissipât, remplacé par une douleur sourde. Alors elle se tourna de nouveau vers sa mère.

— *Mamá,* pourquoi ils m'ont jeté des pierres ?

Lorena plaça la main de sa fille sur la compresse, puis quitta son chevet sans un mot. Lorsqu'elle réapparut, elle portait le grand miroir qui trônait dans la pièce de devant sous un bras et un autre plus petit dans la main. Après avoir ordonné à sa fille de se coucher sur le flanc, elle remonta sa chemise de nuit jusqu'à son cou et disposa la glace dans son dos.

— Gare à ce que tu fais, Lorena ! intervint Gabriela.

Mais, sans une seconde d'hésitation, Lorena tendit le miroir à main à Jamilet et l'orienta pour que la fillette pût saisir du regard l'intégralité de la marque. Lorsqu'elle avisa l'image que lui renvoyait la surface polie, Jamilet crut qu'elle découvrait sa blessure à la tête.

— Je saigne encore ? s'enquit-elle, alarmée.

— Ce n'est pas du sang, répondit Lorena d'un ton qu'elle s'efforça de garder ferme, comme si elle annonçait le décès d'un membre de sa famille. Tu es née avec cette marque dans le dos. Les enfants le savent sûrement, ils ne comprennent pas…

Comme elle hésitait, sa voix faiblit, mais elle recouvra très vite son sang-froid pour ajouter :

— La sage-femme qui t'a mise au monde n'était pas discrète.

Carmen, qui avait appris les mésaventures de sa nièce, s'était glissée dans la pièce, où elle barbouillait de beurre une *tortilla* chaude.

— Discrète ? répéta-t-elle en enfournant la crêpe. Quand cette vieille garce a calanché, les rats n'en ont fait qu'une bouchée, mais on a retrouvé une langue noire au milieu d'un tas d'os et de cheveux. Même eux n'avaient pas voulu de ce machin infect.

— Carmen ! souffla Gabriela.

— Quoi? C'est vrai, *mamá*. Pourquoi je me tairais alors que c'est la vérité?

D'ordinaire, Jamilet aurait bombardé sa tante de questions sur les rats, la découverte du cadavre et tout un tas de détails sordides, mais elle n'arrivait pas à détacher le regard de l'épouvantable paysage sanglant qui se déployait sur ses épaules. Elle ne pouvait pas croire que cette chose était accrochée à son corps. Elle passa une main prudente dans son dos pour tâter du bout des doigts les bords rougeâtres qui se découpaient sur son épaule. Épaisse et insensible au toucher, sa peau se boursouflait et se plissait comme une *tortilla* trop cuite. Elle n'avait jamais rien vu d'aussi ignoble. Ni les rats, ni les serpents, ni les bestioles visqueuses qui s'abritaient sous les pierres, provoquant les cris d'horreur des femmes et des enfants et les démonstrations de bravoure faciles des hommes.

— Ça va partir, *mamá*? trouva-t-elle enfin la force de demander.

Lorena lui ôta le miroir des mains et lissa sa chemise de nuit sur son dos le temps de peser sa réponse. Alors ses yeux s'éclairèrent et sa mâchoire se crispa.

— Bien sûr que ça va partir. Nous n'avons pas encore découvert comment, voilà tout.

— Gare à ce que tu dis, Lorena! l'avertit encore Gabriela.

Mais la veuve avait trop souvent tenu cette conversation avec sa fille pour espérer obtenir gain de cause.

Lorena jeta un regard en coin à sa sœur aînée, qui tartinait une seconde *tortilla*.

— Quoi? C'est vrai, *mamá*, déclara-t-elle avec un mouvement de tête indocile qui ne lui ressemblait pas. Pourquoi je me tairais alors que c'est la vérité?

Une ou deux fois l'an, Jamilet descendait son livre de classe de la haute étagère de la cuisine où étaient conservées les épices pour en contempler la couverture. Le sang séché s'était estompé, jetant une ombre pâle sur l'univers des deux écoliers. Quand elle tournait les pages du livre et étudiait leurs caractères sibyllins, y reconnaissant le code mystérieux à l'origine des mots et des histoires, elle ressentait, tout au fond de son cœur, un frémissement de tristesse qu'elle n'osait partager. Dans son petit monde, on s'accommodait fort bien de l'analphabétisme ; on se débrouillait en demandant de l'aide aux voisins, quand ce n'était pas au premier venu qui frappait à la porte pour vendre des graines, du grillage ou d'autres produits. Un jour, Gabriela avait acheté un balai en plastique à poils souples, complètement inefficace sur ses sols raboteux, à seule fin de se faire déchiffrer une lettre arrivée de Mexico, pour finalement découvrir que le courrier avait été livré à la mauvaise adresse.

Aux heures calmes, une fois terminées leurs besognes, les femmes de la famille se réunissaient souvent autour de la table de la cuisine pour repriser des vêtements ou travailler à leur ouvrage. Jamilet demandait alors d'une voix basse, à peine plus forte que la stridulation d'un criquet afin de ne pas troubler la paix ambiante, la permission de retourner à l'école. Mais sa requête n'était jamais étudiée sérieusement, avant d'être rejetée sans autre forme de procès. Il ne lui restait plus rien à quoi se raccrocher que la tristesse résignée dans les yeux de sa mère. À cette heure où les femmes, lasses et indifférentes, cherchaient le repos, seuls les derniers commérages sur le troisième enfant illégitime du fils du laitier ou une nouvelle recette de haricots rouges glanée au marché pouvaient susciter un intérêt sincère de leur part. Il leur arrivait cependant d'aborder des affaires plus pragmatiques, comme le besoin d'embaucher un homme à tout faire.

— Si mon père était encore en vie, on n'aurait pas à s'embêter à payer quelqu'un, remarquait alors Jamilet.

Son père lui offrant le seul autre sujet susceptible d'éveiller l'attention générale, elle ne manquait jamais une occasion de l'évoquer, intriguée par les regards furtifs qu'échangeaient les femmes avant de s'absorber avec une concentration accrue dans leur ouvrage. Au bout d'un moment, l'une des trois finissait par prendre la parole pour lui rappeler que son père n'était plus de ce monde depuis très longtemps et qu'il était bien dommage qu'il eût été piétiné par six chevaux qui l'avaient réduit en bouillie. L'année d'avant, il était mort noyé, et l'année d'avant encore, au cours d'un tragique affrontement avec des bandits qui, allez savoir pourquoi, avaient, comme un seul homme, déchargé leurs cartouches sur son entrejambe.

2

Carmen partit pour l'Amérique peu après le sep-
tième anniversaire de Jamilet. Ce ne fut une surprise
pour personne. Depuis des années, elle pestait contre
la pénurie d'emplois et l'arriération mentale des villageois, clamant son désir de vivre dans un monde
moderne où les habitants se préoccuperaient moins de
compter ses cavaliers le samedi soir et de s'interroger
sur le grain de beauté en forme de faucille qu'on lui
prêtait sur le croupion. À ces mots, Gabriela ne manquait jamais de la houspiller pour avoir livré les coins
et recoins de sa généreuse anatomie à la notoriété
publique, avant de l'avertir qu'une mauvaise réputation
la suivrait comme les relents nauséabonds de la popu-
lace. Pis encore, car il ne suffirait pas d'un bon bain
chaud pour l'en débarrasser. Carmen se lançait alors
dans un récital de grossièretés qui retentissait à près
d'un kilomètre à la ronde.

À son départ, elle laissa derrière elle une accalmie
et plus de travail qu'il n'en fallait pour occuper tout un
chacun. Il y avait le linge à laver, les poules à nourrir,
les piments, qui poussaient comme des décorations
de Noël à longueur d'année, à soigner. On devait
aussi balayer la terre que le vent ramenait à l'intérieur

de la maison et aider Gabriela à la cuisine. La veuve, qui prenait de l'âge, peinait à hacher les oignons et à broyer l'ail et les piments pour confectionner la purée qui servait de base à tous leurs repas.

Lorsqu'elle ne s'occupait pas des cultures, Jamilet appréciait tout particulièrement les tâches culinaires, si bien qu'elle devint relativement bonne cuisinière. Ce fut cette aptitude qui, lorsque l'argent vint à manquer, la conduisit à accompagner tous les jours sa mère chez une famille américaine en ville. Les Miller habitaient un quartier huppé de Guadalajara aux rues nettoyées quotidiennement et aux fenêtres ornées de rideaux de dentelle et de fleurs. Les enfants allaient à l'école avec des nounous pendues à leur main comme des toutous et rentraient chez eux tous les midis pour savourer les mets délicats concoctés par les cuisiniers de la maison. Bien que Lorena eût postulé sans références ni lettre de recommandation, les Miller lui donnèrent sa chance. Ils trouvaient cette charmante femme aux yeux tristes et sa fille d'un raffinement peu commun pour de quelconques paysannes de Salhuero à la recherche d'un emploi et voyaient dans la fillette, aussi délicieuse que sa mère, une parfaite compagne de jeux pour Mary, leur fille unique. Elles furent engagées sur-le-champ et ce fut ainsi que, six jours par semaine pendant cinq ans, elles prirent l'autobus du village aux aurores afin d'embaucher à 7 heures précises pour servir le petit-déjeuner avant le départ de M. Miller pour le travail.

Jamilet se lia d'amitié avec Mary, de seulement quelques mois sa cadette. Elle aimait la façon dont elle riait sans raison, comme si la joie se posait sur elle avec la légèreté d'un papillon pour la chatouiller sans relâche jusqu'à ce qu'elle s'y soumît, avec une farce bon enfant ou un jeu. Les deux fillettes passaient ensemble d'innombrables heures, qu'elles occupaient à pêcher des poissons imaginaires dans la fontaine de la cour ou à jouer à la marelle sur le carrelage de céramique poli que Lorena récurait à quatre pattes tous les matins. Elles se tressaient mutuellement les cheveux et les paraient de fleurs pour se changer en fées ou en reines. Mais rien ne plaisait plus à Jamilet que d'apprendre les refrains américains que Mary tenait à ce qu'elle mémorisât pour les entonner avec elle. Mary lui disait que ces chansons aux titres étranges, comme «Jailhouse Rock» ou «Blue Suede Shoes», étaient très populaires dans son pays et que, là-bas, tous les enfants possédaient un tourne-disque.

Mary disait à Jamilet bien d'autres choses sur sa terre natale. Elle lui parlait des routes dures et pavées que l'on trouvait partout, y compris à l'extérieur des villes et dans les quartiers pauvres. Elle lui décrivait les immeubles, bien plus élevés que ceux de Guadalajara, tout en verre et aussi brillants que des miroirs.

— Ils sont aussi hauts que les montagnes qui vont jusqu'au ciel, lui racontait-elle, ses yeux bleus écarquillés, en mâchouillant un chewing-gum dont elle faisait éclater les bulles. C'est pour ça qu'on les appelle gratte-ciel.

Après un an chez les Miller, Jamilet s'exprimait correctement en anglais, aussi les parents de Mary furent-ils consternés de constater que leur fille n'avait pas accompli les mêmes progrès en espagnol. Lorsqu'ils suggérèrent aux petites de communiquer dans cette langue, Mary leur opposa un refus catégorique.

— J'aime être la maîtresse, rétorqua-t-elle. Et puis d'abord, Jamilet sait pas lire. Elle peut pas être la maîtresse vu qu'elle sait pas lire.

Jamilet admit la honteuse vérité tête baissée et l'affaire en resta là.

Un matin qu'elle entrelaçait des pâquerettes dans les cheveux de Jamilet, Mary remarqua la marque, qui pointait du col de son amie. Elle passa le doigt dessus pour voir si elle changeait de couleur à ce contact et, voyant qu'elle demeurait intacte, laissa échapper les fleurs.

— C'est quoi, ce machin? s'enquit-elle en pointant la tache de l'auriculaire, comme si elle craignait qu'elle ne lui bondît au visage pour la mordre.

Les joues de Jamilet s'enflammèrent. Elle lissa ses cheveux sur son col tout en faisant tourner sa cervelle à plein régime, paniquée à l'idée de perdre sa seule et unique amie.

— C'est une histoire qui donne un peu la frousse, tu sais, dit-elle en se retournant, soulignant ses propos par un regard écarquillé. Si je te la raconte, tu risques de ne plus dormir la nuit.

Mary se mordilla la lèvre, pensive.

— C'est pas grave, décréta-t-elle au bout d'un moment. Je regarde tout le temps des films d'horreur et ça m'empêche pas de dormir tant que je laisse la lumière allumée.

Elles s'installèrent donc dans un coin tranquille de la cour, où Jamilet se lança dans un récit fantastique peuplé de sorcières et d'infâmes *cucuys* qui, nichés sous le lit des enfants, attendaient que les pauvres innocents dorment à poings fermés pour ramper hors de leur cachette et tenter de les dérober à leurs parents. Les monstres les saisissaient alors entre leurs mâchoires, comme les chiennes avec leurs petits, et s'enfuyaient avec eux par la fenêtre avant leur réveil.

— J'ai eu de la chance, conclut Jamilet en notant le tremblement qui s'était emparé de la lèvre inférieure de Mary. Je me suis réveillée avant que la méchante sorcière atteigne la fenêtre, mais j'ai gardé son empreinte.

(à suivre...)

La Belle Imparfaite
ISBN 978-2-8098-0717-2 / 416 pages / 22 €

*Cet ouvrage a été composé
par Atlant'Communication
au Bernard (Vendée)*

Impression réalisée par

*La Flèche
en août 2012
pour le compte des Éditions Archipoche*

Imprimé en France
N° d'édition : 214
N° d'impression : 70249
Dépôt légal : juin 2012